愛呦文創

愛呦文創

柏捷頓家族系列 III

紳士的邀約

【推薦序】

羅曼史是治癒現實的美好魔法

——方格子 VOCUS 影劇評論者 Ivy

Netflix 人氣影集《柏捷頓家族》，只要每推出最新一季，立刻占據串流排行榜，在網路社群掀起海嘯般的討論度。相信多數臺灣觀眾也是因為影集，進而接觸茱莉亞·昆恩筆下溫馨、風趣又熱情洋溢的柏捷頓大家庭。

然而《柏捷頓家族》之於我，是位親切的「老朋友」了。在懵懂的少女時期，因緣際會下，得以拜讀昆恩知名的《柏捷頓》系列，當時已被書中浪漫甜蜜的愛情深深吸引。隨著時光荏苒，如今再次重拾，明明已被成人世界摧殘得千瘡百孔，也拜讀許多更有「深度」的文學著作，照理來說要對這樣瀰漫粉紅泡泡的小說嗤之以鼻。沒想到，我仍為纏綿悱惻的戀情悸動不已，為溫暖動人的親情感到窩心，更忍不住因幽默詼諧的橋段莞爾一笑。

原來啊！一本優秀的小說，不用過於複雜的架構，也不用塞入過多沉重的理念，只要簡單純粹地說好一個故事就行。就算是萬年不變的老梗，一樣歷久彌新。

在上一本《子爵之戀》，昆恩翻轉了莎翁的《馴悍記》，瀟灑浪子遇上強悍的護妹姊姊，最終卻是彼此墜入愛河，互相馴服及救贖。《紳士的邀約》則直接向大眾耳熟能詳的

《灰姑娘》致敬，在華麗的化妝舞會上，當英俊溫柔的「王子」，邂逅潛入舞會、美麗卻身分卑微的「灰姑娘」，就此展開階級差距的曲折愛戀。

不過《紳士的邀約》將童話揉合更多歷史基調。系列前兩集多聚焦在貴族社交圈，這次視野拓展到勞動階層，藉由女主角蘇菲的遭遇，讀者得以一睹上流社會奢華的表面下，被遺忘的陰暗一隅。而在重視階級、人權觀念不比今日的攝政時期，僕人性命如草芥，面對權貴的脅迫，僅能夾縫中求生存。即使與地位崇高的紳士真心相愛，依舊無法結為連理，只能委身成為對方的情婦，否則將面臨社交界排山倒海的打壓。

故事也將童話渲染現代精神，為原本平面的角色賦予血肉。灰姑娘充滿勇氣與韌性，雖然出身低微，卻非柔弱無助的小白兔，而是更具自主性；王子不再是夢幻虛無的存在，性格更加立體、真實；就連灰姑娘的「壞姊姊」，也有了屬於自己的成長曲線。

閱讀過程中，我總為蘇菲不畏挫折、堅毅樂觀的特質，感到由衷敬佩。儘管身世坎坷，蘇菲並沒有因此自卑，反而有著清晰的自我認知。縱使陷入愛情漩渦，也不會因激情沖昏頭，而是堅守個人信念，不輕易退縮。

班尼迪特不是完美無缺的王子，雖有風度翩翩的儀態、英挺的相貌，仍有盲目、霸道、迷惘等諸多缺陷。幸好，班尼迪特學習拋開偏見，以及無謂的驕傲，努力成為更好的人。落入凡塵、性格有所蛻變的王子，更能貼近讀者的心。

看著班尼迪特與蘇菲，縱使有著重重阻礙，仍能發掘彼此最美好的一面，成為靈魂相屬的佳偶；看著茱莉亞．昆恩筆下現實、浪漫兼具的戀情，幻想中的愛人終是海市蜃樓，真正值得的，是身旁與你相知相惜的存在；看著柏捷頓一家不時打鬧、拌嘴，關鍵時刻卻能互相扶持，處處充滿關懷的家族之愛……這樣令人動容的美好故事，令我心滿意足地闔上書卷。

常看見眾多網友疑惑，《柏捷頓家族》到底在紅什麼，不就是隨處可見的言情劇嗎？對此，我早已有了解答。因為真實人生總是遍布酸澀和苦楚，我們才需要羅曼史積極正向的溫情魔法，撫慰不斷受創的心靈。每當讀到歷經折磨的男女主角，如願獲得美滿結局時，彷彿生活中的所有困境，同樣能迎刃而解。

羅曼史是治癒灰暗現實的終極魔法，在此推薦班尼迪特與蘇菲的故事，給每一個嘗盡酸甜苦辣、仍然勇於做夢的你。相信書中甜美繾綣的愛情，能給你滿滿的幸福感和鼓舞。

【推薦序】

愛情與原則之間的兩難讓人欲罷不能

——Podcast 節目《童話裡都是騙人的》主持人 Nana

我原先打算將《柏捷頓家族系列Ⅲ：紳士的邀約》當作睡前讀物，分幾天慢慢閱讀。殊不知一開始就沒退路，待我一口氣看到結局時，天已濛濛亮，就像電影版《傲慢與偏見》的尾聲，達西先生向著伊莉莎白走來的時刻。

高中時，我不知重看了多少遍《傲慢與偏見》的電影，即便知曉攝政時代的英國社會對女子極不公平（例如無法繼承家族財產或爵位），還是深受故事中的浪漫情節吸引，甚至忍不住模仿伊莉莎白的動作，拉拉長洋裙襬、屈膝喊聲 Mr. Darcy。

因為這份喜歡，讓我發現 Netflix 製作的柏捷頓家族影集時，毫不猶豫地按下播放鍵。結果追劇追到停不下來，追到 Netflix 跳出詢問：您還有在收看嗎？（廢話，給我繼續播放）。看完之後，我錄了一集 Podcast〈性教育匱乏，恐拆散愛侶〉，大聊賽門與達芙尼的故事，並收到聽眾的回饋，分享他們也盯著螢幕、姨母笑個不停。

大家為何喜歡柏捷頓家族？我的小總結：因為它像炸雞排。爽度極高，且爽完不會只剩空虛（至少還有吃到蛋白質）。直白的說，就是娛樂中帶有啟發，而這本《紳士的邀約》，也完全符合此項標準。

第三集的故事，從一位貴族的私生女蘇菲開始講起。蘇菲的母親早逝，她被父親視而不見，並遭繼母欺壓。如此孤單的成長歷程，讓蘇菲下定決心，不能重蹈母親覆轍，淪為貴族情婦，以免自己的孩子也成為私生子，繼承這個身分伴隨的痛苦。

然而，在一次變裝舞會中，蘇菲扮裝潛入，遇上柏捷頓家的二哥班尼迪特，從此依戀著他。班尼迪特也因為蘇菲，體驗到前所未有的悸動，動了提親的念頭。可惜隨著午夜鐘響，兩人被迫分離，一別就是數年。再次意外相見時，班尼迪特根本認不出蘇菲就是當年舞會上的女子。

好在，認不出也無妨，因為班尼迪特再次愛上了蘇菲。只是，礙於階級不同，班尼迪特這次不是想要提親，而是邀請蘇菲成為他的情婦。在愛情與原則之間，蘇菲陷入兩難。

這種想愛卻不能狠狠愛的艱難，就是柏捷頓家族最棒的配方啊啊啊——（？）

不過，稍微跳開來說，從愛情中看到階級，正好呼應了 Netflix 的柏捷頓家族影集打破種族限制的設計。

在第一季柏捷頓家族上映時，非裔演員飾演的皇后和公爵，引發許多討論（當然公爵的驚天顏值也是討論熱點）。我後來才知道，作者 Julia Quinn 在寫小說時，其實預設角色們都是白人（符合攝政時代的背景）。不過，影集製作人 Shonda Rhimes 發現，自己作為非裔，即便猜得到有這層預設，也能對書中角色感同身受。換句話說，若公爵是黑人，並不會讓這個故事的感動程度打折，反而能把更多元的想像，帶進柏捷頓宇宙中。

這個突破，讓所有以英國攝政時代作為背景的虛構浪漫故事，有了許多嶄新的畫面：各色人種都齊聚的社交舞會，或者全由多元族群女性組成的古典交響樂團。

如今，當我帶著這個想像，閱讀柏捷頓家族的故事時，只能說，我也回不去了。雖然班尼迪特的演員已現身，但誰說蘇菲不能是個如你我一般、是亞洲臉孔的女孩呢？歡迎你也試試看用這設定，開啟這本書的閱讀吧。

【導言】

一八一五年社交季正在進行中，雖然人們會覺得這一季的話題主要都是與威靈頓公爵和滑鐵盧戰役有關，但事實上，今年的熱門話題與一八一四年也差不多，還是圍繞著社交界中永遠不變的主題——婚姻。

一如往常，社交名媛們把對婚姻的期望集中在柏捷頓家族身上，尤其是未婚兄弟中最年長的那一位——班尼迪特。他或許沒有襲爵，但他英俊的臉孔、搶眼的身型和厚實的錢包，似乎可以輕鬆彌補此一缺憾。

事實上，筆者已經在不同場合聽到過許多次，當某位野心勃勃的母親談起自家女兒時總是會說：「她會嫁給一位公爵……或者一位柏捷頓家的男人。」

對柏捷頓先生來說，他似乎對那些經常參加社交活動的年輕女士們興趣缺缺。

每場派對幾乎都有他的身影，但他什麼也沒做，只是看著房門，大概是在等待某個特別的人。

也許……是他未來的新娘？

《威索頓夫人的韻事報》

12 July 1815

【致謝】

獻給榭安（Cheyenne），
以及一整個滿滿星冰樂回憶的夏季。

——

也獻給保羅（Paul），
雖然他不認為在眾人吃義大利麵時
觀賞開胸手術節目有什麼不對。

柏捷頓系列
關係圖

薇莉・勒杰 & 艾德蒙・柏捷頓
1766-　1764-1803

安東尼
1784-
「已婚」
《子爵之戀》
柏捷頓系列 2
女主角
凱薩琳・雪菲德
（凱特・雪菲德）

班尼迪特
1786-
《紳士的邀約》
柏捷頓系列 3
女主角
蘇菲・貝克特

柯林
1791-
《情聖的戀愛》
柏捷頓系列 4

達芙妮
1792-
「已婚」
《公爵與我》
柏捷頓系列 1
男主角
賽門・貝瑟
哈斯丁公爵

艾洛伊絲
1796-
《書信傳深情》
柏捷頓系列 5

弗蘭雀絲卡
1797-
《浪子情深》
柏捷頓系列 6

葛雷里
1801-
《婚禮途中》
柏捷頓系列 8

海辛絲
1803-
《盡在一吻中》
柏捷頓系列 7

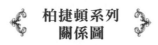

序篇

眾人皆知蘇菲．貝克特（Sophie Beckett）是個私生女。

沒有一個僕役不知道這件事，但打從她第一天來到潘伍德莊園（Penwood Park），大家就對小蘇菲疼愛有加——那是一個七月雨夜，年僅三歲的她裹著尺寸過大的大衣，孤零零地被留在莊園宅邸的門階上。

而由於大家都愛她，便願意接受第六任潘伍德伯爵的說辭，假裝相信她是伯爵一位老友的遺孤。蘇菲苔綠色的雙眼和深金色的頭髮與伯爵本人如出一轍，臉蛋輪廓也神似伯爵不久前過世的母親，還有她的笑容，根本就和伯爵的姊姊一模一樣——即便如此，還是沒人想戳破伯爵的謊言，讓蘇菲傷心難過，或是害自己丟了飯碗。

潘伍德伯爵理查．葛寧沃斯（Richard Gunningworth）對蘇菲或她的出身絕口不提，但他肯定知道她是自己的私生女。

在蘇菲被發現的那個雨天深夜，女管家從她的外套口袋翻出了一封信，但沒人曉得裡頭究竟寫了什麼，因為伯爵一讀完就立刻把信給燒了。他看著信紙在火焰中皺縮捲曲，接著命人在育兒室旁替蘇菲準備一間房間。自此之後，她就一直住在那裡。

伯爵喚她為「蘇菲亞」（Sophia），她則稱他「伯爵大人」。他倆一年只見上幾次面，都是在伯爵難得從倫敦回來的時候。

不過或許最重要的是，蘇菲其實很清楚自己是個私生女。她不大確定自己是如何得知的，只曉得自己一直都知道這個身分。她對來到潘伍德莊園之前的生活沒什麼印象，但記得一段乘著馬車橫越英格蘭的漫長旅程，也記得咳嗽不斷、氣喘吁吁又瘦骨嶙峋的外婆告訴她，她將要搬去與父親同住。而她最記得的畫面是，自己淋著雨站在階梯上，外婆躲在旁邊的樹叢後，等著看蘇菲會不會被帶進屋裡。

當時，伯爵抬起小女孩的下顎，讓她的臉迎向燈火的照拂，就在那一刻，他倆都心中有數。

眾人皆知蘇菲是個私生女，也絕口不提這件事，而大家都對這樣的處置心滿意足。

直到伯爵決定結婚的那一天，一切便再也不一樣了。

蘇菲剛得知這個消息時非常高興。

女管家說，是男管家從伯爵秘書那裡打聽來的——伯爵即將成為有家室的男人，因此打算要更常待在潘伍德莊園。

其實伯爵不在的時候，蘇菲並不大想念他。要怎麼想念一個就算在家也不怎麼搭理妳的人呢？但她還是覺得，如果她能多認識伯爵一點，也許就會開始想念他了，而假如他們能更熟悉彼此，也許他就不會那麼常不在家。

令她更加高興的是，女僕說，女管家從鄰居的男管家那裡聽來，伯爵的未婚妻已有兩個女兒，年紀和蘇菲差不多大。

七年來，蘇菲一直孤零零地待在育兒室裡，因此這消息讓她滿心歡喜。和這一帶的其他孩子不同，蘇菲從未獲邀出席任何宴會活動。沒人膽敢公然說她是個私生女，因為這麼做等於是在說伯爵是騙子，畢竟他可是宣稱自己是蘇菲的監護人，後來也沒再提過此事。

不過，伯爵也沒多花心思幫助蘇菲獲得接納，因此在十歲的年紀，蘇菲最好的朋友是女僕和男僕，而女管家和男管家幾乎可說是她的父母。

如今，她就要擁有真正的姊妹了。

噢，她知道自己不能真的稱她們為姊妹。她曉得自己會被喚作蘇菲亞・瑪麗亞・貝克特（Sophia Maria Beckett）、伯爵的受監護人，但她們會像姊妹一樣相處，而這才是最重要的。

於是，某個二月的午後，蘇菲和其他被召集起來的僕役在大廳一同等待伯爵的馬車出現在車道上，載來新任伯爵夫人和她的兩個女兒，當然還有伯爵本人。

「妳覺得她會喜歡我嗎？我是指伯爵的妻子。」

蘇菲細聲向女管家吉本斯太太（Mrs. Gibbons）問道。

「她當然會喜歡妳呀，親愛的。」吉本斯太太輕聲回答，但她的眼神卻不如語氣一般篤定。新任伯爵夫人對家裡有個丈夫的私生女可能不會太高興。

「那我會跟她的女兒一起上課嗎？」

「沒道理讓妳們分開上課呀。」

蘇菲若有所思地點點頭，接著瞧見馬車駛上車道，整個人便興奮地扭動起來。

「他們到了！」她低聲說。

吉本斯太太伸手想拍拍她的頭，但蘇菲搶著拔腿向窗戶衝去，幾乎將整張臉壓在玻璃上。

首先下車的是伯爵，他將手伸進車廂裡，扶了兩位小女孩下車。她倆穿著一模一樣的黑色大衣，其中一位的頭髮綁著粉紅色的緞帶，另一位的則是黃色。兩個女孩站到旁邊，伯爵再次伸手，將最後一名乘客扶下馬車。

蘇菲屏住了呼吸，等著新任伯爵夫人現身。她小小的手指交叉在一起，低聲祈求：「拜託。」

——**拜託請讓她愛我**。

假如伯爵夫人能愛她，也許伯爵就會愛她了。就算他不稱她為女兒，或許也能把她當作女兒一般對待，那他們就能成為真正的一家人了。

蘇菲透過窗戶看著新任伯爵夫人走下馬車。她每個動作都好優雅、好高貴，令蘇菲想起有時會飛來花園鳥浴盆裡戲水的雲雀，姿態嬌美動人。伯爵夫人的帽子甚至也裝飾了一根長長的羽毛，綠松石色的羽飾在冷冽的冬日陽光下熠熠生輝。

「她好美呀。」蘇菲輕聲說。

她迅速回頭瞥了一眼吉本斯太太，觀察她的反應。但吉本斯太太站得筆挺，雙眼直視前方，等著伯爵將新的家人帶進屋內，介紹給大家。

蘇菲嚥了嚥口水，不大確定自己該站在哪裡。其他人似乎都有指定好的位置。從男管家到最低階的洗碗女僕，眾僕役依照階級排成一列，就連狗兒都忠實地坐在角落，由馴犬師緊緊抓著牽繩。但蘇菲在這裡沒有立足之地。如果她真是這個家的女兒，就會和家庭教師站在一起，等著迎接新任伯爵夫人；如果她真是伯爵的受監護人，那也會是差不多的情景。但提蒙斯小姐（Miss Timmons）感冒了，不願離開育兒室下樓來。沒有一位僕役相信這位家庭教師真染上了感冒。她昨晚分明還健健康康的。但也沒人怪她裝病，畢竟蘇菲可是伯爵的私生女，沒人想扛下這個擔子，向新任伯爵夫人介紹她丈夫的非婚生子女，冒上得罪夫人的風險。

而伯爵夫人除非是瞎了或太蠢，或兩者皆是，才會無法立刻察覺蘇菲的真實身分。

兩位男僕動作花俏地拉開大門時，蘇菲突然感到害羞不已，便躲到角落。女孩們率先走進屋裡，接著站到一邊，讓伯爵領著伯爵夫人進來。伯爵向男管家介紹伯爵夫人和她的兩位女兒，接著換男管家向她們介紹一眾僕役。

蘇菲靜靜地等待。

男管家介紹了男僕、廚娘、女管家和馬伕。

蘇菲靜靜地等待。

他介紹了廚房女僕、家務女僕，還有洗碗女僕。

蘇菲靜靜地等待。

最後，男管家拉姆西（Rumsey）把最低階僕役中最低階的一位——才剛來一星期的洗碗女孩朵西（Dulcie）——也介紹完了。

伯爵點頭致意，喃喃道了謝，而蘇菲仍在原地等待，不知該如何是好。

於是她清清喉嚨，露出緊張的笑容踏上前。她過去和伯爵的相處時光並不多，但每次他來到潘伍德莊園時，蘇菲都會被領到他面前，而伯爵總會花上幾分鐘問問她的上課進度，再把她遣回育兒室去。

即使他結婚了，也還是會想知道她的學習成果吧？他一定會想知道她精通了分數乘法，提蒙斯小姐不久前還稱讚她的法語發音「十分完美」。

但他現下正忙著和伯爵夫人的女兒們說話，沒聽到她發出聲音。

蘇菲再次清清喉嚨，這次大聲了點，接著說道：「伯爵大人？」她的聲音比想像中尖細許多。

伯爵轉過身。「哎呀，蘇菲。」他喃喃道：「我不知道妳也在這裡。」

蘇菲綻出大大的笑容。他並沒有刻意忽略她嘛。

「這是哪位？」伯爵夫人問道，走上前想瞧個仔細。

「我的受監護人。」伯爵回答：「蘇菲．貝克特小姐。」

伯爵夫人上下打量著蘇菲，然後瞇起雙眼。

接著瞇得更用力些。

接著瞇得更細。

「我明白了。」她說。

那一刻，在場所有人都知道她明白了什麼。

「蘿莎蒙。」伯爵夫人說，轉向她的兩個女兒，「珀希，跟我來。」

兩個女孩立刻走到母親的身邊。蘇菲鼓起勇氣向她們露出笑容，比較小的那位回以微笑，但年紀較大、一頭金髮的那位學起母親，高高仰起頭，鼻頭朝天，堅決地撇過臉去。

蘇菲用力吞了口口水，再次對比較友善的那位女孩笑了笑，但對方這次卻遲疑地咬著下唇，垂眼望向地板。

伯爵夫人轉身背對蘇菲，對伯爵說：「你應該有替蘿莎蒙和珀希準備房間吧？」

他點點頭，「就在育兒室旁，蘇菲的隔壁。」

回應他的是一段漫長的沉默。接著，伯爵夫人想必覺得某些爭端不便在僕役面前挑起，因此她只說：「我現在想上樓了。」

於是，她就這麼帶著伯爵和女兒們離開了。

蘇菲目送那一家子爬上樓梯。當他們的身影消失在轉角處，蘇菲轉頭向吉本斯太太問道：「妳覺得我該上樓幫忙嗎？我可以帶女孩們參觀育兒室。」

吉本斯太太搖搖頭，說了謊：「她們看起來很累，我敢說她們一定想去睡個午覺。」

蘇菲困惑地皺起眉頭。她聽人家說蘿莎蒙十一歲、珀希十歲，年紀這麼大了，不再需要睡午覺了吧？

吉本斯太太拍拍她的背，「妳何不跟我來呢？有人陪陪我也不錯，廚娘說她剛烤好了一批奶油酥餅，應該還是熱的喔。」

蘇菲點點頭，跟著她走出大廳。今晚還有很多時間可以認識那兩個女孩。她可以帶她們參觀育兒室，之後她們就會成為朋友，不久後感情就會像姊妹一樣好。

蘇菲露出笑容。擁有姊妹一定再美好不過了。

沒想到，蘇菲直到隔天才再次見到蘿莎蒙、珀希和伯爵夫婦。

蘇菲走進育兒室準備用晚膳時，發現桌上只擺了兩人份的餐具，不是四個人的。奇蹟般迅速恢復健康的提蒙斯小姐告訴她，新任伯爵夫人吩咐說，蘿莎蒙和珀希因舟車勞頓，今天沒力氣吃晚餐了。

但女孩們還是得上課，因此到了隔天早上，她們便緊緊跟在伯爵夫人身後，一起來到了育兒室。蘇菲一個小時前就開始上課了，她興致盎然地從數學練習上抬起頭。不過，她沒對女孩們露出笑容，因為她總覺得這次不要這麼做比較好。

「提蒙斯小姐。」伯爵夫人開口。

提蒙斯小姐向她屈膝行禮，喃喃致意：「夫人好。」

「伯爵告訴我，妳會負責教導我的女兒。」

「我盡力而為，夫人。」

伯爵夫人抬手向擁有一頭金髮和藍綠色雙眸的大女兒比了比。蘇菲心想，她看起來就和伯爵在蘇菲七歲生日時從倫敦寄來的陶瓷娃娃一樣美麗。

「這位是蘿莎蒙。」伯爵夫人說道：「今年十一歲。而這位……」，她比向另一個一直低頭看著鞋子的女孩，「……是珀希，今年十歲。」

蘇菲興致勃勃地看著珀希。她的頭髮和雙眼與她母親和姊姊的非常不一樣，是深色的，雙頰也有點胖乎乎的。

「蘇菲也是十歲。」提蒙斯小姐答道。

伯爵夫人抿起了雙唇，「我想請妳帶女孩們參觀屋子和花園。」

提蒙斯小姐點點頭，「沒問題。蘇菲，放下妳的石板。數學等之後再……」

「帶**我的**女孩去就好。」伯爵夫人打斷她，語氣既冰冷又帶著熾烈的怒意：「我想單獨和蘇菲說句話。」

蘇菲用力吞口水，強迫自己對上伯爵夫人的雙眼，但到頭來她只敢盯著對方下巴看。提蒙斯小姐領著蘿莎蒙和珀希離開房間時，蘇菲站起身，等待父親的新妻子給她下達指示。

「我知道妳是誰。」門一關上，伯爵夫人就開口了。

「夫、夫人？」

「妳是他的私生女，別想否認。」

蘇菲沉默不語。這是事實沒錯，但從未有人開口提起過——至少沒有當著她的面說。

伯爵夫人伸手攫住她的下巴，又捏又扯，讓蘇菲不得不直視她的雙眼。

「妳給我聽好了。」她威嚇地說：「妳也許能住在潘伍德莊園，也能和我女兒一起上課，但妳什麼人也不是，這輩子就只是個私生女。妳永遠、永遠不准搞錯，以為妳和我們其他人一樣好。」

蘇菲發出一聲吃疼的小小呻吟。伯爵夫人的指甲掐進她下巴的皮膚裡了。

伯爵夫人的話還沒完：「我丈夫誤以為自己對妳抱有某種義務。他想彌補自己犯下的過錯，固然十分可敬，但對我卻是一種羞辱——看著妳住在我的房子裡，有吃有穿，甚至還能受教育，好像妳是他真正的女兒一樣。」

但她確實是他真正的女兒呀，而且她以這裡為家的時間可比伯爵夫人長多了。

伯爵夫人突然鬆手放開她。

「我不想看到妳。」伯爵夫人嘶聲說道：「妳不准和我說話，也不准和我同席。除了上課以外，妳也不准與蘿莎蒙和珀希交談。她們如今是這個家的女兒，可不能和妳這種人往來。妳有什麼問題嗎？」

蘇菲搖了搖頭。

「很好。」

伯爵夫人說完，便大步離開房間，留下蘇菲杵在原地。她不禁雙腿發軟、嘴唇顫抖，雙眼噙滿了淚水。

隨著時間流逝，蘇菲對自己在這個家搖搖欲墜的地位又瞭解得更多了。

僕役個個消息靈通，因此最終一切都傳到了蘇菲耳裡。

伯爵夫人名叫艾拉敏塔，原來她打從第一天起，就堅持要把蘇菲趕出去，但伯爵拒絕了。他冷淡地對艾拉敏塔說，她不必愛蘇菲，甚至不必喜歡她，但必須容忍她的存在。他已經替這個女孩盡了七年的責任，可沒打算現在停止。

蘿莎蒙和珀希有樣學樣，擺出和艾拉敏塔一樣的態度，用充滿敵意和輕蔑的方式對待蘇菲，儘管珀希的心地顯然不像羅莎蒙那麼殘酷、以欺負人為樂。蘿莎蒙喜歡趁提蒙斯小姐不注意的時候，用指甲在蘇菲的手背上又掐又扭。

蘇菲從不吭聲，因為她不覺得提蒙斯小姐有勇氣責罵蘿莎蒙（她到時肯定會亂編故事，跑去找艾拉敏塔告狀）。就算有人注意到蘇菲的雙手總是青一塊紫一塊，也從未多說一句話。

雖然珀希偶爾會對她展現善意，但大多時候也只是嘆一口氣說：「我媽媽叫我不要對妳好。」

至於伯爵呢，則是從未插手干預。

蘇菲的生活就這樣持續了四年，直到伯爵某天在玫瑰花園喝茶時，突然伸手摀住胸口，發出一聲喘息，臉朝下栽在鵝卵石地上，把大家都嚇了一跳。

他再也沒有醒過來。

每個人都震驚不已。伯爵不過才四十歲，誰能料到他的心臟竟然在這麼年輕的時候就出了問題？但最錯愕的人還是艾拉敏塔，畢竟她從新婚之夜起，就努力想懷上未來的繼承人。

「我有可能懷孕了呀！」她著急地告訴伯爵的律師：「你不能把爵位交給來路不明的遠親，我非常有可能已經懷孕了。」

但她並沒有懷上伯爵的孩子。一個月之後（律師團想給夫人足夠的時間，確定她究竟懷孕了沒有），艾拉敏塔被迫坐在新任伯爵的隔壁，一同聽律師宣讀伯爵的遺囑。這位新伯爵是個品行放蕩不羈的年輕人，酒醉的時間比清醒的時間還長得多。

伯爵的遺囑內容大部分都沒什麼特別。他將財產贈與忠心的僕役，也替蘿莎蒙、珀希——甚至還有蘇菲——都準備好一筆基金，確保三個女孩未來在結婚的時候會有可觀的嫁妝。

接著，律師唸到了艾拉敏塔的名字。

「我的妻子，潘伍德伯爵夫人艾拉敏塔．葛寧沃斯，將會得到一年兩千英鎊的生活津貼……」

「只有這樣？」艾拉敏塔高聲喊道。

「……除非她同意照顧我的受監護人，蘇菲亞．瑪麗亞．貝克特小姐，並給予她棲身之所，直到她二十歲為止。若是如此，她的生活津貼將提高三倍，即是一年六千英鎊。」

「我才不要她。」艾拉敏塔輕聲說。

「你不必收留她。」律師提醒她：「妳可以……」

「靠著區區一年兩千英鎊生活？」她怒斥：「我可不這麼認為。」

律師一聲不吭。他一年的收入可遠遠不及兩千英鎊。

整場會面都在一杯接一杯灌酒的新任伯爵，只是聳了聳肩。

艾拉敏塔站起身。

「妳的決定是？」律師問道。

「我會收留她。」她沉聲回答。

「要我去告訴那女孩嗎？」

艾拉敏塔搖搖頭，「我自己去說。」

但艾拉敏塔告知蘇菲這件事時，卻故意省略了某些重要的部分……

Chapter 1

LADY WHISTLEDOWN´S SOCIETY PAPERS

今年最受垂涎的邀請函，肯定非柏捷頓（Bridgerton）家在下週一舉辦的化裝舞會莫屬。

此話一點也不誇張，不論走到哪裡，都免不了聽到某位上流社會的母親在臆測誰可能出席舞會，以及——可能是更重要的話題——誰又會穿什麼。

不過，上述主題與柏捷頓家的兩位單身漢兄弟——班尼迪特（Benedict）與柯林（Colin）——相比，可就顯得枯燥乏味多了。

（在讀者指出柏捷頓家還有第三位單身漢之前，請容筆者向各位擔保，敝人當然知道葛雷里．柏捷頓〔Gregory Bridgerton〕的存在，但他年僅十四歲，因此還不屬於本專欄經常討論的主題範圍，也就是上流社會最神聖的運動：釣金龜婿。）

儘管兩位柏捷頓先生都沒有爵位（只被尊為「先生」而已），仍被視為本社交季最炙手可熱的夫婿人選。眾所皆知他們擁有可觀的財產，而我們不需要雪亮的雙眼，也能看出兩人都具備了柏捷頓家八位子女個個承襲的出眾容貌。

不知哪位幸運的年輕淑女能趁著化裝舞會的神祕偽裝，擄獲其中某位條件俱足的單身漢？

筆者可不敢妄自論斷。

《威索頓夫人的韻事報》

31 MAY 1815

1

「蘇菲！蘇——菲——」

接連不斷的尖聲叫喊幾乎要把玻璃震碎，或至少讓耳膜不保。

「來了！蘿莎蒙，我來了！」蘇菲撩起質地粗糙的羊毛裙襬，匆忙爬上樓梯，結果在第四階時腳下一滑，好在及時抓住了扶手，才沒一屁股跌坐在地。她應該要記住樓梯很滑才對，畢竟這天早上她才幫忙女僕一起上過蠟。

她在蘿莎蒙的臥室門口煞住腳步，上氣不接下氣地說：「什麼事？」

「我的茶涼了。」

蘇菲很想回嘴「我一小時前端來時還是熱的，妳這懶惰的壞蛋」，但她說出口的卻是：「我替妳再泡一壺。」

蘿莎蒙輕蔑地說：「就這麼辦吧。」

蘇菲抿起雙唇，露出只有幾乎全盲之人才會稱為微笑的表情，端起茶具，溫和問道：「要留下餅乾嗎？」

蘿莎蒙搖了搖她那顆漂亮的頭，「我要剛烤好的。」

蘇菲走出房間，肩膀因端著沉重的茶具微微下墜，一邊注意不讓自己在踏進走廊的安全範圍前就開口發牢騷。蘿莎蒙時時刻刻都在要茶，卻又總是等上一小時才喝，茶當然早就涼了，所以她只好再叫人準備一壺新的啦。

這表示蘇菲時時刻刻都在跑上跑下、跑上跑下、跑上跑下。她有時覺得這輩子除了做這件事以外就沒別的了。

跑上跑下、跑上跑下。

當然還有縫補熨燙衣物、梳髮、擦鞋、鋪床……

「蘇菲！」

蘇菲轉身，看見珀希朝她走來。

「蘇菲，我一直想問妳，妳覺得這顏色適合我嗎？」

蘇菲打量珀希身上的人魚服裝。珀希的嬰兒肥還未完全消退，因此這身衣服的剪裁其實沒那麼適合她，但顏色確實能襯托出她的膚色。

「這綠色很美。」蘇菲十分誠實地說：「讓妳的臉頰看起來非常紅潤。」

「太好啦，我好高興妳喜歡，妳幫我挑衣服的眼光實在很好。」珀希微笑道，一邊伸手從托盤上拿了一塊糖霜餅乾。

「母親整個星期都在嘮叨化妝舞會的事，如果我沒好好打扮，或是……」她扮了個鬼臉，「……她覺得我沒好好打扮，肯定不會放過我。妳知道，她打定主意要我們其中一人擄獲某個柏捷頓兄弟的心。」

「我知道。」

「更慘的是，那個威索頓女士又在寫他們的事了。這只會……」珀希停了一下，將口中的餅乾吞下去，「讓母親更感興趣。」

「今天早上的專欄好看嗎？」蘇菲問，將托盤靠在腰間，「我還沒時間讀。」

「噢，就跟平常一樣。」珀希擺了擺手，「真的，妳也知道有時還挺無聊的。」

蘇菲試著回以微笑，卻失敗了。她多希望自己能過上一天珀希的無聊生活啊！好吧，也許她不會想要艾拉敏塔當她的母親，但她不介意生活中充滿了舞會、晚宴和音樂會。

「讓我想想。」珀希思索道：「上頭寫了沃思夫人（Lady Worth）最近那場舞會的評論，還有圭爾夫子爵（Viscount Guelph）迷上了某位蘇格蘭女孩，然後是即將舉行的柏捷頓家化裝舞會，寫得還挺長的。」

蘇菲嘆了口氣。她過去幾星期來都在關注這場化裝舞會的消息，儘管她不過是個貼身女僕（有時艾拉敏塔認為她不夠勤奮，還會把她當家務女僕使喚），她還是壓抑不住想參加舞會的念頭。

「如果圭爾夫子爵訂了婚，我會很高興的。」珀希嘴上說著，伸手又拿了一塊餅乾，「這樣便又少一個單身漢讓母親囉唆丈夫人選了。反正我本來就沒指望能吸引他的注意。」她咬了一口，大聲咀嚼起來。「希望威索頓夫人寫的是對的。」

「她應該錯不了。」蘇菲答道。

《威索頓夫人的韻事報》自一八一三年開始發行，她從那時起就是忠實讀者，而只要是關於婚姻市場的消息，這份八卦專欄幾乎沒說錯過。

當然了，蘇菲不曾有機會親自見識上流社會的婚姻市場。不過，若是把《威索頓夫人的韻事報》讀得夠勤，就算沒參加過任何一場舞會，也會有一種自己是倫敦社交界一分子的錯覺。

事實上，閱讀《韻事報》是蘇菲當下唯一真心喜愛的消遣活動。她早已讀完了藏書室裡的每一本小說，但艾拉敏塔、蘿莎蒙和珀希都不愛讀書，蘇菲根本無法指望家裡會出現新書。

不過，《威索頓夫人的韻事報》讀來真的非常有趣。沒人知道執筆者的真實身分。這份單頁報紙在兩年前誕生時，便激起了如火如荼的猜測。如今，威索頓夫人每刊出一則格外有料的八卦消息，大家便會再次議論紛紛，究竟是誰有這個能耐，能在這麼短的時間寫出如此準確的報導。

對蘇菲來說，《韻事報》為她開啟了一扇誘人的窗，能窺上一眼那原本該屬於她的世界——如果她的父母有合法締結婚姻的話。她原本能成為伯爵的女兒，而非伯爵的私生女；她原本能姓葛寧沃斯，而非貝克特。

只要一次就好，她想要成為那個登上馬車、參加舞會的人。

但她卻是那個替別人梳妝打扮，讓別人進城夜宴的人：幫珀希拉緊束腹、替蘿莎蒙的頭髮做造型，或是擦亮艾拉敏塔的鞋子。

她可不能——至少不該——抱怨。雖然她不得不當艾拉敏塔和她那雙女兒的女僕，至少她還有個家，已經比許多和她處境相似的女孩好多了。

她父親辭世時，沒有留給她半分財產——好吧，除了她頭上的屋頂之外。他的遺囑確保她在二十歲之前都不會被趕出去。艾拉敏塔絕不可能將蘇菲踢出家門，讓自己損失四千英鎊的年收入。

但是，那四千英鎊屬於艾拉敏塔，而不是蘇菲的。她連那筆錢中的一枚錢幣都沒見過。她過去所穿的錦衣華服全都沒了，換成僕役的粗棉布衣。她的吃食也和其他女僕一樣——艾拉敏塔、蘿莎蒙和珀希的餐桌剩了什麼，她們就吃什麼。

可是蘇菲的二十歲生日已在一年前來了又去，她卻還住在潘伍德莊園裡，一如過去處處伺候艾拉敏塔。不知出於什麼原因——也許她不想訓練（或花錢雇用）新的女僕吧——艾拉敏塔居然允許蘇菲留在這個家裡。

因此蘇菲就繼續住了下來。如果說艾拉敏塔是她熟知的惡魔，那外頭的世界便是她全然陌生的惡魔。究竟哪一方比較可怕，蘇菲一點頭緒也沒有。

「托盤不重嗎？」

蘇菲回過神來，注意力重回眼前的珀希身上，而對方正朝托盤上最後一塊餅乾伸出手。可惡，蘇菲原本想留著自己吃的。

「很重啊。」她喃喃道：「挺重的，我該把它拿回廚房了。」

珀希微笑道：「我就不耽擱妳了，不過妳忙完這裡後，能燙平我的粉紅禮服嗎？我今晚要穿它。噢，我想搭配的鞋子也需要清理一下，上次穿的時候沾到了一點泥土……妳也知道母親對這種事很堅持，就算藏在裙子底下根本看不到也一樣。我一提起裙襬踏上階梯，即使鞋子只有沾到一丁點塵土，她也立刻就會發現。」

蘇菲點點頭，在心中把珀希的要求加入今天的待辦清單裡。

「那就晚點見嘍！」珀希咬住最後一塊餅乾，轉身消失在她的臥室裡。

蘇菲腳步沉重地往樓下廚房走去。

幾天之後，蘇菲正咬著別針跪在地上，替艾拉敏塔的化裝舞會禮服做最後一刻的修改。裁縫師送來的伊莉莎白女王造型服裝明明完美合身，艾拉敏塔卻堅持腰部鬆了四分之一英寸。

「這樣如何？」蘇菲問道，嘴裡還銜著別針，得咬著牙說話才不會弄掉。

「太緊了。」

蘇菲動手調整幾個別針的位置，「這樣呢？」

「太鬆了。」

蘇菲作勢拿掉一個別針，再別回原來的位置上，「好了，這樣感覺如何？」

艾拉敏塔左右扭了扭腰，總算表示：「可以了。」

蘇菲起身幫艾拉敏塔脫下禮服時，暗自露出微笑。

「如果我們要準時出席舞會，一小時內就要改好禮服。」艾拉敏塔說。

「沒問題。」蘇菲喃喃回答。她已發現和艾拉敏塔對話時，只要經常回以「沒問題」一句話，事情就會簡單許多。

「這場舞會至關重要。」艾拉敏塔尖銳地說：「蘿莎蒙今年一定要找到門第好的對象。新任潘伍德伯爵……」她厭惡地全身抖了抖。她還是覺得新伯爵是個半路殺出的程咬金，即便他是前伯爵還在世的親戚中親等最近的男性。「……他說今年是最後一次讓我們使用倫敦的潘伍德府。真是好大的膽子！我可是伯爵遺孀，蘿莎蒙和珀希也是伯爵的女兒。」

伯爵的繼女。蘇菲默默糾正她。

「我們完全有權在社交季使用潘伍德府。他到底對這房子在打什麼算盤，我永遠不會知道。」

「或許他也想參加社交季，替自己找個太太。」蘇菲猜道：「我確定他會想要個繼承人的。」

艾拉敏塔拉長了臉，「如果蘿莎蒙沒嫁進豪門，我可不知道我們接下來該如何是好。要找到適合的租屋很難，也很貴。」

蘇菲忍著沒指出艾拉敏塔至少不用花半毛錢，就有個貼身女僕伺候她。事實上，艾拉敏塔正是因為有了這位貼身女僕，才能在蘇菲二十歲以前每年拿到四千英鎊。

艾拉敏塔彈了彈手指，「別忘了替蘿莎蒙的頭髮撲粉。」

蘿莎蒙要在化裝舞會上打扮成法國王后瑪麗・安東尼。蘇菲問她要不要在脖子上畫一圈假血痕，但蘿莎蒙不覺得好笑。

艾拉敏塔穿上睡袍，飛快繫緊腰帶。

「至於珀希嘛——」她皺皺鼻子，「嗯，珀希再怎麼樣都勢必需要妳的協助。」

「我一直都很高興能幫珀希的忙。」蘇菲答道。

艾拉敏塔瞇起眼，試著判斷蘇菲是不是又在無禮。

她最後總算簡短地說道：「總之去做就對了。」接著大搖大擺走進浴室。

門關上時，蘇菲敬了個舉手禮。

「妳在這啊，蘇菲。」蘿莎蒙衝進房間說：「我現在就需要妳的幫忙。」

「恐怕妳得等到……」

「我說現在就是現在！」蘿莎蒙怒斥。

蘇菲挺起肩膀，目光嚴厲地看著她，「妳母親要我修改她的禮服。」

「妳就把別針拿掉，告訴她腰身已經收好了。她永遠不會發現有什麼不同。」

殊不知蘇菲正有此打算。

她忍不住嘆氣：如果她照著蘿莎蒙的意思做，蘿莎蒙隔天就會打她小報告，那艾拉敏塔接下來整個星期都會對她叫罵不休、大發脾氣。這下可好，她非修改那件禮服不可了。

「妳需要什麼，蘿莎蒙？」

「我的衣服下襬有道裂口，不知道什麼時候破的。」

「也許是在妳試穿的時候……」

「不得無禮！」

蘇菲緊緊閉上嘴。聽命於蘿莎蒙總是比接受艾拉敏塔的指令難，也許是因為她倆曾經地位相當，在同個房間一起上課，也向同一位家庭教師學習。

「我現在就要它補好。」蘿莎蒙做作地哼道。

蘇菲嘆了口氣，「那就拿過來吧。我改好妳母親的衣服後就會補妳的，我保證不會等太久。」

「這場舞會我絕不會遲到。」蘿莎蒙警告她：「如果我遲到，那妳就慘了。」

「妳不會遲到的。」蘇菲保證道。

蘿莎蒙發出慍怒的聲音，快步走向房門，要去拿她的衣服。

「好痛！」

蘇菲抬起頭，正好看見蘿莎蒙一頭撞上珀希——她也正好從門外衝進來。

「妳要看路呀，珀希！」蘿莎蒙罵道。

「妳才要看路。」珀希回道。

「我有在看路，是沒人躲得開妳，妳這笨手笨腳的傢伙。」

珀希的雙頰飛紅，向一旁站去。

「妳需要什麼嗎，珀希？」羅莎蒙一離開，蘇菲便問她。

珀希點點頭，「妳能撥出一點時間幫我弄頭髮嗎？我找到有點像海草的綠色緞帶。」

蘇菲長長地呼出一口氣，墨綠色的緞帶在珀希的深色頭髮上不顯色，但她不忍心說破。「我會試試看，珀希，但我得先修補蘿莎蒙和妳母親的禮服。」

「這樣啊。」珀希露出垂頭喪氣的樣子，幾乎教蘇菲的心碎裂一地。在艾拉敏塔的家裡，除了僕役之外，珀希是唯一一位待她稍微好點的人。

「別擔心。」她保證：「不管還剩多少時間，我都會把妳的頭髮弄得漂漂亮亮。」

「噢，謝謝妳，蘇菲！我……」

「妳還沒開始改我的禮服嗎？」艾拉敏塔從浴室出來時，一邊大聲怒喊。

蘇菲用力吞了口口水，「我剛才正在和蘿莎蒙與珀希說話。蘿莎蒙弄破了她的禮服……」

「快去做就對了！」

「我會的，馬上就開始。」蘇菲往沙發一坐，將禮服內裡翻出來，以便收束腰部。

「比馬上還快，」她喃喃唸道：「比蜂鳥的拍翅還快，比……」

「妳在嘟囔些什麼？」

「什麼也沒有。」

「那就別再咕咕噥噥了！妳的聲音聽起來真刺耳。」

蘇菲咬緊牙關，沉默不語。

「媽媽。」珀希說：「蘇菲今晚會把我的髮型弄得像……」

「她當然要替妳弄頭髮了。別拖拖拉拉了，快去冰敷妳的眼睛，不然看起來好腫！」

珀希的臉垮了下來，「我的眼睛很腫嗎？」

蘇菲逕自搖了搖頭，即使珀希不大可能在此時看向她。

「妳的眼睛一直都很腫。」艾拉敏塔答道：「妳也這麼認為吧，蘿莎蒙？」

珀希和蘇菲雙雙回頭看向門口。蘿莎蒙正好走進房內，手上拿著瑪麗．安東尼樣式的禮服。

「一直都是呀。」她附和：「但冰敷後肯定會好一點。」

「妳今晚美得不可方物。」艾拉敏塔對蘿莎蒙說：「妳甚至還沒打扮起來呢！妳禮服上的金色和妳的金髮搭配得十分巧妙。」

蘇菲同情地瞥了一眼深色頭髮的珀希——她的母親從未如此稱讚過她。

蘿莎蒙端莊地垂下眼簾。她這副表情已經練得爐火純青，蘇菲也不得不承認她這個模樣十分可人。但話說回來，蘿莎蒙身上的一切幾乎都十分可人。她金黃色的頭髮和湛藍雙眼今年可是風靡一時，再加上前伯爵留給她的可觀嫁妝，許多人認為她一定會在社交季結束前找到出色的對象。

蘇菲再度瞧了一眼珀希，她正滿臉憂傷，渴望地看著母親。

「妳也很美，珀希。」蘇菲忍不住說道。

珀希的雙眼亮了起來，「妳真這樣覺得？」

「當然了。妳的禮服也非常新穎，我敢說到時絕對不會有其他人扮美人魚。」

「妳怎麼知道，蘇菲？」蘿莎蒙笑道：「妳又沒有進過社交界。」

「妳今晚一定會很開心的，珀希。」蘇菲加重語氣說，刻意忽視蘿莎蒙的嘲弄，「我好嫉妒，真希望我也能參加。」

無人應答蘇菲的輕嘆和願望，只有一片沉默。接著，艾拉敏塔和蘿莎蒙刺耳地大笑了起來，就連珀希都咯咯輕笑了幾聲。

「噢，真是太精彩啦！」艾拉敏塔上氣不接下氣地笑道：「小蘇菲參加柏捷頓家的舞會！妳不知道他們不讓私生子出現在社交界嗎？」

「我又沒說我去得成。」蘇菲防備地說：「我只是想參加而已。」

「哼，那妳連想都不用想。」蘿莎蒙在旁幫腔：「如果妳想要根本得不到的東西，就只會失望而已。」

但蘇菲根本沒聽見她說了什麼，因為就在那一刻，一件極為詭異的事發生了。她轉頭望向蘿莎蒙時，正好瞥見女管家就站在門邊。打理潘伍德府的管家去世後，吉本斯太太便從潘伍德莊園來到城裡。她倆對上視線時，吉本斯太太對她眨了眨眼。

眨眼！

蘇菲從來沒見吉本斯太太這樣使眼色過。

「蘇菲！蘇菲！妳有在聽我說話嗎？」

蘇菲心不在焉地看向艾拉敏塔。

「不好意思。」她喃喃道：「您剛才說了什麼？」

「我剛才說，」艾拉敏塔語氣不善地說：「妳最好立刻開始修改我的禮服。如果我們遲到，明天就讓妳吃不完兜著走。」

「是，我知道了。」蘇菲快快答道。她將針尖刺進衣料，開始動手縫補，但她的心思還留在吉本斯太太身上。

——眨眼？她為什麼要對我眨眼？

三個鐘頭後，蘇菲站在潘伍德府的大門階梯上，看著艾拉敏塔、蘿莎蒙和珀希先後扶著男僕的手，依序踏入馬車車廂。蘇菲對珀希揮揮手，她也揮手回應。

接著，蘇菲看著馬車駛下街道，消失在轉角。舉辦化裝舞會的柏捷頓大宅離這裡不到六個街口，不過即使地點就在隔壁，艾拉敏塔也會堅持要搭馬車。

畢竟風光氣派地進場是很重要的。

蘇菲嘆了口氣，轉身登上門階。至少艾拉敏塔因為太過興奮，而忘記給蘇菲吩咐她不在時必須完成的一長串待辦家務。清閒的一晚正是一大樂事，也許她可以重讀一本小說，或是看看今天的《威索頓夫人的韻事報》。她記得稍早前看到蘿莎蒙把報紙拿進她的房間裡了。

正當蘇菲踏進潘伍德府的大門時，吉本斯太太突然冒出來，一把抓住她的手臂。

「沒時間了！」女管家說。

蘇菲看著她，彷彿女管家失心瘋了。

「不好意思，妳說什麼？」

吉本斯太太扯了扯她的手肘，「跟我來。」

蘇菲讓自己被領上三樓，來到她自己的房間——一方擠在屋簷下的狹窄天地。

吉本斯太太的舉動十足古怪，但蘇菲還是配合著走。女管家一直待她特別好，即便艾拉敏塔明顯表示不贊同也一樣。

「妳得把衣服脫掉。」吉本斯太太抓住門把說。

「我什麼？」

「我們得趕快。」

「吉本斯太太，妳……」蘇菲張大嘴，但正要說出口的話卻在她看到臥房裡的模樣時消失了。

房間中央擺了一只熱氣蒸騰的浴桶，有三位女僕正忙著打點。

其中一位正將一壺水注入浴桶，另一位正撥弄一個看起來神祕兮兮的皮箱上的鎖，第三位則是拿著一條毛巾，一邊催促她：「快點！快點！」

蘇菲困惑地看著她們，問道：「這是在做什麼？」

吉本斯太太轉頭對她粲然一笑，宣布道：「妳，蘇菲．瑪麗亞．貝克特小姐，就要去參加化裝舞會啦！」

一個鐘頭後，蘇菲整個人改頭換面。衣箱裡裝的是前伯爵母親的禮服，雖然都是五十年前的樣式，卻無傷大雅。這是場化裝舞會，沒人覺得需要穿最新流行的款式。

她們在衣箱最底部找到一件作工精緻、燦爛生輝的銀色禮服，還有繡滿珍珠的緊身馬甲，以及上個世紀紅極一時的外展裙身。光是摸著它，蘇菲就覺得自己好像變成了公主。

禮服因為關在箱裡太久而飄著些許霉味，一名女僕便拿到外頭，灑上一點玫瑰花水，讓衣服吹風去味。

蘇菲洗過了澡、擦上了香水，頭髮做了造型，一名女僕甚至在她唇上點上些許胭脂。

「別告訴蘿莎蒙小姐。」女僕低聲說：「我從她的化妝品裡拿的。」

「噢噢噢，看哪！」吉本斯太太說：「我找到搭配的手套了。」

蘇菲抬起頭，看見女管家拿起一雙長及手肘的手套。

「看這裡。」她從吉本斯太太手中接過一只仔細瞧道：「這是潘伍德家徽，還有姓名首字母的花體字，就在邊上。」

吉本斯太太轉了轉手上的那只手套，低聲道：「ＳＬＧ。莎拉．露易莎．葛寧沃斯（Sarah Louisa Gunningworth），妳的祖母。」

蘇菲驚訝地望著她。吉本斯太太過去對她提起伯爵時，從未使用任何點明他們是父女關係的字詞。全潘伍德莊園上下，未曾有人明說過蘇菲和葛寧沃斯家的血緣關係。

「哎，她是妳的祖母啊。」吉本斯太太大聲宣告：「我們逃避這個話題已經夠久了。蘿莎蒙和珀希被當成這個家的女兒來對待，而妳這個伯爵的親生骨肉卻得灑水掃地、當下人伺候她們，真是罪過！」

三位女僕都點頭贊同。

「一次就好。」吉本斯太太說：「只要一晚就好，妳會成為舞會上最耀眼的星星。」她臉上帶著一抹微笑，將蘇菲轉了一圈，讓她面向鏡子。

蘇菲屏住了呼吸，「這是我嗎？」

吉本斯太太點點頭，雙眼閃動著異常明亮的光。

「妳真美，親愛的。」她輕聲說。

蘇菲的手緩緩伸向頭髮。

「別弄亂啦！」一位女僕嚷起來。

「我不會的。」蘇菲保證道，笑容輕輕顫抖，忍住了淚水。她的頭髮被灑上了點點亮粉，讓她如同精靈公主般周身光芒閃爍，而深金色鬈髮則在頭頂上盤成了髮髻，一條豐盈的髮束沿著脖頸垂下。還有她的雙眼，平常看起來是苔綠色，如今卻透著祖母綠寶石般的色澤——儘管蘇菲認為可能是眼中噙著的淚水造成的。

「這是妳的面具。」吉本斯太太輕快地說。她手上拿著一張可以用帶子繫在腦後的半臉面具，蘇菲便不用騰出手拿著了。

「現在就只差鞋子了。」

蘇菲悲傷地瞥了一眼角落裡她那雙耐穿卻難看的工作鞋，喃喃道：「恐怕我沒有配得上這件美麗衣服的鞋子。」

幫蘇菲雙唇點上胭脂的女僕拿起一雙白色淺口鞋說：「從蘿莎蒙的衣櫥拿的。」

蘇菲將右腳滑進鞋中，又很快退出來。

「太大了。」她說，抬眼看了一下吉本斯太太，「我穿著走不了路。」

吉本斯太太轉向那位女僕，「去珀希的衣櫥拿一雙來。」

「她的鞋子更大。」蘇菲說：「這我知道。我替她的鞋子清過夠多次擦痕了。」

吉本斯太太長嘆一聲，「那就沒法子了，我們只能去搜刮艾拉敏塔的鞋子。」

蘇菲的身子顫抖了一下。想到要穿著艾拉敏塔的鞋子走來走去，就令人覺得毛骨悚然，但她沒別的選擇，否則就只能不穿鞋子。她可不認為時髦的倫敦化裝舞會能接受來客赤著雙腳。

幾分鐘後，女僕攜來一雙白色緞面淺口鞋，鞋面繡著銀線，以別緻的假鑽玫瑰花飾妝點。

蘇菲仍在為要穿艾拉敏塔的鞋而心懷憂慮，但她還是將雙腳套了進去。鞋身完美貼合。

「這雙也很配妳的衣服。」其中一名女僕指著銀色繡線，「好像就是為了這件禮服打造的。」

「沒時間欣賞鞋子啦。」吉本斯太太突然出聲：「仔細聽好，車伕已經送完伯爵夫人和她那兩個女兒了，他等會兒就會載妳去柏捷頓家。但她們想離開的時候，他必須等在外頭，這表示妳得在午夜之前離開，不得多留一分半秒，聽懂了嗎？」

蘇菲點點頭，望向牆上的時鐘。現在是九點多，代表她能在舞會待上超過兩個小時。

「謝謝妳。」她輕聲說道：「噢，太謝謝妳了。」

吉本斯太太用手帕輕拭雙眼，欣慰道：「親愛的，好好享受這段時光就是了，這才是我想得到的答謝。」

蘇菲再次看向時鐘。兩個小時。

她可得好好把握這兩小時，好讓餘生都能回味不盡。

Chapter 2

LADY WHISTLEDOWN´S SOCIETY PAPERS

柏捷頓家當真是個舉世無雙的家族。

倫敦之內，無人不知這八名子嗣的容貌都是一個模子刻出來的，也無人不曉他們的名字是按著字母順序來取：安東尼（Anthony）、班尼迪特（Benedict）、柯林（Colin）、達芙妮（Daphne）、艾洛伊絲（Eloise）、弗蘭雀絲卡（Francesca）、葛雷里（Gregory）與海辛絲（Hyacinth）。

這不禁令人好奇，已故子爵與（還活得好好的）子爵夫人如果有誕下第九名子嗣的話，會取什麼名字？難不成叫伊莫珍（Imogen）？伊尼戈（Inigo）？

或許生到第八個就打住，是個好主意。

《威索頓夫人的韻事報》

2 JUNE 1815

2

班尼迪特．柏捷頓在八個手足中排行第二，但有時他覺得自己彷彿有上百個兄弟姊妹。

他母親堅持舉辦的這場舞會本該是扮裝出席，班尼迪特也盡責地戴上一只純黑半臉面具，但所有賓客都知道他的真實身分，或該說幾乎能猜到他是誰。

「你是柏捷頓家的人！」看到他的人都會兩手一拍，喜滋滋地喊道。

「你一定姓柏捷頓！」

「柏捷頓家的！我到哪兒都認得出來柏捷頓家的人！」

班尼迪特是柏捷頓家的人沒錯，儘管他從未動過想當別家孩子的念頭，有時他仍希望別人不要只看見他的姓氏，而是多認識他這個人。

就在此時，一位扮成牧羊少女、但看不出年紀的女子朝他姍姍走來。

「你是柏捷頓家的！」她發出高亢的聲音：「我到哪兒都認得出來那頭栗色頭髮！你是哪一個？先別說，讓我猜猜。你不是子爵，因為我剛剛才看到他。你一定是柏捷頓二號或三號。」

班尼迪特冷冷地注視著她。

「哪一個呀？二號還是三號？」

「二。」他咬牙說道。

她兩手一拍，開心嚷嚷：「我就知道！噢，我一定要找到波夏（Portia）。我跟她說你就是柏捷頓二號……」

我是班尼迪特。他幾乎要開口咆哮。

「……但她說你才不是，你是比較小的那個，可是我……」

班尼迪特突然間覺得非走開不可。如果再不離開，他就會動手殺了這個蠢女人，但現場有這麼多目擊者，他可不覺得自己能逃過謀殺的下場。

「不好意思。」他語氣平穩地說：「那邊有個我必須去打招呼的人。」

他撒謊了，但他壓根兒不在乎。

他向眼前明顯超齡的牧羊少女草率頷首致意，徑直朝宴會廳的側門走去，急著想逃離人群，躲進哥哥的書房享受片刻天賜的寧靜，或許還可以來杯上好的白蘭地。

「班尼迪特！」

可惡，他差點就能成功逃走了。他抬眼看著母親加快腳步走來，穿著一身伊莉莎白時代的裝扮。他猜她是想打扮成莎士比亞某齣戲裡的角色，但他絞盡腦汁都想不出究竟是誰。

「有什麼我能效勞的嗎，母親？」他問道：「但別叫我去跟荷米恩・史麥史密（Hermione Smythe-Smith）跳舞。上次跳完，我差點沒了三根腳趾。」

「我才不是要你做那種事。」薇莉（Violet）快速答道：「我是要你去和普露丹絲・費瑟林頓（Prudence Featherington）跳舞。」

「發發慈悲吧，母親。」他哀號：「那更糟糕。」

「我又不是要你娶那姑娘。」她說：「只是要你跟她跳舞。」

班尼迪特忍下一聲悲歎。普露丹絲・費瑟林頓雖然人不錯，腦袋卻十分不靈光，笑聲也刺耳得很，他甚至親眼見過有人聽了之後摀著耳朵落荒而逃。

「這樣好了。」他開始哄母親：「如果妳看住普露丹絲，不讓她過來，我就跟潘妮洛普・費瑟林頓（Penelope Featherington）跳舞。」

「那樣也行。」他母親滿意地點頭答道，令班尼迪特油然生出一股不祥的預感，懷疑他母親根本從頭到尾就是打算要他和潘妮洛普跳舞。

「她就在擺檸檬水的桌子旁邊。」薇莉說：「竟然打扮成愛爾蘭矮妖，真可憐。她穿綠色是很好看，但下次她們去找裁縫師的時候，一定要有人控制一下她母親。我想不出來比那更慘不忍睹的裝扮了。」

「那妳大概還沒看到那隻人魚。」班尼迪特喃喃道。

她輕輕打了他手臂一下，「不許嘲笑客人。」

「但是他們有太多可笑之處了。」

她警告地瞅他一眼，說：「我要去找你妹妹了。」

「哪一個？」

「還沒結婚的。」薇莉口無遮攔地說：「雖然圭爾夫子爵對那位蘇格蘭女孩有興趣，但他們還沒訂婚。」

班尼迪特默默祝圭爾夫好運。這可憐的男子會很需要運氣。

「也謝謝你跟潘妮洛普跳舞。」薇莉意有所指地說。

他回以略帶譏諷的微笑。兩人都心知肚明，她說這些話意在提醒，而非道謝。

班尼迪特雙手抱胸，擺出有些冷峻的姿勢，看著母親走開。他深吸一口氣，轉身朝放著檸檬水的桌子走去。

他非常愛他的母親，但遇到和孩子社交生活有關的事情，她就會開始指手畫腳。如果說有什麼事比班尼迪特的單身狀態更讓她著惱的，那就是看到沒人邀舞、悶悶不樂的年輕女孩了。因此，班尼迪特花了很多時間在舞池裡，和母親想要他娶進門的女孩共舞，但更多時候，他的舞伴是那些被忽略的壁花女孩。

不過若要二選一，他寧願選擇跟後者跳舞。受歡迎的女孩通常都頗為膚淺，而且老實說，還有點笨。

他母親總對潘妮洛普．費瑟林頓懷有特別的好感。

班尼迪特皺眉思考，這已經是她第三年社交季了吧？一定是第三年。結果到現在結婚對象仍是沒個影。唉，好吧，他不如還是去履行他的職責。說到底，潘妮洛普是個不錯的女孩，頭腦還算靈光，個性也還行，總有一天她會找到丈夫的。當然不會是他本人啦，真要老實說，也不會是他認識的任何一個人，不過她一定會找到某個對象的。

班尼迪特嘆了口氣，邁步走向桌子。他幾乎能在口中嘗到那杯渴望已久、滑順醇美的白蘭地，但一杯檸檬汁應該也能讓他撐上幾分鐘才是。

「費瑟林頓小姐！」他出聲喊道，在三位費瑟林頓小姐同時轉過頭來時，努力讓自己不要打冷顫。他臉上掛著硬擠出來的虛弱微笑，補充道：「呃，我是說，潘妮洛普。」

三公尺外，潘妮洛普對他綻出大大的笑容，班尼迪特這才想起，他確實挺喜歡潘妮洛普．費瑟林頓。但話說回來，若她沒老是跟這幾位不討人喜歡的姊妹待在一起——她們不費吹灰之力就能讓一名成年男子恨不得搭上船逃往澳洲——她也不至於這麼讓人覺得出淤泥而不染。

就在他準備走上前時，一陣低語在身後如漣漪擴散開來。班尼迪特知道自己應該要繼續往前走，盡快完成這樁差事，但老天在上，他的好奇心占了上風，讓他轉過身去。

然後發現自己正看著一位他這輩子見過最動人心魄的女子。

他甚至看不出她的容貌美麗與否。她的頭髮是平淡無奇的深金色，戴得牢實的面具讓他甚至連一半的臉都看不到。

但她身上有某種氣質，令他看出了神，無法自拔。那是她的微笑，她雙眼的輪廓，她環顧整個宴會廳時的神態，彷彿這輩子沒見過如此光輝氣派的場面，彷彿眼前這幫上流社會分子，並不是一群穿著滑稽的傻蛋。

她的美，是由內而外煥發出來的。

她整個人閃動著熠熠光芒，耀眼絕倫。

她是如此光彩奪目，而班尼迪特驚覺，這是因為她看起來該死的快樂。為身在此處感到快樂，為身為自己感到快樂。

班尼迪特幾乎想不起來這種快樂是什麼感覺了。他確實過著不錯、甚至可以說是美妙的生活。他有七個很棒的兄弟姊妹、慈愛的母親，以及一大群朋友。但這名女子——

她知道什麼是喜悅。

班尼迪特非認識她不可。

他已經將潘妮洛普拋在腦後，在人群中推擠向前，來到離她只有幾步之遙的位置。有三位紳士已經早一步抵達，正對她不停阿諛奉承、讚美連連。班尼迪特饒富興味地觀察——她對花言巧語的反應和他認識的任何一名女子都不一樣。

她沒有忸怩作態，也沒有表現出受到恭維是理所當然的樣子。她也沒有羞怯靦腆，沒有吃吃竊笑，沒有刻意擺出淘氣姿態，或譏嘲相對，或做出任何女性預期中的反應。

她只是面帶微笑，而且是喜上眉梢的笑容。讚美本來就是要讓聽者感到高興，但他從未見過任何女性表現出如此純粹、毫無做作的喜悅。

他踏上前，想要將這份喜悅占為己有。

「各位紳士，不好意思，這位女士已經答應和我跳這支舞了。」他扯謊道。

透過那張面具上有點過大的眼孔，他看見她睜圓了雙眼，接著好像覺得很有趣似地，眼角浮現了笑紋。

他朝她伸出手，發出無聲的挑戰，看她會不會戳破這個謊言。

但她只是綻開燦爛的笑容，穿透了他的軀殼，直達他的靈魂。她將手覆上他的手。直到這一刻，班尼迪特才發現自己一直屏著呼吸。

「能與妳跳一支華爾滋嗎？」踏進舞池時，班尼迪特輕聲說道。

她搖了搖頭，「我不跳舞的。」

「妳在說笑吧。」

「恐怕不是。事實上……」她傾向前，臉上閃過一抹微笑，「我不知道該怎麼跳。」

他露出驚訝的表情。她走動的姿態散發著天生的優雅，更何況有哪位上流淑女到了這年紀還沒學過跳舞？

「那只剩下一個選擇了。」他輕聲說：「我來教妳。」

她睜大眼睛，微啟雙唇，發出驚奇的笑聲。

「怎麼了？」他問，試著讓語氣保持嚴肅：「很好笑嗎？」

她又咧嘴一笑，那是學生時期的同窗老友才會露出的笑容，而非初次踏入社交界的女子。她笑靨滿面地說：「就算是我，也知道沒人在舞會上教人跳舞。」

「這是什麼意思？」班尼迪特低聲回道：「就算是妳？」

她沒有回答。

「那我該好好利用這個優勢。」他說：「強迫妳聽我的話。」

「強迫我？」

但她是笑著反問，因此他知道自己沒有冒犯到她，便說：「如果我讓這令人難過的事情持續下去，那就太不紳士了。」

「令人難過？」

他聳聳肩，「一位美麗的淑女居然不會跳舞，簡直有違天理。」

「如果我允許你教我……」

「妳會允許我教你的。」

「如果我允許你教我，要在哪裡上課呢？」

班尼迪特揚起下顎，掃視整個宴會廳。要越過她的頭頂看向人群並不難。擁有一八五公分身高的他，是整場最高大的男性之一。

「我們應該去陽臺。」他終於說道。

「陽臺？」她複述：「那不會有很多人嗎？畢竟今晚很暖和。」

他俯身向前，「**私人陽臺就不會有人了**。」

「私人陽臺？」她帶著笑意說：「請你倒是告訴我，你怎麼知道私人陽臺在哪裡？」

班尼迪特震驚地看著她。難道她真的不知道他是誰？並不是說他有多自視甚高，認為整個倫敦都該知道他的身分，只不過他的姓氏可是柏捷頓，一旦看過這家的人，通常便能認出另一個成員來。這個城市的居民都見過這位或那位柏捷頓，班尼迪特通常走到哪裡都能被認出來，儘管別人只當他是「柏捷頓二號」——他哀傷地想。

「你沒回答我的問題。」他的神祕女士提醒他。

「私人陽臺嗎？」班尼迪特執起她的手，在精緻的絲質手套上落下一吻，「這麼說好了，我自有辦法。」

她看起來猶豫不決，因此他牽過她的手指，將她拉近一點——僅僅幾公分，卻彷彿只餘下一個親吻的距離。

「來吧。」他說：「和我跳舞。」

她走近一步。班尼迪特知道，他的人生已經就此改變。

Chapter 2

蘇菲剛踏進宴會廳時，並沒有看見這個男人，但空氣中感覺得到某種魔力；於是，當此人如童話裡的白馬王子出現在眼前時，她不知怎麼便知道，他正是她偷跑來舞會的理由。

他身材高大，從臉孔露出來的部分看得出相貌十分英俊，嘴唇透著嘲諷和笑意的線條，肌膚散布隱隱冒出頭的星點鬍碴。他的頭髮是深沉飽滿的栗棕色，被閃爍的燭光染上一層薄紅。其他人看起來都知道他是誰。蘇菲注意到，他四處走動時，人群會為他讓出一條路。當他扯著拙劣的謊言、稱她是自己舞伴時，其他男人也順從地退開。

他很英俊、很強大，而在今晚，這個人是屬於她的。

時鐘的指針走到午夜時，她就會回到只有沉悶家務、縫補洗衣、滿足艾拉敏塔所有願望的人生裡。想要度過一個令人陶醉、充滿魔法與愛意的夜晚，難道真是什麼過錯嗎？

她覺得自己就像公主——不顧後果的公主——因此在他邀她共舞時，便把手交了出去。她知道這一整夜不過是個謊言，因為她只是區區一名貴族的私生女、伯爵遺孀的女僕，她的衣服是借來的，鞋子還是偷來的——即便如此，當他們的十指相扣，這一切似乎都不重要了。

至少在這幾個小時裡，她能假裝這位紳士是她的人，從這一刻起，她的人生也能就此改變。

這一切不過是場夢，但她已經很久很久沒讓自己做白日夢了。

拋下一切謹慎，她讓自己被領著走出宴會廳。即便穿梭在人群中，他也走得很快，而她發現自己正一邊跌跌撞撞地跟著走，一邊咯咯發笑。

來到宴會廳外的走廊時，他佇足了半晌，對她說道：「為什麼妳好像總是在笑我？」

她再次笑了出來，好像無法克制一樣。

「我很快樂呀。」她無能為力地聳聳肩，「我只是很高興能來這裡。」

「為什麼？像妳這樣的淑女，應該很常參加這種舞會吧？」

蘇菲咧嘴一笑。如果他覺得自己是上流社會的一份子、是舞會和宴席的常客，那她肯定將這個角色扮演得天衣無縫。

他伸手觸碰她的嘴唇，喃喃道：「妳一直在笑。」

「我喜歡笑。」

他一手撫上她的腰，拉向自己。兩人之間的距離還算得上得體，但不斷縮短的空隙讓她快要無法呼吸。

「我喜歡看妳笑。」他說，嗓音低沉，言語勾人，但聲音卻隱隱有著一種奇怪的沙啞，讓蘇菲幾乎就要相信他、相信自己並非只是這人今晚的獵物。

但就在她能回答之前，一道指控的聲音從走廊彼端突然響起：「原來你在這裡！」

蘇菲的胃差點兒要跳出喉嚨。她被發現了。她會被丟到街上，明天可能會因為偷了艾拉敏塔的鞋而鋃鐺入獄，然後……

那名大聲叫喊的男子走到她身邊，對著她的神祕紳士說道：「母親一直在找你。你本來應該要和潘妮洛普跳舞，竟然就這麼逃走了，結果是我得頂替你的位置！」

「很抱歉。」她的紳士低聲說。

對來者而言，這句話似乎誠意不足，因為他用力皺起眉頭，「如果你要逃走，把我留給那群女妖，我發誓在死前一定會天天找你復仇。」

「我很樂意冒險一試。」她的神祕紳士說。

「哼，我已經替你和潘妮洛普跳過舞了。」男子抱怨道：「你很幸運，我剛好就站在附近。那可憐的女孩看到你轉身走掉，看起來心都碎了。」

蘇菲的這位紳士還好意思臉上一紅，「恐怕有些事是無可避免的。」

她來回打量兩名男士。雖然他們都戴著半臉面具，卻很明顯是兄弟。下一刻，她有如當頭棒喝，意識到這一定就是柏捷頓兄弟，而這是他們家，然後……

噢，老天爺啊，她剛才是不是跟傻瓜一樣，居然問他怎麼知道哪裡有私人陽臺？

但他是兄弟中的哪一位呢？班尼迪特，他肯定是班尼迪特。蘇菲默默地向威索頓夫人道了聲謝──她曾用一整篇專欄鉅細彌遺地傳授分辨柏捷頓家子嗣的方法。

蘇菲記得，班尼迪特是八名子女中最高的一位。這位讓她心跳快了三倍的男人，比他兄弟還高兩、三公分……

接著，蘇菲驚覺剛來的這位弟弟正在看著她。

「我明白你離開舞會的原因了。」柯林說道（他一定是排行老三的柯林，絕對不是只有十四歲的葛雷里，而安東尼已經結婚了，才不在乎班尼迪特是否逃離舞會、留他隻身面對那些初次參加社交季的女子）。

他用一種淘氣的表情看著班尼迪特說：「我能請她賞臉介紹一下嗎？」

班尼迪特挑了挑眉，「你可以試試，但我不覺得你會成功。我也還不知道她的芳名呢。」

「你根本沒問啊。」蘇菲忍不住指出。

「我問的話，妳會告訴我嗎？」

「我總是會告訴你點什麼的。」她反擊。

「但不會是實話。」

她搖頭，「這不是說實話的夜晚。」

「也是我最喜歡的那種夜晚。」柯林俏皮地說。

「你不是有地方要去嗎？」班尼迪特說。

柯林搖頭，「我知道母親希望我待在舞會裡，但她沒要求我一定要那麼做。」

「那我要求你回去待在那裡。」班尼迪特回道。

蘇菲感覺一陣輕笑就要從喉間冒出來。

「好吧。」柯林嘆道：「我這就走。」

「太好了。」班尼迪特說。

「孤零零地回到飢餓的狼群……」

「狼群？」蘇菲問。

「適合結婚的年輕淑女。」

柯林解釋：「她們根本就是一群飢渴的狼，當然，除了眼前這位以外。」

蘇菲覺得最好不要告訴他，她才不是什麼「適合結婚的年輕淑女」。

「我母親……」柯林開口。

班尼迪特發出哀鳴。

「……最想看到的就是我親愛的哥哥結婚。」他頓了頓，思考了一下這句話：「也許更想看到我結婚吧。」

「只要能把你趕出這個家就好。」班尼迪特乾巴巴地說。

蘇菲這次終於咯咯笑出聲來。

「但話說回來，他可是比我老多了。」柯林繼續說：「所以我們最好先把他送上絞刑臺……呃，我是說，教堂聖壇。」

「你的重點是？」班尼迪特怒道。

「一點重點也沒有。」柯林承認：「但話說回來，我說話很少有重點。」

班尼迪特向蘇菲說：「他說的是實話。」

「那麼，」柯林對蘇菲說，一邊揮舞手臂，做出花俏的手勢，「妳能為我受盡折磨的可憐母親發發慈悲，將我親愛的哥哥趕進教堂嗎？」

「這個嘛，他還沒問我呢。」蘇菲答道，試著融入說笑的氛圍。

「你喝了多少酒了?」班尼迪特抱怨地說。

「我?」蘇菲問。

「我是說他。」

「一滴也沒有。」柯林快活地說:「但我很認真在思考要補救一下。事實上,這可能是唯一一個讓我撐過今晚的方法。」

「如果拿酒能讓你離開這裡,」班尼迪特說:「那肯定是讓我撐過今晚的唯一方法。」

柯林咧嘴一笑,得意地行了個禮,便離開了。

「真好,兩位的手足之愛如此深重。」蘇菲輕聲說。

班尼迪特原本正惡狠狠地瞪著弟弟離開時走的門,突然將注意力轉了回來:「妳說那樣是愛?」

蘇菲想了想蘿莎蒙和珀希一天到晚抨擊對方、不單只是說笑打鬧的場景。

「沒錯。」她堅定地說:「我看得出來,你們都願意為對方犧牲自己的性命。」

「我想妳說得對。」班尼迪特困擾地嘆了口氣,接著又微笑起來,煩惱的語氣蕩然無存,承認道:「雖然我很不想承認。」他倚著牆,雙手抱胸,看起來既成熟又高雅,姿態無懈可擊。

「那麼,告訴我,」他說:「妳有兄弟姊妹嗎?」

蘇菲沉思了一會兒,接著篤定地說:「沒有。」

他挑起一邊眉,彎出奇特又自負的弧度。他微不可察地歪了歪頭說:「我很好奇妳為何花了這麼久的時間來回答這個問題。我以為答案應該很簡單才是。」

蘇菲別開了視線,知道自己眼中必定流露了痛楚,不想讓他看見。她一直都想要一個家庭。事實上,那是她人生中最渴望的事物。父親從未承認她是親生女兒,即便是私底下也沒有,而母親又在生下她時過世。艾拉敏塔視她為毒瘤,蘿莎蒙和珀希也不曾把她當作姊妹。

珀希偶爾會表現得像是她的朋友,但大部分時候都在問蘇菲可不可以補她的衣裙、弄她的髮型、擦她的鞋子……說老實話，儘管珀希是用問的，而不是像她母親和姊姊一樣下命令，蘇菲也根本沒有拒絕的餘地。

「我是獨生女。」蘇菲最後說道。

「而針對這個問題，妳只會告訴我這些。」班尼迪特低聲說。

「針對這個問題，我只會告訴你這些。」她承認。

「非常好。」他露出微笑，一個慵懶、充滿男人味的笑容，從容不迫問道：「那麼，有什麼是我可以問妳的？」

「老實說，什麼都沒有。」

「透露一點兒都不行？」

蘇菲微笑道：「我想你能問出我最喜歡的顏色是綠色，除此之外，你不會獲得任何和我的身分有關的線索。」

「為什麼要有這麼多祕密呢？」

「如果要我回答這個問題，」蘇菲露出一抹謎樣的微笑，真正進入了自己所扮演的角色，成為神祕的陌生人，「那我的祕密便不是祕密了，不是嗎？」

他微微向前傾身，「妳還是可以有新的祕密啊。」

蘇菲後退一步。他的視線變得灼熱，而她在僕役的房間已經聽過太多八卦，知道那代表什麼意思。雖然十分刺激、令人興奮，但她其實沒有表面佯裝的那樣大膽。

「這個夜晚，」她說：「已經足夠神祕了。」

「那問我一個問題吧。」他說：「我沒有祕密。」

她睜大雙眼，「沒有？真的？每個人不都有祕密嗎？」

「但我沒有。我的人生乏善可陳、平凡得無藥可救。」

「這我可就很難相信了。」

「我是說真的。」他聳聳肩，「我從未勾引過未經世事的女子，甚至是有夫之婦；我不曾因賭博欠下債務，我的父母過去也對彼此忠貞不二。」

這表示他不是私生子。不知怎麼，這個念頭讓蘇菲喉間湧上一陣酸澀。當然並非因為嫉妒他的血統純正，而是因為要是他得知她的身分，便永遠不會追求她——至少不可能以正大光明的方式。

「妳還沒問我問題呢。」他提醒道。

蘇菲詫異地眨了眨眼，她沒想到他是認真的。

「好……好吧。」她吃驚得舌頭打結了一下，「那你最喜歡的顏色是什麼？」

他咧嘴一笑，「妳確定要把額度浪費在這個問題上嗎？」

「我只能問一個問題？」

「已經便宜妳了，妳甚至沒回答我任何問題。」班尼迪特傾身向前，眼中光芒閃動，「答案是藍色。」

「為什麼？」

「為什麼？」他重複道。

「對，為什麼？因為那是大海的顏色嗎？還是天空的顏色？或是只因為你就是喜歡這顏色，沒有理由？」

班尼迪特好奇地打量她，這問題還真奇怪啊。**為什麼他最喜歡的顏色是藍色？**所有人聽到答案之後，便不會再追問下去，但這名女子——他甚至還是不曉得她的芳名——卻想挖得更深，不滿足於表面的答案。

「妳喜歡畫畫嗎？」他問道。

她搖頭，「只是好奇罷了。」

「為什麼妳最喜歡的是綠色？」

她發出嘆息，雙眼流露傷感的神色。「我想因為那是青草的顏色，也許跟樹葉也有關係，但主要是草地。尤其是夏天赤腳跑在草地上的觸感，還有園丁用鐮刀修完草皮後散發出來的氣味。」

「草地的觸感和氣味與綠色有什麼關聯嗎？」

「我想沒有吧，但或許也全都有關。你知道，我以前住在鄉間……」她硬生生打住。她原本沒打算要說這麼多的，但讓他知道如此單純的事實，似乎也無傷大雅。

「妳那時是不是比現在快樂？」他輕聲問道。

她點點頭，突然察覺到了什麼，令肌膚竄過一陣微微的刺麻感。威索頓夫人肯定沒和班尼迪特．柏捷頓深入交談，因為她從未寫過此人可能是全倫敦最有洞察力的男人。他凝望蘇菲的雙眼時，她有種被他看進靈魂的奇異感受。

「那妳一定很喜歡在公園散步吧。」他說。

「是啊。」蘇菲說謊道。她從未擁有去公園的閒暇時間，艾拉敏塔甚至不讓她像其他僕役一樣能休個一天假。

「我們應該要一起去散個步。」班尼迪特說。

蘇菲顧左右而言他：「你沒告訴我為什麼你最喜歡的是藍色。」

他微微歪了歪頭，稍稍瞇起了眼，讓蘇菲知道他有注意到她在轉移話題。但他只是說：「我不知道。也許跟妳一樣，藍色讓我想到懷念的事物。奧布雷莊園旁邊有座湖——那在肯特郡，我長大的地方——但湖水比較接近灰色，而不是藍色。」

「也許是湖面映出了天空的顏色。」蘇菲表示。

「那邊天空確實常常是灰的，不是藍色。」班尼迪特笑了一聲，「我想念的或許就是這個——藍天和陽光。」

Chapter 2

「如果沒下雨的話，」蘇菲微笑著說：「那就不是英格蘭了。」
「我去過一次義大利，」班尼迪特說：「那裡的陽光從未被遮蔽過。」
「聽起來像是天堂。」
「會這樣想也是自然。」他答：「但我那時發現自己居然開始想念雨天。」
「怎麼可能！」她笑出來，「我覺得自己好像大半輩子都在盯著窗外，不停抱怨下雨。」
「如果雨天不再，妳就會想念它了。」
一陣愁緒湧上蘇菲心頭。她人生中有什麼事物是不見了會讓她想念的？她不會想念艾拉敏塔，這是肯定的，也不會想念蘿莎蒙。珀希的話，大概會吧；她也一定會想念陽光穿過她閣樓房間窗戶照耀進來的樣子。她也會想念僕役嘻笑玩鬧、偶爾拉她一起找樂子的時光，儘管他們都清楚她是已故伯爵的私生女。
但她不需要去想念這些事物——她甚至沒有機會——因為她哪兒也去不了。過了今晚，這個美好、驚奇、魔法般的一夜，她的生活就會回歸常軌。
如果她更堅強、更勇敢一點，或許在好多年前便離開潘伍德府了。但那樣真的會有什麼差別嗎？她雖然不喜歡和艾拉敏塔住在一起，但一走了之也不可能讓生活變得更好。
她或許會想當個家庭教師，也肯定能勝任，但很少人沒有推薦信還找得到工作，而艾拉敏塔是不可能會給她寫推薦信的。
「妳好安靜。」班尼迪特柔聲說。
「我只是在想事情。」
「想什麼？」
「如果我的人生有了劇烈的轉變，我會懷念什麼……還有不會懷念什麼。」
他的視線熱切了起來，「妳預期妳的人生將有劇烈改變嗎？」

她搖搖頭，試著藏起語氣中的哀傷：「不。」

他的聲音變得好輕好輕，幾乎像是耳邊細語：「那妳想要妳的人生改變嗎？」

「想。」她在能阻止自己之前嘆道：「**噢，我想**。」

他執起她的雙手，湊近唇邊，溫柔地輪流落下親吻。「那我們現在就該開始改變。」他發誓：「到了明天，妳就會煥然一新。」

「今晚我已經改頭換面了。」她輕聲說：「明天，我就會消失。」

班尼迪特將她拉近，在她眉心印上最輕柔、最縹緲的一吻。

「那麼，我們便把今晚當作一生度過吧。」

Chapter 3

LADY WHISTLEDOWN´S SOCIETY PAPERS

筆者屏息以待，等著瞧瞧上流社會的成員會選擇何種服裝，參加柏捷頓家的化裝舞會。

據說艾洛伊絲．柏捷頓將化身聖女貞德；已迎來第三年社交季、剛拜訪完愛爾蘭表親的潘妮洛普．費瑟林頓，則是打扮成愛爾蘭矮妖。

已故潘伍德伯爵的繼女珀希．瑞林（Posy Reiling）小姐打算變身成美人魚，讓筆者迫不及待想一睹風采。不過，她的姊姊蘿莎蒙．潘伍德小姐則是對自己的造型三緘其口。

至於男士們的服裝嘛，根據過往化裝舞會的蛛絲馬跡來看，身材福態的會打扮成亨利八世，體格精實點的則傾向扮成亞歷山大大帝或魔鬼，百無聊賴的那群（柏捷頓家那對單身漢兄弟肯定屬於此類）則是打扮成**自己**——基本款的黑色晚宴服，加上一只黑色半臉面具，意思意思配合一下。

《威索頓夫人的韻事報》
5 JUNE 1815

3

「和我跳舞。」蘇菲不假思索說道。

他露出被逗樂的笑容，手指卻緊緊與她交纏，對她低語：「我以為妳不知道怎麼跳呢。」

「你說會教我的。」

他久久凝望著她，目光牢牢鎖著她的雙眼，接著拉了拉她的手，「跟我來。」

他將她牽在身邊，領著她溜進一條走廊，爬上樓梯，轉過轉角，來到一道對開的落地玻璃門前。班尼迪特搖動鍛鐵門把，將門打開，露出一座小小的私人陽臺，擺飾了幾個盆栽和兩把躺椅。

「我們在哪兒？」蘇菲問，一邊環顧四周。

「正下方就是宴會廳的陽臺。」他關上身後的門，「妳聽不到音樂嗎？」

蘇菲聽到的大部分都是毫無間斷的低低交談聲，但如果凝神細聽，就能稍微聽見樂隊演奏的輕快旋律。

「韓德爾的曲子。」她愉快地笑著說：「我的家庭教師有個音樂盒，演奏的就是這首曲子。」

「妳很愛妳的家庭教師呢。」他安靜地說道。

她隨著曲調輕聲哼唱時，眼睛是閉著的，但一聽到這句話，便像受到驚嚇般猛然睜眼，「你怎麼知道？」

「就像我知道妳在鄉間過得比較快樂一樣。」班尼迪特伸手撫上她的臉頰，一根覆著手套的手指沿著肌膚滑過，來到她的下顎。「我能從妳臉上看出來。」

她靜默半晌，接著往後退了開來，一邊說道：「是啊，嗯，我和她相處的時間比和家裡其他人都長。」

「聽起來是個孤單的童年。」他低聲說。

「有時候是。」她走到陽臺邊緣，雙手擱在欄杆上，凝望墨黑的夜空，「有時候不是。」

接著她突然轉過身，臉上綻現一道燦爛的笑容，班尼迪特便知道她是不會再對童年這個話題多說一句了。

「有這麼多兄弟姊妹在身邊，」她說：「你的童年肯定和孤單截然相反。」

「妳知道我是誰。」他指出。

她點點頭，「但我一開始並不知道。」

他走過去，臀部側倚著欄杆，雙手抱胸，「妳是怎麼察覺的？」

「其實是因為你弟弟。你們長得非常像……」

「就算我們戴著面具？」

「就算你們都戴著面具。」她露出縱容的笑容說：「威索頓夫人很常寫你們的事，一有機會就要大書特書你們長得有多相似。」

「那妳知道我是兄弟中的哪一個嗎？」

「班尼迪特。」她答道：「如果威索頓夫人所言不假，那你就是兄弟中最高的一位。」

「妳真是個優秀的偵探。」

她流露些微羞窘的表情，「我只是讀了點八卦小報，跟這裡其他人沒什麼不同。」

班尼迪特盯著她好一會兒，心想她知不知道自己又洩露了一個真實身分的線索。如果她是憑著《威索頓夫人的韻事報》的描述才認出他，那她肯定才踏入社交界不久，甚至從未踏入過。無論如何，她絕不是他母親要介紹給他的那些年輕淑女之一。

「妳從《威索頓夫人的韻事報》上還讀到了什麼跟我有關的事？」他問，臉上帶著慵懶從容的微笑。

「你這是想讓我稱讚你嗎？」她問，回以微微勾起的唇角，「你一定知道，她幾乎不用犀利的筆寫柏捷頓家。寫起你們家的事，威索頓夫人幾乎都只有溢美之詞。」

「這確實讓不少人對她的真實身分有所推敲。」班尼迪特坦承：「有人認為她肯定是柏捷頓家的成員。」

「她是嗎？」

他聳聳肩，「我不知道。妳還沒回答我的問題呢。」

「什麼問題？」

「妳從《威索頓夫人的韻事報》上知道了什麼跟我有關的事？」

她露出驚訝的表情，「你真的想知道？」

「如果我不能知道妳的事，至少能告訴我妳知道些什麼我的事吧？」

她微微一笑，用食指指尖點住下唇，無心的動作十分可人。

「嗯，我想想。上個月你在海德公園贏了一場蠢賽馬。」

「那一點也不蠢。」他咧嘴笑出來，「還讓我贏了一百英鎊呢。」

她對他挑起眉，「賽馬幾乎總是很蠢。」

「說的話跟女人家一樣。」他喃喃道。

「這個嘛……」

「『這不是顯而易見嗎』，對吧？」他搶過她的話。

她莞爾一笑。

「妳還知道些什麼？」他問。

「《威索頓夫人的韻事報》寫過的嗎？」她用手指點點臉頰，「你曾把你妹妹的洋娃娃的頭給砍了。」

「我還在試著弄清楚她為什麼會知道這件事。」他咕噥道。

「也許威索頓夫人真的是柏捷頓家的人。」

「不可能。」班尼迪特鏗鏘有力地說：「倒不是因為我們不夠聰明、瞞不過別人，而是因為其他家人都太聰明了，不可能猜不出是誰。」

她大笑出聲，而班尼迪特仔細打量她，心想她是否知道自己再度洩漏了一條線索。這樁洋娃娃和斷頭臺的不幸際遇，是威索頓夫人兩年前一篇早期專欄的文章。雖然這份八卦報紙如今也派送到許多住在鄉間的人家，但《威索頓夫人的韻事報》最早只有倫敦人才讀得到。

這表示他的神祕女士兩年前就住在倫敦了。但她是在見到柯林之後，才發現他是誰。她早就待在倫敦，卻沒踏入社交界。也許她是家中年紀最小的，在姊姊們愉快參加社交季時，留在家讀《韻事報》。

這些線索還不夠弄清楚她的真實身分，但總是個開始。

「妳還知道哪些事情？」他問，熱切地等著看她會不會再透露點什麼。

她咯咯輕笑，顯然樂在其中。「你從未和任何年輕女士傳出認真來往的消息，而你母親則是對看到你結婚不抱希望。」

「現在壓力小一點了，因為我哥哥娶到了老婆。」

「你是說子爵？」

班尼迪特點點頭。

「威索頓夫人也有寫到。」

「寫得鉅細靡遺呢。不過……」他傾身靠向她，壓低聲音：「她並不知道所有細節。」

「真的？」她興致高昂地問：「她漏了什麼？」

他嘖了嘖，對她搖頭，「如果妳不告訴我名字，我就不告訴妳我哥哥追求他妻子時的祕密。」

她嗤之以鼻，「『追求』這字眼也太誇大了。威索頓夫人寫過……」

「威索頓夫人啊，」他打斷她，臉上帶著略為嘲諷的淺笑，嘲諷道：「對倫敦發生的事並非瞭若指掌。」

「**但她想必知道絕大多數的事。**」

「妳真這樣認為？」他若有所思地說：「我就不這麼覺得。打個比方，如果威索頓夫人也在這裡，她肯定不知道妳的真實身分。」

她睜大面具底下的雙眼。班尼迪特對這個反應感到頗為滿意。

他雙手抱胸，「我說的沒錯吧？」

她點點頭，「但我的喬裝很完美，沒人認得出我是誰。」

他挑起一邊眉，「如果妳拿掉面具呢？她會認得出妳嗎？」

她將身子推離欄杆，往陽臺中央走了幾步，「我不會回答這個問題。」

他跟了過去，「我也不覺得妳會，但我還是想問。」

蘇菲轉過身，發現他就近在咫尺，禁不住屏住了呼吸。她有聽到他跟上來的腳步聲，卻沒料到他靠得這麼近。她張嘴想說點什麼，卻震驚地發現什麼話都想不出來，只能怔怔地望著他，盯著那雙從面具底下望著她的深幽雙眼。

此時此刻，她一句話都說不出來，連呼吸都變得愈發困難。

「妳還沒跟我跳舞呢。」他說。

他的大手撫上她的後腰，她只是呆呆站著，一動也不動。他觸碰她的地方傳來一陣刺麻，周遭的空氣頓時變得厚重滾燙。

蘇菲發覺，原來這就是慾望，這就是女僕們竊竊私語談論的東西。出身良好的淑女甚至不該知道這種事。

但她可不是出身良好的淑女，蘇菲倨傲地想。她是貴族的私生子，不是，也永遠不會是上流社會的一分子。她有必要遵守這些人的規則嗎？

她曾發誓永遠不會成為情婦，也不會生下必然和她遭受同樣命運的孩子，但她今晚也沒想過要做到那個地步。眼下不過是一支舞、一個晚上，也許還會有一個吻罷了。

雖然這已足夠毀掉一個人的名譽，但她本來就沒有什麼名譽可言。她不是上流社會的人，本就身處法外之地，而她只是想擁有一個晚上的美夢。

她抬起頭。

「看來妳不打算逃走了。」他低聲道，漆黑的雙眼燃起令人激動的滾燙光芒。

她搖頭，發現他再次察覺了自己的想法。

他輕而易舉就能讀出她的思緒，應該要讓她害怕才是，但這惑人的夜色、輕扯她鬆垂髮絲的風，以及從下方飄揚而來的樂聲，竟反而教人感到無比興奮。

「我的手該放在哪裡？」她問：「我想跳舞。」

「就放在我肩上。」他指點，「不，再低一點點。就是這樣。」

「你一定覺得我是個大傻瓜。」她說：「居然不知道怎麼跳舞。」

「其實我覺得妳非常勇敢，能承認自己不會跳舞。」他空著的手握住她的，緩緩抬至半空，「大部分我認識的女子都會假裝有傷在身，或擺出不感興趣的樣子。」

她昂首看向他，即使知道那雙眼睛能奪走她的呼吸。

「我演不出不感興趣的樣子。」她承認道。

放在她後腰的那隻手收緊了幾分。

「仔細聽音樂。」他指示道，嗓音古怪地沙啞起來：「妳能感覺到曲調的抑揚頓挫嗎？」

她搖搖頭。

「專心聽。」他低語，雙唇湊近她耳邊，「一、二、三；一、二、三。」

蘇菲閉上雙眼，忽略賓客無休無止的閒談聲，直到耳裡只剩下昂揚的音樂。她的呼吸慢了下來，發現自己正隨著演奏的節奏搖晃，頭也跟著班尼迪特低柔的指示來回擺動。

「一、二、三；一、二、三。」

「我感覺到了。」她低語。

他莞爾一笑。她不確定自己是怎麼知道的，因為她還閉著眼睛。但她從他吐息的音色，感覺到了那抹笑容。

「很好。」他說：「現在注意看我的腳，讓我來帶舞。」

蘇菲張開雙眼，低頭向下看。

「一、二、三；一、二、三。」

她遲疑地跟著他的步伐——接著直直踩上他的腳。

「噢！對不起！」她脫口而出。

「我妹妹們還做過更糟的事呢。」他安慰道：「別放棄。」

她再次嘗試，突然間，她的雙腳知道該怎麼動了。

「噢！」她驚訝地吸氣，「這真的太美妙了！」

「抬頭看我。」他溫柔地指示。

「但我會絆倒。」

「不會的。」他保證：「我不會讓妳絆倒。看著我的眼睛。」

蘇菲照做了。四目相對的那一剎那，她體內彷彿有什麼東西落定了位，讓她再也移不開雙眼。

他帶著她旋轉，繞著陽臺畫圈，由慢漸快，直到她氣喘吁吁、頭昏眼花。

Chapter 3

她的視線未曾離開他的雙眼。

「妳感覺到什麼？」他問。

「感覺到一切！」她笑著說。

「妳聽到什麼？」

「我聽到音樂。」她興奮地睜大雙眼，「彷彿我從來沒聽過一樣。」

他收緊了雙手，兩人之間的距離又縮短了幾分。

「妳看到什麼？」他問。

蘇菲腳步踉蹌了幾許，但還是沒有別開眼睛。

「我的靈魂。」她低語：「我看到我的靈魂。」

他停下腳步。「妳說什麼？」他輕聲說。

她不發一語。這一刻太過緊繃，承載了太多意義，她害怕會毀了它。

不，不是的。她怕的是讓這一刻變得更加美好，這樣在午夜回到現實後，她就會更難過。

經歷了這一切，她怎麼還能心平氣和地繼續幫艾拉敏塔擦鞋子？

「我知道妳說了什麼。」班尼迪特啞聲說：「我聽到了，妳……」

「什麼都別說。」蘇菲打斷他。她不想聽到他也有一樣的感受，不想聽到任何會讓她永遠牽掛這男人的話語。

但也許已經太遲了。

他久久凝視著她，久得令人心焦如焚，接著他低聲開口：「我不說，我一個字都不說。」然後，在她來得及喘一口氣前，他就吻上了她的唇，力道輕巧細緻、溫柔得令人心痛。

他的雙唇刻意緩慢地摩挲她的唇瓣，幾不可察的撫觸在她體內引發竄遍全身的顫抖和刺麻。

他觸碰她的唇時，就連腳趾都能感覺到那股顫動。那是種奇特至極的感受，卻也美妙至極。

接著，他放在她後腰的手——那隻他們跳華爾滋時毫不費力引導她的手——開始將她拉近，力道緩慢卻堅決。隨著距離拉近，蘇菲的身體開始發熱。就在驀然感覺到他的身軀緊貼住她時，她的身體彷彿就要燒起來了。

他好高大、好強壯，在他的懷抱中，她覺得自己彷彿是全世界最美的女人。

突然間，一切美夢好像都可以成真，甚至能擁有一個擺脫苦役和恥辱的人生。

他的吻愈發急切，探出舌尖挑動她的唇角。那隻原本還牽著她、維持華爾滋舞姿的手，開始沿著她手臂滑動，一路撫上她的後頸，手指扯鬆她盤起來的頭髮。

「妳的頭髮像絲綢一樣。」他低語，但蘇菲忍不住輕笑起來——他還戴著手套呀！

他退開了身。「妳啊，」他好笑地看著她，「到底在笑什麼？」

「你怎麼知道我的頭髮摸起來像什麼？你分明還戴著手套。」

他露出一抹歪斜、孩子氣的笑容，讓她的胃彷彿打了好幾個滾，心也融化了。

「我不曉得是怎麼知道的。」他說：「但我就是知道。」他的笑容變得更加歪斜，又補充道：「但為了確認，也許我該直接用手試看看。」

他將手伸至她面前，「有這個榮幸請妳幫忙嗎？」

蘇菲盯著他的手看了幾秒，才會意過來他的意思。

她緊張、顫抖地吸了一口氣，後退一步，雙手捧住他的手。她緩慢地捏住每個指尖，輕柔地扯鬆精緻的布料，直到能將整個手套從他手上滑下來。

她抬頭看他，手套仍掛在她的指間。他的目光閃爍奇特的神采——飢渴……還有某種幾乎是崇高而神聖的東西。

「我想觸碰妳。」他低語，光裸的手捧住她的臉頰，指腹輕撫她的肌膚，一路向上摸索，碰上她耳邊的髮絲。他輕輕一扯，鬆開一束頭髮。微捲的髮束從造型的禁錮中解放，她愣愣地看著他將金色的髮絲纏繞在食指上，無法移開視線。

「我錯了。」他喃喃說：「它比絲綢還柔軟。」

蘇菲突然湧現一股用同樣方式觸碰他的渴望，於是伸出了手。「輪到我了。」她柔聲說。

他的雙眼燃起火光，接著動手模仿她先前的動作，扯鬆指尖的布料。但他並沒有脫下整只手套，而是將雙唇湊到她手肘上方的手套緣口，親吻她手臂內側的敏感肌膚。

「這裡也比絲綢還柔軟。」他低聲說。

蘇菲空著的手緊緊抓住他的肩膀，失去站穩腳步的信心。

他拉著手套向外扯，用慢得令人心焦的速度讓手套滑下她的手臂，而他的嘴唇沿著露出來的肌膚滑動，一路來到手肘內側。

他抬起眼簾，沒有中斷親吻，看著她說：「妳不介意我在這兒多待一會兒吧？」

蘇菲無助地搖搖頭。

他探出舌頭，描繪她的肘彎。

「噢，我的天。」她呻吟出聲。

「我就想妳會喜歡。」他說，話語灼燒她的肌膚。

她點頭，或該說她試著點頭，但不確定是否成功做出這個動作。

他的雙唇繼續向下探索，滑過她的前臂，激起陣陣歡愉，然後在手腕內側逗留片刻，最後在掌心停下。

「妳是誰？」他抬起頭問，卻沒有放開她的手。

她搖頭。

「我非知道不可。」

「我不能告訴你。」但她看出他不接受否定的答案，便補上一句謊言：「還不能。」

他握住她一根手指，抵著嘴唇摩挲。「我明天想見妳。」他柔聲說：「我想拜訪妳，看看妳住在哪兒。」

她一言不發，只是想辦法穩住自己，不要哭出來。

「我想見妳的父母，還想拍拍妳該死的寵物狗。」班尼迪特繼續道，嗓音顫抖起來：「妳懂我的意思嗎？」

下方傳來音樂和談話的聲響，但陽臺上唯一的聲音只有他們倆急促的喘息。

「我想要……」他的聲音低了下去，目光流露些許驚訝，彷彿不敢置信自己的話語竟如此發自內心：「我想要妳的未來。我想要妳的全部。」

「別說了。」她懇求道：「求求你，別再說了。」

「那就告訴我妳的名字。告訴我明天該如何找到妳。」

「我……」但她聽見一道奇怪的聲響，清脆嘹亮又帶有異國風情。

「那是鑼。」他答：「揭下面具的信號。」

驚慌向她席捲而來，「什麼？」

「一定是午夜了。」

「午夜？」她倒抽一口氣。

他點頭，「是時候拿下妳的面具了。」

蘇菲一隻手飛快伸向額角，使勁按住臉上的面具，彷彿光憑意志力就能讓它黏在皮膚上。

「妳還好嗎？」班尼迪特問。

「我得走了。」她脫口而出，接著毫無預警地撩起裙襬，逃離陽臺。

「等等！」她聽見他的叫喊，感覺到他的手臂劃過空氣，徒勞地試圖抓住她的衣裙。

但蘇菲動作奇快——或許也因為她慌亂至極——飛一般衝下樓梯，彷彿地獄之火緊跟在後。

她衝進宴會廳，心知班尼迪特不會輕易放棄，因此隱藏在人群中是她最好的機會。她只要穿越宴會廳，便能從側門離開，再繞過屋子溜上等待她的馬車。

賓客們仍在脫除面具，周遭滿是喧鬧響亮的笑語。蘇菲左推右擠，想盡辦法前往大廳的另一端。她絕望地朝身後瞥一眼。班尼迪特已經進入宴會廳了，表情急切地掃視人群。他似乎還沒發現她，但她知道不用太久就會被發現——這襲銀色禮服太過顯眼。

蘇菲繼續推開擋路的賓客，至少有一半人因為喝得太醉而沒注意到她的動作。

「借過。」她喃喃低語，手肘撞上某凱薩大帝的肋間，接著那句「不好意思」因為痛而有些口齒不清——一位埃及豔后踩到了她的腳趾。

「抱歉，我……」她忽然感到肺裡的空氣被抽得一乾二淨，因為來人正是艾拉敏塔。

雖然艾拉敏塔面對的是她的面具，但倘若有人能認出蘇菲，那肯定就是她，而……

「注意妳的腳步。」艾拉敏塔不可一世地說。蘇菲張著口呆立原地，看著艾拉敏塔一旋伊莉莎白女王的裙襬，轉身就走。

艾拉敏塔沒有認出她！

如果不是急著在班尼迪特追上之前離開柏捷頓家，蘇菲一定會大笑出聲。

蘇菲焦慮地回頭張望。班尼迪特已經發現她了，正在人群中開道走來，而他的速度可是比她要快得多。她用力吞嚥，全身湧現新的力量，奮力往前推擠，幾乎撞倒兩名希臘女神，最後終於抵達側門。

她回頭望去，看到一名年邁女士用手杖攔下班尼迪特，便轉身逃離房子，繞到大門，潘伍德家的馬車正等在那裡——和吉本斯太太說的一樣。

「快走！快走！」蘇菲慌亂地朝車伕大喊。

她就此離去。

Chapter 4

LADY WHISTLEDOWN´S SOCIETY PAPERS

不只一位舞會賓客告訴筆者，他們看到班尼迪特·柏捷頓身旁有一名身著銀色禮服的不知名女士。

儘管鍥而不捨，筆者仍對這位神祕女士的身分毫無頭緒。

如果連筆者都無法揭開這個祕密，各位讀者便能明白，她的身分確實隱藏得滴水不漏。

《威索頓夫人的韻事報》
7 JUNE 1815

4

她走了。

班尼迪特站在柏捷頓大宅前的人行道，四下掃視街道。整個格羅夫納廣場被馬車擠得水泄不通。她可能就在任何一輛馬車裡，停在卵石路上動彈不得，等著從車潮中脫身。或者她也可能就在那三輛剛逃出生天，正繞過轉角的馬車上。

無論如何，她都已經離開了。

他很想掐死丹柏莉夫人——她用手杖戳住他腳趾，堅持要他對賓客服裝發表評論。好不容易脫身後，他的神祕女士已從宴會廳側門離開了。

他知道，她不會再出現在他眼前了。

班尼迪特發出一聲低沉激動的咒罵。在母親硬塞給他的眾多女子中——真的多不勝數——他未曾感受過與這位銀衣女子之間那灼燒靈魂的共鳴。看到她的那瞬間……不，在看到她之前、僅是感受到她的存在時，周遭空氣好似有了生命，充滿張力和興奮。他渾身同樣也洋溢著生命力。他已經好多年沒有這種感受了：眼前萬物好似煥然一新、閃閃發亮，充滿熱情和美夢。

但是……

班尼迪特再次咒罵出聲，語氣染上一絲懊悔。

但是他甚至沒能得知她雙眸的顏色。

他十分篤定不是棕色，但在燭光的昏暗照拂下，他無法辨認那是藍或綠色、金榛色或灰色。出於某種原因，這是讓他最為沮喪的謎團。

這件事使他心神不寧，腹部深處留下一種灼燒、飢渴的感受。

他們說，眼睛是靈魂之窗。如果他真的找到了真命天女，能讓他想像與之共組家庭與共度未來的畫面，那麼上帝為證，他應當要知道她的眸色才是。

要找到她不是件容易的事。想找出不想被找到的人，從來就難如登天，何況她已明確表示自己的身分是個祕密。

他擁有的線索少得可憐。不過是幾句對《威索頓夫人的韻事報》專欄的評語，還有……

班尼迪特低頭望向右手仍緊抓不放的單只手套。他急匆匆穿越宴會廳時，一時忘了自己還握著這個東西。他將手套湊到臉前，吸入附著其上的香氣。令他詫異的是，那並不是神祕女士身上的玫瑰水與肥皂香氣，而是一股淡淡的霉味，彷彿收在陳舊衣箱裡許多年了。

真奇怪。為什麼她要戴一只舊手套呢？

他把手套翻過來，好似這個動作能把她帶回來，就在此時，他注意到繡在緣口的小小記號。

ＳＬＧ。是某人的姓名縮寫。

是她的嗎？

還有一枚家徽，是他認不出來的圖樣。

但他母親肯定知道，她向來是這方面的專家。如果她認得出這枚紋樣，可能也會知道那是誰的姓名縮寫。

班尼迪特看到了第一道希望的曙光。他會找到她的。

他會找到她，讓她成為自己的人。就這麼簡單。

蘇菲只花了半小時，便回到平常面目邋遢的狀態。

禮服、璀璨的耳環和精緻髮型都已不見蹤影。珠寶淺口鞋已四平八穩地擺在艾拉敏塔的鞋櫃，女僕用在她唇上的胭脂盒也已回到蘿莎蒙的梳妝檯。她甚至能花上五分鐘按摩臉，揉開面具留下的壓痕。

現在的蘇菲看上去就和往常睡前的模樣沒什麼不同——平凡無奇、毫不起眼，頭髮編成一條鬆鬆的辮子，雙腳套著驅退夜晚寒氣的暖和襪子。

她變回了真正的自己，一位女僕，僅此而已。她當了一晚曇花一現的精靈公主，如今一點兒痕跡都沒留下。

最悲傷的是，她的精靈王子也不在了。

班尼迪特．柏捷頓就和她在《韻事報》上讀到的別無二致。英俊、強壯、風度翩翩。他是每個年輕女孩的夢中情人——但不是她的，蘇菲陰鬱地想。那樣的男人不會娶伯爵的私生女為妻，更不用說是女僕了。

但她擁有過他，即使只有一個晚上，也許這樣就夠了。

她拿起從小就陪在身邊的小狗布偶。這麼多年來，她都用它來提醒自己往昔的快樂時光。它通常都安坐在梳妝檯上，但不知怎麼，她現在希望它能離自己近一點。她爬上床，將小狗塞進臂彎，身子在被褥下蜷縮起來。

接著她緊緊閉起雙眼，咬住嘴唇，汩汩流下的淚水悄然沾濕了枕頭。

這是個好長、好長的夜晚。

「妳認得出這是哪家的家徽嗎？」

班尼迪特．柏捷頓與母親同坐在她那間十分女性化、粉白相間的客廳裡，將他和銀衣女子唯一的聯繫遞給她看。

薇莉．柏捷頓接過手套，仔細審視那枚家徽。她只花了一秒就給出答案：「潘伍德。」

「潘伍德伯爵？」

薇莉點點頭。「Ｇ代表了『葛寧沃斯』這個姓氏。我沒記錯的話，這個爵銜最近已不屬於他們家族了。伯爵過世時膝下無子……噢，一定是六、七年前的事了。他們一位遠親繼承了爵銜。而且……」她不以為然地點點頭，轉移話題：「你昨晚忘了和潘妮洛普．費瑟林頓跳舞。幸好你弟弟替你代勞了。」

班尼迪特壓下一聲哀鳴，試圖忽略她的責備，「那這位ＳＬＧ是誰？」

薇莉瞇起雙眼，「你為什麼想知道？」

班尼迪特終於呻吟出聲：「我想妳非得要提出問題，而不只是回答我就好。」

她發出一聲非常淑女的嗤笑，「你很清楚我不只如此。」

班尼迪特勉力不要對她翻白眼。

薇莉問：「這只手套是誰的，班尼迪特？」

他回答的速度讓她不甚滿意，於是又補上一句：「你最好從實招來。你也知道我很快就能查出真相。如果我之後不必問你任何問題，對你來說就不會那麼丟人。」

班尼迪特嘆了口氣。他非得告訴她實情不可了，至少是大部分實情。很少有什麼事能比與母親分享這類細節更讓他排斥的了——她會緊抓任何看到他結婚的希望不放，像藤壺觸手一般糾纏。但如果想找到銀衣女子，他沒什麼選擇。

「我在昨晚的化裝舞會遇見了某個人。」他終於坦白。

薇莉高興地雙手一拍，「真的？」

「就是因為她，我才忘了要跟潘妮洛普跳舞。」

薇莉看起來就要因狂喜而暈死過去。

「哪一位？潘伍德家的其中一個女兒嗎？」她皺起眉頭，「不，不可能。他沒有女兒，但他有兩名繼女。」她又皺了皺眉，「不過我得說，見過那兩個女孩後……嗯……」

「怎麼樣？」

薇莉雙眉緊鎖，苦苦思索比較得體的字眼。「嗯，我只是沒想過你會對她們其中一個感興趣，就這樣。但如果你真的有興趣……」她補充道，神色大大亮了起來，「我就該邀請伯爵夫人來喝個茶。至少這是我能做的。」

班尼迪特正要開口，但在看到母親再次皺眉時便打住。

「又怎麼了？」他問。

「噢，沒什麼。」薇莉說：「只是……那個……」

「說出來吧，母親。」

她露出微弱的笑容，「只是我不大喜歡伯爵夫人。我老覺得她很冷漠、太有野心。」

「很多人也覺得妳很有野心啊，母親。」班尼迪特指出。

薇莉扮了個鬼臉，「我當然有想要子女找到好歸宿、過得幸福快樂的野心，但我可不會把女兒嫁給七十歲的老頭，只為了他的公爵頭銜！」

「伯爵夫人這麼做了？」班尼迪特想不起近來是否有哪個七十歲的公爵步上聖壇。

「沒有。」薇莉承認：「但她幹得出這種事，而我……」

班尼迪特壓下一抹笑容，看著她用誇張的手勢比著自己。

「我會讓孩子和窮人結婚，只要他們能夠快樂。」

班尼迪特揚起一邊眉。

「當然了，對方必須是品行良好、工作努力的窮人。」薇莉解釋道：「賭徒就免了。」

班尼迪特很不想笑自己的母親，因此便小心翼翼地朝手帕咳嗽一聲。

「但你不該顧慮我的想法。」薇莉說，朝兒子斜睨了一眼，接著輕輕捶一下他的手臂。

「我當然該顧慮妳。」班尼迪特忙不迭說。

她露出平靜的微笑。

「如果你在乎她其中一個女兒，我就該把我對伯爵夫人的感受放在一邊……」她滿懷希望地抬頭，「你在乎她其中一個女兒嗎？」

「我不知道。」班尼迪特坦承：「我沒能得知她的名字，只有她的手套。」

薇莉嚴厲地看著他，「我就不問你是怎麼拿到她的手套的。」

「我保證一切都清清白白。」

薇莉一臉懷疑。「我已經養了夠多兒子，才不會相信這種鬼話。」她咕噥道。

「這個姓名縮寫呢？」班尼迪特提醒道。

薇莉再次審視手套，「這已經很舊了。」

班尼迪特點點頭，「我也是這麼想的。聞起來有點霉味，好像收起來不用很久了。」

「縫線也磨損了。」她評論道：「我不知道L代表什麼，但S極有可能是指『莎拉』，那是伯爵的母親，她也過世了。從手套的年代來看，這挺說得通的。」

班尼迪特垂眼凝視母親手上的手套，過了一會兒才開口：「我很確定昨晚不是撞鬼了……所以妳覺得這手套是誰的？」

「我不知道，可能是葛寧沃斯家的人吧。」

「妳知道她們住哪裡嗎？」

「其實就住在潘伍德府。」薇莉答道：「我不知道新任伯爵為何還沒把她們趕出去。也許是怕一旦他住進去，她們就會想和他一起住吧。我想他這個社交季甚至不在城裡。我從來沒見過他。」

「妳知不知道……」

「潘伍德府在哪裡？」薇莉打斷他：「我當然知道。不遠，就在幾個街口外。」她告訴他怎麼走，話都還沒說完，急著上路的班尼迪特一隻腳早已踏出客廳門外。

「噢，班尼迪特！」薇莉喊道，臉上掛著促狹的笑容。

他轉過身，「什麼事？」

「如果你感興趣的話，伯爵夫人的女兒分別叫蘿莎蒙和珀希。」

蘿莎蒙和珀希。聽起來都不大對，但他又知道什麼呢？也許對見過他的人來說，他看起來也不像班尼迪特這個名字該有的樣子。

他腳跟一踩，再次動身離開，但母親又喊住了他：「噢，班尼迪特！」

他轉過身。「什麼事，母親？」他問，故意用上困擾的語氣。

「你會告訴我發生什麼事吧？」

「當然了，母親。」

「你騙人。」她笑著說：「但我原諒你。看到你墜入愛河真是太好了。」

「我沒有……」

「隨你怎麼說，親愛的。」她揮了揮手。

班尼迪特決定多說無益，因此只翻了個白眼，便踏出客廳，匆匆離開家門。

Chapter 4

「蘇——菲——！」

蘇菲猛然抬起頭。艾拉敏塔的語氣比往常還要暴躁——如果她還能更暴躁的話。面對她的時候，艾拉敏塔總是在生氣。

「蘇菲！可惡，那個壞女孩在哪裡？」

「壞女孩就在這裡。」蘇菲喃喃道，放下手上正在擦亮的銀匙。身為艾拉敏塔、蘿莎蒙和珀希的貼身女僕，她不該還要做擦亮銀器這類家務，但艾拉敏塔樂得讓她做牛做馬。

「在這裡。」她喊道，起身來到走廊。

天知道艾拉敏塔這次又在生什麼氣。她左顧右盼，「夫人？」

艾拉敏塔怒氣沖沖繞過轉角走來。她舉起右手抓著的東西，厲聲說：「這是怎麼回事？」

蘇菲望向艾拉敏塔的手，盡全力不讓自己倒抽一口氣。

她手上拿的正是蘇菲昨晚借去參加舞會的鞋子。

「我……我不懂您的意思。」她結結巴巴地說。

「這雙鞋是全新的，全新的！」

蘇菲靜立原地，直到會意過來艾拉敏塔在等她回答。「呃，怎麼了嗎？」

「看這裡！」艾拉敏塔尖叫，手指戳向其中一只鞋跟。「這裡磨損了，磨損！怎麼可能會發生這種事？」

「我不知道，夫人。」蘇菲說：「也許……」

「沒有什麼『也許』。」艾拉敏塔怒道：「有人穿了我的鞋子。」

「我保證沒人穿過您的鞋子。」蘇菲答，驚訝自己居然還能保持語氣平穩：「我們都知道您有多在乎您的鞋履。」

艾拉敏塔懷疑地瞇起雙眼，「妳在挖苦我嗎？」

如果艾拉敏塔會問，就表示蘇菲將嘲諷掩飾得挺不賴。但她說謊道：「不！當然沒有。我只是說您很精心照料鞋子，這樣能保存比較久。」

艾拉敏塔一言不發，因此蘇菲又說：「這表示您不需要買太多雙鞋子。」

這話真是要讓人笑掉大牙，因為艾拉敏塔擁有的鞋子，比常人這輩子能穿的鞋還多。

「這是妳的錯。」艾拉敏塔低吼道。

對艾拉敏塔來說，一切都是蘇菲的錯，但這次她確實說對了，因此蘇菲只能吞嚥一下，說：「您希望我怎麼做，夫人？」

「我要知道誰穿了我的鞋子。」

「也許這雙鞋是在衣櫃裡磨到的。」蘇菲說：「也許您之前經過時不小心踢到了。」

「我從沒『不小心』做出任何事過。」艾拉敏塔怒斥。

蘇菲暗自同意。艾拉敏塔的言行舉止的確都是出於精心算計。

「我可以去問問女僕。」蘇菲說：「也許有人知道些什麼。」

「那些女僕都是白癡。」艾拉敏塔說：「她們知道的事情只能填滿我的小指甲。」

蘇菲等著她說出「除了妳之外」，但她當然沒說。最後蘇菲開口道：「我能試試磨亮鞋子。一定能做些什麼來修復損傷。」

「整雙鞋都是緞面的。」艾拉敏塔冷笑道：「如果妳能想出辦法磨亮它，我們就該送妳去皇家織品科學學院念書。」

蘇菲好想問她這所學院是否真實存在，但艾拉敏塔就算沒在發怒，平常的幽默感也沒多好。此時若還要招惹她，根本就是自掘墳墓。

「我能試試把磨損的地方揉開。」蘇菲提議：「或用刷的。」

「就這麼辦。」艾拉敏塔說：「這樣好了，妳在做這件事的時候……」

噢，慘了。每當艾拉敏塔說出這句話，壞事便會接踵而來。

「也一道擦亮我所有的鞋子。」

「全部嗎？」蘇菲嚥了一口口水。艾拉敏塔的鞋子少說也有八十雙。

「全部。妳在做這件事的時候……」

別又來了。

「潘伍德夫人？」

上帝保佑，艾拉敏塔的指示還沒說完便打住，轉身看男管家找她有什麼事。

「有位紳士想見您，夫人。」他說，遞上一張白色名片。

艾拉敏塔接過名片，讀著上頭的名字。她睜大雙眼，發出一聲小小的「噢！」緊接著對男管家說：「準備茶！餅乾！還有最好的銀器，立刻。」

男管家匆匆離開，留下蘇菲盯著艾拉敏塔看，毫不掩飾臉上的好奇。

「需要我幫忙嗎？」蘇菲問。

艾拉敏塔眨了眨眼，盯著蘇菲，好像忘了她也在這裡。

「不必。」她斥道：「我現在沒空理妳。立刻到樓上去。」她頓了頓，又補上一句：「話說回來，妳在這裡幹麼？」

蘇菲朝她剛才待的餐廳比了比，「您要我擦亮銀……」

「我叫妳去處理我的鞋子。」艾拉敏塔幾乎是用喊的。

「好……好的。」蘇菲緩慢地說。就算以艾拉敏塔的標準來看，她現在的表現也算得上十分詭異。「先讓我收好……」

「現在就去！」

蘇菲匆匆跑上樓梯。

「等一下！」

蘇菲轉過身。「是？」她遲疑地問。

艾拉敏塔難看地蹙起眉，「去確定蘿莎蒙和珀希的髮型有弄好。」

「當然。」

「然後妳就可以讓蘿莎蒙把妳鎖在我的衣櫃裡。」

蘇菲愣愣地望著她。她當真要蘇菲教人把自己鎖在衣櫃裡嗎？

「妳聽懂了沒有？」

蘇菲無法讓自己點頭回應，有些事就是太羞辱人了。

艾拉敏塔大步走來，將臉湊得極近。「妳沒回答我。」她嘶聲說：「妳聽懂沒有？」

蘇菲微弱地點點頭。似乎每天都會出現新的證據，證明艾拉敏塔對她的恨意有多深。

「妳為什麼要把我留在這個家？」蘇菲還來不及多加考慮，便低聲脫口而出。

「因為妳很好用。」艾拉敏塔也低聲回應。

蘇菲看著艾拉敏塔走出房間，接著轉身快步上樓。蘿莎蒙和珀希的髮型看上去還差強人意，因此她嘆口氣，轉向珀希說：「妳願意的話，就把我鎖進衣櫃吧。」

珀希詫異地眨眨眼，「不好意思，妳說什麼？」

「我接到的指示是要我去問蘿莎蒙，但我做不到。」

珀希饒富興味地朝衣櫃窺探，「我能問為什麼嗎？」

「因為我得擦亮妳母親的鞋子。」

珀希不自在地吞嚥了一下，「我很遺憾。」

「我也是。」蘇菲嘆了口氣，「我也是。」

Chapter 5

LADY WHISTLEDOWN´S SOCIETY PAPERS

關於化裝舞會的其他見聞：珀希‧瑞林小姐的美人魚裝扮實在效果欠佳，但筆者認為，還不及費瑟林頓夫人與兩位最大的女兒來得慘不忍睹——她們打扮成水果碗，菲莉佩是橘子，普露丹絲是蘋果，費瑟林頓夫人則是葡萄。

難過的是，這三位看上去實在令人提不起胃口。

《威索頓夫人的韻事報》
7 JUNE 1815

5

班尼迪特自問：他的人生究竟是怎麼了，竟對一只手套如此執著？從他在潘伍德夫人的客廳坐下後，已經拍了大衣口袋十幾次，反覆確認手套還在裡面。

他反常地坐立難安，不知道待會兒要跟伯爵夫人說什麼才好，但他素來能言善道——只要配合話題聊下去，他肯定能想出恰當的言辭。

他用腳尖反覆輕點地面，瞥向壁爐上的時鐘。十五分鐘前他就把名片遞給男管家了，表示潘伍德夫人應該很快會出現。

上流社會似乎有條潛規則：所有女士都必須讓訪客至少等上十五分鐘，她們才能露面；要是心情特別欠佳的話，等個二十分鐘也是自然。

又蠢又討厭的規則，班尼迪特暴躁地想。

他想不透為何其他人不能像他一樣重視守時，但……

「柏捷頓先生！」

他抬起頭，一位風姿綽約、打扮極為入時的四十多歲金髮女士翩然步入客廳。她看上去有點眼熟，但班尼迪特並不意外。即使從未被正式介紹，他們肯定經常出現在同一場社交界的宴會。

「您就是潘伍德夫人吧。」他喃喃道，起身得體地行了個禮。

「正是。」她優雅地頷首示意，「非常高興您大駕光臨，讓寒舍蓬華生輝。我已經告訴女兒們您的來訪，她們很快就下來了。」

班尼迪特露出微笑，這話正中他下懷。若她沒那麼做，他反而還會驚訝呢。女兒若還待字閨中，沒一個母親會對柏捷頓家的男丁置之不理。

「我期待與她們見面。」他說。

她微微蹙起眉，「你還沒見過她們嗎？」

糟糕。現在她可要納悶他來訪的理由了。

「我聽過許多對她們的讚美。」他即興演出，努力不讓自己哀聲嘆氣。如果風聲傳到威索頓夫人耳裡——似乎任何動靜都逃不過她的法眼——全城都會知道他在物色妻子人選，還鎖定了伯爵夫人其中一位女兒。否則他有什麼理由要拜訪這兩位女子，雙方甚至尚未正式彼此介紹過？

潘伍德夫人粲然一笑，「我的蘿莎蒙被說是這個社交季最動人的女孩之一呢。」

「那您的珀希呢？」班尼迪特略微故意地問。

她的嘴角一緊，「珀希，嗯，挺可愛的。」

他親切一笑，「我等不及要見見珀希了。」

潘伍德夫人眨了眨眼，接著用微微僵硬的笑容掩飾詫異，「我確定珀希會很高興見到你。」

一名女僕端著精緻的銀茶具走進來，在潘伍德夫人的點頭示意下放到桌上。但伯爵夫人在她轉身之前開口問道——語氣在班尼迪特聽來有些尖銳——「有潘伍德家徽的湯匙呢？」

女僕慌亂地鞠躬，答道：「蘇菲剛才在餐廳擦銀器，夫人，但她得去樓上，在您……」

「住口！」潘伍德夫人出聲打斷，雖然一開始就是她自己提起湯匙的。「柏捷頓先生肯定沒有高傲到需要用有家徽的湯匙喝茶。」

「當然不會。」班尼迪特喃喃地說，心想潘伍德夫人肯定有點自視甚高，才會想到這種事。

「出去、出去！」伯爵夫人下令，快速揮手打發女僕，「快走開。」

女僕匆匆離開後，伯爵夫人向他解釋道：「我們最好的銀器都刻上了潘伍德家家徽。」

班尼迪特傾身向前，興趣濃厚地說：「這樣啊？」

這會是證明手套來自潘伍德家的最佳方法。

「我們家裡沒有這種東西。」他說，暗自希望自己沒在撒謊，畢竟他就連自家銀器上雕了什麼花紋都沒仔細注意過。「我很想見識見識。」

「真的？」潘伍德夫人問，雙眼亮了起來，「我就知道你是個品味不凡的男人。」

班尼迪特展顏一笑，主要是為了不讓自己哀鳴出聲。

「我叫人去餐廳拿一把過來……當然了，前提是那壞女孩有好好把工作做完。」她的嘴角朝下彎成極為難看的弧度，而班尼迪特注意到她皺眉時的額紋真是深得不得了。

「怎麼了嗎？」他彬彬有禮地問。

她搖搖頭，輕蔑地揮了揮手，「只是現在很難找到好的僕人了，我敢說你母親也深有同感。」

他母親從來沒說過這種話，但可能是因為柏捷頓家的僕役都獲得良好的待遇，故而對家族鞠躬盡瘁。不過，班尼迪特還是配合地點了點頭。

「總有一天我會把蘇菲趕走。」伯爵夫人哼了一聲，「她什麼事都做不好。」

班尼迪特為這位可憐的蘇菲感到一陣同情的心痛，但他絕不想和潘伍德夫人討論關於僕役的話題，因此他比了比茶壺，轉移話題：「我想茶應該泡好了。」

「當然了、當然了。」潘伍德夫人抬頭露出微笑，「你喜歡什麼樣的喝法？」

「加牛奶就好，不用加糖。」

她替班尼迪特準備茶時，他聽見外頭傳來有人走下樓梯的腳步聲，心跳隨著興奮的心情逐漸加快。伯爵夫人的女兒隨時會走進門來，她們其中一個肯定是他昨晚遇見的女子。雖然大半張臉都沒看到，但他知道她大致的體型和身高，也很確定她有一頭淺棕長髮。

他一眼就能認出她來——怎麼可能做不到呢？

但兩位年輕淑女踏進客廳時，他立刻知道她們都不是讓他心心念念的那名女子。其中一位的髮色太淺了，舉止姿態也過於扭捏造作。她的神色看不出喜悅，笑容也不顯淘氣。另一位還算親切和善，但她的身型過於豐滿，髮色則是太深了。

班尼迪特盡全力不讓自己流露失望的表情。他面帶微笑聽著介紹，還殷勤地吻了她們的手，口中喃喃念著自己有多欣喜能得見兩位云云。他特意對比較豐滿的那位恭維有加，只因她母親明顯偏愛另外一個女兒。

這種母親根本不配作為人母，他堅定地想。

「妳還有其他孩子嗎？」雙方一介紹完畢，班尼迪特便向潘伍德夫人問道。

她奇怪地看著他，「當然沒有，否則我就會帶出來與你見面了。」

「我以為妳可能有還在讀書的孩子。」他追問：「也許是在妳與伯爵結婚之後誕生的。」

她搖頭否認，「潘伍德爵爺和我沒那個福氣，可惜爵位也因此不在葛寧沃斯家了。」

班尼迪特無法不注意到，潘伍德夫人對沒能擁有潘伍德家直系後裔的感受似乎更多是惱怒，而不是悲傷。

「妳丈夫有任何手足嗎？」他問。也許他的神祕女士是葛寧沃斯家的表親。

伯爵夫人投來懷疑的神色，但班尼迪特必須承認自己活該，因為這可不是尋常的午後訪客會問的問題。

「我已故的丈夫顯然沒有任何兄弟，」她答道：「正因此，爵銜才會傳到別家去。」

班尼迪特知道自己該住嘴了，但這女人散發某種令人十分著惱的氛圍，讓他管不住自己：「他可能有比他早逝的兄弟。」

「這個嘛，沒有。」

蘿莎蒙和珀希興致勃勃地看著兩人一來一往，她們的頭就像網球比賽裡的球一樣左右擺動。

「任何姊妹呢？」班尼迪特問：「會問這些只是因為我來自很大的家庭。」他向蘿莎蒙和珀希比了比，「因此我無法想像只有一位手足的生活，我只是猜想妳女兒會有能夠作伴的表親。」
他心想這解釋還真是沒說服力，但也只能湊合著用了。
「伯爵確實有位姊妹，」伯爵夫人輕蔑地哼了哼，「但她沒結婚生子就死了。」她解釋道：「她很虔誠，選擇將一生奉獻給慈善事業。」
這下他的猜測陷入死胡同了。
「我昨晚在你的化裝舞會上玩得很開心。」蘿莎蒙冷不防說道。
班尼迪特驚訝地看向她。這兩個女孩一直沒有開口，讓他幾乎忘了她們其實有說話的能力。
「那該算是我母親的舞會。」他回答：「我完全沒有參與規劃，但我會轉達妳的讚美。」
「請務必這麼做。」蘿莎蒙說：「你玩得開心嗎，柏捷頓先生？」
班尼迪特望著她好一會兒才回答。她的目光流露一種強硬的神情，好似在挖掘某樣特定的資訊。
「我玩得挺開心的。」他最終說道。
「我注意到你花了很多時間陪伴某位女士。」蘿莎蒙追問。
潘伍德夫人猛地扭頭看他，但什麼也沒說。
「是嗎？」班尼迪特喃喃道。
「她穿著銀色的禮服。」蘿莎蒙說：「她是誰？」
「一位神祕的女子。」他露出高深莫測的微笑。沒必要讓她們知道，他其實也對這位女子一無所知。
「你一定願意和我們分享她的芳名吧。」潘伍德夫人說。
班尼迪特只是笑了笑，站起身來。他在這裡是得不到更多線索了。
「恐怕我得告辭了，女士們。」他和藹地說，流暢地欠了欠身。
「你還沒看過湯匙呢。」潘伍德夫人提醒他。

「留待下次吧。」班尼迪特說。他母親不大可能會認錯潘伍德家的家徽，再者，如果他再繼續待在冷酷、壞脾氣的潘伍德伯爵夫人旁邊，可能就要吐了。

「很愉快能拜訪各位。」他撒謊道。

「確實如此。」潘伍德夫人說，起身送他到門口，「很短，但很愉快。」

班尼迪特沒再費心回以微笑。

聽見大門在班尼迪特．柏捷頓身後關上時，艾拉敏塔便說：「妳覺得剛才是怎麼回事？」

「這個嘛，」珀希說：「他可能……」

「我沒問妳。」艾拉敏塔啐道。

「那妳到底在問誰？」珀希反常地勇敢回嘴。

「也許他那時從遠處看到我了。」蘿莎蒙說：「然後他……」

「他沒有看到妳。」艾拉敏塔怒氣沖沖地說，大步穿越客廳。

蘿莎蒙驚詫地踉蹌後退。她母親極少用這麼不耐煩的語氣對她說話。

艾拉敏塔繼續道：「妳說他迷上一位穿銀色禮服的女人。」

「我沒有用『迷上』這個詞……」

「不要和我吵這種無謂的小事。不管是不是迷上，他都不是為了妳們倆而來。」艾拉敏塔的語氣充滿了嘲弄：「我不知道他想幹麼，他……」

她來到窗邊，聲音越來越小。她拉開薄紗窗簾，看著柏捷頓先生佇足人行道上，從口袋拿出了某樣東西。

「他在做什麼？」她低聲說。

「他好像拿著一只手套。」珀希熱心表示。

「那不是……」艾拉敏塔反射性地說，太過習慣反駁珀希說的每一句話，又接著改口：「啊，那是一只手套。」

「我還是認得出什麼是手套的。」珀希咕噥地說。

「他在看什麼？」蘿莎蒙說，把妹妹從窗邊擠開。

「手套上有什麼東西。」珀希說：「也許是刺繡。我們有些手套的緣口繡有潘伍德家家徽，也許那手套上也有。」

艾拉敏塔臉上血色盡失。

「妳還好嗎，母親？」珀希問：「妳看起來臉色好蒼白。」

「他是來找她的。」艾拉敏塔輕聲說。

「誰？」蘿莎蒙問。

「穿著銀色禮服的女人。」

「嗯，他在這裡是找不到她的。」珀希回道：「因為我扮成了美人魚，蘿莎蒙是瑪麗．安東尼，而妳是伊莉莎白女王。」

「那雙鞋。」艾拉敏塔倒抽一口氣，「那雙鞋子。」

「什麼鞋子？」蘿莎蒙惱怒地問。

「鞋子磨損了。有人穿過我的鞋子。」艾拉敏塔慘白的臉色居然變得更白了，「是她。她怎麼辦到的？一定是她。」

「誰？」蘿莎蒙質問。

「母親，妳確定妳還好嗎？」珀希再次問道：「妳跟平常好不一樣。」

但艾拉敏塔已經衝出房間了。

「蠢鞋子、蠢鞋子。」蘇菲一面發牢騷，一面使勁擦著艾拉敏塔的一只舊鞋鞋跟。「她根本好多年沒穿這雙鞋了。」

她擦完腳尖部分，放回一排排整齊擺放的鞋履中。就在她準備拿起下一雙鞋時，衣櫃門被強行撞開，門板重重打向牆面，讓蘇菲差點驚聲尖叫。

「天哪，您嚇壞我了。」她對艾拉敏塔說：「我沒聽見您的腳步聲，而且……」

「立刻去把妳的東西打包好。」艾拉敏塔低沉又語氣殘酷地說：「妳明天日出前就給我離開這個家。」

用來擦亮鞋子的破布從蘇菲手中滑落。

「什麼？」她倒抽一口氣，「為什麼？」

「還需要什麼理由嗎？我們都知道，從快一年前開始，我就沒有收到半毛用來照顧妳的津貼。光憑這點，我就不想再留著妳了。」

「但我該去哪裡？」

艾拉敏塔雙眼刻薄地瞇成一條縫，「我管這個做什麼呢？」

「可是……」

「妳已經二十歲了，能自己討生活了，不需要我再悉心照料妳。」

「妳也從未悉心照料過我。」蘇菲低聲說。

「不准和我頂嘴。」

「為什麼不行？」蘇菲尖聲反擊道：「我還有什麼好失去的？反正妳都要把我趕走了！」

「妳對我最好放尊重一點。」艾拉敏塔嘶聲說，用腳踩住蘇菲的裙襬，逼她維持跪在地上的姿勢。

「過去一年，我可是本著仁慈之心供妳吃穿。」

「妳才沒有什麼仁慈之心。」蘇菲動手拉扯裙襬，但艾拉敏塔的腳踩得很緊。「妳到底為什麼把我留在這裡？」

艾拉敏塔咯咯笑道：「妳比一般的女僕便宜，而且我很享受把妳呼來喚去。」

蘇菲痛恨自己形同艾拉敏塔的奴隸，但至少潘伍德府還是個家。吉本斯太太是她朋友，珀希大部分時候也很有同情心，而外面的世界……很嚇人。她能去哪裡？能做什麼？她該怎麼養活自己？

「為什麼是現在？」蘇菲問。

艾拉敏塔聳聳肩，「妳對我失去用處了。」

蘇菲望向那一長列她剛擦亮的鞋子，「是嗎？」

艾拉敏塔用尖細的鞋跟摁著她的裙襬用力轉動，布料傳來撕裂的聲音。

「妳昨晚去了舞會，對不對？」

蘇菲感到臉上血色盡失，知道艾拉敏塔已從她的雙眼看到答案。

「沒、沒有。」她說謊道：「我怎麼會……」

「我不知道妳怎麼辦到的，但我知道妳昨晚在那裡。」艾拉敏塔將一雙鞋踢向她，命令道：「穿上去。」

蘇菲驚慌地怔怔看著那雙鞋。

白色緞面、繡著銀線花紋，那是她昨晚穿的鞋。

「穿上去！」艾拉敏塔憤怒尖叫：「我知道蘿莎蒙和珀希的腳比妳大。昨晚只有妳才穿得下我的鞋！」

「妳怎麼會覺得我去了舞會？」蘇菲問，尖細的嗓音充滿驚恐。

「蘇菲，把鞋穿上。」

蘇菲照做了，而鞋子的尺寸當然完美符合她的腳。

「妳的行為越界了。」艾拉敏塔沉聲說：「我早在多年前就警告妳不要忘了自己的身分。妳是個雜種、私生子，來自……」

「我知道私生子是什麼意思。」蘇菲怒斥。

艾拉敏塔傲慢地挑起眉，無聲嘲弄蘇菲突然爆發的情緒。「妳不夠格進入上流社會。」她繼續說：「但妳居然膽敢參加化裝舞會，假裝自己和我們一樣高貴。」

「沒錯，我就是敢！」蘇菲大喊，已經不在乎被艾拉敏塔發現她的祕密。「我敢，而且我還敢再做一次！我的血跟妳是一樣的顏色，但我的心比妳善良，我……」

蘇菲上一秒還站著對艾拉敏塔尖叫，下一刻她就已經倒在地上，一手抓著臉頰，底下是艾拉敏塔的手掌留下的火辣紅痕。

「不准拿妳和我來比較。」艾拉敏塔警告道。

蘇菲沒有起身。父親怎能這樣對她，把她留給一個如此明顯憎惡她的女人照顧？他怎能這麼漫不在乎？還是他只是太過盲目？

「妳明天早上就走。」艾拉敏塔低沉地說：「我再也不想看到妳的臉。」

蘇菲起身走向門口。

「不過，」艾拉敏塔的手掌拍在蘇菲肩上，「妳得先把我交代的工作做完。」

「但我要到早上才做得完。」蘇菲抗議道。

「那是妳的問題，不是我的。」語畢，艾拉敏塔便甩上衣櫃的門，大聲上鎖。

蘇菲低頭凝視她帶進來的蠟燭，閃爍的火光照亮了又長又黑的衣櫃。僅剩的燭芯哪可能撐得到早上。

她也絕不可能——下地獄也不可能——繼續把艾拉敏塔剩下的鞋子擦完。

她坐到地上，盤起雙臂和雙腿，就這麼盯著燭火，看到雙眼發直。明天的太陽升起時，她的人生就會永遠改變。

儘管潘伍德府不是什麼宜人的地方，至少也是安全的所在。

她幾乎身無分文。過去七年來，艾拉敏塔連半毛錢都沒給過她。幸好她還有一點點父親在世時給的零用錢；當時她還被視為受監護人，而不是他妻子的奴隸。過去有很多機會可以讓她花用這些錢，但蘇菲一直都知道這天終將來臨，小心存著僅有的金錢似乎比較謹慎。

但僅僅幾英鎊無法讓她撐太久。她需要一張離開倫敦的車票，那可是所費不貲，也許會花掉她一半的存款。

她或許能在城裡待上一陣子，但倫敦貧民窟又髒又危險，可蘇菲也知道手頭上的錢無法讓她住在更好的地方。況且，假如往後她就要孤單一人，不如乾脆回到她心愛的鄉下。

更別說班尼迪特·柏捷頓就住在倫敦。這是個龐大的城市，蘇菲很確定自己能避開他許多年，但她深怕自己不想躲他，最後會癡癡地盯著他的家門看，只盼望能在他進出前門時瞥上一眼。

假如他看見她……蘇菲不知道會發生什麼事。他可能會勃然大怒，氣她欺騙了他。他可能會想要她成為情婦。他也可能根本就認不出她來。

她唯一確定的是，他絕不會撲在她腳下，訴說對她的永恆愛意、請她嫁給他。

子爵的兒子不會和出身卑微的無名小卒結婚。即便是羅曼史小說也不會出現這種情節。

不，她得離開倫敦，讓自己遠離誘惑。但她需要更多錢，足夠讓她撐到找到下一份工作。足以讓她……

蘇菲的視線落到某樣閃閃發亮的東西上。一雙塞在角落的鞋子。她在一個小時前才擦完那雙鞋，知道發亮的不是鞋子本身，而是一對珠寶鞋扣，能夠輕易取下、收在裙子的口袋裡。

她敢拿嗎？

她想起艾拉敏塔拿到的撫育津貼，對方從不覺得需要拿出來分享。

她想起這些年來作為貼身女僕的辛勞，卻沒有收到半分薪酬。

她想起自己的良知，緊接著快快把這個念頭壓回去。眼下可沒有考慮良知的餘裕。

她拿起那對鞋扣。

幾小時後，珀希違背母命替她開了鎖，她便出來收拾行囊，離開了這個家。

令她感到意外的是，她並沒有回頭多看一眼。

Chapter 6

LADY WHISTLEDOWN´S SOCIETY PAPERS

距離上一位柏捷頓家的子女結婚已有三年之久，聽說柏捷頓夫人在某些場合表示她已經快無計可施了。

班尼迪特至今仍未娶妻（筆者認為他都已經三十歲，早該結婚了），柯林也是——雖然他的拖拖拉拉情有可原，畢竟他才二十六歲。

子爵夫人還有兩位肯定令她同樣憂心的女兒。

艾洛伊絲將近二十一歲，雖然已有幾位紳士向她求過婚，卻看不出有嫁人的打算。弗蘭雀絲卡快要二十歲（兩位女孩恰巧是同月同日生），但比起婚姻，她似乎對社交季更感興趣。

筆者認為柏捷頓夫人毋須憂慮。柏捷頓家的子女怎麼可能找不到好歸宿呢？況且，她那兩位已婚的孩子已經為她帶來五位孫兒了，這肯定就是她最大的心願。

《威索頓夫人的韻事報》
30 APRIL 1817

6

酒精和雪茄，牌局和女人，這是班尼迪特剛從大學畢業時樂此不疲的狂歡活動。

現在他只覺得無聊透頂。

他甚至不知道自己幹麼答應參加聚會。可能就是因為太無聊了，他想。

一八一七年的倫敦社交季和前一年相去無幾，而他並不覺得去年的此時此刻是什麼值得追憶的美好時光。如今還要再來一次，真是乏味到了極點。

他和這場聚會的東道主菲利普．卡凡德（Phillip Cavender）根本不熟，只是朋友的朋友的朋友，現在他已經開始後悔沒留在倫敦了。他的重感冒才剛痊癒，本該是婉拒邀約的好理由，但經過他朋友——過去四小時裡連影子都沒見到——好說歹說，不斷糾纏，班尼迪特最後終於讓步。

現在他後悔莫及。

他走在卡凡德父母家的大走廊上，從左手邊的一道門看進去，一場高賭注牌局正在進行。其中一名玩家玩得滿頭大汗。

「真是白癡。」班尼迪特低聲說。這可憐的傢伙大概再差一步就要賠上祖傳房產了。

右手邊的門是關著的，但他能聽見裡頭傳來女子的嬌笑，緊接著是一陣男人的笑聲，伴隨難聽的悶哼和尖叫。

這太瘋狂了。他不想待在這裡。他痛恨那些賭注遠超過玩家負擔的牌局，也從來不想在如此毫無隱私的地方行魚水之歡。他不知道帶他來的朋友究竟跑去哪裡了，也對其他賓客沒有好感。

「我要走了。」他說，儘管走廊空無一人，無人應答。

Chapter 6

他在不遠的地方有棟房子，只要騎馬一個小時的路程。雖然只是一間小木屋，此刻卻像是天堂在向他招手。

基於禮貌，他應該要找到主人家致意辭別，即使卡凡德先生早就醉得一塌糊塗，隔天根本不會記得他說了什麼。

經過十分鐘的搜尋未果，班尼迪特開始希望母親過去沒有堅持子女的一切言行舉止都該符合禮節。如果能直接走人，一切便簡單多了。

「再三分鐘。」他咕噥道：「如果我沒在三分鐘內找到那討厭的笨蛋，我就要走了。」

就在此時，兩名年輕男子跌跌撞撞經過，在絆到自己的腳時爆出大笑。濃重的酒氣飄來，讓班尼迪特慎重地後退一步，以免他們突然把胃裡的東西吐出來。他向來對自己的靴子喜愛有加。

「柏捷頓！」其中一人叫道。

班尼迪特簡單地點頭致意。兩人都比他年輕五歲，他跟他們並不熟。

「這才不是柏捷頓家的人。」另一位口齒不清地說：「這是——啊，這確實是柏捷頓家的，看那頭髮和鼻子。」他瞇起雙眼，「但是是哪一個啊？」

班尼迪特不予理會。「你有看到主人家嗎？」

「我們有主人家？」

「當然有啦！」第一位男子說：「卡凡德。真是個好人，願意讓我們用他的房子……」

「他父母的房子。」另一位糾正道：「他還沒繼承，真可憐。」

「沒錯！他父母的房子，但他還是個好人。」

「你們有看到他嗎？」班尼迪特低吼道。

「就在外面。」那位剛剛才忘記這場宴會有主人的男子說：「前門那裡。」

「謝謝你。」班尼迪特簡短答道，接著大步經過他們，走向前門。他接下來要走下門口階梯、找到卡凡德、向他道別，再到馬廄牽他的敞篷四輪馬車。他要一氣呵成，絕不中途停下腳步。

蘇菲．貝克特心想，該是另謀高就的時候了。

她離開倫敦快要兩年了——將近兩年不用再當艾拉敏塔的奴隸，卻也一直孑然一身。離開潘伍德府後，她就把那對鞋扣給當了，但艾拉敏塔口口聲聲吹噓的鑽石根本只是普通的人造寶石，賣不了多少錢。

蘇菲原本想應徵家庭教師的職缺，卻沒有一間介紹所願意受理。她看上去受過良好教育，手上卻沒有推薦信，大多數女主人也不喜歡雇用如此年輕貌美的家庭教師。

蘇菲最後買了張前往威爾特郡的公共馬車車票。她最遠就只能去到那裡，否則遇到緊急狀況時手頭的錢就會不夠用。

好在她很快找到了工作，成為約翰．卡凡德夫婦的家務女僕。他們是一對平凡的夫妻，要求僕役認真工作，但並不刁難。替艾拉敏塔做牛做馬這麼多年後，卡凡德家的勞務對蘇菲來說簡直就像在度假。

但這對夫婦的兒子從歐洲壯遊之旅回來後，一切就變了。菲利普經常把她逼到走廊的角落，當她對他的挑逗與不軌意圖一概嚴詞拒絕，他開始變本加厲。偏偏就在蘇菲想另謀高就時，卡凡德夫婦去了布萊頓一星期，探望卡凡德夫人的姊妹，而菲利普也決定要找二十幾位密友來家裡開宴會。

要躲開菲利普的騷擾並非易事，但至少蘇菲之前都覺得自己還算受到足夠的保護。菲利普永遠沒膽子在母親在家的時候對她出手。

一旦卡凡德夫婦不在家，菲利普便覺得他能為所欲為，而他的朋友也一個樣。

蘇菲知道她該立刻離開這裡，但卡凡德夫人待她不薄，她覺得沒提早兩星期知會雇主很不禮貌。可是，在房子裡被追得東躲西藏兩小時後，她深深覺得不需要為了顧及良好禮節而犧牲她的貞操，因此她告訴女管家（幸好對方很同情她的處境）她要離開了，將少得可憐的物品收拾成一個小包包，偷偷走下僕人用樓梯，離開了這棟房子。最近的村莊要徒步兩英里，但就算是走夜路，也比待在卡凡德家安全得多，況且她知道附近有間小客棧，能讓她用合理的價格，獲得熱騰騰的食物和房間。

但她才繞過屋角、踏上前門車道，便聽到一聲刺耳的喊叫。

她抬起頭看。噢，糟了。是菲利普．卡凡德，看上去比往常醉得更厲害、更暴躁。

蘇菲拔腿就跑，祈禱酒精能讓菲利普手腳不聽使喚，否則她的速度絕對比不過他。

但她逃跑的反應肯定讓他更加興奮，因為她聽見他歡呼大吼，地面傳來隆隆腳步的震動，越來越近、越來越近，直到一隻手抓住她大衣後領，使勁拽住她。

菲利普得意地大笑，蘇菲此生從未這麼害怕過。

「看看我找到了什麼呀。」他咯咯笑道：「小蘇菲小姐，我該把妳介紹給我那群朋友認識。」

蘇菲口裡發乾，不確定自己的心跳是快了兩倍，還是根本已經停止跳動。

「讓我走，卡凡德先生。」她用最嚴厲的語氣說。她深知他喜歡聽到無助的懇求，所以絕不讓他稱心如意。

「我可不這麼想。」他一邊說，一邊將她轉過來，嘴唇扯出一抹油滑的笑容。他轉過頭叫道：「希斯利！弗萊契！看我找到了什麼！」

蘇菲又驚又懼地看著兩名男子從陰影中冒出，看上去已經酩酊大醉，可能比菲利普還失控。

「你開的宴會是最棒的。」其中一名男子諂媚地說。

菲利普驕傲地挺起胸膛。

「放開我！」蘇菲再次叫道。

菲利普咧嘴一笑，「怎麼樣啊，男孩們？我該聽這位淑女的話嗎？」

「當然不行！」比較年輕的那名男子說。

「『淑女』這個稱呼，」那名稱讚菲利普的男子說：「似乎不大恰當啊？」

「你說得對！」菲利普答道：「她是女僕，我們都知道這種人生來就是要提供服務。」他將蘇菲往其中一人推去，「拿去，好好看看這貨色。」

蘇菲被推向前時喊了出來，緊抓著手上的小包包。她知道自己就要被強暴了，但她驚慌的大腦還想抓住最後一絲尊嚴，拒絕讓這些男人把她僅剩的所有物撒在冰冷的地面。

抓住她的男人粗暴地揉捏她，將她推向第三名男子。他才正伸手環住她的腰，便有人從遠方大喊：「卡凡德！」

蘇菲恐懼地閉上雙眼。四個人了，老天，三個還不夠嗎？

「柏捷頓！」菲利普喊道：「來加入我們！」

蘇菲雙眼猛然睜開。柏捷頓？

一名高壯的男子從陰影中浮現，踏著自信而優雅的步伐翩然走來。

「這是怎麼回事？」

親愛的上帝啊，她到哪都能認出那道嗓音。她在夢中已經聽過太多次了。

那是班尼迪特．柏捷頓，她的白馬王子。

夜晚的空氣寒冷刺骨，但在被迫吸入滿屋子酒氣和雪茄煙霧後，班尼迪特倒覺得十分清新舒

Chapter 6

爽。今晚的月亮幾乎是滿月，圓滿而明亮，輕柔的夜風讓樹梢沙沙作響。這是個適合離開無聊宴會，騎馬回家的美好夜晚。

但他還是得先把要事完成。他得找到主人家，好好致謝，向他辭行。當他走下最後一級門階時，便大喊道：「卡凡德！」

「在這裡！」有人回道，班尼迪特朝右方望去。

卡凡德和兩位男士站在一棵高大壯觀的老榆樹下，看似正在和一名女僕找樂子，將她在三人之間推來推去。

班尼迪特發出懊惱的呻吟。他站得太遠了，不確定那名女僕是否有意享受他們的關注，若非如此，他就得去救她脫身，而這可不在他今晚的原定計劃內。他並不享受扮演英雄的角色，但他有太多妹妹了——精確來說是四個——他沒辦法對陷入困境的女性置之不理。

「哈囉！」他步伐從容地走過去，刻意維持放鬆的姿態。比起盲目出手，最好先放慢動作，觀察情況。

「柏捷頓！」卡凡德喊：「來加入我們！」

他越走越近，看見其中一名男子扣住那年輕女子的腰，讓她的背緊貼在他胸前。他另一隻手抓住她的臀部，用力揉捏起來。

班尼迪特看向她的雙眼。那雙眼睛睜得好大，溢滿了恐懼，而她看著他的目光，好像他剛從天上掉下來一樣。

「這是怎麼回事？」

「只是找點樂子。」卡凡德得意大笑，「我爸媽真好心，雇了這小東西當女僕。」

「她看起來不大喜歡你們的關注。」班尼迪特輕聲說。

「她可喜歡了！」卡凡德咧嘴回道：「至少對我來說足夠了。」

「但是，」班尼迪特向前踏了一步，「對我來說這可不夠。」

「等我們玩完之後就輪到你了。」卡凡德愉快地說。

「你誤會了。」

班尼迪特的嗓音嚴厲了起來，讓三名男子停下動作，警戒又好奇地望向他。

「放開那女孩。」他說。

抓著女子不放的男人顯然被陡然劇變的氣氛嚇著了，酒精也讓他的反射動作變得遲鈍，因此他一動也沒動。

「我不想和你們打架。」班尼迪特盤起雙臂，嚴肅地說：「但我會的。我也向你們保證，我可不怕一打三。」

「你給我聽好，」卡凡德憤怒回嘴：「你不能跑來我的房子對我指手畫腳。」

「這是你父母的房子。」班尼迪特指出，提醒眾人卡凡德不過就是個乳臭未乾的小子。

「這是我家！」卡凡德喊道：「她是我的女僕，我叫她做什麼，她就做什麼！」

「我不知道奴隸制在這國家是合法的。」班尼迪特低聲說。

「她得服從我的命令！」

「是嗎？」

「她不聽話，我就開除她！」

「很好。」班尼迪特淺淺一笑，「那就問她吧，問她是不是想和你們三個搞。這就是你們想要的，對吧？」

卡凡德氣得結結巴巴，語不成句。

「問她啊。」班尼迪特再次說道，臉上笑容加深，因為他知道這個表情能激怒眼前的年輕男子。「如果她拒絕，你就能原地開除她了。」

Chapter 6

「我才不要問她。」卡凡德哀叫。

「那你就不該期待她會聽你的話，對吧？」班尼迪特望向那女孩。她的姿色動人，頂著一頭淺棕色短髮，雙眼幾乎大得不成比例。

「好吧。」他瞥了一眼卡凡德，「我來問她。」

那女孩的雙唇微啟，而班尼迪特油然生出一股怪異的感覺，好像他們以前在哪見過。但這不可能，除非她曾替其他貴族家庭工作過。即便如此，他也只可能和她碰巧擦肩而過。他對女性的愛好從未延伸到女僕身上，說老實話，他也從未特別注意過她們。

「這位……」他皺起眉，「妳的名字是？」

「蘇菲．貝克特。」她喘著氣說，聽起來像是喉嚨裡卡了一隻很大的青蛙。

「貝克特小姐，妳能發發好心，回答接下來的問題嗎？」

「不！」她脫口而出。

「妳不願意回答？」他問，眼中流露促狹的神色。

「不，我不想和這三個男人搞！」這句話如火山爆發般從她嘴裡噴發出來。

「啊，看來問題解決了。」班尼迪特說，抬眼看向仍抓著她的男子，「我建議你放開她，卡凡德就能解僱她了。」

「那她要去哪裡？」卡凡德冷笑道：「我向你保證，她休想在這一帶找到工作。」

蘇菲轉向班尼迪特，腦中也在想同一件事。

班尼迪特無所謂地聳聳肩，「我會讓她在我母親家工作。」他看向她，挑起一邊眉，「我想這應該還可以接受吧？」

蘇菲驚嚇地張大嘴。他居然要帶她回家？

「這不大是我預期中的反應。」班尼迪特乾巴巴地說：「那一定會比妳在這裡工作來得愉快，至少我能擔保妳不會被強暴。妳意下如何？」

蘇菲驚慌地望向那三名試圖強暴她的男子。她別無選擇，班尼迪特．柏捷頓是她離開這座宅邸的唯一方法。她知道自己絕無可能替他母親工作——她無法承受待在離他這麼近的地方，卻不得不繼續當個女僕。但她能稍後再想出辦法，現在她只要逃離菲利普身邊就好。

她朝班尼迪特點點頭，還是不敢發出聲音。

她覺得快要窒息了，但不確定究竟是出於恐懼還是寬慰。

「很好。」他說：「我們出發吧？」

她意有所指地看向腰間那隻仍箍著不放的手。

「噢，老天在上。」班尼迪特怒吼：「你是要放開她，還是要我把你那條該死的手射掉？」

班尼迪特甚至沒有槍，但他的語氣讓對方立刻鬆開了手。

「很好。」班尼迪特說，對那名女僕伸出手臂。她踏上前，用顫抖的手環住他的臂彎。

「你不能就這樣帶走她！」菲利普叫道。

班尼迪特輕蔑地看了他一眼，「我就是這麼做了。」

「你會後悔的。」菲利普說。

「我很難相信。現在給我滾吧。」

菲利普發出怒氣沖沖的哼聲，對他的朋友說：「我們走。」接著又對班尼迪特喊：「你休想再收到我的宴會邀請。」

「我還真難過啊。」班尼迪特拖長語調回答。

菲利普再次憤怒地一哼，便和兩名友人轉身踱回房子。

蘇菲看著他們遠去，又慢慢將目光轉回班尼迪特。她被菲利普和他的朋友困住，很清楚他們的意圖是什麼，她幾乎想直接去死。突然間，班尼迪特．柏捷頓出現了，像從幻夢中現身的英雄，讓

Chapter 6

她覺得自己可能真的已經死了。如果她不是在天堂，他又怎麼會出現在她身邊？

她剛才驚愕得六神無主，幾乎忘記菲利普的朋友還緊拽著她不放，一手還不停捏著她的臀部，做著極為羞辱人的動作。有那麼一瞬間，周遭的世界彷彿消失了，她唯一能看見、唯一能認得的，只有班尼迪特．柏捷頓。

那瞬間，一切都完美無缺。

但下一刻她就跌回現實，腦中唯一的念頭只有：他究竟在這裡做什麼？這是場噁心的宴會，到處都是醉鬼和妓女。兩年前遇見他時，他看起來並不像是會參加這種聚會的人。但話說回來，他們也不過相識幾個小時而已。也許她誤判了他，她痛苦地閉上眼睛。

過去兩年來，關於班尼迪特．柏捷頓的回憶替她了無生氣的枯燥生活帶來明亮燦爛的光。如果她看錯了他、如果他沒比菲利普和他那些朋友好上多少，她便一無所有了。

連一點愛戀的回憶也不剩。

但他無庸置疑救了她。也許他參加菲利普的宴會的理由並不重要，重要的是他來了，而且還救了她。

「妳還好嗎？」他突然開口。

蘇菲點點頭，直視他的雙眼，等著他認出她來。

「妳確定？」

她再次點頭，繼續等待。她一定不用等太久的。

「很好，他們的動作挺粗暴的。」

「我會沒事的。」她咬著下唇說。她無從得知他認出她後會有什麼反應。是開心？還是憤怒？她快要無法承受一顆心懸在半空的感受了。

「妳要花多久時間收拾行李？」

蘇菲呆呆地眨著眼，接著發現自己手上還抓著肩袋。「全都在這裡了。」她說：「他們抓住我的時候，我正要離開。」

「聰明的女孩。」他低聲地讚賞。

蘇菲愣愣望著他，無法置信他居然沒認出她是誰。

「我們走吧。」他說：「光是待在卡凡德家就讓我想吐。」

蘇菲一言不發，但她微微抬起下顎，歪頭看著他的臉。

「妳確定妳真的沒事？」他問。

接著蘇菲開始思考。

兩年前遇見他時，她半張臉都藏在面具之下。

當時她的頭髮撒了亮粉，讓髮色看起來更淺更金。再加上她先前已經把頭髮剪掉賣給假髮工匠了，往日那頭波浪般的長髮，如今是捲曲的短髮。

沒有吉本斯太太照料她的飲食，她的體重掉了將近六公斤半。

說到底，他們也只相處了僅僅一個半小時。

她望著他，直直看進他的雙眼，接著便猛然醒悟。

他不可能認出她的。

他根本不知道她是誰。

蘇菲不曉得自己該哭還是笑。

Chapter 7

LADY WHISTLEDOWN´S SOCIETY PAPERS

對上星期四參加莫特蘭家舞會的賓客來說，蘿莎蒙·瑞林小姐對菲利普·卡凡德的傾心昭然若揭。

依筆者在下來看，這兩位確實十分相配。

《威索頓夫人的韻事報》
30 APRIL 1817

7

十分鐘後，蘇菲和班尼迪特已雙雙並排坐在他的敞篷四輪馬車上。

「有東西跑進妳的眼睛了嗎？」他彬彬有禮地問。

她回過神來，「不……不好意思，你說什麼？」

「妳一直在眨眼。」他解釋道：「我以為有東西跑進妳眼睛了。」

蘇菲用力吞嚥了一下，試著壓下喉間冒出的緊張笑聲。

她該對他說什麼？真相嗎？她一直眨眼，是因為她預期自己很快便會從這場夢境中醒來——或該說這是一場噩夢？

「妳確定妳沒事？」他問。

她點點頭。

「我想只是還沒從驚嚇中恢復吧。」他說。

她再次點頭，讓他以為那就是全部的原因。

他怎麼可能沒認出她？她已經想像這一刻好幾年了。她的白馬王子終於來解救她，但他甚至不知道她是誰。

他問：「可以再告訴我一次妳的名字嗎？」接著解釋道：「很抱歉，但我要聽過兩次才記得住別人的名字。」

「蘇菲．貝克特小姐。」她沒什麼必要說謊，因為她在舞會時沒把名字告訴他。

「很高興認識妳，貝克特小姐。」他說，雙眼注視前方黑暗的道路，「我是班尼迪特．柏捷頓先生。」

蘇菲點頭示意，儘管他根本沒在看著她。她沉默了一會兒，壓根不知道在這種難以置信的情況下該說些什麼。她忽然領悟，這是他們之間兩年前未能發生的自我介紹。

她最後開口：「你剛才的舉動很勇敢。」

他聳聳肩。

「他們有三個人，你只有自己一個，大部分男人都不會想上前阻止。」

他這才望向她。「我討厭惡霸。」他只這麼說。

她再次點頭，「他們會強暴我。」

「我知道。」他回答，接著又說：「我有四個妹妹。」

她幾乎就要脫口說出「我知道」，但及時打住。威爾特郡的女僕怎麼可能會知道他的家底？因此她說：「我想，這就是你為何這麼在意我的遭遇吧。」

「我希望她們遇到類似的狀況時，其他男人能出手相助。」

「我希望你永遠不用知道真實的結果。」

他嚴肅地點頭，「我也希望。」

馬車繼續前行，沉默籠罩了夜色。

蘇菲想起化裝舞會那晚，他倆天南地北地聊，從來不缺話題。但她明白現在一切都不同了。她只是個女僕，而不是光彩奪目的上流社會女子。他倆毫無交集。

但是，她仍在等著他認出她是誰，然後用力停下馬車，將她緊緊抱在懷裡，告訴她這兩年來他一直在找她。可是她很快就發現，這一切都不會發生。他無法看出眼前的女僕就是那天晚上的淑女，說實在的，他怎可能看得出來？

人們眼中只看得到自己想看見的事物。班尼迪特·柏捷頓也不例外，他肯定沒想過，自己需要從身分低微的女僕身上尋找名門閨秀的身影。

她沒有一天不想起他，他吻在唇上的觸感，還有那夜令人心醉神迷的魔力。他成了她所有幻想的核心，在幻夢裡，她是截然不同的人，擁有不同的父母。

她想像他們在一場舞會相遇，也許還是她家的舞會，由她慈愛的雙親舉辦。他甜蜜地展開追求，送上鮮花與偷偷摸摸的親吻。接著在一個風光旖旎的春日，襯著婉轉鳥鳴和輕拂微風，他單膝跪下，要她嫁給他，獻上永恆的愛與傾慕。

這場白日夢還不賴，只有另一個幻想更勝一籌：他倆過著永遠幸福快樂的日子，膝下有三四個優秀孩子，在神聖婚姻的誓言保護下誕生。

但即使朝思暮想，蘇菲也從未想過真能再度見到他，更別說是從三個色魔手中為他所救。

她想知道，他有沒有想起那位與他縱情擁吻的神祕銀衣女士？蘇菲總愛想像他有，但她不覺得這段回憶對他的意義能與她相提並論。畢竟他是個男人，很可能已經吻過無數個女人了。對他而言，那個夜晚和其他夜晚並無不同。蘇菲只要逮到機會，仍會閱讀《威索頓夫人的韻事報》，因此她知道他參加了多少舞會。區區一場化裝舞會怎麼可能讓他留下深刻印象？

蘇菲嘆了口氣，低頭望著自己緊抓住包包背帶的雙手。她真希望自己有雙手套，但她僅有的一雙今年稍早就穿壞了，也沒錢買新的。這雙手看上去粗糙龜裂，她的手指也越來越冷。

「妳只有這些東西嗎？」班尼迪特向她的包包比了比。

她點頭，「恐怕我沒多少東西，只有一點衣物和私人紀念品。」

他靜默了一會兒，開口道：「以一名女僕來說，妳的口音十分高雅。」

他不是第一個這麼想的人，因此蘇菲也搬出同樣一套說詞：「我母親曾在一戶宅心仁厚的人家當管家，他們允許我和他們的女兒一起上課。」

「妳怎麼不在那戶人家工作？」他熟練地振了振手腕，引導馬匹走向左邊的岔路。「我想妳講的並不是卡凡德家吧。」

「不。」她說，一邊絞盡腦汁思考恰當的回答。通常聽了她前面的說詞後，大家都不會再追問下去。沒人對她真的那麼感興趣。

「母親過世後，我和新任管家處不好。」她最後答道。

他看似接受了這個說法。馬車繼續向前駛去，四周幾乎靜謐無聲，只有夜風吹拂和馬蹄規律的踢踏聲響。

蘇菲禁不住好奇，終於開口問道：「我們要去哪裡？」

「我在不遠的地方有棟小屋。」他說：「我們會待個一、兩晚，接著就帶妳去我母親家。她會替妳在家裡找份差事。」

蘇菲的心劇烈跳動起來，「你的小屋……」

「有其他女伴在場。」他露出淺淺的微笑，「管家都會在，我向妳保證，克瑞特里夫婦不會讓任何憾事發生在他們的房子裡。」

「我以為那是你的房子。」

他的笑容變深了，「多年來我一直努力提醒他們這件事，但從來沒成功讓他們相信。」

蘇菲的嘴角揚起，「看來我會很喜歡他們。」

「我也這麼認為。」

沉默再度降臨。蘇菲緊緊盯著前方，深怕只要和他對上眼，就會被認出來。但這也不過是她的妄想。他早就直視過她的雙眼，還不只一次，但他還是認為她只是名女僕。

沒想到幾分鐘後，蘇菲的臉頰傳來一陣詭異的刺癢感，便轉頭面向班尼迪特，發現他露出奇怪的表情，不斷偷偷瞥向她。

「我們見過嗎？」他突然衝口而出。

「沒有。」她說，不喜歡自己的聲音突然變得哽咽，「我不認為。」

「妳說得對。」他低聲說：「但妳看起來好眼熟。」

「家務女僕看起來都一個樣。」她挖苦地笑了笑。

「我之前也是這麼想的。」他喃喃道。

她將臉轉回前方，震驚地張著嘴。她為什麼要說那種話？她難道不希望被認出來嗎？過去半小時來，她不是一直滿心盼望、不停想像……

這就是問題所在。她在幻想。在她的想像中，他愛著她，還向她求婚。但現實是他可能會要她成為情婦，而那是她發誓永遠不會做的事。

在現實中，他可能會覺得有義務送她回艾拉敏塔身邊，然後她就會被交給警方，因為她偷了艾拉敏塔的鞋扣（蘇菲毫不懷疑她已經發現鞋扣不見了）。

不，他最好還是別認出她來，否則只會讓蘇菲的人生更加複雜。她沒有收入，除了僅有的幾件衣服之外沒多少財產，她現在可不需要更多混亂來攪局。

但她無法解釋自己為何會對他沒有立刻認出自己感到失望。

「下雨了嗎？」蘇菲問，急著想轉往安全一點的話題。

班尼迪特抬起頭，看見雲層遮住了月亮。

「我們剛離開的時候看起來不像要下雨。」他喃喃說，一滴斗大的雨珠落到他腿上，「但我想妳說得對。」

她也看向天空，「風變大了，希望等等不會變成暴風雨。」

「暴風雨一定會來的。」他挖苦道：「因為我們坐在敞篷馬車上。如果我出門時坐的是有頂馬車，現在天上肯定一絲雲都不會有。」

「小屋還有多遠？」

「大概還有半小時路程。」他蹙起眉，「如果下雨沒拖慢我們速度的話。」
「我不介意下點雨，」她勇敢地說：「比淋濕還糟糕百倍的事可多著呢。」
他們都知道她這話是什麼意思。
「我好像還沒向你道謝。」她小聲地說。
班尼迪特猛然轉頭看她。老天在上，她的聲音聽起來莫名熟悉。
他仔細審視她的臉，卻只看到一名平淡無奇的女僕。她的美貌無庸置疑，但也只是個女僕而已，再怎麼樣都不可能和他有過交集。
「那沒什麼。」他最後答道。
「對你來說可能沒什麼，對我來說卻是恩重如山。」
如此誠摯的感激讓他相當不自在，因此他只是點點頭，發出男人在不知道該說什麼時會發出的悶哼聲。
「你的行為非常勇敢。」她說。
他又悶哼了一聲。
然後大雨傾盆而下。
班尼迪特的衣服在大約一分鐘後完全濕透。「我會盡快趕到那裡。」他大喊，努力壓過狂嘯的風聲。
「別擔心我！」蘇菲喊回去。
但他看見她縮成一團，手臂緊緊環抱胸口，試著留住體溫。
「我把大衣給妳吧。」
她搖搖頭，還笑了出來，「你的大衣都濕成那樣，只會讓我變得更濕吧。」
他催促馬兒的步伐，但路面已經泥濘一片，狂風將急雨吹向四面八方，讓本來就模糊的視野更加受阻。

真該死，這一切正是他需要的。他上個星期都在感冒，可能還沒完全恢復。在冰冷的雨中駕車八成會讓他的病情再次加重，接下來一個月都得天天流著鼻水，頂著泛淚的雙眼，還有其他林林總總令人惱怒、一點都不好看的症狀。

當然了……

班尼迪特忍不住露出微笑。當然了，如果他再次染病，母親就無法又騙又哄地要他參加城裡每場宴會，期盼他早日找到適合的年輕淑女，建立快樂平靜的婚姻生活，好好安頓下來。

值得表揚的是，他一直都有留心四周，尋覓可能的新娘人選。他當然不反對結婚，畢竟哥哥安東尼和妹妹達芙妮都擁有極為幸福的婚姻。但他們之所以幸福，是因為他們夠聰明，找到對的人結婚，而班尼迪特確信自己至今尚未遇見那個對的人選。

不，他回憶起幾年前，這話並不完全正確。他曾經遇見過某個人……

那位銀衣女子。

當他擁她入懷、領她翩然旋轉，在陽臺上跳著她人生第一支華爾滋時，他感覺到體內傳來一種震顫酥麻的感受。他應該要為此嚇得魂都飛了才對。

但他沒有，反而因此喘不過氣，興奮得神魂顛倒……並且產生想擁有她的決心。

接著她就消失無蹤，彷彿世界真是平的，而她就這麼從邊緣掉了下去。

他從那場與潘伍德夫人的惱人會面空手而歸，即便把親朋好友都問過一輪，也沒人知道那位穿著銀色禮服的年輕女子是誰。

她孤身前來，獨自離去。無論從哪方面來看，她可說是從未存在過。

他在每場舞會、宴席和音樂會中尋找她的芳蹤。天殺的，他甚至出席了比平常多兩倍的社交場合，只為了能瞥見一眼她的身影。

但他總是失望而返。

他認為自己總有一天會停止尋找她。他是個務實的人，因此猜想自己最終會乾脆地放棄。就某方面來說，也確實如此。過了幾個月，他發現自己重拾舊習，拒絕的宴會邀請比答應的多。再過了幾個月，他發現自己在認識別的女性時，不再反射性拿她們和她互相比較。

但他仍然無法阻止自己繼續找她。也許他已經沒那麼迫切，但每當出席舞會、在音樂會的觀眾席坐下時，他發現自己仍會掃視人群，一邊拉長雙耳，等著聽見她輕快的笑聲。

她一定就在某處。他已經屈服於可能永遠找不到她的現實，而他也已經超過一年沒有主動搜尋她了，但是……

他露出傷感的微笑。他就是無法停止找她。說也奇怪，這項追索已經成為他這個人的一部分。他名叫班尼迪特．柏捷頓，擁有七位手足，不論執劍或執畫筆都算游刃有餘，而他一直都在留神四周，尋找那位曾經觸及他靈魂的女子。

他不斷盼望……渴望……全心觀察。

即便他告訴自己是時候結婚了，他也提不起勁來真的這麼做。

因為，如果他替某個女子戴上了戒指，卻在隔天找到了她，那該如何是好？

他一定會心碎。

不，不只如此，他的靈魂會因此四分五裂。

看到羅斯密村（Rosemeade）出現在遠方時，班尼迪特鬆了一口氣。這表示再過五分鐘就能抵達他的小屋，上帝啊，他等不及要進屋好好泡個熱水澡了。

他看了一眼貝克特小姐。她同樣冷得身體直打顫，卻連一聲抱怨都沒有，班尼迪特帶著一絲欽佩想道。他努力回想他認識的其他女子；是否也能在這種惡劣天氣中表現得如此堅忍，卻想不到任何人選。就連他那個性不屈不撓的妹妹達芙妮，現在一定都會大鬧著抱怨天氣太冷。

「我們快到了。」他安慰地說。

「我沒事——噢!你還好嗎?」

班尼迪特突然劇烈咳了起來,是那種發自胸口深處、毫不間斷的隆隆乾咳。他的肺部彷彿著了火,喉嚨像是有刀在割一樣。

「我很好。」他喘著氣說,輕輕扯了扯韁繩,讓剛才他咳嗽時沒得到指令的馬匹重回正軌。

「你聽上去不大好。」

「我上星期才得了感冒,頭很痛。」他邊說,邊痛得抽了一下。該死,他的肺好痛。

「看起來不像是頭痛啊。」她試著露出調侃的笑容,看起來卻不像揶揄。事實上,她看起來非常擔心。

「那一定是轉移到其他地方了。」他咕噥。

「我不希望你因為我而生病。」

他試著咧嘴微笑,但臉頰實在太痛了,「不管有沒有帶著妳,我都會被雨淋濕啊。」

「但是……」

不論她想說的是什麼,都被另一陣劇烈的咳嗽所淹沒。

「抱歉。」他含糊地說。

「讓我來駕馭吧。」她朝韁繩伸出手。

他轉向她,露出不可置信的表情,「這是敞篷四輪馬車,可不是單匹馬拉的拖車。」

蘇菲忍下想要掐死他的衝動。他正在流鼻水,雙眼泛紅,咳嗽不止,而他竟然還有餘力表現得像隻傲慢的孔雀。

「我向你保證,」她慢慢一字一字地說:「我知道該怎麼控制馬隊。」

「妳從哪裡學來這種技巧的?」

「讓我和他們女兒一起上課的那戶人家。」蘇菲謊稱：「我和女孩們一起學習怎麼駕駛馬隊拉的馬車。」

「那位女主人一定非常喜歡妳。」他說。

「確實如此。」蘇菲回答，努力不要笑出來。艾拉敏塔還是女主人的時候，每當蘇菲的父親堅持讓她和蘿莎蒙與珀希一起上課，艾拉敏塔都會拚命反對。在伯爵過世的前一年，她們三人都學會了如何駕駛馬隊。

「我來駕駛就好，謝謝。」班尼迪特尖銳地說。

但緊接而來的一陣猛咳，揭穿了他的故作逞強。

蘇菲把手伸向韁繩，「老天在上……」

「給妳。」他把韁繩塞給她，一邊抹著眼睛，「拿去吧，但我會在旁邊看著。」

「我可一點也不意外。」她惱怒地說。

在這種雨勢中駕車並不理想，離她上次握著韁繩也是好多年前了，但她認為自己表現得還不錯。也許有些事就是不會忘記，她想。

事實上，能做點她上一段人生後就沒再做過的事，讓她十分愉快。當時她的正式身分還是伯爵的受監護人，過著錦衣玉食的生活，可以上有趣的課……

她嘆了口氣。雖然那段歲月並不完美，至少還是比後來的日子好太多了。

「出了什麼事嗎？」班尼迪特問。

「沒有呀，你怎麼會覺得出了什麼事？」

「妳剛剛嘆了口氣。」

「這麼大的風，你還聽得見我嘆氣？」蘇菲不可置信地說。

「我從剛才就一直在小心注意。我已經夠不舒服了，咳咳咳，不需要妳再害我們掉進水溝。」

蘇菲決定一個字都不回答他。

「前面右轉。」他指路道：「走那條路就可以直接抵達小屋。」

她依言照做，「你的小屋有名字嗎？」

「『我的小屋』。」

「我想也是。」她嘟囔著說。

他得意一笑。在她看來，他還能擺出這種表情，真是了不起，畢竟他現在就和病重的老狗一樣憔悴。「我不是在說笑。」他說。

一分鐘後，他們在一棟優雅的鄉間宅邸前方停下，一面不起眼的小牌匾果真寫著：**我的小屋**。

「這名字是前屋主取的。」班尼迪特一邊指引她駕車前往馬廄，一邊和她解釋：「但看來也很適合我。」

蘇菲轉頭打量房子，雖然確實不大，卻也不是什麼陋室茅舍，「你把這棟房子稱作『小屋』？」

「不，是前屋主說的。」他回答：「妳該見識見識他另外一棟房子長什麼樣。」

不須多時，他們就躲進室內，班尼迪特跳下馬車，開始替馬匹卸下馬具。他的手套早已濕透，滑來滑去抓不牢馬勒，於是便扯下手套，一把丟開。蘇菲看著他七手八腳地忙，手指皮膚就像泡了水的梅乾一樣皺縮，在寒冷中顫抖。

「讓我來幫忙吧。」她踏上前說。

「我可以的。」

「你當然可以啦，」她語氣安撫：「但有我幫忙，就可以快一點。」

他轉過身來，一副要再次拒絕她的樣子，卻突然猛咳起來，痛苦地彎下身子。蘇菲快步衝上前，領他到旁邊的長凳坐下。

「請坐下休息吧。」她懇求他：「我來弄完就好。」

她以為他會反對，但他這次竟退讓了。

「我很抱歉，」他沙啞地說：「我……」

「沒什麼好抱歉的。」她說，手上一邊快速動作。或者該說她盡力加快速度，因為她的手指凍得發僵，部分皮膚也因碰水太久而開始泛白。

「我這樣……」他再次咳起來，比之前還要低啞深濁：「實在很沒有紳士風度。」

「噢，我想我這次可以原諒你，畢竟你稍早前才救了我。」蘇菲試著向他露出輕鬆的笑容，但不知怎麼地，她的嘴角竟然開始發顫，雙眼也莫名其妙突然泛出淚光。她快快轉過身，不想讓他看見她的臉。

但他肯定是看見了什麼，或是察覺到了不對勁，因為他突然喊出聲：「妳還好嗎？」

「我很好！」她回答，但發出來的聲音卻緊繃又哽咽。還來不及回神，他就已經來到她身旁，將她摟進懷裡。

「沒事的。」他安慰地說：「妳現在很安全。」

淚水奪眶而出。蘇菲慟哭起來，為了今晚她原本可能遭受的命運而哭，也為了過去九年來的命運而哭；她為了那晚化裝舞會被他摟在懷中的記憶而哭，也為了現在被他抱在懷裡而哭。

她之所以哭泣，是因為他人實在該死的好，即使他無疑生病了、即使她在他眼中只是個女僕，他還是想要照顧她、保護她。

她之所以哭泣，是因為她已經記不清有多久不讓自己哭了，也因為她覺得自己非常孤單寂寞。

她的淚水也來自於她想了他這麼久，他卻認不得她。

也許這樣比較好，但她的心還是為此而疼痛。

最後，她的眼淚終於停了下來。

他後退一步，伸手觸碰她的下顎，一邊問道：「現在好點了嗎？」

她點點頭，也驚訝地發現自己真的好多了。

「很好。妳受了驚嚇，而且……」他猛然扭開身體，彎下身咳了起來。

「我們真的該讓你進去了。」蘇菲說，抹去臉上的淚痕，「我是說進屋子裡去。」

他點點頭，「來比賽誰先跑到門口。」

她震驚地睜大雙眼，不敢相信他儘管明顯身體不適，竟然還有餘裕開這種玩笑。但她仍然二話不說將背包的肩帶纏在手上，拎起裙襬，衝向小屋的大門。當她抵達門階時，氣喘吁吁、大笑不止，自己明明都濕透了，卻還橫衝直撞地狂奔躲雨，實在有夠荒謬。

毫不意外，班尼迪特已經快她一步抵達小小的門廊。雖然他病了，雙腿還是比她長得多，也強壯得多。當蘇菲在他身旁滑著停下腳步時，他正用力敲著大門門板。

「你沒有鑰匙嗎？」蘇菲大喊。狂風仍在呼嘯，很難聽見說話的聲音。

他搖頭，「我原本沒打算來這裡。」

「你覺得管家聽得見你敲門嗎？」

「我天殺的希望如此。」他嘟囔道。

蘇菲抹去流進眼睛的雨水，從旁邊的窗戶偷看進去。

「裡頭很黑。」她告訴他：「他們會不會不在？」

「我不知道他們還會在哪裡。」

「這裡沒有女僕或男僕嗎？」

班尼迪特搖搖頭，「我太少造訪這裡，要雇一整批僕役似乎太傻了。女僕只會在白天過來。」

蘇菲做了鬼臉，「我原本想建議去找扇開著的窗，但這種天氣似乎不大可能。」

「不必。」班尼迪特陰沉地說：「我知道備份鑰匙在哪裡。」

蘇菲驚訝地看著他，「為什麼你聽起來這麼鬱悶？」

他咳了幾聲才回答：「因為那表示我得衝回該死的暴風雨裡。」

蘇菲知道他的耐心已經所剩無幾。他已經在她面前咒罵了兩次，而他並不像那種會在女性面前出口成髒的人，就算是女僕也一樣。

「在這裡等著。」他命令。在她來得及答話前，他就離開門廊的庇護，衝向雨中。

幾分鐘後，她聽見鑰匙在鎖中轉動的聲音，接著大門敞開，班尼迪特就站在門內，手上抓著一根蠟燭，水滴得到處都是。

「我不知道克瑞特里夫婦在哪裡。」聲音因為不斷咳嗽而沙啞：「但他們肯定不在這兒。」

蘇菲吞嚥了一下，「只有我們嗎？」

他點頭，「只有我們。」

她緩緩挪向樓梯，「我最好去找找看僕役的房間在哪裡。」

「噢，不行。」他低吼，抓住她的手臂。

「不行？」

他搖搖頭，「妳，親愛的女孩，哪裡都別想去。」

Chapter 8

LADY WHISTLEDOWN´S SOCIETY PAPERS

最近在倫敦的舞會中，看來每走兩步就會聽到上流社會的貴婦們抱怨找不到好幫手。

此話不假，在上週的史麥史密家的音樂會上，筆者以為費瑟林頓夫人和潘伍德夫人差點就要打起來了。看來潘伍德夫人一個月前在費瑟林頓夫人眼皮底下偷走了她的貼身女僕，承諾給予更高的薪資和免費的舊衣服。

（容筆者指出，費瑟林頓夫人也有給這可憐的女孩舊衣服，但只要看過費瑟林頓千金們平常的穿著，就能明白為何這位貼身女僕不認為那是福利了。）

然而劇情峰迴路轉，這位貼身女僕後來竟逃回費瑟林頓夫人身邊，求她重新雇用她。

看來潘伍德夫人認為，貼身女僕的職責還包含了廚房洗碗、樓上清掃和煮飯。

有人實在該提醒提醒她，一個女孩不可能完成三個人的工作。

《威索頓夫人的韻事報》
2 MAY 1817

8

「我們要生個火，」班尼迪特說：「在上床睡覺前讓身子暖和起來。我把妳從卡凡德手中救出來，不是為了要讓妳死於感冒。」

蘇菲看著他又咳起來，咳得全身顫動，整個人都彎了下去。

「恕我無禮，柏捷頓先生，」她忍不住指出：「但我們兩人之中，我認為你才是有感冒風險的那個人。」

「我全盤同意。」他氣喘吁吁地說：「我也向妳擔保，我一點也不想這麼不舒服。那麼……」

另一陣咳嗽讓他再次彎下腰。

「柏捷頓先生？」蘇菲擔心地問。

他一顫一顫地吞嚥，幾乎不成語句：「在我咳到昏過去以前，幫我把火生得旺一點就是了。」

蘇菲的眉憂慮地皺起。他的每一陣咳嗽間隔越來越近，每次聲音都比先前更濁更深，彷彿是從他胸口深處咳出來的一樣。

她動作熟練地生起火。作為女僕，她有足夠豐富的經驗，因此不須多時，他們就伸出雙手，盡可能靠近火焰。

「我想妳的替換衣物不可能還是乾的吧。」班尼迪特說，向蘇菲濕透的袋子點頭示意。

「是啊，應該不可能。」她難過地說：「但沒關係，如果在這裡站得夠久，就可以烤乾我身上的衣服。」

「別傻了。」他輕斥，轉身烘烤背部。「我肯定能替妳找一套衣服來。」

「你這裡有女性的衣物？」她懷疑地說。

「妳應該不會挑剔到容忍不了穿一晚長褲和襯衫吧？」

直到這一刻之前，蘇菲可能真的就是那麼挑剔，但這樣一來確實顯得有點傻。

「我想不會。」她說。乾燥衣服的確非常有吸引力。

「很好。」他輕快地說：「妳何不在兩間臥房的火爐都點起火，我這就去找衣服來？」

「我可以睡在僕人的房間。」蘇菲急著回答。

「不必。」他一邊說，一邊大步走出房間，示意蘇菲跟上，「我有多的房間，妳也不是這裡的僕役。」

「但我是僕人呀。」她說，加快腳步跟在他身後。

「那就照妳的意思吧。」他大步踏上樓梯，中途卻不得不停下來咳嗽，「妳可以找到一間僕人睡的小房間和一張堅硬簡陋的小床，但妳也能對自己好一點，找間客房，我保證所有房間都備有羽毛床墊和鵝絨被。」

蘇菲深知她該牢記自己的身分，立刻走上通往閣樓的樓梯，但上帝啊，羽毛床墊和鵝絨被聽起來就像人間天堂。她已經好多年沒睡在那麼舒服的寢具上了。

「我會找間小客房的。」她讓步地說：「呃，你最小的一間。」

班尼迪特半邊嘴揚起一道「我就說吧」的笑容。

「想挑哪間都可以，但別挑那間。」他指向左邊第二扇門。「那是我房間。」

「我馬上把那間的火生好。」她說。他此刻比她更需要溫暖，況且她也發現自己好奇他的臥房是什麼樣子。從一個人的寢室擺設就能大致看出主人的性情。不過，她不禁苦笑，當然也要此人手頭夠寬裕，能按自己的喜好裝潢才行。蘇菲由衷認為，沒人能從她在卡凡德家的頂樓小房間看出她是什麼樣的人——除了知道她身無分文以外。

蘇菲將包包留在走廊，快步走進班尼迪特的臥室。那是個別緻的房間，既溫馨又有男人味，非常舒適。儘管班尼迪特說他很少造訪此處，寫字檯和桌子上卻擺滿了各式各樣的私人物品——看起來是他兄妹的小畫像、皮革書籍，甚至還有一個小小的玻璃碗，裝滿了……

石頭？

「真奇怪啊。」蘇菲喃喃自語道。即使知道自己正嚴重侵犯隱私、多管閒事，她還是好奇地靠了過去。

「每顆石頭都有特別意涵。」一道低沉的嗓音在她身後響起：「我從很久以前就開始搜集了……」他停下來咳了咳，「從我還小的時候開始。」

被逮到正毫無羞恥地探頭探腦，蘇菲不禁滿臉通紅，但她仍被挑起了好奇心，於是拾起一塊帶著粉紅色調的石頭，一道鋸齒狀的灰色條紋從正中央穿過。「這顆代表什麼意思？」

「我在健行途中撿的。」班尼迪特柔聲說：「那天是我父親過世的日子。」

「噢！」蘇菲鬆手讓石頭落回碗裡，彷彿被燙著一樣，「我很遺憾。」

「那是很久以前的事了。」

「我還是覺得很遺憾。」

他露出哀傷的微笑，「我也是。」

接著他劇烈地咳了起來，令他不得不靠在牆上。

「你得暖和起來。」蘇菲很快說道：「讓我來生火吧。」

班尼迪特將一堆衣服扔到床上，簡短地說：「給妳的。」

「謝謝你。」她逼自己專注在小小的火爐上。

和他待在同一個房間很危險，她不認為他會做出什麼不軌的舉動，他太有紳士風度，不會允許自己輕薄一位素不相識的女子。不，危險的是她自己。坦白說，她非常害怕自己要是和他待在一起

Chapter 8

太久，就會無法克制地深陷愛河。

那她會有什麼下場？

除了心碎，她什麼也得不到。

蘇菲縮在小鐵爐前蹲了好幾分鐘撥旺火焰，確保它不會熄滅。

「好了。」她最後滿意地宣布。

她站起來伸展身體，稍稍拉一下背後轉過身，「這樣應該就能……噢，我的天！」

班尼迪特看起來臉色發青。

「你還好嗎？」她匆匆趕到他身旁。

「不大好。」他口齒不清地說，整個人重重靠著床柱。他的語氣像是喝醉了，但蘇菲在他身邊至少兩小時了，她知道他沒有喝酒。

「你得躺到床上去。」她說，在他決定捨棄床柱、倚在她身上時踉蹌了一下。

他咧嘴一笑，「妳也一起來嗎？」

她向後退，「現在我知道你發燒了。」

他抬手摸摸額頭，卻打到了自己的鼻子。「噢！」他吃痛地喊。

蘇菲同情地縮了縮。

他的手慢慢探到了額頭，「嗯，我摸起來或許有點燙。」

儘管過於冒昧，但這關乎一個人的健康，因此蘇菲也伸出手，觸碰他的額心。稱不上發高燒，但確實溫度偏高。

「你得把濕衣服脫下來，」她說：「立刻。」

班尼迪特低頭看著自己，眨了眨眼，彷彿看到身上濕答答的衣服讓他很驚訝。

「對啊。」他若有所思地喃喃說道：「對啊，我是該這麼做。」

他的手伸向襯衫鈕釦，指頭卻濕冷又僵硬，笨拙地滑來滑去。最後，他對她聳了聳肩，無助地說：「我沒辦法。」

「噢，天哪。好吧，我來……」蘇菲伸手想替他解開襯衫，又緊張地抽回手，接著她咬緊牙關，再次探出手。

她飛快解開鈕釦，一邊盡力別開視線，不去看他隨著每顆鬆開的釦子露出的肌膚。「快好了。」她喃喃說道：「再一下就好。」

他什麼也沒說，於是她抬頭看向他。

他閉著雙眼，整個人微微左右搖擺。要不是他還站著，她敢發誓他絕對睡著了。

「柏捷頓先生？」她柔聲問：「柏捷頓先生？」

班尼迪特驚慌抬起頭，「怎麼了？怎麼了？」

「你睡著了。」

他困惑地眨眨眼，「睡著不好嗎？」

「你不能穿著衣服睡覺。」

他低下頭，「我的襯衫怎麼解開了？」

蘇菲忽略這個問題，推著他靠到床墊上。

「坐好。」她命令道。

她的語氣一定很強勢，因為他照做了。

「你有乾的衣服可以換嗎？」她問。

他聳了聳肩，讓濕襯衫從身上滑落，在地板上亂糟糟地堆成一團。「我睡覺都不穿衣服。」

蘇菲的胃翻攪起來，「呃，我想今晚你該穿著衣服睡，而且……你在幹麼？」

他看著她的表情，就像她問了全天下最荒謬的問題，「把褲子脫掉呀。」

Chapter 8

「你至少可以等我轉過身再脫吧？」

他面無表情盯著她。

她也直勾勾盯回去。

他繼續盯著她，最後終於開口：「所以呢？」

「所以怎樣？」

「所以妳不轉過去嗎？」

「噢！」她叫道，迅速旋過身，好像有人在她腳下點了一把火。

班尼迪特無奈地搖著頭，坐在床沿脫下襪子。上帝救救他吧，別再為這些拘謹的小節受罪。老天哪，她是個女僕耶。就算她還是處子之身——從她的舉止看來，他覺得她應該是——她肯定看過男人的身體。女僕們總是不敲房門就在屋裡進進出出，把毛巾、被單等林林總總的物品搬來搬去。他無法想像她從未撞見全裸的男性。

他扒下長褲——這並非易事，因為布料吸了不少水，他當真得把褲子從腿上剝下來。當他終於一絲不掛時，他朝蘇菲的背影揚起一邊眉。

她全身僵直地佇立原地，雙手在身側緊握成拳。

他驚訝地發現，這幅景象竟讓他不禁露出微笑。

他開始覺得整個人變得有點遲鈍，試了兩次才成功將腿抬得夠高，爬到床上去。他吃力地傾身向前，抓住被單，再蓋住自己的身體，接著精疲力竭地陷進枕頭，發出一聲哀號。

「你還好嗎？」蘇菲喊道。

他努力開口：「還好。」但真正說出來的卻像是：「哼嗯。」

他聽見她在房裡移動的腳步聲。他使勁讓一隻眼睛張開一半，看見她已來到床邊，臉上寫滿了憂慮。

出於某種原因，這讓他覺得頗為窩心。

已經很久沒有和他非親非故的女性對他的健康表達關心了。

「我很好。」他含糊地說，努力向她露出安撫的笑容，但他的聲音聽起來就像是從一條又長又窄的隧道中傳出來的。

他伸手拉扯自己的耳朵。他的嘴感覺上能正常說話，因此問題肯定是出在耳朵。

「柏捷頓先生？柏捷頓先生？」

他再次提起一邊眼皮。「去睡吧。」他咕噥：「把自己弄乾。」

「你確定嗎？」

他點點頭，說話越來越困難了。

「好吧，但我不會關上你的門。如果夜裡你需要我，叫我就是了。」

他再次點頭，或該說他試著要點頭。接著他就睡著了。

蘇菲只花了不到十五分鐘就做好睡前準備。憑著一股緊張的能量，她一口氣換上乾衣服、打理好房裡的火爐，但在她的頭碰到枕頭的那一刻，疲倦感就鋪天蓋地襲來，彷彿從她骨頭深處湧現。

這真是漫長的一天，她無力地想。

非常非常長的一天，先是處理早晨雜務，又要在屋裡東躲西藏，迴避卡凡德和他的朋友……她的雙眼慢慢閉上。真是長得不得了的一天，而且……

蘇菲猛然從床上坐起，心臟飛快跳動。火爐裡的火變小了，所以她一定是睡著了。她今天筋疲力盡，因此肯定有什麼東西讓她驚醒。是柏捷頓先生嗎？他是不是喊她了？她回房時，他看起來狀況很糟，但也不至於有生命危險。

蘇菲跳下床，抓了一根蠟燭便衝出房門。班尼迪特借她的長褲褲腰過大，差點要從她臀部滑下，她只好用另一手緊緊抓住。

來到走廊時，聽見一陣聲響。她一定就是被這聲音吵醒的。

那是一道低沉的呻吟，緊接著是拳打腳踢的聲響，然後是一道只能說是嗚咽的聲音。

蘇菲衝進班尼迪特的房間，在火爐旁短暫停步，點燃手上的蠟燭。他躺在床上，毫無動靜到幾乎不自然的程度。

蘇菲慢慢靠近他，一邊盯著他的胸口。她知道他不可能已經死了，但看到他胸口的起伏後，心中還是放下了一塊大石。

「柏捷頓先生？」她小聲說：「柏捷頓先生？」

沒有反應。

她靠得更近，俯身探向床沿，「柏捷頓先生？」

他突然伸出手抓住她的肩膀，拉得她失去平衡，倒在床上。

「柏捷頓先生！」蘇菲尖叫：「放手！」

但他開始掙扎呻吟，身體散發的熱度讓蘇菲知道他正發著高燒。

她總算掙脫出來，跌跌撞撞滾下床，而他不斷翻滾扭動，口中喃喃說著無法理解的語句。

蘇菲等待他平靜下來的空檔，趁隙快速伸手摸他的額頭。滾燙的溫度像是著火一樣。

她咬著下唇，努力思考該怎麼做。她沒有照料發燒病人的經驗，但先讓他的體溫降下來似乎是合乎邏輯的作法。但病人房似乎總是房門緊閉、空氣悶熱溫暖，或許……

班尼迪特再次掙扎，接著突然喃喃說出：「吻我。」

蘇菲震驚地鬆手放開褲腰，長褲滑落到地上。她嚇得小小驚喊一聲，快速把褲子拉上來，用右手牢牢抓好。她伸出左手想拍拍他的手，但又決定最好不要這麼做。
「你在做夢，柏捷頓先生。」她對他說。
「吻我。」他重複道，但沒有張開眼睛。
蘇菲傾身靠得更近。就算只有一根蠟燭的火光，她還是能看見他的眼球在眼皮底下快速轉動。看著另一個人做夢的感覺真是詭異，她想。
「該死！」他突然大喊：「快吻我！」
蘇菲吃驚地後退，手忙腳亂地把蠟燭放在床頭櫃上。
「柏捷頓先生，我……」她開口，原本一心一意想解釋為何她根本連想像親吻他都不能，但接著她轉念一想：**為何不呢？**
她心頭小鹿亂撞，俯身在他的唇落下最短暫、輕柔的一個吻。
「我愛你。」她低語：「我一直都愛著你。」
他動也不動，讓蘇菲鬆了好大一口氣。這並不是她希望班尼迪特早上醒來還會記得的一刻。就在她以為他又陷入熟睡，他的頭突然左右甩動起來，在羽毛枕頭留下深深的痕跡。
「妳去哪兒了？」他沙啞地咕噥：「妳去哪兒了？」
「我就在這裡。」蘇菲回答。
他睜開雙眼，有那麼一瞬間，他看起來神智清醒，然後他說：「不是妳。」接著他雙眼一翻，頭再次開始左右轉動。
「嗯，你現在只有我了。」
蘇菲低聲嘀咕：「別跑掉喔。」她緊張地笑了一下，「我馬上就回來。」
恐懼和緊張讓她心臟狂跳，接著她跑出了房間。

如果說蘇菲在作為女僕的歲月中學到了什麼，那就是幾乎每個家庭的家務基本上都依循同一套模式運作。正因如此，她沒花多久時間就找到寢具備品，換掉被班尼迪特的汗水浸濕的床單。她還找到裝滿涼水的水壺和幾條小毛巾，能用來沾濕他的額頭。

回到他的臥房時，她發現他再次靜止不動，但呼吸變得又淺又快。蘇菲伸出手摸他的額心。雖然她無法肯定，但感覺起來他的體溫又上升了。

噢，天哪。情況很不妙，而她完全不懂如何照顧發燒的病患。艾拉敏塔、蘿莎蒙和珀希從未生過病，卡凡德一家也都異於常人地身強體健。她最接近照料病人的經驗，只有協助卡凡德夫人那位無法走路的母親。但她這輩子都沒有照顧過發燒的人啊。

她將一塊布浸在水壺裡，再擰乾到邊緣滴不出水來。

「這樣應該會讓你感覺好一點。」她低聲說，小心將濕布放到他額頭上，接著又用不大有信心的語氣補充：「至少我希望它會。」

濕布碰到他時，他並沒有反射性地畏縮。蘇菲認為這是個好跡象，著手準備另一條冷毛巾。但她不知道該把毛巾敷在哪裡。放在胸口好像不大對，她也絕對不要把被子拉到他腰部以下，除非這可憐的男人只剩下一口氣（即使是那樣，她也不確定要對他的下半身做些什麼事，才能讓他復活）。因此她最後決定用毛巾輕擦他的耳後和一小部分脖子。

「這樣有感覺好點嗎？」她開口，雖然不期待能得到任何回應，但還是覺得自己應該繼續這單向的對話。「我真的不大知道該怎麼照顧病人，但你看起來會想要一些涼爽的東西放在額頭上。如果是我生病，我也會想要這樣的。」

他不斷扭動身體，口中喃喃念著完全聽不懂的語句。

「真的嗎？」蘇菲說，試著露出微笑，卻不幸失敗了。「我很高興你也這樣覺得。」

他咕噥了些什麼。

「不。」她說，用濕布輕擦他的耳朵，「我還是同意你第一次的回答。」

他再次靜止不動。

「我很樂意重新考慮。」她擔心地說：「請不要覺得受到冒犯。」

他一動也不動。

蘇菲嘆了口氣。和一個失去意識的人說話也只能持續這麼久，接著就會開始覺得自己傻氣到極點。她拿起放在他額頭上的濕布，用手碰他的皮膚。現在摸起來有點濕冷。濕冷而溫暖，她從未想過這種組合竟然可能存在。

她決定先不要把濕布敷回去，便把它蓋到水壺口上。此時此刻，似乎已經沒有什麼事是她能為他做的了，因此蘇菲伸了伸腿，在他房裡慢慢踱步，毫無羞恥地檢視任何沒被固定在平面上的私人物品——而且還真不少。

她的第一站是一系列小畫像。寫字檯上總共擺了九幅，蘇菲猜想那應該是班尼迪特的父母和七位手足。她原本要將這些兄弟姊妹的畫像照著年齡順序排列，接著才突然想到這些畫很可能不是在同一時間畫的，因此她眼前也許是他的兄長十五歲時的畫像，以及他弟弟二十歲時的畫像。

他們之間的相似程度讓她印象深刻——全都擁有一頭深栗色頭髮，寬闊的嘴，還有優雅的骨架。她仔細打量，試著比較他們雙眼的顏色，卻發現在昏暗的燭光下什麼也看不出來。不過話說回來，小畫像中的眼睛顏色往往都難以判別。

小畫像旁邊就放著班尼迪特蒐集的那碗石頭。蘇菲輪流拾起其中幾塊，放在掌心滾動。

「我真想知道，這些石頭為何對你來說這麼特別？」她低語，接著小心將它們放回碗裡。它們在她眼中只是一堆石頭，但她猜想如果它們代表了班尼迪特的特別回憶，在他眼中可能更顯獨特而有趣吧。

她找到一只她完全打不開的小小木盒，這一定就是那種她曾聽人說從東方來的機關盒。不過，最有趣的物品，是一本斜靠在桌上的大型素描簿，裏頭滿是鉛筆圖畫，大部分是風景素描，但也有幾張人像畫。這是班尼迪特畫的嗎？蘇菲瞇眼細看每幅畫底部的簽名。那串潦草的字跡看起來確實像兩個字母B。

蘇菲深吸一口氣，一抹不期而至的笑容浮現在她臉上。她從未幻想過班尼迪特是個藝術家。《韻事報》也從未針對此事提過任何一個字，但這應該是八卦專欄多年來早該發現的事情才對。

蘇菲將素描簿拉向燭光，逐頁翻閱。她想好好坐下，在每張素描都花上十分鐘仔細觀賞，但這麼仔細檢視似乎太過踰矩。也許她只是想合理化自己的愛管閒事，然而她若僅僅快速看上一眼，感覺就不會那麼嚴重。

風景畫的主題包羅萬象。有些是「我的小屋」（也許她該說是「他的小屋」？），有些則是一棟更大的房子，蘇菲猜想那應該是柏捷頓家的鄉間宅邸。

大部分風景畫裡都沒有建築物，只有一條潺潺小溪，或是被風吹拂的樹，或是綴滿雨珠的草地。這些畫最驚人的特點是，他似乎捕捉了作畫當下完整而真實的一刻。蘇菲發誓她能聽見溪流清脆的水聲，或是被風撥動而沙沙作響的樹梢。

人像畫就沒那麼多張了，但蘇菲覺得它們比風景畫更加有意思。有好幾張肯定是他最小的妹妹，還有幾張她覺得應該是他母親。蘇菲最喜歡的一張描繪的顯然是某種戶外遊戲。至少五位柏捷頓家的孩子手上拿著長長的木槌，其中一位女孩位於前景，表情因專注而皺成一團，正試著將球打進小球門。

畫中有著某種東西，讓蘇菲差點大笑出聲。她能感受到畫裡那一天的歡樂，讓她渴求也能建立屬於自己的家庭。

她瞄一眼班尼迪特，他還靜靜地睡在床上。他明不明白自己有多幸運，能生在如此熱鬧而充滿愛的家庭？

蘇菲嘆了口氣，翻過剩下的畫紙，直到來到最後一頁。最後一幅素描和其他畫截然不同，即使只是因為背景是夜晚，而畫中的女人正將裙襬提高到腳踝上方，跑過……

我的上帝啊！蘇菲倒抽一口氣，震驚得六神無主。畫中的是她！

她把素描湊近眼前。她禮服上的細節——只屬於她一晚，那精巧、魔法般的銀色花紋——在他筆下完美重現。他甚至記得那雙長及手肘的手套，也精確畫出了她那晚的髮型。她的臉就沒那麼像了，但這也無可厚非，畢竟他從來沒看過她整張臉。

直到現在。

班尼迪特突然呻吟出聲，蘇菲望過去時，看到他正焦躁地在床上扭動。她闔上素描簿，放回原位，接著快步走到他身邊。

「柏捷頓先生？」她低聲說。她好想喊他班尼迪特。那是她想他時的稱呼。過去漫長的兩年間，她在夢中都這麼叫他。但那樣太冒昧了，也完全不符合她僕役的身分。

「柏捷頓先生？」她再次低聲說：「你還好嗎？」

他的雙眼顫抖著睜開。

「你需要什麼嗎？」

他眨了好幾次眼，蘇菲不確定他是否有聽見她。他看起來好無神，她甚至無法確定他有沒有看到她。

「柏捷頓先生？」

他瞇起眼，沙啞地說：「蘇菲。」喉嚨冒出來的聲音既乾又粗：「那位女僕。」

她點點頭，「我在這裡。你需要什麼？」

「水。」他啞聲道。

「馬上就來。」蘇菲先前才把布泡進水壺裡，但她決定現在不是斤斤計較的時候，於是抓起廚房拿來的玻璃杯，將水倒滿，把杯子遞給他，「請喝吧。」

他的手指不住顫抖，因此在他將杯子湊近嘴唇時，她也沒有放手。他啜了幾口，接著重新倒回枕頭上。

「謝謝妳。」他低聲說。

蘇菲伸手摸摸他的額頭。還是很熱，但他看起來恢復清醒了，於是她決定視之為退燒的跡象。

「我想你到了早上就會覺得舒服一點。」

他笑了出來。不是很大聲，笑得也有氣無力，但確實在笑。「不大可能。」他嗓音粗嘎地說。

「這個嘛，明早你不會完全康復。」她承認，「但我想會比現在的感覺好一點。」

「肯定很難比現在更糟了。」

蘇菲對他微笑，「你想你能挪到旁邊，讓我幫你換被單嗎？」

他點頭照做，在她換床單的時候閉上疲倦的雙眼。

「手法很熟練。」他在她做完時說道。

「卡凡德夫人的母親時常來拜訪。」蘇菲解釋：「她長期臥床，因此我得學會如何在她還在床上時更換寢具。其實沒有很難。」

他點點頭，「我要繼續睡了。」

蘇菲安撫地拍拍他的肩膀。她實在無法克制。

「你到早上就會覺得好多了。」她低語：「我保證。」

Chapter 9

LADY WHISTLEDOWN´S SOCIETY PAPERS

俗話說醫生是最糟糕的病人。

但依筆者之見，男人才是最糟糕的病人。

有人或許會說，當病人得有耐心，而上帝為證，我們這個物種的雄性實在沒什麼耐性可言。

《威索頓夫人韻事報》

2 MAY 1817

9

隔天早晨，蘇菲醒來後第一件做的事就是尖叫。

昨晚她坐在班尼迪特床邊的直背椅上睡著了，姿勢很不雅觀，脖子還不舒服地歪向一邊。她一開始睡得很淺，留神傾聽病榻上的人有沒有發出難過的聲音。但經過一小時令人感激涕零的寂靜後，她終於被疲憊擊垮，陷入深層的睡眠，那種本該讓人安詳醒來，臉上還會掛著充分休息過的快樂微笑。

這也是為什麼當她張開眼睛，看到兩名陌生人正瞪著她時，驚嚇到心跳過了整整五分鐘才緩和下來。

「你們是什麼人？」蘇菲才脫口而出，她便隨即想起：他們一定是克瑞特里先生和克瑞特里太太，「我的小屋」的管家。

「妳又是什麼人？」男子反問，語氣相當不善。

「蘇菲．貝克特。」蘇菲緊張地嚥了一下，「我……」她手足無措地指著班尼迪克，結巴道：「他……」

「快說，女孩！」

「別為難她了。」床上傳來一道嘶啞的聲音。

三顆頭猛然轉向班尼迪特的方向。

「你醒了！」蘇菲叫道。

「真希望我沒醒。」他嘟囔道：「我的喉嚨感覺像是著了火。」

Chapter 9

「要我替你再拿杯水嗎？」蘇菲熱心地問。
他搖搖頭，「請給我茶。」
她立刻跳起來，「我去拿。」
「我去拿。」克瑞特里太太語氣堅決地插嘴。
「您需要幫忙嗎？」蘇菲膽怯地問。這對夫婦的氣勢讓她覺得自己就像回到了十歲。兩人的身形矮胖，卻渾身散發著強烈的權威感。
克瑞特里太太搖搖頭，「如果我連泡茶都不會，還算得上是好管家嗎？」
蘇菲用力嚥了一口口水，她分不清克瑞特里太太是真的生氣，還是在開玩笑，膽怯道：「我絕非意指……」
克瑞特里太太揮揮手，不讓她把道歉說完，「要我也替妳準備一杯嗎？」
「您千萬別幫我拿任何東西。」蘇菲說：「我是僕……」
「幫她拿一杯來。」班尼迪特命令道。
「但是……」
他用手指猛力戳向她的方向，一邊咕噥：「安靜。」然後轉向克瑞特里太太，露出一個足以融化冰山的笑容說：「妳能發發好心，也替貝克特小姐準備一杯茶嗎？」
「當然了，柏捷頓先生。」她回答：「但請容我說句……」
「妳把茶端來後，想說什麼話都請直說。」
她嚴厲地看了他一眼，「我要說的話可多了。」
「我可毫不懷疑。」
班尼迪特、蘇菲和克瑞特里先生靜靜等著克瑞特里太太離開房間。當她遠得聽不見他們說話時，克瑞特里先生哈哈大笑起來，「柏捷頓先生，你惹上麻煩啦！」

班尼迪特露出虛弱的微笑。

克瑞特里先生向蘇菲解釋：「當克瑞特里太太有很多話想說時，她會真的說很多。」

「噢。」蘇菲答道。

她很希望能多說點什麼，但在這麼短的時間內，她也只能想出「噢」這個回答了。

「而當她要說很多話時，」克瑞特里先生的笑容變得燦爛又狡猾，繼續說道：「她還喜歡說得很激動。」

「幸好我們可以邊聽邊喝茶。」班尼迪特諷刺地說。

蘇菲的肚子此時大聲叫了起來。

「還有，」班尼迪克繼續說，一邊促狹地看了她一眼，「依照我對克瑞特里太太的了解，我們應該會有一點早餐可以搭配。」

克瑞特里先生頷首，「已經準備好了，柏捷頓先生。我們早上從小女的家回來後，在馬廄一看到你的馬，克瑞特里太太馬上就去做早餐了。她知道你有多愛吃蛋。」

班尼迪特向蘇菲露出一抹共謀的笑容，「我確實很愛吃蛋。」

她的肚子又響了起來。

「不過，我們不知道這裡會有兩個人。」克瑞特里先生說。

班尼迪克輕笑起來，接著痛得瑟縮了一下，「克瑞特里太太煮的早餐足夠餵飽一整支軍隊。」

「這個嘛，她來不及準備牛肉派和魚，」克瑞特里先生說：「但我相信她準備了培根、火腿、蛋和吐司。」

蘇菲的胃發出低吼。她急忙用一隻手摀住肚子，差點就要嘶聲對它說：「安靜！」

「你該告訴我們你要來的。」克瑞特里先生又說，對班尼迪特搖著手指，「如果我們知道，就不會去拜訪女兒了。」

「這是臨時起意。」班尼迪特說，一邊左右伸展脖子，「我參加了一場很糟糕的派對，後來決定離開。」

克瑞特里先生對蘇菲點頭示意，「她是打哪兒來的？」

「她也在派對裡。」

「我沒有在派對裡，」蘇菲糾正他：「我只是剛好也在同個地方。」

克瑞特里先生懷疑地朝她瞇起眼，「這有什麼差別嗎？」

「我沒有參加派對，我是那一家的僕人。」

「妳是僕人？」

蘇菲點點頭，「我剛才一直試著告訴你這件事。」

「妳看起來不像僕人。」克瑞特里先生轉向班尼迪特，「你覺得她看起來像僕人嗎？」

班尼迪特無助地聳肩，「**我不知道她看起來像什麼人**。」

蘇菲怒瞪著他。這句話雖然不是羞辱，卻也肯定不是什麼讚美。

「如果她是別人家的僕役，」克瑞特里先生繼續追問：「那她在這裡做什麼？」

「我能等到克瑞特里太太回來後再解釋嗎？」班尼迪特無奈回道：「我很確定她會再重複一次你的問題。」

克瑞特里先生盯著他一會兒，眨了眨眼，最後點點頭，再轉向蘇菲，「妳為什麼穿成這樣？」

蘇菲低頭，驚恐地發現她完全忘記自己正穿著男人的衣服，而且尺寸大到長褲不斷差點從她身上滑落。「我的衣服都濕透了。」她解釋：「因為下雨。」

克瑞特里先生同情地點點頭，「昨晚的暴風雨很大，所以我們才在女兒家過夜。我們原本要當天就回來的。」

班尼迪特和蘇菲只是點頭回應。

「她住得不遠。」克瑞特里先生繼續說：「就在村子的另一頭。」說罷看一眼班尼迪特，而他立刻點點頭。

「她剛生完，」他補充道：「是個女孩。」

「恭喜啊。」班尼迪特說。

蘇菲從他的表情看得出這不只是客套話，而是真心道賀。

沉重的腳步聲從樓梯間傳來。一定是克瑞特里太太拿早餐上來了。

「我該去幫忙了。」蘇菲說，跳起來衝向門口。

「一日為僕，終生為僕。」克瑞特里先生用睿智的語氣說道。

班尼迪特不確定自己是不是眼花了，但他覺得蘇菲好像瑟縮了一下。

一分鐘後，克瑞特里太太走進房間，手上端著精美的銀製茶器。

「蘇菲去哪裡了？」班尼迪特問。

「我讓她下樓去拿剩下的東西。」克瑞特里太太邊放東西邊回答：「應該很快就上來了。她是個好女孩。」她用就事論事的語氣補充道：「但她需要一條皮帶繫好你借的長褲。」

班尼迪特腦中浮現女僕蘇菲的長褲滑落到腳踝的畫面，胸口某處立刻可疑地揪緊起來。在發現這陣緊縮感很可能是出自慾望後，他不大舒服地嚥了一下。

接著他抓住喉嚨哀嚎，因為在猛咳了一整晚後，不舒服的吞嚥動作顯然比平時更加令人不適。

「你需要來點我的藥水。」克瑞特里太太說。

班尼迪克激烈地搖頭。上次喝了她的藥水後，他反胃了整整三個小時。

「我不接受拒絕。」她警告道。

「她從不接受。」克瑞特里先生附和。

「茶就很有用了。」班尼迪特快速說道：「我很確定。」

但克瑞特里太太的注意力早就不在他身上了。

「那女孩去哪了？」她咕噥，走到門口向外看。「蘇菲！蘇菲！」

「如果你能阻止她等會兒拿藥水給我，」班尼迪特急促地向克瑞特里先生低聲說：「我就給你五英鎊。」

克瑞特里先生綻開大大的笑容，「成交！」

「她來了。」克瑞特里太太宣布：「噢，老天呀。」

「怎麼啦，親愛的？」克瑞特里先生問，從容地走向門口。

「這可憐的東西無法一邊拿著托盤，還要一手抓著長褲。」她同情地彈了下舌頭。

「妳不去幫她嗎？」班尼迪特從床上說。

「噢，當然要了。」她急忙走出去。

「我馬上就回來。」克瑞特里先生也回頭說：「我可不想錯過這場好戲。」

「誰去拿條皮帶給那該死的女孩！」班尼迪特氣沖沖地大喊。每個人都跑到走廊看熱鬧，只有他被困在床上，真是太不公平了。

他哪兒都去不成。光是想到要起身，就讓他頭暈目眩。

他一定病得比昨晚以為的還嚴重。雖然不再每隔幾秒就想咳嗽，但他整個人力氣盡失，疲憊不堪。他渾身肌肉都在痛，喉嚨也疼得要命，就連牙齒都感覺不大對勁。

他隱約有蘇菲照料他的模糊記憶。她替他的額頭冰敷，看顧著他，甚至對他唱搖籃曲。但他一直沒看清她的臉。他大部分時間連睜開眼睛的力氣都沒有，就算他有，房間也一直都很暗，讓她籠罩在陰影之中，令他想起……

班尼迪特倒抽一口氣，心臟在胸口激烈震盪，同時清晰地想起昨晚做的夢。

他夢到她了。

他不是沒夢過她，但他已經好幾個月沒做這個夢了。而且，那可不是什麼純潔的夢。班尼迪特並非聖人，當他夢到化裝舞會的那位女子時，她並不是穿著銀色的禮服。

他露出一抹淘氣的笑容想道，她是什麼都沒穿。

但他無法理解為何在消失了數個月之後，這個夢又找上他了。難道是被蘇菲身上的什麼特質觸發的嗎？他曾以為——他希望——不再做這個夢，就代表他已不再心繫於她。

顯然還沒。

蘇菲和兩年前與他共舞的女人長得一點都不像。她的髮色不對，身材也太瘦。他清晰記得，擁在懷中的面具女子擁有曲線鮮明的豐滿身材。相較之下，蘇菲只能說是骨瘦如柴。她們的聲音很像，但他得承認，那晚的記憶隨著兩年時光的流逝愈趨模糊，他再也無法明確回想起那位神祕女子說話的音色。而且，雖然以一名女僕來說，蘇菲的腔調非常有教養，卻仍不及她的口音那樣顯露上流社會本色。

班尼迪特挫敗地哼了一聲。他真恨自己只能用「她」來稱呼她。在她所有祕密當中，這一個最為殘忍——她甚至連名字都不肯讓他知道。有某部分的他寧願她說謊、報上假名，這樣至少在思念她的時候還可以有個稱呼。

在他夜裡盯著窗外，猜測她究竟身在何方的時候，至少還能低聲呼喚她的名字。

班尼迪特的追想被走廊傳來七手八腳的碰撞聲打斷。克瑞特里先生第一個現身，沉重的早餐托盤讓他步履踉蹌。

「其他人呢？」班尼迪特狐疑地問，一邊打量門口。

「克瑞特里太太去幫蘇菲找合適的衣服了。」克瑞特里先生答道，將托盤放在班尼迪特的桌子上。「你要火腿還是培根？」

「都要，我快餓死了。『合適的衣服』是什麼意思？」

「連身裙啊，柏捷頓先生。女人穿的衣服。」

班尼迪特認真考慮要把燒完的蠟燭頭扔到他身上。「我的意思是，」他用自認堪比聖人的耐心語氣說：「她要去哪裡找裙子？」

克瑞特里先生把裝盤的早餐端到一張有腳托盤上，好放在班尼迪特的腿上。

「克瑞特里太太有幾件多的。她總是大方分享。」

班尼迪特被剛塞進嘴裡的蛋嗆到，「克瑞特里太太和蘇菲的身材可是天差地遠。」

「你也是啊，」克瑞特里先生說：「但她穿你的衣服也沒什麼問題呀。」

「你不是說她的長褲在走廊上滑掉了？」

克瑞特里先生：「這個嘛，如果是連身裙，我們就不用擔心這個問題了。我不認為領口有辦法從她的肩膀滑下來。」

班尼迪特決定還是不要多管閒事，否則他的理智就要斷線了。他開始專心吃起早餐。在他吃到第三盤時，克瑞特里太太衝了進來。

「我們來啦！」她大聲宣布。

蘇菲鬼鬼祟祟溜進房，整個人幾乎被克瑞特里太太巨大的連身裙淹沒——當然了，除了她的腳踝。克瑞特里太太比蘇菲矮了十二、三公分。

克瑞特里太太眉開眼笑地說：「她看起來很美吧？」

「噢，是啊。」班尼迪特答道，嘴角不住抽動。

蘇菲怒視著他。

「妳會有很多空間裝得下早餐。」他大膽地調侃。

「等我把她的衣服洗乾淨，就可以換回去了。」克瑞特里太太解釋：「至少現在看起來比較體面了。」她搖搖擺擺地走向班尼迪特，「早餐好吃嗎，柏捷頓先生？」

「美味極了。」他回答：「我已經好幾個月沒吃這麼好了。」

克瑞特里太太俯身低語：「我喜歡你的蘇菲，我們可以留下她嗎？」

班尼迪特嗆了一口，但他說不上來是被什麼嗆到，「不好意思，妳說什麼？」

「克瑞特里先生和我已經不年輕了，這裡多個人手對我們會很有幫助。」

「我，啊，嗯……」他清清喉嚨，「我會考慮看看。」

「太好了。」克瑞特里太太走回房間另一端，抓住蘇菲的手臂，「跟我來。妳的肚子叫了整個早上，妳上一餐是什麼時候吃的？」

「呃，我想是昨天吧。」

「昨天的什麼時候？」克瑞特里太太窮追不捨。

班尼迪特用餐巾遮住嘴上的微笑。

蘇菲看起來毫無招架之力。克瑞特里太太總是會讓人變成那樣。

「呃，這個嘛，其實……」

克瑞特里太太雙手扠在臀部上。班尼迪特咧嘴一笑，蘇菲的麻煩大嘍。

「妳是要告訴我，妳昨天什麼都沒吃？」克瑞特里太太怒聲低吼。

蘇菲絕望地瞥了班尼迪特一眼。他回以一個「我愛莫能助」的聳肩，況且，他也挺享受看到克瑞特里太太對蘇菲小題大作。他敢說這可憐的女孩應該很多年沒有受到這種關注了。

「我昨天很忙碌。」蘇菲閃爍其詞。

班尼迪特蹙起眉頭。她應該是忙著躲開菲利普．卡凡德和那幫被他稱作朋友的白癡吧。

克瑞特里太太將蘇菲推到桌旁的椅子上。「快吃。」她命令道。

班尼迪特看著蘇菲狼吞虎嚥將食物吞下肚。她顯然很想顧及餐桌禮節，但飢餓終究還是占了上風——一分鐘後，她幾乎是用鏟的把食物塞進嘴裡。

直到此刻，班尼迪特才意識到自己正像鉗子一樣緊緊咬住牙關，怒火中燒。他不確定他的發怒對象是誰，但他知道自己不喜歡看到蘇菲飢餓的樣子。

他和這位女僕之間有某種奇特的小小連結。他救了她，然後她也救了他。噢，他並不認為昨晚的發燒會讓他死掉，如果真有那麼嚴重，他現在肯定還在拚命和病魔對抗。但她悉心照料他，讓他舒服許多，可能還加速了他的康復。

「你能幫我確保她至少再多吃一盤嗎？」克瑞特里太太問班尼迪特：「我先離開去替她整理一間房間。」

「僕人的房間就好。」蘇菲很快說道。

「別傻了。在我們雇用妳前，妳在這裡就不是僕人。」

「但是……」

「別再說啦。」克瑞特里太太打斷她。

「需要我幫忙嗎，親愛的？」克瑞特里先生問。

克瑞特里太太點點頭，眨眼間，這對夫婦就離開了。

蘇菲停下用食物把肚子盡可能塞滿的動作，瞪著他們離去的門口發愣。他們肯定是把她當成自己的一分子了。如果她不是僕人，他們絕對不會讓她單獨和班尼迪特留在房裡。畢竟比這更微不足道的小事，都足以讓人身敗名裂。

「妳昨天根本什麼都沒吃，對吧？」班尼迪特低聲問道。

蘇菲搖搖頭。

「下次再見到卡凡德，」他低吼：「我一定把他打成肉醬。」

如果她是更好的人，就會嚇得花容失色，但蘇菲想到班尼迪特要進一步維護她的名譽，或是菲利普・卡凡德的鼻子被揍得擠到額頭上的畫面，便禁不住露出微笑。

「再去裝一盤吧。」班尼迪特說：「就算只是為了我也好。我跟妳保證，克瑞特里太太離開前數過盤子裡有多少蛋和培根，如果她回來看到數量沒減少，我就小命不保了。」

「她人非常好。」蘇菲說，一邊伸手拿蛋。第一盤食物只是杯水車薪，她不需要催促也能繼續吃下去。

「最好的。」

蘇菲熟練地用肉叉和湯匙夾起一片火腿，放到她的盤子裡。

「你今早感覺如何，柏捷頓先生？」

「感覺很不錯，謝謝妳。就算沒那麼不錯，也比昨晚好太多了。」

「我昨晚非常擔心你。」她說，用叉子叉起火腿的一角，再用刀切下一小塊。

「妳願意照料我，實在太好心了。」

她將火腿咀嚼後吞下去，才說道：「真的沒什麼，任何人都會那麼做的。」

「也許吧。」他說：「但不會如妳這般欣然而甘願，又有這麼好的幽默感。」

蘇菲的叉子停在半空中。「謝謝你。」她柔聲說：「這是很棒的讚美。」

「我有沒有……呃……」他清清喉嚨。

蘇菲好奇地打量他，等著看他究竟想說什麼。

「算了。」他嘟囔。

她失望地把一小塊火腿放進嘴裡。

「我昨晚沒有做什麼需要道歉的事吧？」他冷不防脫口而出。

Chapter 9

蘇菲一口將火腿吐到餐巾上。

「我想這表示有。」他喃喃說。

「沒有！」她很快說：「一點也沒有。你只是嚇到我而已。」

他瞇起雙眼，「妳不是在騙我吧？」

蘇菲搖搖頭，想起她落在他唇上那一個完美的吻。他沒有做任何需要道歉的事，但不代表她沒有做。

「妳臉紅了。」他指責道。

「不，我沒有。」

「有，」他說：「妳有。」

「如果我臉紅了，」她冒失地答道：「那也是因為我想知道你為何會覺得有道歉的必要。」

「對一名僕人來說，妳可真是伶牙俐齒。」他說。

「對不起。」蘇菲很快回答。她得記住自己的身分才是，但面對這個男人時，她很難做到這一點。他是唯一一位上流社會對她平等相待的人，即便只有幾小時的時光。

「我是在稱讚妳。」他說：「不用為了我而壓抑妳的本性。」

她沉默以對。

「我覺得妳……」他停了一下，顯然在尋找正確的字眼，「令人耳目一新。」

「噢。」她放下叉子，「謝謝你。」

「妳今天還有打算做什麼嗎？」他問。

她低頭看向身上巨大的衣服，做了個鬼臉，「我應該會等衣服清理好之後，在附近看看有哪戶人家需要雇女僕。」

班尼迪特朝她皺起眉，「我說過要替妳在我母親家找份工作。」

「我很感謝。」她很快說道：「但我比較想留在鄉下。」

他聳了聳肩，是那種生命中從未遭遇過重大挫折的人會做的動作。「那妳可以在奧布雷莊園工作，在肯特郡。」

蘇菲咬著下唇。她可不能坦承自己不想替他母親工作的原因，是因為她就得時常看見他。她想不出有什麼比這更痛苦的折磨了。

「你不該把我當成自己的責任。」她最後說道。

他朝她投去一個高高在上的眼神，「我說過我會幫妳找到新工作。」

「但是……」

「這還有什麼需要討論的嗎？」

「沒有。」她咕噥道：「什麼也沒有。」顯然跟他爭論是沒用的。

「很好。」他心滿意足躺回枕頭上，「我很高興妳也這麼想。」

蘇菲站起身，「我該走了。」

「妳要去做什麼？」

「我不知道。」她邊說邊覺得自己好蠢。

他咧嘴一笑，「那祝妳開心啊。」

她握著分菜匙的手收緊了幾分。

「別那麼做。」他警告道。

「做什麼？」

「丟湯匙。」

「我連想都不敢想。」她緊繃地說。

他開懷大笑，「噢，妳才想呢。妳現在就在想，只是妳不會那麼做而已。」

蘇菲死命握著湯匙，用力到手開始發抖。

班尼迪特笑得整張床都在震動。

蘇菲站在原地，湯匙還是抓在手上。

班尼迪特微微一笑，「妳這是要帶著湯匙一起走嗎？」

記住妳的身分。蘇菲在內心對自己尖叫。**記住妳的身分**。

「妳到底在想什麼，讓妳看來這麼凶猛又可愛？」班尼迪特若有所思。

「不，別告訴我好了。」他又說：「一定和讓我不合時宜地慘死有關。」

蘇菲緩慢而謹慎地轉身背對他，將湯匙放到桌上。她不想冒險做出太突然的動作，免得一不小心真把湯匙扔到他頭上。

班尼迪特讚賞地揚起雙眉，「妳還真是成熟穩重。」

蘇菲慢慢轉回來。「你對任何人都這麼風度翩翩嗎？還是只有對我才這樣？」

「噢，只有妳。」他咧嘴一笑，「我得確保妳答應我的提議，來替我母親工作。妳能讓我把最好的一面展現出來，蘇菲·貝克特小姐。」

「這樣叫作最好的一面？」她帶著顯而易見的懷疑問道。

「恐怕是。」

蘇菲邊搖頭邊走向門口。和班尼迪特·柏捷頓說話真是令人精疲力竭。

「噢，蘇菲！」他喊。

她轉過身。

他露出狡猾的微笑，「我就知道妳不會丟我湯匙。」

接下來發生的事，絕對不是蘇菲的錯。她堅信自己只是在短短的一瞬間被惡魔附身，因為她絕對認不出這隻猛然伸向小桌、抓起燒盡蠟燭的手是自己的。對，這隻手顯然是連在她的手臂上，但當它舉起來把蠟燭頭丟過房間時，看起來實在非常陌生。

蠟燭直直飛向班尼迪特的頭。

蘇菲甚至沒停下來看自己有沒有丟準。但當她大步穿過房門時，她聽見班尼迪特爆出一陣大笑，然後是他的大喊：「幹得好，貝克特小姐！」

接著她發現，過了這麼多年，她的臉上第一次露出了發自純粹喜悅的笑容。

Chapter 10

LADY WHISTLEDOWN'S SOCIETY PAPERS

儘管班尼迪特·柏捷頓給了確定參加的回覆（至少柯文頓夫人是這麼說的），他卻沒有出現在柯文頓家的年度舞會。

整個宴會廳四處都能聽見年輕女子（和她們母親）的埋怨。

根據柏捷頓夫人（他母親，而不是他大嫂）的說法，柏捷頓先生上週去了一趟鄉間後便杳無音訊。擔心柏捷頓先生健康安危的讀者啊，別發愁，柏捷頓夫人的語氣與其說是擔憂，不如說是惱怒。畢竟，去年至少有四對佳偶在柯文頓家舞會遇見他們的未來伴侶，前一年則是三對。

令柏捷頓夫人大感不悅的是，即便今年柯文頓家舞會有任何好姻緣誕生，她兒子班尼迪特也不會是其中一位。

《威索頓夫人的韻事報》
5 MAY 1817

10

班尼迪特很快就發現，漫長而遙遙無期的康復過程還是有好處的。

首先，就是從克瑞特里太太廚房端出的精美料理，源源不絕且種類繁多。他在「我的小屋」總是吃得很好，但當克瑞特里太太有病人要照顧，才是她真正大展身手的時候。

更棒的是，克瑞特里先生成功攔截每一瓶克瑞特里太太送來的藥水，換成班尼迪特最好的白蘭地。他盡責地喝掉了每一滴，但上次從窗戶看出去時，有三叢玫瑰花已經凋萎，他猜那些藥水大概就是被克瑞特里先生倒在那裡了。

雖然是令人難過的犧牲，但有過上次和克瑞特里太太的藥水交手的經驗，班尼迪特很樂意付出這個代價。

另一個臥病在床的好處很簡單，那就是這麼多年以來，他終於能好好享受一段平靜的時光。他讀書、畫畫，甚至只是閉上眼做白日夢，完全不必因為疏忽了工作或雜事而感到內疚。

班尼迪特很快決定，懶惰之人的生活會讓他無比幸福快樂。

然而目前最棒的部分還是蘇菲。她每天都會造訪他的房間好幾次，有時來拍鬆他的枕頭，有時為他端來食物，有時只是念書給他聽。班尼迪特有種感覺，覺得她這麼勤奮是因為想讓自己派上用場，以及對他從菲利普．卡凡德手中把她救下表達感激。

但他並不在乎她來訪的理由，他只是很喜歡她的出現。

她一開始十分安靜含蓄，顯然在努力遵守僕人不該吸引注意的規範，但班尼迪特才不容許這種事。他刻意和她攀談，這樣她就不能輕易離開。他也會故意挑釁她，只為了讓她生氣，因為她大發

Chapter 10

雷霆的樣子遠比卑躬屈膝讓他喜歡。

但大多數時候，他只是很享受和她待在同一個房間。不管他們是在交談，抑或她只是坐在椅子上翻閱一本書，而他盯著窗外神遊，都無所謂。她的存在包含了某樣東西，能為他帶來平靜。

一聲響亮的敲門聲將他從思緒中拉回，他熱切地抬頭喊道：「進來！」

蘇菲探頭進來，及肩的鬈髮在掃過門緣時輕輕抖動，「克瑞特里太太說你可能會想喝點茶。」

「只有茶？還是有茶和餅乾？」

蘇菲咧嘴一笑，用臀部推開門板，兩手讓托盤保持平衡，「噢，當然是後者啦。」

「太棒了。那妳要和我一起喝茶嗎？」

她猶豫了一下。她總是如此。但接著她點了點頭——她也總是如此。她很早之前就已經學到，當班尼迪特下定決心，跟他爭辯一點用都沒有。

班尼迪特喜歡這樣。

「你的臉色好多了。」她將托盤放在旁邊的桌上時說道：「你看起來也沒那麼疲倦了。我想你很快就能下床活動。」

「噢，我確定會很快的。」他含糊其辭地說。

「你每天看起來都更健康了一點。」

他露出大膽的微笑，「妳是這麼想的嗎？」

她舉起茶壺，在倒茶前停頓了一下。「是的。」她露出嘲諷的笑容，「如果不是，我就不會這麼說了。」

班尼迪特看著她替他備茶的雙手。她的動作透露出內在的優雅，而她倒茶的姿勢彷佛生來就具備了禮節。顯然她也是從她母親慷慨雇主提供的課程，學會了下午茶的藝術，或者她是趁其他貴婦準備下午茶時觀察學來的。班尼迪特已經注意到，她是個觀察敏銳的女人。

他倆一起喝茶的次數，已經多到她不用再詢問他的茶要怎麼準備。她將茶杯遞給他——只加牛奶，不加糖——再將各式各樣的餅乾和司康擺到盤子上。

「妳也倒一杯吧。」班尼迪特說，一邊咬一口餅乾，「然後坐到我旁邊。」

她再次猶豫起來。他知道她會有這種反應，即便她早已答應要和他一起用下午茶。但他是個很有耐心的男人，而他的耐心獲得了獎賞：她輕輕嘆了一口氣，伸手從托盤上拿了另一只茶杯。

她準備好自己的茶後——兩塊糖，加一點點牛奶——便坐上他床邊包著天鵝絨布的直背椅，啜了一口茶，雙眼從杯緣上方打量著他。

「妳不吃餅乾嗎？」班尼迪特問。

她搖搖頭，「剛烤好的時候我就吃了幾塊。」

「妳真幸運。餅乾在溫熱的時候最好吃。」他快速吞下另一塊餅乾，拂去袖子上的碎屑，伸手拿下一塊。「妳今天做了什麼？」

「自從兩小時前見過你之後嗎？」

班尼迪特朝她投去一個眼神，表示他聽得出她的譏諷之意，但選擇不予回應。

「我在廚房裡幫忙克瑞特里太太。」蘇菲說：「她在準備晚餐的燉牛肉，需要有人幫忙削馬鈴薯的皮。然後我從你的圖書館借了本書，拿去花園裡讀。」

「真的？妳讀了什麼書？」

「一本小說。」

「好看嗎？」

她聳聳肩，「很蠢，但很浪漫。我很喜歡。」

「那妳渴望談一段浪漫戀情嗎？」

她立刻臉上一紅，「你不認為這個問題有點私人？」

班尼迪特聳聳肩，準備回以極為無禮的說詞，像是「問問看也無妨」，但當他望著她的臉，看見她的雙頰染上美麗的粉紅色，垂眼盯著自己的大腿時，一件最奇異的事發生了。

他意識到自己想要她。

他是真的非常、非常想要她。

他不確定這個發現為何讓他這麼驚訝。**他當然會想要她**。他就和所有男人一樣血氣方剛，而任何男人在和蘇菲這種如此淘氣又可愛的女人長時間相處後，都一定會想要她。見鬼了，他想要半數他遇見的女人，不過這種渴望並不強烈，也不急切。

但在這一刻，眼前這個女人讓他的渴望變得難以忍受。

班尼迪特換了個姿勢。接著他把被子堆到自己的大腿上。然後他又換了個姿勢。

「你躺得不舒服嗎？」蘇菲問：「需要我幫你拍鬆枕頭嗎？」

班尼迪特第一個急切的念頭是回答需要，在她俯身時抓住她，然後對她為所欲為，既然他們剛好就是在床上。

但他懷疑這計劃用在蘇菲身上，不會有什麼好結果，因此他只說：「我很好。」接著被自己詭異的尖細語氣嚇得畏縮一下。

她微笑著打量他盤子上的餅乾，一邊說：「也許我再來一塊。」

班尼迪特挪開手臂，讓她可以伸手到他的盤子。但他太晚才發現，盤子就放在他的大腿上。她的手伸向他大腿之間的景象——即使她只是要拿盤子上的餅乾——讓他產生有趣的反應，更精確地說，是他的胯間產生了有趣的反應。

班尼迪特腦中突然浮現下方傳來動靜的畫面，因此迅速抓住盤子，免得它失去平衡。

「你介意我拿走最後一塊……」

「不介意！」他沙啞地說。

她從盤子上拿起一塊薑餅，皺起眉頭。「你看起來好多了。」她說，聞了聞餅乾，「但你的聲音聽起來仍然不對勁。你的喉嚨還是不舒服嗎？」

班尼迪特很快啜了口茶，「一點也不會。我一定是吞到了一點灰塵。」

「噢，那多喝點茶吧。應該不用太久，你就會好多了。」她放下茶杯，問道：「要我念點書給你聽嗎？」

「好！」班尼迪特忙不迭說，將被單堆在腰間。她可能會拿走他精心算計擺好位置的盤子，到時他該怎麼辦？

「你確定你沒事？」她問，臉上的表情比起擔憂，更像是狐疑。

他露出緊繃的微笑，「我很好。」

「好吧。」她站起身，「你想要我念什麼書？」

「噢，什麼都好。」他漫不經心地揮揮手。

蘇菲踱向嵌入式書架，隨興瀏覽著架上的書本。

「詩集？」

「太棒了。」就算她提議的是一篇北極凍原植物生態的論文，他也會回答「太棒了」。

「拜倫？」她問：「還是布雷克？」

「布雷克。」他語氣堅定地說。如果要聽上一小時拜倫那些浪漫的胡言亂語，可能會讓他理智不保。

她拿下一本薄薄的書回到椅子旁，身上那條難看裙子的裙襬窸窸窣窣了一陣才坐下。

班尼迪特蹙起眉頭。他先前從來沒注意這條連身裙有多醜，雖然沒克瑞特里太太借她的那條那麼糟，但這件衣服的設計完全無法將女人最動人的部分襯托出來。

他該替她買條新的連身裙。當然啦，她絕對不會接受，但如果她身上這件舊衣裙突然不小心被燒了……

「柏捷頓先生？」

但他要怎麼燒掉她的裙子？得等到她脫下來的時候，光憑這點就是個巨大的挑戰……

「你有在聽嗎？」蘇菲質問。

「嗯？」

「你**沒**在聽我念書。」

「抱歉。」他承認：「我很抱歉。我分心了，請繼續念吧。」

她再次開始朗讀。為了展現他有多專心，他定定看著她的嘴唇，結果證明這是個天大的錯誤。因為，突然間他眼中只容得下她的嘴唇，而他無法不去想像親吻她的畫面。他知道——他百分之百確定——如果他倆其中一人沒在接下來三十秒內離開這個房間，他就會做出欠她一千次道歉的事情來。

這可不是說他沒打算勾引她，但他寧可用高明一點的手段。

「噢，我的老天哪。」他脫口而出。

蘇菲給他一個怪異的眼神。他一點也不怪她。他聽起來完全就是個白癡。他已經很多年——或該說是這輩子——都沒說過「噢，我的老天哪」這種話了。

見鬼了，他聽起來就像他母親。

「怎麼了嗎？」蘇菲問。

「我剛想起來一件事。」他說，這話在他耳裡聽起來還真蠢。

她疑問地抬起雙眉。

「某件我忘記的事。」班尼迪特說。

「人會想起來一件事，」蘇菲一臉快笑出來的表情，「通常正因為他們曾經忘記了那件事。」

他怒視著她，「我需要一點隱私。」

她很快起身，喃喃說道：「當然了。」

班尼迪特壓下一聲懊惱的呻吟。該死，她看起來很受傷，他並不是想害她難過。他只是需要把她弄出房間，才不會被他拉到床上。

「這是私人事務。」他對她說，試著讓她好過一點，但懷疑他只是讓自己更像個大傻瓜。

「噢噢噢。」她會意過來，「需要我拿夜壺給你嗎？」

「我可以自己走去拿。」他駁斥道，忘記自己根本不需要用到夜壺。

她點頭起身，把詩集放到旁邊的桌上，「我會讓你自行處理。需要我的話就拉個鈴吧。」

「我才不會把妳當僕人一樣呼來喚去。」他低吼。

「但我確實是……」

「對我來說妳不是。」他說，語氣不必要地嚴厲起來，但他一直很厭惡那些把無助的女性僕役視為獵物的男人。一想到他可能變成那種令人噁心的生物，他就反胃想吐。

「好吧。」她像僕人一樣溫馴地說，接著像僕人一樣點點頭——他很確定她這麼做只是想激怒他——然後離開房間。

她離開的那瞬間，班尼迪特就跳下床衝向窗戶。很好，沒看到任何人。他抖落身上的晨袍，換上長褲、襯衫和短外套，然後再次看向窗外。很好，還是沒人。

「靴子、靴子。」他咕噥道，環視整個房間。他的靴子天殺的去哪裡了？不是那雙體面的，而是可以在泥巴裡踩來踩去的——啊，在那裡。他一把抓起靴子套到腳上。

他回到窗戶旁。空無一人，非常好。班尼迪特一腳跨過窗沿，接著另一腳，然後伸手抓住附近一根又長又結實的榆樹樹枝。接下來就是一連串前往地面的搖擺、扭動和保持平衡的簡單動作。落地後，他直直走向湖水。非常寒冷的湖水。

準備游一趟非常寒冷的泳。

「如果他需要夜壺，」蘇菲喃喃自語：「大可直接告訴我呀。我之前又不是沒拿過。」

她重重踱下樓梯，但不大確定自己下來一樓的原因是什麼（她沒什麼事要下來忙的），只不過她想不到還有什麼事情可做。

她百思不解，為什麼對他來說把她視為僕人對待會這麼困難。他堅稱她不是在替他工作，也不需要做任何事來獲得留在「我的小屋」的資格，但同時又不斷向她保證，他會替她在母親家謀一份職位。

如果他只把她視為僕役，她就能好好記住自己是個沒有家世背景的私生女，而他是來自上流社會中最富有也最有權勢的家族。

每一次他把她當作真正的人來對待（以她的經驗來說，在大多數貴族眼中，僕役和真正的人可是天差地遠），她便彷彿回到化裝舞會那一夜。就那完美的一個晚上，她是耀眼奪目又優雅的淑女，也是有資格夢想和班尼迪特·柏捷頓共度未來的女人。

他表現得像是真的喜歡她這個人，也享受她的陪伴。也許他真的是。但對她而言這是命運最殘忍的安排，因為他讓她愛上他，讓一小部分的她覺得自己有權利對他癡心妄想。

然後她必須再次提醒自己真相，讓她痛不欲生。

「噢，妳在這啊，蘇菲小姐！」

蘇菲原本正心不在焉望著鑲木地板的縫隙，她抬起雙眼，看見克瑞特里太太從她身後的樓梯走下來。

「日安，克瑞特里太太。」蘇菲說：「燉牛肉還順利嗎？」

「很好、很好。」克瑞特里太太也心不在焉地回答：「我們的紅蘿蔔不夠，但我想還是會很好吃。妳有看見柏捷頓先生嗎？」

蘇菲驚訝地眨眨眼，「不過一分鐘前，他還在他的房間裡。」

「好吧，他現在不在那裡了。」

「我想他是去用夜壺了。」

克瑞特里太太的臉完全沒紅。僕役之間很常出現這類關於雇主的對話。

「好吧，如果他說去用夜壺的話，那他事實上可完全**沒**用到，如果妳懂我的意思。」她說：「整個房間聞起來就像春日一樣清新。」

蘇菲皺起眉，「但他不在房裡？」

「一根頭髮都沒看到。」

「我想不出他可能會在哪裡。」

克瑞特里太太雙手扠在豐滿的臀部上，「我會去樓下找找，妳去樓上。我們其中一人一定會找到他。」

「我不確定這是個好主意，克瑞特里太太。如果他離開房間，一定是出於什麼好理由，最有可能的是他根本不想被找到。」

「但他生病了啊。」克瑞特里太太抗議。

蘇菲仔細思考了一會兒，接著在腦中想著班尼迪特的臉。他的皮膚散發健康的光澤，整個人看起來也一點都不疲倦。

「這我可不確定，克瑞特里太太。」她最後說道：「我想他在故意裝病。」

「別傻了。」克瑞特里太太嘲諷地說：「柏捷頓先生絕對不會做這種事。」

蘇菲聳聳肩，「我也以為不會，但老實說他看起來已經一點病都沒有了。」

「一定是因為我的藥水。」克瑞特里太太自信滿滿地點頭，得意道：「我就說它們會讓他康復得更快。」

蘇菲看過克瑞特里先生把藥水倒在玫瑰花叢，也看過那些花的下場。那可不是什麼怡人的景象。她對克瑞特里太太勉強點頭微笑。

「好吧，至少我想知道他跑哪去了。」克瑞特里太太繼續說：「他知道他不該下床的。」

「我確定他很快就會回來。」蘇菲安撫道：「妳在廚房需要幫忙嗎？」

克瑞特里太太搖搖頭，「不用、不用。現在只要讓燉肉在火上煮就好，況且柏捷頓先生一直責備我竟然讓妳工作。」

「但是……」

「不好意思，請不要爭辯了。」克瑞特里太太打斷她：「他當然說得對。妳在這裡是客人，連一根指頭都不應該動。」

「我不是客人。」蘇菲抗議。

「噢，好吧，那妳是什麼人？」

這讓蘇菲停了一下。「我不知道。」她最後說道：「但我絕對不是客人。客人會是……客人會是……」她努力釐清思緒和感受，「我想客人應該是和主人處於同一個社會階級，或至少比較接近。客人應該從來不需要服侍別人，或是刷洗地板、倒空夜壺。客人應該是……」

「應該是任何一位家主選擇邀來家裡作客的人。」克瑞特里太太反駁：「這就是成為家主的美妙之處，想做什麼就可以做什麼。妳不該繼續貶低自己。如果柏捷頓先生認為妳是客人，妳就該接受他的判斷，好好享受。妳上一次不用靠做牛做馬來交換舒適度日，是什麼時候？」

「他沒有真的把我當作客人。」蘇菲低聲說：「如果他真的這麼想，就會找一位女伴護，以維護我的名譽。」

「我最好是會讓任何不光彩的事發生在我的屋裡。」克瑞特里太太氣沖沖道。

「妳當然不會允許。」蘇菲向她保證：「但攸關到名譽時，表象和事實一樣重要。在社交界眼中，女管家不等同於女伴護，不管她的操守有多嚴格端正。」

「如果是那樣，」克瑞特里太太抗議：「那妳就需要一名女伴護，蘇菲小姐。」

「別傻了。我不需要女伴護，因為我不屬於他的階級。沒人在乎一名女僕是否住在單身漢的家裡工作。沒人會看不起她，而任何把她視為結婚對象的人也不會覺得她身敗名裂。」

蘇菲聳聳肩，「這就是這個世界運作的方式。顯然柏捷頓先生也是這麼想的，不管他承不承認，因為他至今不曾說過我待在這裡是不合宜的事。」

「好吧，我不喜歡這樣。」克瑞特里太太宣告道：「我一點都不喜歡。」

蘇菲僅僅露出微笑，因為管家這麼在乎，讓她倍感窩心。

「我想我會讓自己去散個步。」她說：「只要妳確定廚房不需要幫手。而且，」她淘氣地咧嘴一笑，補充道：「只要我還保持在這種奇妙又含糊的立場，或許我不是客人，但這也是我多年來第一次不再是僕役，我要好好享受這段自由時光。」

克瑞特里太太熱情地往她肩膀上一拍，鼓勵道：「就這麼辦，蘇菲小姐。去散步的時候替我摘朵花吧。」

蘇菲露齒一笑，走出大門。這是個風和日麗的一天，溫暖得反常，陽光普照，空氣中充滿初開春花的輕柔芳香。她想不起來上一次只為了享受新鮮空氣而出門散步，是什麼時候了。

班尼迪特和她說過附近有座人工湖，她想她會散步去那裡，夠大膽的話，她可能還會把腳趾伸進水裡。

她抬頭對太陽微笑。空氣雖然很溫暖，但現在是五月初，水溫一定還是很冰。不論如何，感覺

Chapter 10

一定會很棒。任何事只要代表了閒暇時間和寧靜的獨處時光，都一定感覺很棒。

她停下腳步一會兒，望向地平線皺眉思考。班尼迪特提過那座湖在「我的小屋」的南邊，對吧？向南小徑會帶她直接穿過一處樹木頗為茂密的林地，但走一點路肯定不會要了她的命。

蘇菲小心地穿過樹林，跨過樹根，伸手推開低垂的枝條，任由它們在她身後甩回原位。陽光幾乎穿不透頭頂上茂盛的枝葉，林間地面的光線感覺像黃昏，而不是日正當中。

她看見前方出現一處空地，她猜那一定就是人工湖了。隨著越走越近，她看到水面反射的粼粼陽光，然後她滿足地輕嘆一口氣，很開心自己走對了方向。

但當她靠得更近時，卻聽見有人潑水的聲音，接著驚恐又好奇地意識到自己並非獨自一人。

她離湖邊只有三公尺左右，水裡的人一定看得見她，因此她迅速讓身子貼到一棵巨大的橡樹樹幹後。如果她還有點理智，就會轉身跑回屋子，但她還是忍不住想悄悄從樹幹後窺視，看到底是哪個瘋子會在這種季節跑來湖裡玩水。

她緩慢無聲從樹後探出去，盡可能保持隱密。

接著她看到一個男人。

一**個一絲不掛的男人**。

一絲不掛的……

班尼迪特？

Chapter 11

LADY WHISTLEDOWN´S SOCIETY PAPERS

倫敦的女僕爭奪戰如火如荼延燒。

潘伍德夫人在包括廣受敬愛的前任柏捷頓子爵遺孀在內的三位社交界貴婦面前，說費瑟林頓夫人是個心機重、沒教養的小偷！

費瑟林頓夫人反擊說潘伍德夫人家比濟貧工廠好不了多少，並且一一細數她是如何虧待貼身女僕（筆者得知，那位女僕的名字根本不叫伊絲戴樂，血統甚至跟法國人一點也沾不上邊。她名叫貝絲，來自利物浦）。

潘伍德夫人怒氣沖沖地大步離開，閨女蘿莎蒙．瑞林緊跟在後。潘伍德夫人的另一位閨女珀希（穿著一件不堪入目的綠色禮服）則帶著抱歉的神情留在原地，直到她母親回到現場，一把抓住她的袖了，拖著她離開。

筆者無疑不是決定社交圈宴會賓客名單的人，但很難想像潘伍德夫人會再受邀參加費瑟林頓夫人舉辦的下一場社交晚會。

《威索頓夫人的韻事報》
7 MAY 1817

11

她不該留下來的。

一點也不應該。

非常、非常不應該。

但她卻半步也沒有離開。

她找到一個被矮灌木叢遮擋了大部分的光禿巨石，一屁股坐了下來，從頭到尾都沒有把視線從他身上移開。

他一絲不掛。她還是對眼前的景象無法置信。

當然了，他只有上半身在水面上，水波輕輕拍打著他的胸廓。

還是他胸廓的下半部，她頭暈目眩地想。

如果她對自己更誠實一點，就會修正她剛才腦中的措辭：**真不幸，他只有上半身露出水面**。

蘇菲就和所有處子一樣未經人事，但見鬼，她好奇得要命，也已經對這個男人動了不只半顆心。如果她希望現在颳來大風，掀起一陣小波濤，把圍繞他身體的水通通潑到隨便什麼地方去，這個願望會很邪惡嗎？

好吧，是很邪惡。她心懷不軌，但她一點也不在意。

她這輩子都在打安全牌、循規蹈矩。在短短的一生中，她只有在一個晚上把所有謹慎都拋到腦後，結果那成了最令她振奮、最不可思議、最光彩奪目的一晚。

因此她決定留在原處，堅守陣地，好好看著眼前的景象。她還有什麼可失去的呢？她沒有工作，也沒有未來，除了班尼迪特承諾會在母親家替她找份差事（反正她也有種感覺，這會是個非常糟糕的主意）。

因此她放鬆坐好，試著連一條肌肉都不要移動，然後把雙眼睜得大大的。

班尼迪特不是迷信的人，也從不認為自己擁有第六感，但這輩子有這麼一、二次，他會突然湧現一種奇特的感覺，一種神祕的刺痛感，警告他有某件重要的事情就要發生了。

第一次是他父親過世的那天。他從來沒跟別人說過這件事，連他哥哥安東尼也不知道，而安東尼可是為父親的死痛苦萬分。那天下午，他和安東尼正在肯特郡的田野玩愚蠢的賽馬遊戲，突然間，一種奇異、麻木的感覺竄上他的四肢，腦袋裡也像是有什麼東西在敲打，非常詭異。雖然不會痛，但他肺裡的空氣彷彿被抽乾，一種從未想像過的巨大驚駭攫住了他。

他毫不意外輸掉了比賽。手指不能順利活動時，很難抓好轡繩。

當他回到家，便發現他的恐懼並非毫無來由。他父親已經走了——在遭到蜜蜂叮咬後隨即倒下。班尼迪特至今仍無法置信，像他父親這麼強壯又充滿活力的人，竟然會被一隻蜜蜂擊垮，但除此之外沒有任何其他可解釋的原因。

第二次發生的時候，那感覺卻變得完全不一樣。那是他母親舉辦化裝舞會的晚上，就在他看見穿著銀色禮服的女人之前。如同上次，那個感覺先從四肢浮現，但這次卻不是麻木，而是一種奇特的刺痛感，好像他在夢遊了好多年之後，突然甦醒過來一樣。

接著他轉身看見了她，那一刻，他知道她就是自己出席這場舞會的理由，也是他住在英格蘭的理由。見鬼了，甚至是他誕生在這世界上的理由。

當然了，事後她離開了，消失得無影無蹤，證明他的感覺大錯特錯，但當時他全心全意相信這些念頭，而且假如她允許，他會證明給她看。

現在，當他佇立在人工湖中，水波輕輕拍打他的腹部，就在他的肚臍上方，那種感覺突然再次襲來，讓他覺得自己比幾秒前還要充滿生命力。這種感覺很棒，是一種令人興奮、讓人喘不過氣的情緒。

這種感覺就像那時一樣，當他遇見她的時候。有什麼事就要發生了，或者是有人就在附近。

他的生命即將改變。

接著他意識到自己就像剛出生的嬰兒一樣赤身裸體，嘴角不禁揚起挖苦的微笑。眼下對一名男人來說可不是什麼優勢，除非他正躺在絲質被單之間，身旁有位迷人的年輕女子。

或是在他的身下。

他往前走一步，踏進水稍微深一點的地方。湖底的柔軟爛泥從腳趾縫間擠出。水面升高了五六公分，他快凍死了，但至少大部分身體都被蓋住了。

他掃視岸邊，抬頭檢查樹木，又低頭觀察灌木叢。一定有人在那裡，沒有其他原因可以解釋現在正竄遍他全身的那種奇特、刺痛的感覺。

假如他泡在冰冷的湖水裡還可以有這種刺痛感，他可一點都不敢想像他的私處現在是什麼樣子（這可憐的東西感覺像已經縮小到消失不見，而這可不是男人喜歡想像的畫面），那這肯定是非常強烈的刺痛。

「誰在那裡？」他喊道。

沒人回答。他並不期待會有人回應，但還是值得一試。

他再度瞇起眼環視岸邊，轉了整整三百六十度，尋找任何移動的跡象。除了樹葉隨風擺動，他什麼也沒看到，但就在差不多檢查完整個區域時，不知怎麼，他突然就是知道了。

「蘇菲！」

他聽見倒抽一口氣的聲音，接著傳來一陣動作慌亂的聲響。

「蘇菲．貝克特，」他放聲大叫：「如果妳現在跑掉，我發誓會追上妳，而且我不會停下來穿衣服。」

岸邊傳來的聲音慢了下來。

「我會追上妳，」他繼續說：「因為我比較強壯，也比較快。而且我非常可能不得不把妳按到地上，只為了確保妳不會逃走。」

她移動發出的聲響完全停了下來。

「非常好。」他哼著說：「現身吧。」

她沒現身。

「蘇菲。」他警告道。

四周寂靜了一會兒，然後傳來一陣緩慢、猶豫的腳步聲。接著他便看見她站在岸邊，身上穿著那件他很想沉進泰晤士河河底的難看裙子。

「妳在這裡做什麼？」他質問。

「我出來散步。你又在這裡做什麼？」她反擊：「你不是在生病嗎？這個，」她朝他和整座人工湖揮舞手臂，「不可能對你的健康有幫助。」

他無視她的問題，繼續說：「妳在跟蹤我嗎？」

「當然沒有。」她回道，而他相信她。他不認為她擁有能裝出這種義憤填膺的演技。

「我絕不可能跟蹤你去游泳。」她繼續說：「那也太不得體了。」

接著她整張臉脹紅起來，因為他倆都非常清楚，她的說法一點都站不住腳。如果她真那麼在意得不得體，她就會在看見他的當下立刻轉身離開，不管她是不是意外撞見的。

他從水裡舉起一隻手指向她，轉動手腕要她背過身去，「在那邊等我的時候背對我。」他命令道：「我很快就把衣服穿好。」

「我現在就回去。」她提議：「你能好好享有隱私，而且……」

「妳給我留下來。」他堅決地說。

「但是……」

他雙手抱胸，「我現在看起來像是有心情爭辯的人嗎？」

她桀驁不馴地瞪著他。

「如果妳跑掉，」他警告道：「我一定會抓到妳。」

蘇菲打量著他倆之間的距離，試著估算回到「我的小屋」的路有多長。如果他停下來穿衣服，她可能還有機會逃得掉，但如果他沒停下來……

「蘇菲，」他說：「我幾乎看得見煙從妳耳朵冒出來。別再用無謂的數學計算操勞妳的腦袋了，照我說的話做。」

她的一隻腳抽動了一下。不知道是因為想要逃跑，或只是要轉過身。

「現在就做。」他下令。

蘇菲發出一陣響亮的嘆息和一陣嘟囔，盤起雙手轉過身，瞪著面前樹幹的樹節。這討人厭的傢伙動作可是一點也不小，而她無法克制自己去聽、去辨別每一道身後傳來的窸窣作響和水花潑濺聲。現在他正從水裡出來，現在他正伸手拿褲子，現在他……

她的壓抑徒勞無功。她擁有極為邪惡的想像力，而她拿它一點辦法也沒有。

他應該讓她直接回去的。結果她反而被迫留下來，備受屈辱地等他穿好衣服。她覺得皮膚像是著了火，臉頰肯定染上了各式各樣的紅色。如果是一名紳士，就會放她難堪地逃走，在房間裡至少躲上三天，希望他能直接忘了整件事。

但班尼迪特．柏捷頓這個午後顯然下定決心不要當個紳士，因為在她移動一隻腳後——只是想伸展腳趾，不然就要麻掉了，真的！——不到半秒鐘，他就低吼：「想都別想跑。」

「我沒有！」她抗議道：「我的腳要麻掉了。你動作快點！穿衣服哪需要這麼久的時間。」

「噢？」他拖長著語調說。

「你這樣只是為了折磨我。」她咕噥著說。

「妳隨時都可以轉過來面對我啊。」他的語氣夾雜了一絲興味：「我向妳保證，我要求妳轉過身，是為了妳的感受著想，而不是我的。」

「我保持這樣就好。」她回道。

感覺在過了一個小時、但實際上可能只有三分鐘之後，她聽見他說：「妳可以轉過來了。」

蘇菲幾乎害怕要這麼做。他有種邪惡的幽默感，會讓他在穿好衣服前就叫她轉過身去。

但她決定信任他——不得不承認，這並非因為她還有別的選擇——於是她轉過身去。眼前的景象令她如釋重負，同時令她備感失望，如果她願意對自己老實承認的話。他現在可說是衣冠楚楚，唯一的瑕疵只有布料吸收他身上水分後產生的潮濕斑點。

「你為什麼不讓我跑回家就好？」她問。

「我想要妳留在這裡。」他簡潔地說。

「為什麼？」她堅持地問。

他聳聳肩，「我不知道，也許是懲罰妳偷看我吧。」

「我沒有……」蘇菲反射性反駁，但話說到一半就自行打住，因為她當然是在偷看他。

「聰明的女孩。」他喃喃說。

她對他怒目而視，想說些機智的話反擊，卻覺得此時任何從嘴裡冒出來的話一定會截然相反，因此她緊緊閉上嘴。當個安靜的傻瓜，總比饒舌的傻瓜好。

「偷看主人家是非常壞的行為。」

他雙手扠在臀部上，不知怎麼擺出了一個既權威又放鬆的姿態。

「那是意外。」她咕噥。

「噢，我相信妳。」他說：「但就算妳原本沒打算偷看，妳還是在機會來臨時抓住了它。」

「你能怪我嗎？」

他咧嘴一笑，「一點也不。換作是我，我也會做一模一樣的事。」

她驚愕得張大嘴。

「噢，別假裝受到冒犯了。」他說。

「我沒在假裝。」

他俯身靠得更近，「老實說，我還挺受寵若驚的。」

「那只是出於學術興趣。」她勉強說出：「我向你保證。」

他的笑容狡猾起來，「妳的意思是，妳會偷看任何一位你所遇見一絲不掛的男人嗎？」

「當然不會！」

「就像我剛才說的——」他拉長語調，向後靠在一棵樹上，「我受寵若驚。」

「好吧，既然我們已經達成共識，」蘇菲哼聲說：「我要回『你的小屋』去了。」

她才踏出兩步，他就伸出手抓住她的裙子。

「我可不這麼認為。」他說。

蘇菲厭煩地嘆著氣轉過身，「你已經讓我無地自容了，還想對我做什麼？」

他慢慢將她拉近，低語：「這是個非常有趣的問題。」

蘇菲試著用腳跟踩住地面，但抵抗不過他的手勁。她踉蹌了一下，轉眼間他就近在咫尺。周圍的空氣驟然升溫，變得滾燙，蘇菲突然不知道該怎麼移動自己的手腳。她的肌膚竄過一陣電流，心跳加快，這可惡的男人卻只是盯著她，一動也不動，沒繼續將她拉近剩下幾公分的距離。

就這麼盯著她看。

「班尼迪特？」她低語，一時忘記自己還稱呼他為柏捷頓先生。

他露出微笑，一個微小但心中有數的笑容，讓她感到一陣顫慄順著背脊而下，一路竄向另一個部位。

「我喜歡妳叫我的名字。」他說。

「我不是有意的。」她承認。

他用一根手指抵住她的唇，「噓。」他責備地要她安靜：「別這樣說。妳不知道男人不想聽到這些嗎？」

「我對男人沒什麼經驗。」她說。

「這句話才是男人想聽到的。」

「是嗎？」她懷疑地說。

她知道男人希望妻子保持純真，但班尼迪特可不會娶像她一樣的女孩。

他用指尖觸碰她的臉頰，「**我就想聽妳說這句話**。」

蘇菲倒抽一口氣。他就要吻她了。

他就要吻她了，這會是天底下最美妙也最糟糕的事。

噢，但她有多渴望啊。

她知道自己明天就會後悔莫及。她發出一聲壓抑、哽咽的笑。她想騙誰呢？她十分鐘後就會後悔莫及。但她過去兩年都在不斷回想被他擁在懷中的感覺，如果無法獲得至少再一個回憶，她不確定能否撐過這輩子剩下的歲月。

他的手指從她的臉頰滑到鬢角，接著描過她的眉毛，撫亂柔軟的細毛，再滑下她的鼻梁。「多美麗啊。」他輕聲說：「就像故事書裡的妖精。我有時候不敢相信妳竟然真的存在。」

她唯一的回應是呼吸加快。

「我想我要吻妳了。」他低語。

「你想？」

「我想我**得**吻妳了。」他說，表情彷彿不敢相信自己說了什麼，「就像呼吸一樣，在這種事情上我們別無選擇。」

班尼迪特的吻溫柔得令人發疼。他的唇像羽毛般來回撫過她的唇瓣，幾乎察覺不到觸感。她幾乎要被奪走呼吸，但有另外一種東西讓她頭暈目眩，全身失去力氣。

蘇菲緊緊抓住他的肩膀，納悶自己為何覺得這麼失去平衡、這麼奇怪，接著突然明白過來——這就像當時一樣。

他雙唇的動作如此輕柔甜美，溫柔地挑逗她，而不是一開始就強行長驅直入——就像化裝舞會那晚一樣。做了整整兩年的白日夢後，蘇菲終於能重溫人生中最美好的一刻。

「妳在哭。」班尼迪特說，輕觸她的臉頰。

蘇菲眨眨眼，伸手抹去不知道什麼時候掉下來的眼淚。

「妳想要我停下來嗎？」他低聲問。

她搖搖頭。不，她不想要他停下來。

她想要他像化裝舞會那時一樣親吻她，讓溫柔的摩挲變成更熱情的探索。然後她想要他給她更多吻，因為這次不會有時鐘在午夜時敲響，她也不必落荒而逃。

她還想要讓他知道，她就是化裝舞會上的那位女子。但她也絕望地祈求他永遠不會認出她是誰。她該死的心亂如麻，然後……

Chapter 11

然後他吻了她。

全心全意地吻她，唇瓣和舌頭火熱地探求，飽含每個女人都渴望得到的熱情與飢渴。他讓她覺得自己無比美麗，彷彿備受珍視的無價之寶。他把她視為一個女人對待，而不僅僅只是服侍他的小姑娘。直到這一刻，她才發覺自己有多想念被當作一個人平等看待。

仕紳和貴族對僕役視而不見，也試著對他們的存在充耳不聞。如果不得不對僕人開口說話，他們也會盡可能讓對話簡短、敷衍了事。

但當班尼迪特吻她的時候，她感到自己的存在真實無比。

他用上全身來吻她。一開始，他的雙唇充滿柔情與崇敬，現在則是迫切又霸道。他的雙手寬大而強壯，彷彿能蓋住她半個背，把她壓緊在身上的力道讓她喘不過氣。還有他的身體——親愛的上帝啊，他的身軀緊貼著她的方式根本就犯法。他的熱度滲入她的衣服，灼燒著她的靈魂。

他讓她顫抖不已，讓她全身融化。

他讓她想要把全部都給他，這是她曾發誓如果沒有神聖的婚姻誓言，就絕不會做的事。

「噢，蘇菲，」他抵著她的雙唇低啞地說：「我從未有過……」

蘇菲全身僵硬起來，因為她很確定他要說自己從未有過這種感覺，而她完全不知道該怎麼想。一方面來說，她很興奮自己是唯一能讓他臣服的女人，讓他因渴望和情慾而暈眩。

另一方面，他以前曾吻過她。他當時不也有同樣美妙而折騰的感受嗎？

老天哪，她是不是在吃自己的醋？

他拉開了些微距離，「怎麼了？」

她輕輕搖了搖頭，「沒什麼。」

班尼迪特觸碰她的下顎，抬起她的臉，「別對我說謊，蘇菲。怎麼了？」

「我——我只是緊張。」她結結巴巴地說：「只是緊張而已。」

他擔憂又懷疑地眯起眼，「妳確定嗎？」

「非常確定。」她從他的懷抱中抽身，後退了幾步，雙臂抱在胸前，「你知道，我平常不做這種事的。」

班尼迪特看著她走開，觀察著她寂寥的背影。「我知道。」他柔聲說：「妳不是那種女孩。」

她短短地笑了一聲。即便他看不到她的臉，還是能想像她臉上的表情。

「你怎麼知道？」

「從妳的行為舉止就看得出來。」

她沒有轉身，也沒有回話。

接著，在他搞清楚自己在說什麼之前，一個再詭異不過的問題便衝口而出：「妳是什麼人，蘇菲？」他問：「妳究竟是誰？」

她還是沒轉過身來，當她說話時，聲音只比耳語大聲一點。

「你這話是什麼意思？」

「妳身上有什麼不大對勁。」他說：「妳的口音不像只是個女僕。」

她的手緊張地撥弄裙子的皺摺，一邊說：「想擁有好的口音是犯罪嗎？在這個國家裡，操著低下階級腔調的人可沒什麼好日子過。」

「那我也可以這麼反駁妳，」他刻意放柔語氣：「妳並沒過上什麼好日子。」

她用力放下雙臂，繃得筆直，雙手緊握成拳。當他還在等她回話時，她邁步走開了。

「等等！」他喊道，只跨了三步就追上她，抓住她的手腕。他拉扯她的手，直到她不得不轉過身來。

「別走。」他說。

「待在羞辱我的人身邊，可不是我的習慣。」

班尼迪特幾乎畏縮了一下，而他知道她倍受打擊的眼神會一輩子縈繞著他。

「我不是在羞辱妳。」他說：「妳也心知肚明。我說的是事實。妳不該只是個女僕，蘇菲，這對我來說顯而易見，對妳來說也該是一樣。」

她發出一聲冷酷無情的笑，他從未想過會從她嘴裡聽見這種聲音。

「那你建議我該做什麼呢，柏捷頓先生？」她問：「女家庭教師嗎？」

班尼迪特認為這是個不錯的主意，打算這麼告訴她，但在開口前就被她打斷：「你覺得誰會雇用我？」

「這個嘛……」

「沒有人。」她厲聲說：「沒人會雇用我。我沒有推薦信，看起來又太年輕了。」

「也很漂亮。」他嚴肅地說。他從未仔細想過雇用女家庭教師的細節，但他知道這個責任通常是落在家中的女主人身上。他憑常識就知道，沒有一位母親願意讓這麼美麗又年輕的女孩進到家裡。想想蘇菲在菲利普・卡凡德家得忍受什麼樣的折騰就知道了。

「妳能成為貼身女僕。」他提議道：「至少妳就不用清理夜壺了。」

「你會很意外的。」她嘟囔。

「年高望重的貴婦的侍女？」

她嘆口氣。那是一聲悲傷、疲憊的嘆息，幾乎要讓他心碎。「你很好心，願意嘗試幫助我。」她說：「但我早就試過這些選項了。再說，我也不是你的責任。」

「妳可以是啊。」

她驚訝地看向他。

那一刻，班尼迪特知道，他必須擁有她。他們之間有一種連結，一種奇異、無法解釋的羈絆，他這輩子只有在另一個時候感受過，也就是在化裝舞會上與那位神祕女士相遇的時候。儘管她消失得無影無蹤，蘇菲卻是活生生的存在。

他再也不想追著海市蜃樓跑了。他想要看得到、觸碰得到的人。

而且她需要他。她或許還沒發現，但她需要他。班尼迪特抓過她的手，向自己一拉，在她失去平衡倒在他身上的時候，一把擁住她。

「柏捷頓先生！」她大叫。

「班尼迪特。」他糾正她，雙唇抵著她的耳朵。

「放開——」

「叫我的名字。」他堅決地說。只要對他有利，他可以變得非常頑固。在聽到她的雙唇吐出自己的名字之前，他不會放她走。

但就算她說了，他也可能不會放手。

「班尼迪特，」她終於不再抗拒，「我……」

「噓。」他用嘴阻止她繼續開口，輕咬她的嘴角。

當她在他懷中變得癱軟溫順時，他拉回上半身，但只拉開足以看清她雙眼的距離。在午後的陽光下，她的眼睛綠得不可思議，深邃得足以令人溺斃。

「我要妳跟我回倫敦。」他低語，在還沒來得及思考前就不禁脫口而出：「跟我回去，和我住在一起。」

她驚訝地望著他。

「成為我的人。」他說，嗓音低啞急切：「現在就成為我的人，直到永遠。我會給妳妳想要的一切，我要的回報就只有妳。」

Chapter 12

LADY WHISTLEDOWN´S SOCIETY PAPERS

班尼迪特·柏捷頓的消失所引起的臆測仍餘波盪漾。

根據艾洛伊絲·柏捷頓表示，他在幾天前就回到城裡了。

身為他的妹妹，她理當知道。

雖然艾洛伊絲也並不諱言，以柏捷頓先生的年紀與地位來說，他完全不需要向妹妹報備他的去處。

《威索頓夫人的韻事報》

9 MAY 1817

12

「你想要我成為你的情婦。」她語氣平板地說。

他露出困惑的表情，但她無法確定這是因為她說的是再明顯不過的事實，還是他反對她的用詞。

「我想要妳跟我在一起。」他重說一次。

這一刻令人痛不欲生，但她還是差點就露出微笑。

「這跟當你的情婦有什麼不同？」

「蘇菲——」

「有什麼不同？」她重複問道，聲音變得越來越刺耳。

「我不知道，蘇菲。」他聽起來很急躁：「這重要嗎？」

「對我來說重要。」

「好吧。」他暴躁地說：「好吧。成為我的情婦，**擁有這一切**。」

蘇菲只來得及倒抽一口氣，他的唇就激烈又凶猛地覆了上來，讓她的雙膝癱軟。這和他們先前的吻都不一樣，充滿慾望而狂躁，還交雜了一絲奇特的怒氣。

他的嘴貪婪地吮吻她，像是一場原始的激情之舞。他的手似乎無所不在，撫過她的乳房，她的纖腰，甚至滑到她裙子底下。

他觸碰、揉捏、輕拂、愛撫著她。

整個過程他都將她緊緊壓在自己身上，她確定自己就要融進他的皮膚裡了。

「我想要妳。」他粗啞地說，嘴唇滑到她頸根的肌膚。「我現在就要妳，就在這裡。」

Chapter 12

「班尼迪特——」

「我要在床上擁有妳。」他低吼：「我明天也想要妳，後天也是。」

她很邪惡，也很軟弱，於是她屈服了，仰起頸子，讓他更容易占領她。他的嘴唇抵在她肌膚上的觸感真美妙，一陣陣顫抖和刺癢感竄向她體內深處。他讓她渴望他，讓她渴望所有她無法擁有的事物，也詛咒所有她可能擁有的事物。

糊裡糊塗間，她已經躺在地上了，而他也和她一起，一半身體壓在她身上。他看上去好高大、強壯，在這一刻，他看起來完完全全屬於她。

蘇菲的腦袋有極小一部分還能運作，因此她知道自己得說不，得阻止這個愚蠢瘋狂的行為，但上帝幫幫她，她做不到。還不能。

她花了這麼長的時間幻想他，拚命記住他肌膚的氣味，以及他聲音的質地。在許多個夜晚，她只有他的幻影能夠作伴。

她靠著幻夢過活，而她並不是那種常常能夢想成真的女人。她還不想失去這個夢。

「班尼迪特。」她喃喃低語，觸碰他捲曲絲滑的頭髮，假裝他剛才沒有要求她成為情婦，假裝她是別人——任何人都好。

只要不是一個死掉伯爵的私生女，除了侍奉他人就別無其他一技之長的人就好。

她的輕喃似乎讓他大膽了起來，原本一直扶著她膝蓋的手，開始一寸寸向上前進，揉捏她大腿的嬌嫩肌膚。多年的刻苦勞動讓她身材細瘦，沒有時下流行的豐滿曲線，但他似乎毫不在意。事實上，她感覺他的心跳甚至跳得更快，聽到他的吐息變得更加粗重。

「蘇菲、蘇菲、蘇菲。」他呻吟出聲，狂亂吻過她的臉，直到再次找到她的唇。「我需要妳。」他的雙唇火熱地壓著她的唇，「妳感覺得到我有多需要妳嗎？」

「我也需要你。」她輕聲說。而她是真的需要他。她體內有一團已經安靜悶燒好多年的火焰。

眼前的他讓那團火重新燃起，他的撫觸就像澆在火上的油，讓她被熊熊烈焰吞噬。

他的手指和她連身裙背後那些又大、又粗製濫造的鈕釦奮力搏鬥。

「我要把這件裙子燒掉，」他咕噥道，另一隻手不斷撫摸她膝蓋後方的柔軟凹陷，「我要讓妳穿上絲緞做的衣服。」他的嘴移到她耳邊，咬嚙她的耳垂，舔吻她耳朵和臉頰之間的嬌嫩肌膚，「我要妳什麼都不穿。」

蘇菲在他懷中突然繃緊了身體。他偏偏就說出了那句話，一針見血讓她想起身在此處的理由，還有他親吻她的理由。這一切不是出於愛，或是任何她幻想中的柔情，而是肉慾。他想要讓她成為被包養的姘婦。

就像她母親一樣。

噢，上帝啊，這好誘人，難以置信地誘人。他想給她榮華富貴又舒適的人生，能和他相守的人生。只要她願意付出靈魂作為代價。

不，這不完全正確，也不完全是問題所在。她確實過得了情婦的人生。這種人生的優點——和班尼迪特一起生活怎麼可能不是優點？也許勝過任何缺憾。但儘管她能對自己的人生和名譽做出這種決定，卻沒辦法對自己的孩子這麼做。他們怎麼可能沒有孩子？所有情婦最終都會誕下子嗣。

她發出一聲心痛至極的哭喊，伸手推開他，用力滾離他身邊，直到用四肢著地的姿勢停下來緩過氣息，才拖著身體站起來。

「我不能這麼做，班尼迪特。」她說，幾乎無法看向他的雙眼。

「我不懂為什麼不行。」他咕噥。

「我不能當你的情婦。」

他站起身，「為什麼？」

他的言行裡有某種東西刺傷了她。也許是他高傲的語氣、也許是他蠻橫的態度。

「因為我不想。」她厲聲說。

他瞇起雙眼，不是出於懷疑，而是憤怒。「妳不到幾秒前還想的。」

「你這麼說不公平。」她低聲說：「我剛才沒在思考。」

他挑釁地昂起下巴，「妳不該思考的，這才是重點。」

她一邊扣起鈕釦，整張臉脹紅起來。他剛才的確讓她無法好好思考。就因為一個邪惡的吻，她差點就把這輩子發過的誓言和道德原則都拋到腦後。

「好吧，我不會當你的情婦。」她再次說道。如果她說得夠多次，或許就能更堅信不會被他攻破心防。

「那妳要做什麼？」他嘶聲說：「當個女僕？」

「如果必要的話。」

「妳寧可伺候他人，幫他們擦銀器、刷洗該死的夜壺，也不想跟我住在一起。」

她只回答了一個字，低沉而篤定：「對。」

他的雙眼閃現狂怒的光芒，「我不相信。沒人會做出這種決定。」

「我就做了。」

「妳是個傻子。」

她不置一詞。

「妳明白妳放棄了什麼嗎？」他鍥而不捨地問，手臂一邊狂亂揮舞。

她意會過來，她傷害到他了。

她傷害了他，還侮辱了他的自尊，現在他像一隻受傷的熊展開反擊。

蘇菲頷首回應，即使他沒在看她的臉。

「我能給妳任何想要的東西。」他狠狠地說：「華服、珠寶……見鬼了，別管那些東西，我可以讓妳頭上有個該死的屋頂，這就比妳現在擁有的還多了。」

「你說得沒錯。」她輕聲說。

他傾身向前，雙眼炙熱地凝視她，「我能給妳一切。」

她不知道自己是怎麼做到把背脊挺得更直，也沒有哭出來。她更不知道自己是如何在回答的時候讓語氣保持平穩：「如果你認為那就是一切，那你或許永遠不會了解為什麼我非拒絕不可。」

她退後一步，準備回去「他的小屋」收拾她少得可憐的行李，但他顯然不認為他們已經說完了，因為他語氣尖銳地擋下她：「妳要去哪裡？」

「回去小屋，」她說：「把我的行李收拾好。」

「妳想帶著行李去哪裡？」

她吃驚地張大嘴。他肯定不會還期望她要留下來吧？

「妳有工作嗎？」他質問：「有地方可去嗎？」

「沒有。」她回答：「但是……」

他雙手扠在臀上，怒瞪著她，「妳覺得我會讓妳就這樣離開，身無分文又前途茫茫嗎？」

蘇菲震驚到連眨了好幾次眼。

「這、這個……」她結結巴巴地說：「我沒想過……」

「**對，妳就是沒在想**。」他尖聲說。

她愣愣地望著他，雙眼大睜、嘴唇微啟，無法相信自己耳朵聽到的話。

「妳這該死的傻瓜。」他咒罵道：「妳明白一個女人在這世界孤身一人有多危險嗎？」

「呃，對。」她擠出回答：「我確實明白。」

就算他有聽見，也沒做出任何反應，只是繼續滔滔不絕「占便宜的男人」、「無助的女人」和「比死亡還糟的命運」云云。蘇菲無法斷定，但她覺得自己似乎還聽見了「烤牛肉和布丁」這句話。他激烈演說到一半時，她已經無法專心聽他究竟在說什麼了。她只能凝視著他的嘴，傾聽他的語調，同時試圖理解他似乎真的非常在乎她的安危，儘管她才剛不由分說拒絕了他的追求。

「妳到底有沒有在聽我說話？」班尼迪特質問道。

蘇菲沒有點頭或搖頭，而是做出一個混合兩者的怪異動作。

班尼迪特低聲咒罵。「夠了。」他宣布道：「妳要跟我回倫敦。」

這話似乎讓她驚醒過來。「我剛剛才說我不要！」

「妳不用當我該死的情婦。」他厲聲說：「但我不會留妳自己想辦法討生活。」

「在遇到你之前，我自己一個人也應付得過來。」

「應付得過來？」他氣急敗壞地說：「在卡凡德家呢？妳說那樣叫應付得過來？」

「你這樣說不公平！」

「而妳這樣說就是沒在用腦。」

班尼迪特認為自己十分講理，儘管有一點傲慢，但蘇菲顯然並不同意，因為他吃驚地發現自己突然間躺在地上，被一個迅雷般的右勾拳撂倒在地。

「不准說我笨。」她嘶聲對他吼。

班尼迪特眨著眼，試著讓眼前不再出現蘇菲的多重幻影。「我沒有……」

「你有。」她憤怒地沉聲說。接著她旋過身，在邁大步走開前的瞬間，他明白只剩下一個方法能阻止她。他目前暈頭轉向，肯定無法迅速移動，因此他伸出雙手抓住蘇菲的一隻腳踝，讓她撲倒在他身旁的地上。

這行為可稱不上紳士，但乞丐還真不能挑三揀四，他已別無他法，況且是她先對他揮拳的。

「妳哪裡也別想去。」他低吼。

蘇菲慢慢抬起頭，吐出嘴裡的泥土，對他怒目而視。

「我真不敢相信，」她尖刻地說：「你竟然做出這種事。」

班尼迪特放開她的腳，撐起身體蹲伏在地，「妳最好相信。」

「你……」

他舉起一隻手，「現在別說任何話，我求妳。」

她目瞪口呆，「你求我？」

「我聽到妳的聲音了，」他告訴她：「那妳想必還在說話。」

「但……」

「至於『我求妳』這句話，」他再次打斷她：「我保證那只是一種禮貌的說法。」

她張嘴想說些什麼，但顯然打消了念頭，又緊緊抿起嘴，露出彷彿三歲小孩的任性表情。班尼迪特短短嘆一口氣，朝她伸出手。畢竟她還坐在泥地上，看起來對此相當不滿。

她帶著明顯厭惡瞪著他的手，接著視線移到他臉上，憤怒的目光強烈到班尼迪特不禁覺得自己頭上是否長出了惡魔的角。她無視他伸出的手，自己一語不發站了起來。

「隨妳高興。」他咕噥。

「你的用詞選得真差。」她厲聲說，接著大步走開。

班尼迪特這次起身時，已經不覺得有必要抑制她的行動了。他換了個方式，尾隨她的腳步，一直保持在只有兩步（肯定還很惱人）的距離。

過了一分鐘後，她終於轉身對他說：「請離我遠一點。」

「恐怕我做不到。」

「做不到，還是不想做到？」

他想了一會。「做不到。」

她怒目而視，然後繼續往前走。

「我也和妳一樣，覺得這件事難以相信。」班尼迪特喊道，跟上她的步伐。

她停下來，轉身看著他，「不可能。」

「我無能為力。」他聳聳肩，「我發現自己完全不願意放妳走。」

「『不願意』和『做不到』可是天差地遠。」

「我把妳從卡凡德手中救出來，不是為了看妳虛擲人生。」

「這不是你有權能做的決定。」

她這話說得沒錯，但他並不想對她承認。「也許吧。」他勉強同意：「但我就是要做這個決定。妳要跟我回倫敦，我們言盡於此。」

「你只是想要懲罰我。」她說：「因為我拒絕了你。」

「不。」他慢慢回道，一邊思考她說的話。「不，我沒有。我很想懲罰你，以我目前的想法，我甚至會說妳活該受罰，但這不是原因。」

「那你為什麼要這麼做？」

「這都是為了妳好。」

「這是我聽過最傲慢、最自以為是……」

「妳說得都對。」他承認，「但無論如何，就這個情況和時間點，我知道什麼對妳是最好的，而妳顯然並不清楚，所以……別再打我了。」他警告。

蘇菲低頭看向自己的拳頭，完全沒意識到她已經舉起來準備出手。他逼她變成了一個怪物，沒有任何其他可能的解釋。

她這輩子從來沒打過人，但現在卻準備在一天之內動第二次手。

她緊盯著自己的手，慢慢鬆開拳頭，手指像海星一樣伸展開來，然後保持不動三秒。

「你覺得，」她用極低的聲音說：「你要用什麼方法阻止我離開？」

「這很重要嗎？」他無所謂地聳聳肩，「我一定能想出什麼辦法。」

她張大嘴，「你是說你要把我綁起來，然後……」

「我可沒這樣說。」他打斷她，露出邪惡的壞笑，「但這個主意挺吸引人的。」

「你真是卑劣。」她厲聲說。

「妳聽起來就像文筆很糟的小說裡的女主角。」他回道：「妳說妳早上讀的是什麼？」

蘇菲感覺到臉頰肌肉正瘋狂跳動，下顎緊繃到牙齒就要被咬碎了。她永遠無法理解，班尼迪特怎麼能同時是全世界最美妙也最糟糕的男人。但現在他惡劣的那一面正在取得勝利，而她的邏輯告訴他，如果她在他身邊多待上一秒，她的腦袋就要爆炸了。

「我要走了！」她說，用一種在她來看稱得上既戲劇化又充滿決心的語氣。

但他只回以一個似笑非笑的狡猾笑容，然後說：「我跟著妳。」

就這樣，這該死的男人整趟路都保持在她身後兩步的距離。

班尼迪特並不常刻意激怒別人（除了對他的兄弟和妹妹之外），但蘇菲．貝克特無疑將他體內的惡魔引了出來。在她打包行李的時候，他就站在她的門口，從容倚著門框。他以一種很確定會惹惱她的方式雙手抱胸，右腿微微彎曲，靴尖抵著地板。

「別忘了妳的連身裙。」他熱心提醒。

她怒瞪著他。

「醜的那一件。」他說，彷彿有必要出言澄清。

「兩件都很醜。」她厲聲說。

啊，有反應了。「我知道。」

她繼續用力把個人物品塞進包包裡。

他熱情地揮舞一隻手臂，「請隨意拿走任何紀念品。」

她直起身，憤怒地將雙手扠在臀上，「銀茶具也可以嗎？賣掉那些我就可以過上好幾年了。」

「妳當然可以拿走銀茶具，」他快活地說：「因為妳身邊還會有我在。」

「我不會當你的情婦。」她嘶聲說：「我告訴過你了，我不會，**我也不能**。」

他覺得那句「不能」透露了重要的弦外之音。當她收好最後幾件物品，繫緊背袋的繩結，他陷入沉思了一會。

「原來是這樣。」他喃喃說。

她忽略他，大步走向門口，眼神尖銳地看著他。

他知道她想要他讓開，這樣她就可以離開了。他一動也不動，只是伸出手指若有所思摸著下巴側緣。

「妳是私生女。」

她的臉血色盡失。

「妳真的是。」他彷彿在自言自語。奇怪的是，這意想不到的真相反而讓他如釋重負。這就解釋了為什麼她會拒絕他，如此一來，問題就不是出在他身上，而是她。

這大大減少了他的不快。

「我不在乎妳是不是私生女。」他努力不要露出微笑。這是該嚴肅以對的時刻，但上帝啊，他好想咧嘴大笑，因為她現在會跟他去倫敦了，也會成為他的情婦。未來不再有任何阻礙，而且……

「你什麼都不懂。」她說，一邊搖著頭，「**重點不在於我是不是夠格成為你的情婦**。」

「如果我們有孩子，我會好好照料他們。」他鄭重說道，將自己推離門框。

她的身體變得不可思議的緊繃，「那你的妻子怎麼辦？」

「我沒有妻子。」

「永遠都不會有嗎？」

他僵立原地。化裝舞會上那名女子的身影閃過他的腦海。他想像過好多次她的樣子。有時她穿著那件銀色長裙，有時她一絲不掛。

有時她穿著一件結婚禮服。

蘇菲看著他的臉，瞇起雙眼，接著她嘲弄地哼了一聲，大步走過他身邊。

他跟了上去。「這個問題不公平，蘇菲。」他邊說邊尾隨著她。

她沿著走廊往前走，甚至沒在樓梯口停下腳步，「我覺得再公平不過了。」

他衝下樓梯，跑到她身前擋住她，「我總有一天得結婚。」

蘇菲停下腳步。她不得不這麼做，畢竟他擋住了去路。

「對，沒錯。」她說：「但我不用當任何人的情婦。」

「妳父親是誰，蘇菲？」

「我不知道。」她撒謊道。

「妳母親是誰？」

「她在生我的時候死了。」

「我以為妳說她是管家。」

「顯然我沒告訴你正確的事實。」她已經不在乎他抓到她說謊了。

「妳在哪裡長大的？」

「這跟你無關。」她說，試著從他身邊擠過去。

他一隻手抓住她的前臂，牢牢將她定在原地，「這跟我非常有關。」

「放開我！」

她的喊叫打破走廊的寂靜，音量大到足以讓克瑞特里夫婦衝出來解救她。但克瑞特里太太進村去了，克瑞特里先生則是在屋外，聽不到裡面的動靜。沒人會來幫她，只能任他擺布。

「我不能讓妳走。」他低語：「妳不適合一生侍奉別人，那會害死妳的。」

「如果這種人生會害死我，」她反擊道：「那我幾年前早就死了。」

「但妳不用再過這種生活。」他堅持地說。

「不准把事情說得好像都是為了我。」她激動得全身顫抖，「你才不是因為關心我的福祉才這麼做。你只是不喜歡被潑冷水。」

「妳說得對。」他承認：「但我也不願看到妳無依無靠。」

「我這輩子都無依無靠。」她低聲說，不聽話的淚水刺痛了雙眼。上帝在上，她不想在這男人面前哭泣。不要是現在，不要在她心神動盪和脆弱的時候。

他觸碰她的下巴，「讓我成為妳的依靠。」

蘇菲閉上雙眼。他的撫觸甜蜜得發疼，她心中有不小的部分渴望接受他的邀約，離開她被迫忍受的生活，將命運交在眼前這個人手中，這個讓她魂牽夢縈了好多年，非比尋常、美妙又令人火冒三丈的男人。

但她童年遭受的痛苦仍歷歷在目。她作為私生女的恥辱身分，就像靈魂上的一枚烙印。

她不會對另一個孩子做出這種事。

「我不能，」她輕聲說：「我多希望……」

「妳希望什麼？」他急切地問。

她搖搖頭。她差點就要說出她多希望能接受，但深知這些話一點都不明智。他只會緊抓不放，再次糾纏不休。

她就會更難說不。

「那妳讓我別無選擇了。」他冷峻地說。

她望向他的雙眼。

「妳要不跟我回倫敦，然後……」他對準備出言抗議的她舉起一隻手，要她安靜。「然後我會替妳在我母親家找一份工作。」他強調。

「否則會怎麼樣？」她惱怒地問。

「否則我就向治安官舉報妳偷我的東西。」

她的嘴裡瞬間湧現酸楚。

「你不能這麼做。」她低聲說。

「我確實不想這麼做。」

「但你會。」

他頷首，「我會。」

「他們會吊死我。」她說：「或是把我送去澳洲流放。」

「如果我提出要求，他們就不會。」

「你要提出什麼要求？」

奇怪的是，他棕色的雙眼看起來了無生氣，讓她突然意識到，他和她一樣，一點也不喜歡這段對話。

「我會要求他們，」他說：「把妳交給我監管。」

「這樣對你來說可真方便。」

他原本一直靠在她下巴的手指，此時滑到她的肩膀。「我只是想把妳從妳自己手中救出來。」

蘇菲走向旁邊的窗戶向外看，驚訝地發現他並沒有出手阻止。「你知道嗎？你這樣做只是讓我越來越恨你。」她說。

「我能接受。」

她短促地頷首，「我會在圖書室等你。我今天就想離開。」

班尼迪特看著她走開，當圖書室的門在她身後關上時，他一動也沒動。他知道她不會逃走，因為她不是會食言的人。

他不能放這個人走。她已經離開了——那位莫測高深又謎團重重的「她」，他帶著苦澀的微笑想道——那位打動他的心的女人。

那位甚至不讓他知道名字的女人。

但現在蘇菲出現了，在他心中掀起波瀾，是自她消失後就未曾有過的感受。他厭倦了繼續癡癡等待一個基本上不存在的女人。蘇菲就在這裡，而且會成為他的人。

而且，他抱著冷酷的決心想，蘇菲不會再離開他了。

「我可以接受妳恨我。」他對著緊閉的門說：「但我無法過著沒有妳的生活。」

Chapter 13

LADY WHISTLEDOWN´S SOCIETY PAPERS

筆者先前曾在本專欄預測過，蘿莎蒙·瑞林小姐和菲利普·卡凡德先生可能會締結良緣。筆者現在可以說，此樁姻緣大概要告吹了。

有人聽聞潘伍德夫人（瑞林小姐的母親）表示，她不會將女兒嫁給沒有爵位的男人——儘管瑞林小姐那出身良好的父親，也並非貴族階層的一分子。

更不用說，卡凡德先生也已開始對克茜妲·考柏展露出顯著的興趣。

《威索頓夫人的韻事報》
9 MAY 1817

13

馬車一從「我的小屋」出發，蘇菲就開始覺得有點不舒服。到他們在牛津郡停留一晚，她已經反胃想吐。當他們抵達倫敦市郊時……嗯，她相信自己真的就要嘔出來了。

她好不容易才讓胃裡的東西乖乖留在原處，但就在馬車駛進倫敦錯綜複雜的街道時，她整個人陷入強烈的恐懼之中。

不，不是恐懼，而是大限已至的感受。

時值五月，代表社交季正來到最高峰，也代表艾拉敏塔就在城裡。更代表蘇菲來到這裡是非常、非常糟糕的主意。

「非常糟糕。」她咕噥。

班尼迪特抬起頭，「妳說了什麼嗎？」

她叛逆地雙手抱胸，「只是在說你是個非常糟糕的男人。」

他咯咯輕笑起來。

她早就知道他會笑，但還是覺得惱怒不已。

他拉開窗簾向外看，「我們快到了。」

他說會直接帶她去他母親的住處。蘇菲清晰記得座落於格羅夫納廣場的那間華美大宅，彷彿她昨晚才造訪過。

宴會廳巨大無比，牆上鑲了數百個燭臺，上頭都插著一枝完美的蜂蠟蠟燭。較小的房間以亞當風格裝潢，擁有精緻的扇形天花板和色彩柔和的淺色牆壁。

一點都不誇大地說，那正是蘇菲夢想中的房子。在她所有關於班尼迪特的幻夢和他倆虛構的未來裡，她總是能看見自己住在那幢房子。

她知道這很蠢，因為他只是次子，不能繼承房產，但那還是她這輩子見過最美麗的家。反正夢境本來就和現實無關。如果蘇菲要幻想住在肯辛頓宮，那也是她的權利。

當然啦，她露出自嘲的微笑想道，她這輩子都不可能有機會一睹肯辛頓宮內的風采。

「妳在笑什麼？」班尼迪特質問。

她連一眼都懶得看他，一邊回答：「我在思考要怎麼害死你。」

他咧嘴微笑——她沒在看著他，但她可以從他的吐息分辨出來他正在笑。

她真痛恨自己對他言行舉止的微小細節如此敏感，因為她暗中懷疑，他也對她同樣敏銳。

「至少聽起來很好玩。」他說。

「什麼很好玩？」她終於將視線從窗簾下緣移開，感覺上她已經盯著那裡好幾個小時了。

「我的死法。」他的笑容歪斜而促狹，「如果妳要殺我，至少該在動手的時候好好享受，因為上帝知道我可不會。」

她張大了嘴，「你真是瘋了。」

「或許吧。」他狀似隨意地聳聳肩，往後陷進座椅，雙腿翹在前面的椅子上，「畢竟我可是綁架了妳，這應該算是我做過最瘋狂的事了。」

「你現在就可以放我走。」她說，儘管深知他絕對不會這麼做。

「在倫敦？一個隨時會有強盜襲擊妳的地方？妳不覺得這樣我就太不負責任了嗎？」

「這可比不上強行綁架我嚴重吧！」

「我沒有綁架妳。」他懶洋洋地檢視自己的手指甲，「我是脅迫妳，這可是天差地遠。」

馬車顛簸了一下，停了下來，讓蘇菲省去回答他的工夫。

班尼迪特最後一次掀起窗簾，再鬆手放了回去，「啊，我們到了。」

蘇菲等他先下車，接著移動到車廂口。有那麼一下子，她在思考要不要無視他伸出來的手，自行跳下馬車。但車廂離地面頗遠，她也不想像個傻瓜一樣出洋相，讓自己跌進水溝裡。羞辱他是件好事，但她不想付出扭傷腳踝的代價。

她嘆息著抓住他的手。

「很聰明嘛。」班尼迪特嘀咕道。

蘇菲目光銳利地看向他。他怎麼知道她剛才在想什麼？

「我幾乎總是知道妳在想什麼。」他說。

她踉蹌了一下。

「哇噢！」他驚叫，身手俐落地在她跌進水溝前抓住她。

他不必要地多抱著她一下子，才把她放到人行道上。蘇菲原本想說些什麼，但牙關實在咬得太緊，說不出話來。

「是不是快受不了命運開的玩笑呀？」班尼迪特邪惡一笑。

她用力撬開牙關，「不，但倒是很有可能會讓你受不了。」

他笑了出來，這該死的男人。

「來吧。」他說：「我會將妳介紹給母親。我敢說她能幫妳找點工作做。」

「她可能沒有職缺。」蘇菲指出。

他聳聳肩，「她愛我，她會弄出職缺來的。」

蘇菲站在原地，拒絕在表明立場之前跟上他的腳步，「我不會當你的情婦。」

他的表情維持一片空白，一邊喃喃說：「對，妳說過了。」

Chapter 13

「不，我要說的是，你的計劃行不通的。」

他一臉無辜，「我的計劃？」

「噢，拜託別裝了。」她不屑地說：「你打算消磨我的決心，讓我屈服。」

「我做夢都不敢這麼想。」

「我敢說你做了不少夢。」她咕噥地說。

他一定是聽見她說了什麼，因為他輕笑起來。蘇菲桀驁不馴地盤起雙臂，一點也不在乎這個姿勢不成體統，尤其是光天化日站在人行道上的時候。反正她穿著一身僕人的粗布衣裙，沒人會多看她一眼。

她猜想自己該對未來豁達一點，對新工作抱持樂觀的態度，但管他的，她現在就是想發脾氣。說老實話，她覺得這是她掙來的。如果說誰有權不高興，那就是她了。

「我們大可在人行道站上一整天。」班尼迪特的語氣帶有一絲嘲諷。

她正準備對他怒目而視，才注意到他們站在什麼地方。他們不在格羅夫納廣場，蘇菲甚至不確定他們究竟在哪裡。

她確信這裡是梅費爾區，但眼前的宅邸絕對不是她曾參加化裝舞會的房子。

「呃，這是柏捷頓大宅嗎？」她問。

他揚起一邊眉毛，「妳怎麼知道我家叫做柏捷頓大宅？」

「你有說過。」謝天謝地，這是實話。他和她聊過好幾次柏捷頓大宅，還有柏捷頓家族的鄉間宅邸，奧布雷莊園。

「噢。」他似乎接受了她的說詞。

「嗯，這裡確實不是。我母親兩年前就搬出柏捷頓大宅了。她辦了最後一場舞會——其實是化裝舞會——隨後讓我哥哥和他妻子繼承大宅。她總是說會在我哥結婚、擁有自己的家庭後離開。她在搬離後不過一個月，我哥的第一位孩子就誕生了。」

「是男孩還是女孩？」她問，即便她早已知道答案。威索頓夫人總會報導這類消息。

「男孩，叫做艾德蒙。他們有第二個兒子，邁爾斯，今年稍早誕生的。」

「真好。」蘇菲喃喃說，儘管她的心緊緊揪起。她是不大可能擁有自己的孩子了，而這是她最令人難過的領悟之一。

要有孩子就要先有丈夫，而婚姻於她而言不過是個白日夢。她成長過程所受的教育並非要她成為僕役，因此她和每天遇見的大多數男性幾乎沒有共通點。這並非指其他僕人不是值得尊敬的好人，而是她無法想像和某個——舉例來說——不識字的人共度此生。

蘇菲不是非得和出身高貴的人結婚不可，但即便是來自中產階級的對象，她也高攀不起。沒有一個自重的生意人會想娶區區一名女僕。

班尼迪特擺擺手要她跟上，她照做了，然後在通往大門的臺階前停下腳步。

蘇菲搖搖頭，「我走側門。」

他緊抿雙唇，「妳要走大門。」

「我要走側門。」她堅決表示：「教養良好的女性不會雇用走大門的女僕。」

「妳是跟我來的。」他咬著牙關說：「妳要走大門。」

愉悅的笑聲從她嘴裡冒出，「班尼迪特，你昨天還要我成為你的情婦呢。你敢領著情婦走大門去見你母親嗎？」

她的話讓他不知所措。

蘇菲看著他臉上扭曲的挫敗表情，露齒一笑。

這是她幾天來心情最好的時候。

「你會嗎？」她繼續說，主要是想多折磨他一下：「你會帶著情婦去見她嗎？」

Chapter 13

「妳不是我的情婦。」他恨聲說。

「沒錯。」

他揚起下巴緊盯著她，眼中冒出幾乎無法壓抑的怒火。「妳之所以是一個該死的小女僕，」他的聲音極低：「是因為妳堅持要做個女僕。而身為女僕，即使社會階層不高，妳還是極為可敬的人，肯定也值得我母親敬重。」

蘇菲斂起笑容。她可能真的說得太過分了。

「很好。」看她沒有要再爭辯的意思，班尼迪特咕噥著說：「跟我來。」

蘇菲跟著他拾階而上。這可能對她來說也比較有利。班尼迪特的母親不會想雇用一位厚顏無恥到膽敢走大門進屋的女僕。

既然她已經堅定拒絕當班尼迪特的情婦，他就得承認失敗，讓她回去鄉下。

班尼迪特推開大門，一手扶著門板，讓蘇菲先進屋。

不到幾秒，男管家就出現了。

「威克漢。」班尼迪特說：「請告訴母親我來了。」

「謹遵吩咐，柏捷頓先生。」威克漢點點頭回道：「也請容我告知您，她十分好奇您上個禮拜去了哪裡。」

「如果她不好奇，我會嚇壞的。」班尼迪特回答。

威克漢朝蘇菲點頭，露出兼具好奇和輕蔑的表情，「我能告知她您帶了訪客來嗎？」

「請這麼辦。」

「我能告知她您的訪客身分為何嗎？」

蘇菲興致勃勃地望向班尼迪特，想知道他會怎麼說。

「她叫貝克特小姐。」班尼迪特說：「她來這裡找工作。」

威克漢揚起眉。

蘇菲很驚訝，她原本不認為管家可以展現任何表情。

「女僕嗎？」威克漢問道。

「都可以。」班尼迪特的語氣滲入了不耐。

「很好，柏捷頓先生。」語畢，威克漢的身影便消失在往樓上的樓梯。

「我不覺得他認為這有什麼好的。」蘇菲對班尼迪特低語，小心藏起臉上的笑容。

「威克漢沒有決定權。」

蘇菲嘆了一口「隨你怎麼說」的氣，「我覺得威克漢本人不這麼想。」

他不可置信地望向她，「他是個管家耶。」

「而我是個女僕，我很了解管家，比你了解得多。」

他瞇起雙眼，「妳比我認識的任何女性都不像個女僕。」

她聳聳肩，假裝審視牆上一幅靜物畫。「你逼我表現出最糟糕的一面，柏捷頓先生。」

「叫我班尼迪特。」他嘶聲說：「妳之前就叫過我的名字了，現在也要。」

「你母親就要下來了。」她提醒道：「而你堅持要她雇我當女僕。難道僕人都能用你的名字稱呼你嗎？」

他怒瞪著她，而她知道他知道她說得對。

「魚與熊掌不可兼得，柏捷頓先生。」她說，讓自己露出一抹淺淺的微笑。

「**我只想要其中一樣**。」他低吼。

「班尼迪特！」

蘇菲抬起頭，看見一名身型嬌小的優雅女士走下樓梯。她髮膚的顏色都比班尼迪特淺，但五官相貌明顯透露出她是他的母親。

「母親。」他大步走到樓梯底部迎向她，「很高興見到您。」

「假如我知道你上週跑去哪裡的話，見到你我會更高興。」她語氣不善地衝著他說：「我只知道你跑去卡凡德家的派對，最後除了你之外的所有人都回家了。」

「我提早離開了，」他答道：「然後去了我的小屋。」

他母親嘆了口氣，「我想現在你都三十歲了，我總不能期待你的一舉一動都要向我報備。」

班尼迪特朝她露出寵溺的微笑。

她轉向蘇菲，「這位就是你的貝克特小姐吧？」

「沒錯。」班尼迪特說：「在我的小屋時，她救了我一命。」

蘇菲嚇了一跳，「我沒有……」

「她有。」班尼迪特流暢地打斷她：「我因為冒雨駕車而生病，她照料我恢復健康。」

「就算沒有我，你也能順利康復。」她堅持說。

「即便如此，」班尼迪特對著母親說：「也不會恢復得那麼快、過程那麼舒適。」

「克瑞特里夫婦不在嗎？」薇莉問。

「我們抵達的時候不在。」班尼迪特答道。

薇莉用再明顯不過的好奇目光望著蘇菲，班尼迪特最後不得不解釋：「貝克特小姐之前在卡凡德家工作，但發生了一些事情，讓她無法繼續留下來。」

「我懂了……」薇莉說，但語氣聽起來沒那麼令人信服。

「您兒子從最令人不快的危難中解救了我。」蘇菲安靜地說：「他對我恩重如山。」

班尼迪特驚訝地看向她。

她對他的敵意如此之重，他原本並不期待她會主動說出恭維的話來。但他猜想自己早該料到的。蘇菲是個品行高尚的人，不會讓怒火妨礙她的誠實。

這是他最喜歡她的一部分。

「我懂了。」薇莉再度說道，這次語氣多了真切的情感。

「我希望您能在家裡提供一個職缺給她。」班尼迪特說。

「如果太勞煩的話就不用了。」蘇菲快速補充道。

「不會。」薇莉緩慢地說，一臉好奇地看著蘇菲。「不會，一點都不麻煩，不過……」

班尼迪特和蘇菲雙雙傾身向前，等著薇莉把話說完。

「我們見過嗎？」薇莉冷不防問道。

「我不這麼認為。」蘇菲結巴了一下。柏捷頓夫人怎麼會覺得見過她？她很確信她們在化裝舞會完全沒有碰到面。「我不覺得我們有可能在哪裡遇見。」

「我想妳是對的。」柏捷頓夫人擺了擺手，「妳讓我覺得有點似曾相識，但肯定只是因為我見過長得和妳有點像的人。這是常有的事。」

「對我來說更是如此。」班尼迪特露出一抹歪斜的笑。

柏捷頓夫人帶著顯而易見的寵溺望著她兒子，「我的孩子都長得一個樣，這可不是我的錯。」

「如果錯不在妳，」班尼迪特說：「那該怪誰呢？」

「當然都是你父親的錯啦。」柏捷頓夫人快活地回答。她轉向蘇菲說：「他們的相貌都和我已故的丈夫如出一轍。」

蘇菲知道自己不該多嘴，但這一刻是如此溫馨自在，她不禁脫口而出：「我覺得您兒子還挺像您的。」

「妳這麼覺得嗎？」柏捷頓夫人高興地握住雙手，「真是太好啦。我老覺得自己只是傳承柏捷頓家族血脈的容器而已。」

「母親！」班尼迪特說。

她嘆了口氣，「我說得太直接了嗎？我上了年紀後就越來越常這樣了。」

「妳才沒有上了年紀，母親。」

她微微一笑，「班尼迪特，你何不去探望你的妹妹呢？我會帶你的貝內特小姐……」

「貝克特。」他打斷她。

「對，當然了，貝克特。」她咕噥：「我會帶她上樓，讓她好好安頓下來。」

「您帶我去找管家就好了。」蘇菲說。

女主人竟然親自處理雇用家務女僕的差事，真是太奇怪了。雖說由班尼迪特提出雇用她的請求也非比尋常，但柏捷頓夫人會對她展露出興趣，實在很古怪。

「我確定瓦金斯太太現在很忙。」柏捷頓夫人說：「而且，我相信樓上還需要一位貼身女僕。妳有過相關經驗嗎？」

蘇菲點點頭。

「太好了。我也這麼想。妳的談吐十分得體。」

「我母親曾是管家。」蘇菲反射性回答：「她工作的家庭非常慷慨，而且……」她驚恐地打住，這才想起她已經將真相告訴班尼迪特了——她的母親在生下她後過世。她緊張地瞥了他一眼，但他只略為嘲諷地朝她歪了一下下巴，無聲表示他不會揭穿她的謊言。

「她工作的家庭非常慷慨，」蘇菲繼續道，如釋重負地嘆了一口氣，「他們允許我和他們的女兒一起上課。」

「我懂了。」柏捷頓夫人說：「這就解釋了很多事情。我很難相信妳只做過家務女僕的苦差事。妳受過的教育顯然足以讓妳從事更高的職位。」

「她也熟習閱讀。」班尼迪特說。

蘇菲驚訝地看向他。

他沒搭理她，繼續向他母親說：「她在我康復期間念了不少書給我聽。」

「妳也會寫字嗎？」柏捷頓夫人問。

蘇菲頷首，「我的字跡相當工整。」

「太棒了，我們一直很難找到多一雙手幫忙寫邀請函。我們今年夏天正巧要舉辦舞會，我有兩個女兒將初次在社交界亮相。」她對蘇菲解釋：「我希望這次社交季結束前，她們其中一個就能決定夫婿人選。」

「我不認為艾洛伊絲想結婚。」班尼迪特說。

「請你閉上嘴。」柏捷頓夫人說。

「說那種話在這裡可是褻瀆行為。」班尼迪特對蘇菲說。

「別聽他瞎說。」柏捷頓夫人朝樓梯走去，「來吧，跟我走，貝克特小姐。妳的名字是？」

「蘇菲亞。或叫我蘇菲。」

「跟我來，蘇菲。我來把妳介紹給女孩們認識。然後……」她嫌棄地皺起鼻子，補充道：「我們要找件新衣服給妳穿。我們家的女僕可不能衣衫襤褸，否則別人會以為我們給的薪水不夠多。」

在蘇菲的經驗裡，上流社會的人從不在乎給僕役的薪水夠不夠多，因此柏捷頓夫人的慷慨大方讓她頗為感動。

「你呢，」柏捷頓夫人對班尼迪特說：「在樓下等我。你和我有很多事情要談。」

「我嚇得全身發抖呢。」他面無表情地答道。

「真不知道他和他兄弟哪個會先害死我。」柏捷頓夫人咕噥。

「哪位兄弟呢？」蘇菲問。

「隨便一個，或者他們兩個，也許他們三個都是。這些傢伙是一群無賴。」

但她顯然深愛這群無賴。蘇菲可以從她的語氣聽出來，也能從她看著兒子時眼中煥發的喜悅看出來。

這讓蘇菲覺得既心酸寂寞又嫉妒。如果她母親當時活了下來，她的人生會多不一樣啊。她們母女倆或許身分並不光彩，畢竟貝克特太太是情婦，蘇菲則是私生女，但蘇菲喜歡想像母親會對她疼愛有加。

這會比任何大人給予她的關愛都來得多——包括她的父親。

「來吧，蘇菲。」柏捷頓夫人輕快地說。

蘇菲隨著柏捷頓夫人走上樓梯，一邊想著她不過是正要開始一份新工作，卻感覺彷彿加入了一個新家庭。

這種感覺……很好。

她的人生已經很久、很久沒有讓她感覺這麼好了。

Chapter 14

LADY WHISTLEDOWN´S SOCIETY PAPERS

蘿莎蒙．瑞林發誓她親眼看見班尼迪特．柏捷頓回到倫敦了。筆者相信這番說詞的真實性，畢竟瑞林小姐在五十步外的距離就能察覺單身漢的蹤跡。

讓人遺憾的是，瑞林小姐似乎還沒能抓住其中任何一位單身漢的心。

《威索頓夫人的韻事報》
12 MAY 1817

14

班尼迪特朝客廳的方向踏出不到兩步，妹妹艾洛伊絲就衝進走廊。如同每個柏捷頓家的人一樣，她也擁有一頭豐盈的栗色秀髮和大大的笑容。但和班尼迪特不同，她那對眸子是澄澈清淺的灰色，和她手足的眼睛顏色都不一樣。

「班尼迪特！」她叫道，神采飛揚地伸出雙臂抱住他，「你上哪兒去了？母親整個禮拜都在發牢騷，一直在說你到底跑去哪裡了。」

「真有趣，我和她不到兩分鐘前正在說話，而她是在想妳究竟什麼時候才要結婚。」

艾洛伊絲做了個鬼臉，「當我遇見值得嫁的人，我就會結了。我希望有新的人能搬來城裡，感覺上我好像一直跟同樣那一百人不斷見面。」

「妳確實是跟同樣那一百人不斷見面啊。」

「這就是我的重點。」她說：「倫敦根本一點祕密也不剩。我早就摸清每個人的底細了。」

「這樣啊？」班尼迪特說，語氣中的嘲諷顯而易見。

「隨你怎麼嘲笑我。」她伸出一根手指往他的方向戳，他確信母親絕對會認爲她的動作有失淑女形象。「但我沒在誇大。」

「一點也沒有？」他露齒一笑。

她怒目而視，「你這禮拜究竟去了哪裡？」

他走進客廳，撲通一聲坐到沙發上。或許他該等她先就坐，但她畢竟只是他妹妹，他從不覺得有必要在只有他倆的時候拘禮。

Chapter 14

「我去了卡凡德家的派對。」他將腳翹到茶几上，「真是差勁透了。」

「如果母親逮到你把腳翹在桌上，她會宰了你。」艾洛伊絲在他斜對角的椅子坐下。「為什麼那場派對那麼糟？」

「是那群人的問題。」他看向自己的雙腿，決定讓它們留在原處。「從沒見過這麼無聊又遊手好閒的蠢蛋。」

「只要你繼續保持口無遮攔就不會。」

班尼迪特對她的嘲諷揚起一邊眉毛，「妳可不准和任何參加那場派對的人結婚。」

「我大概不會覺得遵守這個命令有什麼困難。」她的手在扶手上不住輕叩。

班尼迪特不禁莞爾。艾洛伊絲總是渾身是勁，安靜不下來。

「但是，」她抬頭瞇起雙眼看向他，「這不能解釋你整個星期都待在哪裡。」

「有人跟妳說過妳實在太愛管閒事嗎？」

「噢，一天到晚都有人這麼說。所以你去哪裡了？」

「也喜歡打破砂鍋問到底。」

「這是唯一能獲得答案的方法。所以你去哪裡了？」

「我有提過，我正在考慮投資一家製造給人使用的嘴套的公司嗎？」

她朝他丟了一顆抱枕，「**所以你去哪裡了？**」

「事實上，」他將抱枕輕輕丟回去，「真相一點都不好玩。我染上嚴重的感冒，一直待在『我的小屋』靜養。」

「我以為你早就康復了。」

他用一種混合了驚奇和受冒犯的不可思議表情打量她，「妳怎麼知道？」

「你早該發現我無所不知了。」艾洛伊絲咧嘴而笑，「感冒確實很棘手。你之前沒好的感冒復發了嗎？」

他點頭示意，「在我冒著雨駕車之後。」

「噢，那實在不是個明智之舉。」

「我究竟有什麼好理由，」他環顧四周，像是在向艾洛伊絲以外的人問話：「要讓自己這樣受我的蠢蛋妹妹羞辱？」

「可能因為這是我的看家本領。」

她伸腿試圖把他的腳踢下桌子，「我敢說母親隨時會出現。」

「噢，才不會。」他反駁道：「她很忙。」

「忙什麼？」

他朝天花板揮了揮手，「帶新女僕認識環境。」

她坐直了身體，「我們有新女僕？沒人跟我說過這件事。」

「老天哪，」他慢條斯理地說：「有什麼事發生了，而艾洛伊絲竟然不知道。」

她往後靠向椅背，又踢了一下他的腳，「是家務女僕？貼身女僕？還是洗碗女僕？」

「妳為什麼想知道？」

「明察秋毫是件好事。」

「我相信她是貼身女僕。」

艾洛伊絲花了一點五秒消化這個資訊，「你為什麼會知道？」

班尼迪特認為最好還是告訴她真相。上帝知道，就算他不說，到今天日落時她就會知道整個故事。「因為是我帶她來的。」

「那位女僕嗎？」

「不，我是說母親。當然是那位女僕啦。」

「你從什麼時候開始會親自處理雇用僕役的差事啊？」

「從這位年輕女士在我生病時照顧我，幾乎算是救了我一命後開始。」

艾洛伊絲驚愕地張大了嘴，「你病得那麼重嗎？」

最好還是讓她相信他在鬼門關前走了一遭。當他下次需要哄她去做什麼的時候，這一點同情和關心對他百利無一害。

「我已經好多了。」他含糊其詞地說：「妳要去哪裡？」

她已經從椅子上站起身，「去找母親，見見那位新女僕。她可能會負責伺候弗蘭雀絲卡和我，畢竟瑪麗已經不在了。」

「妳的女僕沒了？」

艾洛伊絲沉下臉，「她拋下我們，投靠噁心的潘伍德夫人去了。」

班尼迪特忍不住對她的用詞咧嘴而笑。他對唯一一次和潘伍德夫人的會面記得相當清楚，他也覺得她十分令人作噁。

「潘伍德夫人虐待僕役的臭名可是盡人皆知。光是今年她就換了三位貼身女僕。她明目張膽地偷走費瑟林頓夫人的女僕，但那可憐的女孩只撐了兩星期就不行了。」

班尼迪特耐性十足地聽著妹妹激昂的長篇大論，同時很驚訝自己竟然對這個話題感興趣。而出於某個奇怪的理由，他是真的想聽。

「你聽好了，一個星期內，瑪麗就會爬回來求我們重新雇用她。」

「我一直都有好好聽妳說的話。」他回答：「我只是不一定在乎罷了。」

「你，」艾洛伊絲轉過來，伸出手指著他，「有一天會對你說的話後悔莫及。」

他搖搖頭，淺淺一笑，「我可不這麼想。」

「哼，我要上樓了。」

「好好玩啊。」

她對他吐出舌頭——對二十一歲的女性來說一點都不得體——隨後離開了客廳。

班尼迪特只享受了三分鐘的獨處時光，走廊就再度傳來腳步聲，節奏分明地朝他接近。他抬起頭，看見母親站在門口。

他立刻起身。對妹妹可以不拘某些禮節，但面對母親時，絕對不能失了禮數。

「我看到你把腳翹在桌子上了。」他還來不及張嘴，薇莉就搶先說道。

「我只是在用靴子磨亮桌面。」

她揚起雙眉，走到艾洛伊絲才剛離開的位子坐下。

「好吧，班尼迪特。」她用一種不准和我胡說八道的語氣說：「她是誰？」

「妳是指貝克特小姐？」

薇莉頷首，動作十足公事公辦。

「我一無所知。我只知道她為卡凡德家工作，顯然受到他們兒子的虐待。」

薇莉的臉色煞白，「他有沒有……噢老天。她是不是被……」

「我不這麼覺得。」班尼迪特一臉嚴肅地說：「事實上，我很確定她沒有，但並非因為他未曾嘗試過。」

「可憐的小東西。她真幸運，有你在場出手相救。」

班尼迪特發現自己一點都不想回憶在卡凡德家草坪的那一晚。即使那樁脫序事件的結局還稱得上圓滿，他卻無法阻止自己想像一連串的「如果」。如果他沒有及時趕到怎麼辦？如果卡凡德和他朋友沒那麼醉，還更加冥頑不靈怎麼辦？蘇菲可能就會被強暴。

蘇菲就會被強暴。

現在他已經認識了蘇菲，更逐漸在乎起她，這個想法令他不寒而慄。

「好吧。」薇莉說：「她並非自己所說的那種人。這一點我很肯定。」

班尼迪特坐直了身體，「妳為什麼這麼說？」

「她的教育程度太高，不可能只是個女僕。她母親的雇主或許准許她跟女兒們一起上些課，但所有的課都一起上？我很懷疑。班尼迪特，那女孩還會說法語呢！」

「她會嗎？」

「這個嘛，我不確定。」薇莉承認：「但我逮到她看著弗蘭雀絲卡桌上的一本書，那本書是法文寫的。」

「看跟讀是兩回事，母親。」

她朝他投去一個暴躁的眼神，「我告訴你，我看到她眼睛移動的方式。她是在讀沒錯。」

「妳都這麼說了，那一定是這樣。」

薇莉瞇起雙眼，「你在嘲諷我嗎？」

「如果是平常，」班尼迪特露出笑容，「我會說是，但這次我是認真的。」

「也許她是被某個貴族家庭趕出來的女兒。」薇莉若有所思地說。

「趕出來？」

「因為懷了孩子。」她解釋。

班尼迪特不習慣他母親說得這麼直接。

「呃，不。」他回想蘇菲堅定拒絕成為他情婦的態度，「我不這麼認為。」

但他接著想道——為什麼不可能？也許她拒絕讓私生子來到這世上，是因為她已經有了一位私生子，不想重蹈覆轍。

班尼迪特驀然感到嘴裡發酸。如果蘇菲已經有了孩子，那表示她也有一個愛人。

「也可能，」薇莉繼續說，對猜測愈發熱絡起來，「她是某位貴族的私生女。」

這個說法合理得多——也讓人心情比較好。

「常理來說，他應該會給她足夠的存款，讓她不必當女僕謀生。」

「有很多男人對私生子置之不理。」薇莉反感地皺起臉，「那可不是什麼體面的事。」

「比當初生下私生子還丟臉嗎？」

薇莉的表情變得更加惱怒。

「況且，」班尼迪特向後靠，將一腳腳踝翹在另一腳的膝蓋上。「如果她是貴族的私生女，而他對她也足夠在乎、願意讓她接受教育，那她現在又為何會身無分文？」

「嗯，說得有理。」薇莉用食指點了點臉頰，抿起嘴，接著手指又點了起來。

「不過別擔心，」她最後說：「我一個月內就會查出她的真實身分。」

「那我推薦去找艾洛伊絲幫忙。」班尼迪特乾巴巴地說。

薇莉若有所思地頷首，「好主意。那女孩就連拿破崙的祕密都套得出來。」

班尼迪特站起身，「我得走了。這趟路讓我很疲憊，我想回家了。」

「你隨時都可以把這裡當自己家啊。」

他朝她淺淺一笑。他母親最想要的就是讓孩子待在自己身邊。

「我得回去自己的住處。」他俯身在她臉頰印下一吻，「謝謝妳為蘇菲找到工作。」

「你是指貝克特小姐？」薇莉問，嘴角調皮地上揚。

「蘇菲、貝克特小姐，」班尼迪特故作冷淡地說：「妳想怎麼叫她都行。」

他轉身離開的時候，沒看到母親朝他的背影露出了大大的笑容。

Chapter 14

蘇菲知道不能讓自己在柏捷頓府待得太舒服，畢竟一旦能開始著手安排接下來的去處，她就會離開這裡。但當她環顧自己的房間——這肯定是有史以來僕役分配到的房間中最棒的一間了——又想到柏捷頓夫人友善的舉止和自然的笑容……

她就無法不去期待能永遠留下來。

但這是癡人說夢。她心裡非常明白，正如同她知道自己的名字是蘇菲亞．瑪麗亞．貝克特，而非蘇菲亞．瑪麗亞．葛寧沃斯。

最要緊的是，她還是有撞見艾拉敏塔的風險，尤其是在柏捷頓夫人將她擢升為貼身女僕之後。舉例來說，貼身女僕可能會需要作為伴護陪同女主人出門，前往艾拉敏塔和她女兒可能會造訪的地方。

蘇菲打從心底相信，艾拉敏塔會找到方法讓她的人生變成人間地獄。艾拉敏塔對她已經深惡痛絕到無法理喻，也無法用單純情緒來解釋的程度。如果她在倫敦看見蘇菲，絕對不可能只是無視她就了事。蘇菲深信艾拉敏塔會用盡千方百計說謊欺瞞，只為了讓蘇菲的生活更加難過。

她就是這麼恨蘇菲。

但如果蘇菲對自己誠實的話，她不能留在倫敦的理由其實並非艾拉敏塔。而是班尼迪特。她就住在他母親的宅邸，怎麼可能完全和他避而不見？她現在對他憤怒到極點——老實說已經到無法言喻的地步——但她內心深處知道，這股怒火是持續不了多久的。

光是看到他一眼，她就會因渴望而全身酥軟，那在接下來的日子裡，她又怎麼抗拒得了他？不久後的某一天，他就會對她露出那種歪斜的、壞心眼的微笑，而她到時只能緊抓住手邊的家具，想辦法不讓自己當場融化成一灘春泥。她愛上了不該愛的男人，永遠不可能照自己的心意擁有他，而她也拒絕依他的意思成為他的人。

一切都毫無指望。

一道清脆的敲門聲阻止她往憂鬱的念頭陷得更深。

她喊了聲：「是誰？」

門隨即打了開來，柏捷頓夫人踏進房間裡。

蘇菲立刻跳起身行了個禮，「請問您需要什麼嗎，夫人？」

「沒事、沒事。」柏捷頓夫人回答：「我只是來看看妳安頓好了沒。妳還缺什麼嗎？」

蘇菲眨了眨眼。柏捷頓夫人問她需不需要什麼？這跟一般主僕關係完全顛倒過來了。

「呃，沒有，謝謝您。」蘇菲說：「不過我很樂意替您拿需要的東西。」

柏捷頓夫人擺了擺手，「沒關係，妳不該覺得今天還要替我們做事。我希望妳能先適應環境，開始工作的時候就不會分心了。」

蘇菲望向她小小的背袋，「我需要整理的行李不多。我很樂意立刻上工。」

「胡說。今天已經快結束了，晚上我們也沒有出門的計劃。女孩們和我這星期光靠一位貼身女僕都還過得去，再多一晚也活得下去。」

「但是……」

柏捷頓夫人露出笑容，「還請不要和我爭論。在妳救了我兒子之後，我至少能讓妳享有最後一天的自由。」

「我做的真的不多。」蘇菲說：「就算沒有我在，他也會沒事的。」

「無論如何，妳還是在他需要的時候出手相助，憑這一點，妳就於我有恩了。」

「那是我的榮幸。」蘇菲回答：「他救了我，那是我最少該為他做的事。」

接著令蘇菲大吃一驚的是，柏捷頓夫人走向前，往蘇菲的寫字檯旁的椅子坐了下來。

寫字檯！蘇菲還在試著消化這件事。天底下有哪位女僕曾有幸獲得一張寫字檯啊？

「告訴我，蘇菲。」柏捷頓夫人露出一抹迷人的笑容，立刻讓蘇菲想起班尼迪特從容的笑靨。

「妳來自哪裡?」

「我生在東安格利亞。」蘇菲回答,不認為有說謊的必要。柏捷頓家族來自肯特郡,因此柏捷頓夫人對蘇菲成長的諾福克郡應該不大熟悉才對。

「離桑德令罕府不遠,如果您知道它位於何處的話。」

「我確實知道。」柏捷頓夫人說:「我還沒去過,但聽說那是棟美麗的宅邸。」

蘇菲頷首,「確實如此。當然了,我也沒進去過,但從外觀看就相當美麗了。」

「妳母親在哪裡工作?」

「布萊克希斯莊園。」蘇菲這次流利地撒了謊。她已經被問過這個問題太多次,早就為她編造出來的家想好了名字。

柏捷頓夫人皺起眉頭,「您知道那裡嗎?」「不,我不熟。」

「在斯沃弗姆北邊一點的地方。」

柏捷頓夫人搖搖頭,「我不清楚那是哪裡。」

蘇菲向她柔柔一笑,「知道那裡的人並不多。」

「妳有任何兄弟姊妹嗎?」

蘇菲並不習慣雇主對她的出身背景這麼興趣盎然,通常他們只在乎履歷和推薦信。

「沒有,」她說:「我是獨生女。」

「這樣啊,那至少妳還有一起上課的女孩陪伴,妳一定覺得很棒吧。」

「和她們相處非常好玩。」蘇菲說謊道。老實說,跟蘿莎蒙和珀希一起上課完全是種折磨。她還比較喜歡在她們來到潘伍德莊園之前,她和女家庭教師單獨上課的時光。

「我必須說,妳母親的雇主夫婦實在非常慷慨……不好意思,」柏捷頓夫人打斷自己,眉頭蹙起,「妳說他們的名字是?」

「格倫維爾。」

她再次蹙眉，「我不知道他們。」

「他們不常來倫敦。」

「啊，好吧，這也難怪。」柏捷頓夫人說：「但我要說的是，他們非常慷慨，讓妳和他們的女兒一起上課。妳都學了什麼？」

蘇菲呆住了，不大確定自己是在被拷問，還是柏捷頓夫人真的對她興趣濃厚。從未有人想深究她杜撰出來的出身細節。

「呃，就是一般的課程。」她含糊回答：「算數和文學，還有歷史和一點神話學，以及法語。」

「法語？」柏捷頓夫人看起來大吃一驚，「真有趣。法語家教可是很貴的呀。」

「女家庭教師會說法語。」蘇菲解釋：「所以沒有多花錢。」

「妳的法語說得如何？」

蘇菲才不會告訴她實話，讓她知道自己的法語十分完美。或者說近乎完美。她在過去幾年因為缺乏練習已經生疏了不少，無法再說得那麼流利。

「還過得去。」她說：「足以裝成法國女僕，如果這是您希望的話。」

「噢，不。」柏捷頓夫人歡快地笑了出來，「老天，不用。我知道大家都一窩蜂想雇用法國女僕，但我絕不會要妳在工作時還得記得用法國腔講話。」

「您實在非常體貼。」蘇菲試著別露出懷疑的表情。她很確定柏捷頓夫人是個好人。她也必須是個好人，才能養育出這麼好的一家子。但這樣幾乎是好過頭了。

「這個嘛……噢，日安，艾洛伊絲。妳上來這裡做什麼？」

蘇菲看向門口，站在眼前的人，除了柏捷頓家的女兒之外，不可能會是其他人。她豐盈的棕色秀髮優雅地盤在頸後，她的嘴寬大而富有情緒，就和班尼迪特一樣。

Chapter 14

「班尼迪特跟我說，我們有了位新女僕。」

柏捷頓夫人朝蘇菲示意，介紹道：「這位是蘇菲．貝克特。我們剛剛正在聊天，我想我們會處得很好。」

艾洛伊絲朝她母親投去一個怪異的眼神——至少蘇菲認為那還挺怪異的。她想或許艾洛伊絲習慣斜眼瞥她母親，神情混合一點點懷疑和困惑。但蘇菲總覺得應該不是這麼一回事。

「我哥哥說妳救了他一命。」艾洛伊絲轉向蘇菲說。

「他太誇大了。」蘇菲露出淺淺的笑容說。

艾洛伊絲用一種詭異又精明的眼神打量她，而蘇菲清楚感覺到，艾洛伊絲正在分析她的笑容，判斷她是否在拿班尼迪特打趣，而如果真是如此，她是出自玩心，還是惡意？

這一瞬間彷彿時空凝止，接著令人吃驚的是，艾洛伊絲的雙唇彎起了俏皮的弧度。

「我想母親說得對，」她說：「我們會處得很好。」

蘇菲有種感覺，自己似乎通過了某種至關重要的測試。

「妳見過弗蘭雀絲卡和海辛絲了嗎？」艾洛伊絲問。

蘇菲搖搖頭，柏捷頓夫人正好在此時開口：「她們不在家。弗蘭雀絲卡去拜訪達芙妮了，海辛絲則是在費瑟林頓家。她和費莉西蒂似乎和好了，現在又形影不離啦。」

艾洛伊絲咯咯輕笑，「可憐的潘妮洛普。我想她還挺享受海辛絲不在的片刻安寧。我自己就很享受費莉西蒂不在的寧靜。」

柏捷頓夫人對蘇菲解釋：「我女兒海辛絲一天到晚去拜訪她最好的朋友費莉西蒂．費瑟林頓。如果她不在她家，那就是費莉西蒂跑來了這裡。」

蘇菲笑著點頭，一邊心想她們為什麼要和她分享這種細節。她們對待她的方式就像家人一樣，甚至連她自己真正的家人都沒這麼做過。

這真是非常古怪。

古怪又美好。

古怪又美好，卻非常可怕。

因為這一切終有結束的一天。

但或許她可以再多待一段時間，不用太久，只要幾個星期——甚至可能一個月，只要夠讓她將私事和思緒梳理清楚就好。只要夠讓她放鬆一下，假裝自己不僅僅只是個僕役而已。

她很清楚自己永遠不可能成為柏捷頓家的一分子，但也許她能成為他們的朋友。

她已經有很長一段時間沒和任何人成為朋友了。

「怎麼了嗎，蘇菲？」柏捷頓夫人問：「妳泛淚了。」

蘇菲搖搖頭，喃喃說：「只是有灰塵跑進去而已。」

她假裝忙著整理寥寥無幾的行李。她知道沒人相信這個說詞，但她一點也不在乎。

即使對未來該何去何從毫無頭緒，她還是湧現一種奇特的感覺，彷彿她的人生才正要開始。

Chapter 15

LADY WHISTLEDOWN´S SOCIETY PAPERS

筆者相當確定，男性讀者對接下來的專欄內容絕對毫無興趣，因此你們獲准跳過下一段文章。

不過，女士們，請讓筆者在下為妳們帶來第一手消息，柏捷頓家近來捲入了潘伍德夫人和費瑟林頓夫人打了整個社交季的女僕戰爭。

伺候柏捷頓家女兒的女僕看來是叛逃到潘伍德家去了，取代了那位在被迫替潘伍德夫人擦亮三百雙鞋後逃回費瑟林頓家的女僕。

其他關於柏捷頓家的新聞：班尼迪特·柏捷頓真的回到倫敦啦。他似乎在鄉下的時候因病倒下，多留了一段時間。真希望整件事有更有趣的內幕（畢竟像筆者這種人得靠有趣的內幕謀生），但令人難過的是，真相就只是這樣而已。

《威索頓夫人的韻事報》

14 MAY 1817

15

到了隔天早晨，蘇菲便已和柏捷頓家族七位子女中的五位打過照面了。艾洛伊絲、弗蘭雀絲卡和海辛絲都與母親同住，安東尼帶著小兒子來吃早餐，而達芙妮——現在是哈斯丁公爵夫人了——則是被叫來幫忙柏捷頓夫人規劃在社交季尾聲舉辦的舞會。

唯一一位蘇菲還沒見過的柏捷頓家人，是在伊頓公學唸書的葛雷里，還有柯林——用安東尼的話來說，他不知道跑去哪個見鬼的地方了。

真要說起來，蘇菲早就見過柯林了，就在兩年前的化裝舞會上。知道他不在，蘇菲還覺得鬆了一口氣，倒不是說她怕被他認出來，畢竟連班尼迪特都沒能做到。但一想到要再次見到他，蘇菲就覺得心裡七上八下、焦慮不安。

不過這都無關緊要，蘇菲悲慘地想。這段時日以來，似乎每件事都令人七上八下、焦慮不安。完全不出蘇菲所料，班尼迪特隔天早上便現身在他母親的屋子，和家人一起吃早餐。

蘇菲本來可以完全和他避不見面，結果在她準備到廚房和其他僕役一起用餐時，發現他就在走廊上晃頭晃腦。

「妳在布魯頓街五號的第一晚睡得如何呀？」他帶著既慵懶又俊朗的笑容問。

「非常好。」蘇菲踏向一旁，好沿著完美的半圓弧繞過他身邊。

然而，就在她跨向左側時，他也踏向他的右側，完全擋住了她的去路。

「我很高興妳過得愉快。」他伶牙俐齒地說。

蘇菲的腳步移向她的右邊，「**我原本很愉快。**」

班尼迪特太有教養，不至於也隨著她移向左側，但他轉身倚在一張桌子上，還是成功再度阻止她移動。

「妳參觀過整棟房子了嗎？」他問。

「管家帶我看過了。」

「庭園呢？」

「這裡沒有庭園。」

他露出微笑，棕色眼眸溫暖親切，令人融化，「但這裡有座花園。」

「大小跟一張鈔票差不多。」她反擊。

「但是……」

「但是，」蘇菲打斷他：「我得去吃早餐了。」

他殷勤地讓到一旁。「下次見。」他喃喃說。

蘇菲有種不祥的預感，這個「下次」可能真的很快就會到來。

三十分鐘後，蘇菲小心翼翼地緩步踏出廚房，半是期待班尼迪特會從轉角跳出來。好吧，可能不只半是期待。從她大氣都喘不上一口的樣子來看，她可能全副身心都在期待。

但他沒出現。

她小步小步挪向前。他可能隨時都會蹦蹦跳跳踩著樓梯下來突襲她。

班尼迪特還是沒出現。

蘇菲張開嘴，隨即咬住舌頭，發現自己竟然正準備喚出他的名字。

「蠢女孩。」她喃喃自語。

「誰很蠢？」班尼迪特問：「肯定不是在說妳吧。」

蘇菲嚇得幾乎跳起半天高。

「你從哪裡出現的？」她緩過氣息後質問道。

他指向一道打開的門，一派無辜地說：「從那裡啊。」

「所以你現在會從衣櫥裡跳出來嚇我？」

「當然不是啦。」他看起來備受冒犯，「那可是樓梯間。」

蘇菲從他身後看過去。那確實是個側樓梯間，而且還是僕役用的樓梯，絕對不是家族成員會碰巧路過的地方。

「你常常偷偷摸摸走側樓梯嗎？」她盤起雙臂說。

他向前俯身，來到剛好只讓她覺得稍嫌不適的距離，但她絕對不會告訴任何人、甚至不會對自己承認，她其實也覺得有一點點興奮。

「只有在我想要嚇別人的時候。」

她試著從他身旁鑽過去，「我得去工作了。」

「現在嗎？」

她咬緊牙關，「對，現在。」

「但海辛絲正在吃早餐啊，妳不可能在她吃飯的時候幫她梳頭吧。」

「我也要服侍弗蘭雀絲卡和艾洛伊絲。」

他聳聳肩，露出純良無辜的笑容，「她們也在吃早餐。說真的，妳現在無事可做。」

「這表示你對工作討生活一無所知。」她駁斥：「我得燙衣服、補衣服、擦亮……」

「他們要妳擦銀器？」

「鞋子！」她簡直要大叫出來：「我得擦亮鞋子。」

「噢。」他直起身，一肩靠在牆壁上，一邊雙手抱胸，「聽起來很無聊。」

「是很無聊。」她從牙縫中擠出一句，試著無視突然刺痛雙眼的淚水。她知道自己的人生很無趣，但聽到有人毫不掩飾地說出來，還是令人痛苦難耐。

他的嘴角彎起一抹慵懶勾引的弧度，「**妳知道，妳的人生不必這麼無趣。**」

她再次試著從他身邊走過，「我寧可這麼無趣。」

他動作花俏地揮出一隻手臂，示意她通過，「如果那是妳想要的話。」

「我想。」但她說這句話的語氣沒有想像中堅定。

「我想。」她再次說道。

噢，好啦，自我欺騙是沒用的。她一點都不想讓人生這麼無趣，並不全然想。但她的人生必須如此。

「妳是在嘗試說服我，還是說服妳自己？」他柔聲問。

「我連回答都懶得說。」她答。但她沒有看著他的眼睛。

「那妳最好上樓去吧。」見她沒有動作，他揚起一邊眉毛，「我敢說妳有很多鞋子要擦。」

蘇菲跑上樓梯——僕役用的樓梯——完全沒有回頭看上一眼。

接下來，他在花園裡找到她——剛才被她嘲諷卻精準地形容為只有一張鈔票大小的綠地。

柏捷頓姊妹出門拜訪費瑟林頓姊妹去了，而柏捷頓夫人正在睡午覺。蘇菲已經把她們今晚的社交場合要穿的禮服全數熨燙完畢，裝飾頭髮的緞帶也都經過精挑細選，一一和每件禮服搭配合宜，而她擦亮的鞋子也多到足以穿上一個禮拜。

工作都做完後，蘇菲決定小歇一會，在花園裡看書。柏捷頓夫人說可以自由借閱她小小圖書室裡的書，蘇菲便挑了一本剛出版不久的小說，坐在小露臺上的鑄鐵椅讀了起來。她才看完一個章節，便聽見腳步聲從房子的方向傳來。她努力不讓自己抬起頭，直到一道陰影落在她身上。不出所料，來人正是班尼迪特。

「你是住在這裡嗎？」蘇菲乾巴巴地問。

「沒有啊。」他撲通一聲往她身旁的椅子坐下，「雖然母親一直叫我把這裡當自己家。」

她想不出什麼妙語來回應，因此只「嗯哼」了一聲，隨後立刻埋首回書本裡。

他將雙腿翹到面前的小桌上，「妳今天在讀什麼？」

「這個問題，」她啪一聲闔上書，手指仍夾在剛才讀到的書頁間。「意味了我正在專心看書，而我向你保證，你在旁邊讓我沒辦法繼續讀下去。」

「我的存在這麼引人注意嗎？」

「令人覺得備受打擾。」

「總比無趣來得好。」他指出。

「我喜歡無趣的生活。」

「如果妳喜歡無趣的生活，那只代表妳一點都不了解刺激的本質。」

他傲慢的語氣令人髮指。蘇菲抓緊了手上的書，直到指節泛白。

「我的人生已經有夠多刺激了。」她從牙縫中擠出回答：「我向你保證。」

「我很樂意針對這個話題進行更深入的討論。」他拖著語調說：「但妳似乎不覺得有必要和我分享任何生活中的細節。」

「這並非出於我的疏忽。」

他不贊同地輕笑出聲，「真是不友善。」

她瞪大眼睛，眼珠都快掉出來了，「你綁架了我……」

「是脅迫。」他提醒。

「你是不是想要我打你？」

「我不介意啊。」他和顏悅色地說：「況且，既然妳人都來了，妳真的覺得被我逼來這裡是件糟糕透頂的事嗎？妳喜歡我的家人對吧？」

「對，但是……」

「他們也用公正的態度對待妳對吧？」

「對，但是……」

「那麼，」他用最狂妄自大的語氣說：「問題到底在哪裡？」

蘇菲差點就要大發雷霆。她差點就要跳起來抓住他的肩膀瘋狂搖晃，但在最後一刻，她才發現這正是他想要她出現的反應。因此她只是輕蔑地哼了一聲，說：「如果你察覺不到真正的問題，那我也沒辦法跟你解釋。」

他大笑出聲，這該死的男人。

「我的老天。」他說：「這招迴避實在非常高明。」

她拿起書本，再度打了開來，「我在看書。」

「至少是在嘗試看書。」他喃喃說。

她翻過一頁，即使她根本沒讀進前面兩段。她只是在想方設法假裝無視他，況且等他離開之後，她隨時可以回頭補完。

「妳的書拿反了。」他出聲提醒。

蘇菲倒抽一口氣，低頭往下看，「才沒有！」

他壞心眼地微笑，「但妳還是得先確認，對吧？」

她起身宣布：「我要回屋子裡了。」

他也立刻站起來，「拋下這美好的春日氣息嗎？」

「**還有拋下你**。」她反擊，即使她並沒有漏掉他表現禮節的舉動。紳士通常不會為了區區一介僕役而起身致意。

「真可惜。」他嘟囔：「我正覺得好玩呢。」

蘇菲想知道如果拿書丟他，他會有多痛。也許那樣都不足以彌補她受傷的尊嚴。

他如此輕易就能激怒她，讓她大為驚詫。她不顧一切地愛著他——她已經放棄欺騙自己很久了——但他還是可以僅憑一句嘲弄，就讓她氣得渾身發抖。

「再見，柏捷頓先生。」

他朝她揮揮手，「我很確定我們晚點就會再見。」

蘇菲停下腳步，不確定自己是否喜歡他打發人的態度。

「我以為妳要走了？」他露出覺得有點好笑的表情。

「我是啊。」她堅決說道。

他將頭歪向一邊，但不置一詞。他也什麼都不必說，一切盡在他雙眼露出的微微嘲諷神情裡。

蘇菲毅然轉身走向通往屋內的門，但才走到一半，她就聽見他從身後喊道：「妳的新連身裙非常好看。」

她停下來嘆了口氣。她是從伯爵的冒牌受監護人淪為貼身女僕沒錯，但禮數還是不可不周。她轉過身說：「謝謝你。這是你母親送的禮物。我相信這之前是弗蘭雀絲卡的衣服。」

他倚著欄杆，姿態狀似慵懶寫意。「這是慣例對不對？和女僕分享衣服？」

蘇菲頷首，「當然是在不穿了以後。沒人會把新衣服送人。」

Chapter 15

「我懂了。」

蘇菲懷疑地打量他，納悶他為什麼會對她的新衣服在意起來。

「妳不是要進屋去嗎？」他問。

「你在打什麼鬼主意？」她問。

「妳怎麼會覺得我在打什麼鬼主意？」

她抿緊雙唇，然後開口說：「如果你沒在打什麼鬼主意，那就不像你了。」

他回以微笑，「我相信這是讚美。」

「我並無此意。」

「就算是這樣，」他溫和地說：「我還是選擇要這麼解釋。」

她不知道該怎麼回答才好，因此不發一語，但也沒有繼續朝門的方向走，她無法確定自己為什麼不邁開腳步，畢竟她明確表示過想要獨處了。不過，她嘴上說的和心裡想的並不總是一致。她的心渴望這個男人，夢想擁有一個永遠不可能成真的人生。

她不該對他這麼生氣的。他確實不該違背她的意願，強行將她帶來倫敦，但她同樣無法因為他提出成為情婦的邀請而怪罪他。他的所作所爲和任何與他同樣社經地位的男人沒什麼不同。蘇菲對自己在倫敦社會中所處的位置了然於心。她是名女僕，只是個下人。唯一讓她和其他女僕與僕役有所區別的，不過是她曾在孩提時期嘗過奢華生活的滋味。她被當作淑女撫養長大，儘管沒有愛參與其中，這個經驗仍形塑了她的理想和價值。如今她被永遠夾在兩個世界的縫隙中，無論哪邊都沒有屬於她的去處。

「妳看起來相當嚴肅。」他低聲說。

蘇菲聽到他說了什麼，但她無法從思緒中抽離開來。

班尼迪特走上前，本想伸出手觸碰她的下顎，卻及時阻止了自己。此時此刻，她看起來既無法觸碰又遙不可及。

「我無法忍受妳露出這麼傷心的模樣。」他說，隨即被自己的言語嚇著。他原本不打算說任何話的，卻不自覺脫口而出。

她聞言抬頭，「我並沒有在傷心。」

他幾不可察地搖了一下頭，「妳的雙眼深處藏著一股悲傷，幾乎總是在那裡。」

她的手飛快摸上臉，彷彿她能真的碰到那股悲傷，彷彿它具有實體，可以被手指抹去。

班尼迪特執起她的手，抬到他的唇邊，「我希望妳能與我分享祕密。」

「我沒有……」

「別說謊。」班尼迪特打斷她，語氣比他預期的還要嚴厲：「妳懷抱的祕密比我遇過的任何女人……」他說到一半就停住，腦中突然閃過化裝舞會那名銀衣女子的身影，「比我遇過的大多數女人都還多。」他最後說道。

他們的視線短暫交會，接著她就別開了雙眼，「有祕密並沒有錯。如果我有得選……」

「妳的祕密正在啃噬妳。」他尖銳地說。他不想光是站在這裡聽她的藉口，滿腹的挫折也正在消磨他的耐心。「妳擁有改變人生的機會，能夠伸手抓住幸福，但妳卻拒絕這麼做。」

「我不能這麼做。」她語氣中的痛苦幾乎要讓他崩潰。

「胡說。」他說：「妳能做任何妳選擇的事情。妳只是不想。」

「這本來就夠難了，別讓它變得更難。」她低語。

她的話讓他體內彷彿有什麼東西啪一聲斷裂。他能清晰感受到一種奇怪的破裂感，釋放出一股噴湧的血流，讓已經悶燒了許多天的怒火變得更加猛烈。

「妳覺得這不難嗎？」他問：「妳覺得這不難嗎？」

「我沒這麼說！」

他抓住她的手，將她拉向自己，讓她親身感受他的軀體有多堅實。

「我對妳飢渴難耐。」他的雙唇觸碰她的耳朵，「每一晚我都躺在床上想著妳，想著妳為什麼偏偏是在我母親家，而不是跟我在一起。」

「我不想……」

「妳根本不知道妳想要什麼。」他打斷她。這句話十分殘酷，又傲慢至極，但他已經顧不了那麼多了。她對他造成了無法想像的傷害，他也沒料到她竟然有這種能耐。她竟然選擇了做牛做馬的人生，而不是和他一起生活。如今他注定要幾乎每天都看到她，僅能注視、品嘗、嗅聞到她的一小部分，讓他的慾望高漲難消。

這當然是他自己一手造成的。他原本可以就這樣把她留在鄉下，讓自己免於遭受這種撕心裂肺的折磨。他堅持帶她來倫敦的決定甚至不在自己的意料之內。他知道這個決定非比尋常，也不敢深入探究背後的真意，但比起對她的渴求，他更需要知道她是否安全，是否受到足夠的保護。

她曾喊過他的名字，而她的聲音中透露出渴望，所以他知道她並非對他無動於衷。她也許並未完全了解渴望一個男人代表什麼意思，但她確實想要他。

他攫住她的雙唇，同時暗自發誓如果她說不，如果她做出任何表示拒絕的舉動，他就會停下來。這會是他做過最困難的事，但他一定會住手。

但她沒有說不，沒有推開他，也沒有掙扎扭動。她全身癱軟，彷彿融化在他身上。她的雙手伸進他的頭髮，在他唇下分開雙唇。他不知道她為什麼突然決定讓他吻她——不，是主動吻他——但他才不會在這時候離開她的唇去思考原因。

他把握這一刻品嘗她、啜飲她，**吸入**她的芬芳。他早就沒那麼有把握能說服她成為情婦，因此突然之間，這個吻不能僅僅只是一個吻。這個吻可能得足以讓他撐過餘生。

他以新生的熱情激烈親吻她，推開腦中那些喋喋不休的聲音，告訴他他也曾經做過這種事。兩年前，他和一名女子共舞，還吻了她，接著她說他得把一生都收進這一吻裡。他當時太過有自信，並不相信她說的話。隨後他便失去了她，也許同時也失去了一切。往後的日子裡，他確實沒有遇見任何能讓他想像攜手建立生活的人。

直到蘇菲出現。

和銀衣女子不一樣的是，她並非是他有望娶進門的女人，但也不一樣的是，她此時此刻就在這裡。他不會讓她離開。

她就在身邊，讓他彷彿置身天堂。她秀髮飄散柔和的芳香，還有略帶鹹味的肌膚——她生來就要安歇在他的臂彎之中，他想。而他的懷抱同樣也為她而生。

「跟我回家吧。」他在她耳邊低語。

她不發一語，但他感覺到她全身僵硬了起來。

「跟我回家吧。」他再度說道。

「我不能這麼做。」她說，吐息隨著每一個字撫過他的皮膚。

「妳可以的。」

她搖頭，但沒有拉開距離，因此他抓住機會再次吻住她。他的舌頭探入她口中，深入探索溫熱的口腔，品嘗她的精華。他捧住她一側乳房輕輕揉捏，當她的乳尖在他的掌心下挺立起來，他忍不住呼吸一滯。但這遠遠不夠。他想要感受她的肌膚，而不是她衣裙的布料。

這也不是適合的場所。老天在上，他們可是在他母親的花園裡！他們隨時都可能會被別人撞見，要是他沒把她拉到門口旁邊的凹處，他們根本就曝露在所有人的視線裡。這種事情會害蘇菲丟了工作。

或許他該把她拉到空曠處，讓全世界都看到他們，如此一來，她就會再次無依無靠，不得不成為他的情婦。

他提醒自己，這就是他要的結果。

但他同時也想到——老實說，他很驚訝自己此刻竟然還有餘裕想任何其他事情——她讓他如此傾心的其中一個理由，就是她堅定不移、令人欽佩的自我認知。她非常清楚自己是什麼人，而對他來說不幸的是，這個人嚴格恪守上流社會的界線。

如果他在光天化日之下、在她敬佩尊敬的人面前毀了她的名譽，就會害她身心崩潰。那將是不可原諒的罪行。

他慢慢地拉開身體。他還是想要她，也還是想要她成為他的情婦，但他不會在母親家傷害她的榮譽，進而逼她就範。當她主動來找他時——他發誓她總有一天會的——那會出於她自己的意志。

與此同時，他會殷勤追求她，讓她屈服。同時他會……

「你停下來了。」她低語，一臉驚訝。

「這個地方不適合。」他回答。

一時間，她的表情沒有任何變化。

接著，彷彿有人往她的臉蓋下一層布，驚恐的表情逐漸往下浮現。一開始是她的雙眼變得又大又圓，看上去比平常還要翠綠，接著她的雙唇分開，倒抽了一口氣。

「我沒想到這點。」她低語，但比較像是在對自己說話。

「我知道。」他微微一笑，「我知道。但我討厭妳開始想事情，那總是沒給我什麼好下場。」

「我們不能再這麼做了。」

「我們確實不能在這裡做。」

「不，我是說……」

「妳在破壞氣氛。」

「但是……」

「遷就我吧。」他說：「就讓我相信這個下午不是以妳告訴我這一切不會再發生作結。」

「但是……」

他用手指抵住她的嘴唇，「妳這樣就不是在遷就我了。」

「但是……」

「難道我不值得擁有這小小的幻想嗎？」

他終於突破她的防備。她露出了笑容。

「很好。」他說：「這樣好多了。」

她的雙唇顫抖，接著神奇的事發生了，她的笑容變得更大。

「太棒了。」他喃喃說：「現在我要離開了。我不在的時候，妳只有一個任務。妳會留在這裡，保持笑容。因為看到妳露出其他表情，會讓我心碎。」

「你又看不到。」她點出。

他伸手觸摸她的下顎，「我會知道的。」

接著，在她混合了震驚和愛意的表情改變之前，他轉身離去。

Chapter 16

LADY WHISTLEDOWN´S SOCIETY PAPERS

費瑟林頓家族昨晚舉辦了一場小小的晚宴。

儘管筆者不夠格受到邀請，仍聽說這場晚宴十分成功。

三位柏捷頓家的人也應邀出席，但令費瑟林頓家的女孩傷心的是，那三位全都不是柏捷頓家族的男性成員。

大好人奈吉．貝布洛克也參加了晚宴，對菲莉佩．費瑟林頓小姐大獻殷勤。

筆者得知，班尼迪特和柯林．柏捷頓也受到邀請，但都予以婉拒，沒有出席。

《威索頓夫人的韻事報》
19 MAY 1817

16

一個禮拜的日子逐漸過去，蘇菲發現，柏捷頓家的工作確實會讓一個女孩忙得不可開交。她的職責是擔任三名未出嫁女孩的女僕，一天到晚都在梳理頭髮、縫補熨燙、擦亮鞋履……她一步都還沒踏出屋子過，除非把待在後花園的那唯一一次也算進去。

但在艾拉敏塔的屋簷下過這種生活只有枯燥和空虛，在柏捷頓家卻是充滿歡欣的笑語。女孩們互相鬥嘴調侃，卻從未表現出蘿莎蒙對珀希展露的惡意。當下午茶的場合沒那麼正式的時候——設席在樓上，只有柏捷頓夫人和女兒們在場——她們總是會邀蘇菲一起參加。

柏捷頓家的女性喝茶聊天時，她通常會帶著縫補用品的籃子在旁邊補衣服或縫鈕釦，但能坐下喝杯好茶、配著新鮮牛奶和溫熱的司康，實在非常享受。過了幾天，蘇菲甚至覺得自在到可以不時加入話題。

這段時間成為蘇菲一天中最喜歡的時光。

在蘇菲稱為「重大之吻」的事件過了一星期後，艾洛伊絲在一天午後問：「妳們覺得班尼迪特跑去哪兒了？」

「好痛！」

四位柏捷頓轉頭望向蘇菲。

「妳還好嗎？」柏捷頓夫人問，手上的茶杯停在碟子和嘴巴之間的半空。

蘇菲皺了皺臉，「我戳到手指了。」

柏捷頓夫人露出一個莫測高深的小小微笑。

十四歲的海辛絲說：「母親跟妳說過至少一千次……」

「一千次？」弗蘭雀絲卡挑起眉。

「一百次。」海辛絲修正，惱怒地看了一眼姊姊，「要妳別在喝茶時補衣服。」

蘇菲壓下笑容，「但那樣我就會覺得自己很懶惰。」

「這個嘛，我就不會把刺繡帶到下午茶桌上。」海辛絲表示，雖然根本沒人要她這麼做。

「妳覺得自己很懶嗎？」弗蘭雀絲卡問。

「一點都沒有。」海辛絲回道。

弗蘭雀絲卡轉向蘇菲，「妳讓海辛絲覺得自己很懶惰。」

「我沒有！」海辛絲抗議。

柏捷頓夫人小口小口地喝著茶，「妳在同一幅刺繡上已經花了不少時間了，海辛絲。如果我沒記錯，從二月就開始了。」

「她的記憶永遠都是對的。」弗蘭雀絲卡對蘇菲說。

海辛絲對弗蘭雀絲卡怒目而視，而後者則對著茶杯嫣然一笑。

蘇菲用咳嗽掩飾自己的笑容。二十歲的弗蘭雀絲卡只比艾洛伊絲小一歲，擁有一種精明又叛逆的幽默感。海辛絲有一天會迎頭趕上，但還不到時候。

「沒人回答我的問題。」艾洛伊絲表示，將茶杯喀啦作響地放到碟子上。「班尼迪特在哪兒？我已經幾百年沒看到他了。」

「才過了一星期而已。」柏捷頓夫人說。

「痛！」

「妳需要頂針嗎？」海辛絲問蘇菲。

「我通常沒那麼手拙的。」蘇菲嘟囔。

柏捷頓夫人將茶杯舉至嘴邊，維持了一段相當長的時間。

蘇菲咬緊牙關，帶著一股復仇之心讓注意力重新回到手邊的縫補上。出乎她的意料，經過了上週的重大之吻，她後來連班尼迪特的影子都沒再見到。她不時會發現自己從窗戶向外窺看，在轉角四下打量，總是期待會看見他的身影。

但他從來沒有出現。

蘇菲不確定自己究竟是黯然神傷還是如釋重負。或者兩者皆有。

她嘆了口氣。絕對是兩者皆有。

「妳說了什麼嗎，蘇菲？」艾洛伊絲問。

蘇菲搖頭，喃喃說了聲：「沒有。」拒絕從她受盡折磨的可憐食指抬起頭。她微微皺起臉，捏起手指的皮膚，看著血珠慢慢在指尖凝聚。

「他到底在哪裡？」艾洛伊絲鍥而不捨地問。

「班尼迪特已經三十歲了。」柏捷頓夫人溫和地說：「不需要告知我們他的一舉一動。」

艾洛伊絲哼了好大一聲，「這和上禮拜的態度可不一樣啊，母親。」

「妳的意思是？」

「『班尼迪特在哪裡？』」艾洛伊絲開始惟妙惟肖地模仿母親：「『他怎麼敢不說一聲就跑掉？根本就像是從地表消失了一樣。』」

「那時的情況不一樣。」柏捷頓夫人說。

「哪裡不一樣？」這次換弗蘭雀絲卡開口，她的臉上掛著一如往常的淘氣微笑。

「他那時說要去參加那位討厭的卡凡德家男孩開的派對，結果一去不回，但這一次嘛……」柏捷頓夫人說到一半便打住，抿起雙唇，「我為什麼要跟妳解釋啊？」

「我也真想不透。」蘇菲喃喃說。

離蘇菲最近的艾洛伊絲此時被一口茶嗆到。

弗蘭雀絲卡用力拍著艾洛伊絲的背，一邊靠向前問：「妳說了什麼嗎，蘇菲？」

蘇菲邊搖頭，邊將針頭插進手上正在縫補的連衣裙，但完全沒戳中摺邊。

艾洛伊絲從眼角朝她投去懷疑的一瞥。

柏捷頓夫人清清喉嚨，「嗯，我認為……」她停了下來，將頭歪向一邊，高聲問道：「有人在走廊上嗎？」

蘇菲壓下一陣呻吟，望向門口，等著男管家走進來。威克漢老是會先對她露出不贊同的皺眉，再傳達他帶來的消息。他不認同女僕和主人家的夫人小姐一起喝茶，雖然他從未在柏捷頓家的人面前出言表態，卻也不吝於讓面部表情代勞。

但走進門的不是威克漢，而是班尼迪特。

「班尼迪特！」艾洛伊絲站起身叫道：「我們正好談到你呢。」

他望向蘇菲。「是嗎？」

「我什麼也沒說。」蘇菲嘟囔。

「妳說了什麼嗎，蘇菲？」海辛絲問。

「痛！」

「我要把妳的縫補用品都拿走。」柏捷頓夫人帶著被逗樂的表情說：「不然妳在今天結束前會血流成河。」

蘇菲猛力站起身，「我去拿頂針。」

「妳沒有頂針？」海辛絲問：「我做夢也不敢想在縫補的時候不用頂針。」

「妳有做過什麼縫補大夢嗎？」弗蘭雀絲卡嘻嘻一笑。

海辛絲踢了她一腳，差點把整套茶具弄翻。

「海辛絲！」柏捷頓夫人斥責道。

蘇菲緊盯著門口，拚命不讓自己望向班尼迪特。她整個星期都盼望能看到他，如今他出現了，她卻只想逃之夭夭。

如果她看著他的臉，視線就會移到他的嘴唇。如果她看著他的嘴唇，她的思緒就會立刻跳到他們的吻。如果她想著他們的吻……

「我要去拿頂針。」她衝口而出，整個人跳了起來。有些記憶就是不能在大庭廣眾之下回想。

「請便。」班尼迪特咕噥道，其中一邊眉毛挑起一個無懈可擊——同時也傲慢得無懈可擊——的弧度。

「在樓下，」她喃喃說：「我的房間裡。」

「但妳的房間在樓上呀。」海辛絲說。

蘇菲很想殺了她。「我正是這麼說的。」她咬著牙說。

「不。」海辛絲用一副實事求是的語氣說：「妳才不是這麼說。」

「對。」柏捷頓夫人開口：「她是這麼說的，我聽見了。」

蘇菲猛然轉頭望向柏捷頓夫人，立刻就知道這位年長的女士說了謊。

「我得去拿頂針了。」這句話她彷彿已經說了不下三十遍。蘇菲快步走向門口，在接近班尼迪特時吞了吞口水。

「我可不希望妳傷到自己。」他踏向一旁，讓她通過門口。就在她經過他身邊時，他俯身低語了一句：「膽小鬼。」

蘇菲的雙頰飛紅，樓梯都下了一半，才想起她本來是要回去自己的房間。管他的，她才不想重新走上樓梯，然後再次經過班尼迪特。他八成還站在門口，在她經過時揚起嘴角——那種略帶嘲諷和勾引的笑容，每次都能讓她意亂情迷、喘不過氣。

這真是一場災難。她不可能再繼續待在這裡。如果每次看見班尼迪特的身影都會讓她雙膝發軟，她要怎麼繼續留在柏捷頓夫人身邊？她就是不夠堅強。他會不斷消磨她的決心，害她忘記所有原則和對自己發的誓。除了離開，她別無選擇。

但這也非常可惜，因為她喜歡替柏捷頓家的小姐工作。她們把她同樣當作人類對待，而不是領微薄薪水的苦力動物。她們會向她提問，看起來也重視她的回答。

蘇菲知道她不是、也永遠不可能成為她們的一分子，但她們輕易讓她能夠假裝自己是。事實上，蘇菲一直渴望的正是擁有一個家庭。

待在柏捷頓家，她幾乎就能假裝自己實現了夢想。

「妳迷路了嗎？」

蘇菲抬頭看見班尼迪特站在樓梯最上方，整個人慵懶地倚著牆。

她低下頭，發現自己還站在階梯上。

「我要出門。」她說。

「去買頂針？」

「沒錯。」她桀驁不馴地說。

「妳不用帶錢嗎？」

她大可說謊，說口袋裡有錢，或者她也可以說出實話，讓他看看自己是多麼可悲的傻瓜。或者她可以跑下樓梯，離開這棟房子。那會是非常懦夫的舉動，但是……

「我得走了。」她喃喃說，逃離的速度快到她完全忘記自己該走僕役用的出入口。她滑行著衝進門廳，推開沉重的門扉，踉蹌跑下門階。雙腳一踏上人行道，她就轉向北方。選擇這個方向並非出自特殊的理由，她只是需要離開這裡。

接著她聽到一把嗓音。

一把可怕、駭人、恐怖至極的嗓音。

親愛的上帝啊，那是艾拉敏塔。

蘇菲的心臟停止跳動，立刻整個人貼到一面牆上。艾拉敏塔面朝著街道，除非她轉過身來，否則不會發現蘇菲。

至少人在無法呼吸的時候，保持安靜不是什麼難事。

艾拉敏塔在這裡做什麼？潘伍德府至少在八條街以外，更靠近……

接著蘇菲想起來了。她去年還在卡凡德家工作時，從好不容易拿到的寥寥數份《韻事報》上讀到，新任潘伍德伯爵終於決定搬到倫敦住了，因此艾拉敏塔、蘿莎蒙和珀希不得不另尋住處。

但搬到柏捷頓家隔壁？蘇菲想不到比這更恐怖的噩夢。

「那討人厭的女孩去哪裡了？」她聽見艾拉敏塔說。

蘇菲立刻同情起她口中那位女孩。身為艾拉敏塔前一任「討人厭的女孩」，她很清楚待在那個身分只有百害而無一利。

「珀希！」艾拉敏塔大喊，隨後大步走向等待在旁的馬車。

蘇菲咬著下唇，一顆心沉了下去。在那瞬間，她突然明白在她離開之後發生了什麼事。艾拉敏塔一定是雇了新的女僕，而這可憐的女孩大概也受到無情摧殘，但艾拉敏塔沒辦法用對付蘇菲的方式去羞辱、貶抑她。你必須先了解一個人、對他恨之入骨，才能夠這麼心狠手辣。不是隨便哪個僕人就能滿足條件。

由於艾拉敏塔非得把別人踩在腳下不可——她的快樂必須建築在別人的痛苦上——她顯然挑中珀希來當她的挨鞭童，或者該說是挨鞭女。

珀希衝出家門，一張臉蒼白又憔悴。她看起來很不快樂，似乎也比兩年前發福了一點。艾拉敏塔不會高興的，蘇菲陰鬱地想。她從來沒法接受珀希不像她和蘿莎蒙一樣，身材嬌小玲瓏、滿頭金黃秀髮又花容月貌。如果蘇菲算得上是艾拉敏塔的死對頭，珀希一直都是她失望的來源。

蘇菲看著珀希在門階最上方停下腳步，彎下身重綁短靴的鞋帶。蘿莎蒙從馬車探出頭，用蘇菲覺得相當難聽刺耳的聲音大叫：「珀希！」

蘇菲縮了回來，將頭轉開。她就站在蘿莎蒙的視線前方。

「我來了！」珀希喊道。

「動作快點！」蘿莎蒙厲聲說。

珀希綁完鞋帶，隨即匆匆邁開腳步，但她的腳在最後一級階梯滑了一下。下一秒，她整個人就趴在人行道上。蘇菲猛地動了一下，反射性想上前扶起珀希，但她又用力讓自己貼回牆壁。珀希毫髮無傷，而蘇菲這輩子最不希望的就是讓艾拉敏塔知道她人在倫敦，還就住在隔壁。

珀希從人行道站起身，站著伸展脖子，先是轉向右邊，再轉向左邊，然後……

然後她看見她了。蘇菲非常確定。珀希睜大了眼，嘴唇微微張開。接著她的雙唇噘了起來，準備說出「蘇菲」的「蘇」字。

蘇菲對她瘋狂搖頭。

「珀希！」艾拉敏塔暴躁的喊叫傳來。

蘇菲再次搖頭，露出乞求的眼神，懇請珀希不要讓她被發現。

「我來了，母親！」珀希叫道。她對蘇菲短促地點了下頭，接著登上馬車。

謝天謝地，馬車隨即朝相反的方向駛去。

蘇菲全身一軟，靠在身後的建築上。她在原地停了整整一分鐘。

五分鐘過去，她仍然動也不動。

班尼迪特沒想過要破壞母親和妹妹的興致，但打從蘇菲逃離樓上的客廳，他就對茶和司康完全失去興趣。

「我只是在想你都跑去哪兒了。」艾洛伊絲說。

「嗯嗯？」他將頭微微歪向右邊，想知道從這個角度他能看到多少窗外的街景。

「我說，」艾洛伊絲幾乎是用吼的說：「我只是在想……」

「艾洛伊絲，放低音量。」柏捷頓夫人打斷她。

「但他沒在聽我說話。」

「如果他沒在聽，」柏捷頓夫人說：「那朝他吼也不會引起他的注意。」

「也許朝他丟司康就可以。」海辛絲建議。

「海辛絲，妳敢……」

但海辛絲已經丟出手上的司康。班尼迪特在最後一刻閃過，差點就要被打中頭側。他先看了看被砸出一抹髒汙的牆壁，再低頭望向地板上奇蹟般維持完好的司康。

「我相信這是在暗示我該離開了。」他圓滑地說，對最小的妹妹露出厚臉皮的笑容。她丟出來的司康剛好可以成為他逃離這裡的藉口，看看能否追上蘇菲，管她是想去什麼地方。

「但你才剛到呀。」他母親指出。

班尼迪特立即充滿懷疑地打量她。這和她平常哀嚎「但你才剛到呀」的語氣截然不同，她這次聽起來一點都不沮喪。

這就表示她一定心懷鬼胎。

「我也可以留下來呀。」他只是想試探她。

「噢，不必了。」她將茶杯舉到嘴邊，但他非常肯定裡面早就空了。「你很忙的話，就別讓我們耽擱你了。」

班尼迪特努力維持面無表情，或至少把他的震驚藏好。他上一次對母親說他「很忙」的時候，她的回答是：「忙到沒時間跟你母親相處嗎？」

他第一個衝動是宣布「那我留下來」，然後坐回椅子上，但他還保有一點理智，剛好足以讓他明白，當他真正想要的是離開這裡時，只為了挫母親的銳氣而留下來未免也太荒謬。

「那我走了。」他慢慢地說，一邊朝門口退後。

「去吧。」她揮手趕他，「好好享受啊。」

班尼迪特決定在她讓他更摸不著頭腦之前離開這個房間。他彎身撿起司康，輕輕扔向海辛絲。她咧嘴笑著接下。他隨後對母親和妹妹頷首致意，來到走廊上。就在他走到樓梯口時，他聽見母親說：「我還以為他不打算走了呢。」

這實在太古怪了。

他邁著大步輕鬆走下樓梯，從大門離開。他不認為蘇菲還會在房子附近，但如果她去買東西，只會從一個方向離開。他向右轉，本想在走到商店街之前慢慢散步，但才踏出三步，他就看見蘇菲整個人靠在他母親家的外磚牆上，彷彿不記得該怎麼好好呼吸。

「蘇菲？」班尼迪特衝向她，「怎麼了？妳還好嗎？」

她看見他時驚跳了一下，接著點點頭。

他當然不相信她，但講了也沒什麼用。

「妳在發抖。」他望向她的雙手，「告訴我發生了什麼事。有人騷擾妳嗎？」

「沒有。」她的聲音不尋常地打顫：「我只是……啊……」她的視線落在旁邊的階梯，「我下樓梯時絆了一跤，嚇了一跳。」她露出虛弱的微笑，「我想你能懂我的意思，那種好像五臟六腑都翻了過來的感覺。」

班尼迪特點點頭。他當然懂她在說什麼，但這並不表示他相信她。

「跟我來。」他說。

她抬起頭，碧綠雙眼深處有某種東西令他感到心碎。

「去哪裡？」她低語。

「只要離開這裡就好。」

「我……」

「我家跟這裡只隔了五棟房子。」他說。

「是嗎？」她睜大雙眼，接著喃喃說：「沒人跟我說過。」

「我保證妳的名譽安全無虞。」他打斷她，隨即情不自禁補充道：「除非那不是妳想要的。」

他覺得如果她現在不是那麼恍惚，一定會出言抗議，但此時卻讓他領著她沿著街道走去。

「我們只會坐在客廳，」他說：「直到妳覺得好一點。」

她點點頭，然後他帶她走上他家的門階。那是一棟低調穩重的連棟公寓，位於他母親家南邊不遠的地方。

兩人都舒服地安頓好後，班尼迪特關上門，不讓任何僕役有打擾他們的機會。

他轉向她，準備出聲詢問：「現在，何不告訴我剛才發生什麼事？」但在開口前的最後一刻，某些事物讓他閉上了嘴。他大可發問，但他知道她不會回答。

她會有所防備，這對他的目標沒任何好處。

因此他讓自己戴上一副心平氣和的面具，開口問道：「妳還喜歡替我家人工作嗎？」

「他們人很和善。」她回答。

「和善？」他重複，臉上露出赤裸裸的懷疑，「或許可以說是令人抓狂，甚至讓人心力交瘁，但和善？」

「我認為他們是非常和善的人。」蘇菲堅持道。

班尼迪特慢慢露出笑容。他非常愛護自己的家人，看到蘇菲也逐漸愛上他們，讓他欣喜不已。但他隨即意識到，他根本是在搬石頭砸自己的腳。蘇菲越是親近他的家人，她就越不可能答應成為他的情婦，讓自己在他們眼中蒙羞。

可惡。他上週嚴重錯估了情勢。但他當時一心只想著要把她帶來倫敦，而在他母親屋簷底下工作，看似是唯一能說服她的方法。

當然也用上了不少脅迫的手段。

可惡、可惡、可惡。為什麼他沒逼她答應別的事情，讓她能更容易投入他的懷抱？

「你該感謝你運氣好，能夠擁有他們。」蘇菲說，語氣比整個下午任何時候都來得強烈，「我會付出一切來……」

但她沒把話說完。

「妳會付出一切來交換什麼？」班尼迪特問，驚訝地發現自己有多想要聽到她的答案。

她望向窗外，雙眼溢滿情感，開口答道：「來交換像你一樣的家庭。」

「因為妳什麼人都沒有。」他說，這不是一個問句，而是陳述。

「我一直都是孤身一人。」

「就連妳的……」他話還沒說完，就想起她曾經說溜嘴，透露她母親在生下她後就過世了。

「有時候，」他刻意保持語調溫柔輕快：「當一個柏捷頓家的人並不容易。」

她緩緩轉過頭來，「我無法想像比這更美好的事。」

「確實沒有比這更美好的事。」他答：「但並不表示一切都很輕鬆。」

「你的意思是？」

班尼迪特發現他從未向任何人分享過接下來要說的心裡話，就連他的家人——不，尤其不能讓他的家人知道。

「對世界上大部分人來說，」他說：「我只不過是一個柏捷頓家的人。我不是班尼迪特、不是小班，甚至不被當作經濟優渥、擁有一點——但願如此——聰明才智的紳士。」他露出悲傷的笑容，「我只是一名柏捷頓。更具體來說，是二號。」

她的雙唇不住顫抖，接著彎出微笑的弧度，「你遠不止如此。」

「我也喜歡這麼想，但大多數人並不這麼看。」

「大多數人都是傻子。」

他笑了出來。沒有什麼東西比板著臉的蘇菲更迷人了。

「這點我沒有異議。」

他原以為對話會就此劃下句點，她卻出乎意料繼續說下去：「你和你家其他人一點都不像。」

「怎麼說？」他問，沒有正視她的雙眼。他不想讓她察覺，她的回應對他來說是多麼重要。

「這個嘛，你哥哥安東尼……」她的臉因認真思考而皺了起來，「他的人生建立在他的長子身分上，很顯然他對家族懷抱的責任感是你沒有的。」

「等一等……」

「別打斷我。」她說，伸出手安撫地放在他胸口，「我並不是指你不愛家人，或是你不會為他們任何一個付出一切，但這對你哥哥來說是不一樣的。他覺得責任都在自己身上，而且我全心相信，如果他任何一個手足感到不快樂，他就會覺得是自己的失敗。」

「妳見過安東尼幾次？」他嘟囔。

「只有一次。」她收緊嘴角，彷彿在壓下一抹笑容。「但一次就夠了。至於你的弟弟柯林……

嗯，我還沒見過他，但我聽說了不少……」

「誰說的？」

「大家都說了很多。」她說：「更別提他一天到晚出現在《韻事報》上——我得承認這麼多年來我都有在看。」

「那妳在見到我之前就知道我了。」他說。

她頷首，「但我以前並不認識你。你遠不止是威索頓夫人所知道的那樣。」

「告訴我，」他說，一隻手掌覆在她的手上，「妳看見了什麼？」

蘇菲看向他的雙眼，望進兩潭巧克力色眼眸的深處，然後看到了她從來不敢妄想存在的東西。那是一絲流露的脆弱，還有一種需要。

他需要知道她是怎麼看他的，也需要知道他對她而言不可或缺。這個總是胸有成竹又自信滿滿的男人，竟然需要她的認可。

或許他需要的是她。

她彎起手指，直到他們的掌心相觸，接著她用另一手的食指在他精緻的羊皮手套上畫著圓圈。

「你……」她緩緩開口，很清楚接下來說的每個字，在這充滿力量的一刻，都承載了更多的重量，「你展現給世人看的面貌和你真實的模樣並不相同。你喜歡被當作風度翩翩、滿口諷刺又聰明伶俐的人，而你確實是沒錯，但在表象底下，你遠不止如此。」

「你真心在乎。」她說，意識到自己的聲音逐漸溢滿了情感：「你在乎你的家人，你甚至還在乎我，即使上帝知道我並不總是值得別人關心。」

「妳一直都值得。」他打斷她，將她的手指抬至唇邊，用一種奪去她呼吸的熱情親吻她的掌心。「一直都是。」

「還有……還有……」當他如此專心致志凝視著她，實在很難好好繼續說話。

「還有什麼？」他低語。

「有很大一部分的你是由你的家庭形塑。」她無法阻止話語從口中傾瀉而出，快速道：「這是實話。在如此充滿愛與忠誠的環境中長大，你不可能不成為更好的人。但在你的深處，在你的心和靈魂裡面的那個男人，是你生來注定成為的樣子。那就是你，不是誰的兒子，也不是誰的兄弟，就只是你。」

班尼迪特熱切無比地望著她。他張嘴想說話，但發現自己什麼也說不出來。這一刻，沒有任何詞彙足以回應。

「在內心深處，」她喃喃說：「你擁有一個藝術家的靈魂。」

「沒有。」他搖著頭說。

「你有。」她堅持道：「我看過你的素描，你才華洋溢，而且直到我見過你家人，我才明白你的天份究竟有多高。從弗蘭雀絲卡促狹的笑容，到海辛絲那種挺肩方式流露的淘氣，你完美捕捉了他們每一個人的神韻。」

「我從來沒讓其他人看過我的素描。」他承認道。

她猛然抬起頭，「你不是認真的吧。」

他搖搖頭，「真的沒有。」

「但它們非常出色。你非常出色。我敢說你母親會希望看到的。」

「我不知道為什麼，」他難為情地說：「但我一直都不想讓他們看。」

「你就讓我看了呀。」她柔聲說。

「不知道為什麼，」他說，手指輕點她的下顎，「我覺得那樣很對。」

他的心跳隨即漏了一拍，因為驀然之間，一切都讓他覺得對了。

他愛她。他不知道是什麼時候發生的，只知道這是真的。

不是因為她近在咫尺。他身邊出現過很多唾手可及的女人，但蘇菲不一樣。她令他開懷大笑，也令他想要讓她開懷大笑。和她在一起的時候——嗯，和她在一起的時候，他都想要她想得要命，但在那些他按捺住身體衝動的時刻……

他感到心滿意足。

一個女人僅憑她的存在就讓他感到快樂，是件不可思議的事。他甚至不需要看見她、聽見她的聲音，或是聞到她的香氣。他只需要知道她在那裡就夠了。

如果這不是愛，他不知道什麼才算。

他凝視著她，試著延長這個瞬間，好好抓住這個完美無瑕的片刻。她的雙眼中有什麼東西軟化了下來，眼眸的顏色似乎從閃爍光輝的祖母綠，逐漸融化成柔軟甜蜜的苔蘚綠。她張開嘴，唇瓣柔軟，而他知道自己必須親吻她。不是因為他想要，而是他必須這麼做。

他需要她在身邊，在他身下，或是在他上面。

他需要她成為自己的一部分，在體內，在體外。

他需要她，就如同需要空氣。

在他的雙唇覆上她、在最後一絲理性消失的前一刻，他心中想道：他現在就需要她。

Chapter 17

LADY WHISTLEDOWN´S SOCIETY PAPERS

筆者接下來要透露的消息來自極為可靠的知情人士。

兩天前，在岡特家的下午茶會中，潘伍德夫人被一塊餅乾扔中了頭側。

筆者無從得知是誰擲出了那塊餅乾，但所有猜測都指向在場最年輕的賓客們，也就是費莉西蒂．費瑟林頓小姐以及海辛絲．柏捷頓小姐。

《威索頓夫人的韻事報》
21 MAY 1817

17

蘇菲曾經被親吻過——被班尼迪特吻過——但那些吻完全無法讓她為這個吻做好心理準備。

這不是吻，這是天堂。

他用一種她無從理解的熱情吻著她，不停用雙唇逗弄她，摩挲，咬嚙，愛撫她的嘴。他在她體內點燃了一股烈火，一種想要被愛的慾望，以及想要愛他的渴求。上帝幫幫她，當他吻她的時候，她唯一想要的就是吻回去。

她聽見他喃喃呼喚她的名字，但在她耳裡血流的怒號中幾乎聽不見。這就是慾望、這就是渴望。她竟然愚昧到以為自己能抵抗它，她竟然自視甚高到以為自己比激情還強大。

「蘇菲、蘇菲。」他一遍又一遍地說，雙唇在她的臉頰、脖頸和耳朵游走。他喚她的次數多到彷彿她的名字沁入了肌膚底下。

她感覺到他的雙手正在解開她衣裙的鈕釦，隨著每顆釦子滑出孔眼，布料就鬆開了幾分。這是她發誓絕對不會做的事，但隨著她的緊身衣滑落腰間、身軀羞恥地一覽無遺時，她呻吟著呼喊他的名字，弓起身體，彷彿禁忌之果般將自己獻給他。

班尼迪特在看到她的模樣時停止了呼吸。他想像過這個畫面無數次了——每晚躺在床上的時候，還有在他好不容易入睡後的每場夢裡。但眼前的景象——現實比夢境還甜美，也更加情色。

他原本正在輕撫她溫暖背脊的手，緩緩滑到她的肋骨。

「妳好美。」他低語，心知光憑言語根本不足以描述他的感受。

就在他顫動的手指來到目的地，捧住她的乳房時，他發出一陣顫抖的呻吟。現下他已說不出話來。他的慾望如此強烈而原始，讓他失去說話的能力。

見鬼了，他幾乎無法思考。

他不懂這個女人怎麼會變得對他如此重要。就好像她昨天還是個陌生人，隔天她就變成呼吸的空氣般不可或缺。但這個改變並非發生在一夕之間。那是一段緩慢、不著痕跡的過程，靜悄悄地入侵他的情感，直到他發現一旦沒有她，他的生命就毫無意義。

他觸碰她的下顎，抬起她的臉，直到他能望進她的雙眼。那雙眸子彷彿有光從裡面透出來，在未落的淚水中熠熠生輝。

她的雙唇也在打顫，而他知道她也同樣為這一刻深深震撼。

他非常、非常慢地俯身。他想給她拒絕的機會，即使她這麼做會讓他生不如死，卻遠遠不及在俗話說的「事後早晨」聽見她的懊悔來得痛苦。

但她沒有說不。當他只剩下幾公分的距離，她閉上雙眼，頭微微歪向一邊，無聲地邀請他送上親吻。

說來相當不可思議，但他每次吻她時，她的雙唇似乎都更香甜了幾分，氣息也更為誘人，讓他的慾望也隨之增長。他的血流因情慾而加速，他必須用上全身力氣，才能克制自己別把她推倒在沙發上，把她身上的衣物全都撕扯下來。

那會是之後的事，他帶著一抹祕密的笑容想。這一次——肯定是她的第一次——會緩慢甜蜜、充滿柔情，符合每位年輕少女的夢想。

好吧，這麼說也許不對。他的微笑變成合不攏嘴的笑容。他想要對她做的事情，大概有一半她連想都想不到。

「你在笑什麼？」她問。

他退開一些距離，用雙手捧住她的臉，「妳怎麼知道我在笑？」

「我可以用嘴唇感覺到。」

他用一根手指抵住她的雙唇，描繪著輪廓，接著用指甲沿著豐滿的唇肉摩挲。

「妳讓我微笑。」他低語：「妳不是讓我想抱頭尖叫，就是讓我微笑。」

她的嘴唇顫抖起來，打在他手指的氣息濕潤而炙熱。

他牽起她的手舉至他自己的唇邊，引導她的手指撫摸他的唇瓣，就像他對她做的一樣。但在看見她睜大雙眼後，他就將她的手指含進嘴裡，輕柔地吸吮指尖，用牙齒和舌尖逗弄她的肌膚。

她倒抽一口氣，聲音既甜美又充滿情慾。

班尼迪特有一千個問題想問——她的感覺如何？她感受到什麼？但他深怕如果給她機會將想法說出來，她就會改變心意。因此他用一個又一個的親吻代替問題，雙唇不斷以一種炙熱、幾乎無法抑制的渴望攫住她。

他像祈禱般喃喃唸著她的名字，將她放倒在沙發上。她一絲不掛的背脊摩擦著椅墊。

「我想要妳。」他呻吟：「妳不知道有多想，妳不知道。」

她唯一的回答是從喉嚨深處冒出的輕柔低吟。

不知怎麼，這個聲音像燃油一樣在他體內點燃火焰，他的手指抓得更緊了，陷進她的肌膚，而他的雙唇則是沿著她天鵝頸般的脖子一路滑下。

他不斷往下、往下，在她肌膚上烙下一條滾燙的路徑，在抵達她飽滿的酥胸時只短暫停留了片刻。她現在全身都被壓在他下面，因慾望而目光迷濛。

眼前的景象比他任何夢境都要美妙得多。

噢，他是多麼夢想要得到她啊。

班尼迪特發出一陣低沉、充滿占有慾的低吼，將她的乳尖含進嘴裡。

她發出一聲輕柔的尖叫，讓他情不自禁發出滿意的低吟。

「噓。」他柔情地說：「就讓我……」

「但是……」

他用一根手指壓住她的唇，也許粗魯了一點，但他越來越難控制自己的動作。

「別去想。」他喃喃說：「只要躺好，讓我取悅妳。」

她看起來一臉懷疑，但當他的嘴移向另一側乳房，重新帶來另一波感官攻勢時，她的目光變得迷離，雙唇分開，頭往後靠向坐墊。

「妳喜歡這樣嗎？」他低語，用舌頭描繪她的乳尖。

蘇菲睜不開雙眼，但她點了點頭。

「妳喜歡這樣嗎？」他的舌頭滑向她的乳房下緣，輕咬她肋骨處敏感的肌膚。

她的呼吸輕淺而急促，又點了點頭。

「那這樣呢？」他將她的衣裙往下拉，咬嚙著她的肌膚，一路向下來到肚臍的位置。

這次蘇菲甚至連點頭都做不到。親愛的上帝啊，她幾乎是在他面前一絲不掛，而她能做的只有呻吟和嘆息，懇求他繼續。

「我需要你。」她喘息著說。

他的嘴抵著她柔嫩的腹部肌膚低聲說：「我知道。」

蘇菲在他身下扭動，被這股想要擺動的原始慾望弄得不知所措。某個非常奇妙的事物在她體內滋長，某種燥熱又酥癢的東西，彷彿她正在膨脹，快要衝破皮膚的禁錮。彷彿在度過二十二年的人生後，她終於活了過來。

她急切想要感受他肌膚的觸感，於是用雙手抓住他精緻的亞麻上衣拉扯，直到下襬從長褲解放出來。她撫摸他，雙手滑過他的下背。當她感覺他的肌肉在她掌心底下顫抖，她又驚又喜。

「啊，蘇菲。」他低喃，在她的雙手探進衣服底下撫摸他時不住顫動。

他的反應讓她大膽了起來，於是她繼續愛撫他，一路往上游移到他寬闊結實的肩膀。

他再次呻吟，接著低聲咒罵，撐起了身體。

「真該死的擋路。」他嘟囔，一邊扯掉上衣，丟向房間另一頭。蘇菲只來得及盯著他赤裸的胸膛片刻，他又壓了下來。

這一次，他們的肌膚緊密貼合。

這是蘇菲所能想像最美妙絕倫的感受。

他好溫暖，雖然肌肉堅實而充滿力量，肌膚卻柔軟而充滿誘惑力。他聞起來也好香，是一種混合了檀香和肥皂的溫暖陽剛氣味。

他將臉埋進她的頸窩時，蘇菲伸手撫摸他的頭髮。他的髮絲濃密而富有彈性，在他逗弄她脖頸的肌膚時，髮絲也搔著她的下顎。

「噢，班尼迪特。」她嘆息：「這太完美了，我無法想像更完美是什麼樣子。」

他抬起頭，深色的雙眼和嘴上的微笑一樣邪惡，「我倒是能想像。」

蘇菲張開嘴，知道自己看起來一定很蠢，躺在那裡像笨蛋一樣直勾勾盯著他看。

「妳等著瞧。」他說：「妳等著瞧。」

「但是……噢！」他拉掉她鞋子時，她尖叫了一聲。他用一隻手握住她的腳踝，接著挑逗地向上撫去。

「妳想像過這個嗎？」他問，用手撫摩著她膝蓋後方皮膚的皺摺。

她狂亂地搖著頭，試著不要扭來扭去。

「真的？」他喃喃說：「那我敢說妳也沒想過**這個**。」他抬手解開她的吊襪帶。

「噢，班尼迪特，你不能……」

「噢，不，我必須。」他以一種折磨人的緩慢速度，將長襪從她雙腿上滑下，「我真的必須這麼做。」

蘇菲吃驚又愉悅地張著嘴，看著他把脫下來的襪子往身後一扔。她的長襪並非由最精緻的布料製成，卻仍輕如蟬翼，因此它們像蒲公英的毛絮一樣滑過空中，最後分別降落在檯燈和地板上。

當她還在看著歪歪斜斜掛在燈罩上的一只襪子咯咯發笑時，他悄悄對她發起進攻，雙手沿著她的雙腿向上滑去，一路來到大腿。

「我猜還沒有人碰過妳這裡吧。」他邪惡地說。

蘇菲搖搖頭。

「我猜妳也從沒幻想過吧。」

她再次搖頭。

「如果妳從沒想像過……」他揉捏她的大腿，讓她驚叫著弓起身子。「那我敢說妳也沒想過這個。」他一邊說，手指一邊往上探索，圓弧的指甲輕柔地搔著她的肌膚，直到抵達她女性中心周圍的柔軟毛髮。

「噢，沒有。」她反射性地回答：「你不能……」

「噢，但我能，我向妳保證。」

「但……噢噢噢。」她的理智好像突然飛到九霄雲外。當他用手指逗弄她時，她幾乎無法思考任何事情。好吧，幾乎是任何事情。蘇菲似乎還能在心裡想這一切有多沒規矩，還有她多希望他不要停下來。

「你對我做了什麼？」

她喘著氣說。全身肌肉在他的手指以一種極其邪惡的方式移動時不斷收緊。

「我在給妳一切。」他應道，一邊含住她的雙唇，「任何妳想要的東西。」

「我想要……噢！」

「妳喜歡這樣？」他抵著她的臉頰低喃。

「我不知道我想要什麼。」她氣息不穩地說。

「我知道。」他移到她耳邊，輕咬她的耳垂，「我完全知道妳想要什麼。相信我。」

就這麼簡單，她就這樣把自己的身心全部交付給他——雖然她早已幾乎毫無保留了。但聽他說出「相信我」，並發現她確實全心信任他時，她心裡有某樣東西產生了些許改變。她準備好了。這個行為仍然是錯的，但她已經準備好了，她也想要這麼做。這輩子第一次，她就要做出失控瘋狂、也完全不像她會做的事情了。

只是因為她願意。

他彷彿能聽見她的心思，往後退開了一點，用一隻大手捧住她的臉頰。

「如果妳要我停下來，」他的聲音嘶啞得令人心痛：「妳現在就得告訴我。不是十分鐘後，也不是一分鐘後。妳必須現在就告訴我。」

他竟然還有心徵詢她的意願，讓蘇菲深受感動。她抬起手，學他一樣捧住他的臉頰。但當她張開嘴時，她唯一能說出的語句只有：「求求你。」

他的雙眼燃起熊熊的慾望之火，接著好像有什麼東西在他體內應聲粉碎，讓他轉眼間變了一個人。他不再是溫柔、慵懶的情人，而是被情慾吞噬的男人。他的雙手在她全身上下遊走，撫摸她的雙腿、扣住她的腰、觸碰她的臉龐。

在蘇菲回過神來前，她的衣裙已經被完全脫下，落在地板上的一只長襪旁邊。她全身一絲不掛，感覺非常古怪，但只要他繼續觸摸她，她就覺得一切都正確而完美。

沙發很窄，但在班尼迪特扯下靴子和長褲時，卻顯得無關緊要。他把靴子丟向旁邊時仍坐在她身邊，無法克制地不斷撫摸她，連除去衣物時也停不下手。他花了不少時間才脫光所有衣服，但他也有種奇特至極的念頭，如果他離開她身邊，可能就會當場暴斃。

他曾經以為自己想要女人，以為自己需要女人，但眼下這一切遠遠超越他的經驗。這是一種靈性的感受，直達他的靈魂深處。

他總算也脫得一絲不掛，在重新躺回她的身上時停頓了一下，輕輕顫抖著感受與她從頭到腳肌膚親密接合的觸感。他堅硬得和石頭一樣，比他記憶中任何時刻都來得硬挺，但他壓抑住衝動，試著放慢動作。

這是她的第一次，必須要十全十美才行。

如果做不到完美，那也要讓她體驗到極致的銷魂。

他將手伸到兩人之間，探索著她。她已經準備好了——遠遠超過需要的程度。他將一根手指滑進她體內，在她整個人猛然一震、肌肉繃緊夾住他的時候，心滿意足地咧嘴一笑。

「這感覺非常……」她的嗓音嘶啞，呼吸急促，「非常……」

「奇怪？」他替她說完。

她點點頭。

他悠悠露出像貓一樣的笑容。「妳會習慣的。」他向她保證：「我打算讓妳非常習慣。」

蘇菲的頭向後一倒。這太瘋狂了，像一場高燒，有某種東西在她體內不斷滋長，從臟腑深處冒出來，不斷緊縮、搏動，讓她全身繃緊。那是一種需要獲得釋放的東西，將她牢牢攫住，但即使面對全面進攻的壓力，她同時卻覺得美妙至極，彷彿她就是為此而生。

「噢，班尼迪特。」她嘆息，「噢，我的愛。」

他全身凝滯了短短一瞬，但足以讓她知道他聽見她說的話了。但他不發一語，只是在她頸子上落下一吻，捏了一下她的腿，然後在她腿間調整好位置，輕輕磨蹭她的入口處。

她震驚地張開嘴。

「別擔心。」他用促狹的語氣說，就跟平常一樣讀懂她的心思。「會成功的。」

「可是……」

「相信我。」他的語句抵著她的雙唇喃喃說出。

他緩緩進入她體內。

她感覺到自己被撐開來，被一寸寸入侵，但她並不真的覺得不舒服，而是……而是……

他撫上她的面頰，「妳看起來好嚴肅。」

「我在試著決定這是什麼感覺。」她坦承。

「如果妳還有心思想這個，就代表我做得還不夠好。」

她詫異地抬起頭。他正對著她露出總是能讓她全身酥軟的招牌壞笑。

「不要再那麼用力思考了。」他低語。

「可是很難不去……噢！」接著她雙眼向後翻，弓起身體。

班尼迪特將臉埋進她頸窩，這樣就不會讓她看見他被逗樂的表情。他若想要她別在本該只有感官刺激和情緒的時刻過度用腦，看來最好的方式就是不要停下來。

於是他繼續。他無情地進攻，在她體內不斷進出，直到觸碰到一層嬌弱的阻礙。

他瑟縮了一下。他從來沒有和處女同床共枕過。他聽說會很疼，也沒有任何男人能讓女人免於這種疼痛，但如果他動作夠溫柔，一定能讓她比較好受吧。

他低下頭，看見她雙頰飛紅，呼吸急促。她的雙眼矇矓迷醉，因熱情而神魂顛倒。

這幅景象讓他的慾火更加高漲。上帝啊，他想要她想得骨頭發疼。

「這可能會痛。」他撒謊道。這一**定**會痛，但他左右為難，既想讓她知道事實，讓她能有所準備，同時卻也不想那麼直接，這樣她就不會太過緊張。

「我不在乎，」她喘著氣說：「求求你，我需要你。」

班尼迪特俯下身，給她最後一個火熱的吻，臀部用力一挺。他在頂開那層薄膜時感覺到她渾身肌肉僵直了一瞬，而他咬住——他真的咬住自己的手，防止自己就地繳械。

就好像回到青澀的十六歲，而不是經驗老道的三十歲男人。

是她讓他變成這樣的。唯獨她才做得到。這個想法令人感到十分謙卑。

他咬牙壓下獸性的衝動，身軀開始移動，緩慢地進出她體內，雖然他真正想要的是毫無保留地縱情馳騁。

「蘇菲、蘇菲，」他不斷低聲呼喚她的名字，試著提醒自己這一次一切都是為了她。他要取悅、滿足她的需求，而不是自己的。

這會很完美的，一定要完美才行。他需要她愛上這種感受。他需要她愛他。

她在他身下不斷顫抖，每一次扭動都讓他更加瘋狂。他努力想表現得格外溫柔，她卻讓他的自我控制變得極度困難。她的雙手在他全身上下到處遊走——他的臀、他的背，並捏緊他的肩膀。

「蘇菲。」他再次呻吟。他無法再忍多久了。他不夠堅強、他不夠高尚、他不夠……

「喔——」

她在他底下猛烈顫動，尖叫著拱起整個身體。她的手指用力陷進他的背，指甲劃過皮膚，但他一點都不在乎。他只知道她獲得了釋放，正在極樂的巔峰，而感謝上蒼，他終於可以……

「啊——」

他大喊著在她體內爆發。沒有任何言語可以形容這一刻。

他無法停止移動、無法停止顫抖，下一刻他就癱倒在她身上，模糊地意識到他可能會壓痛她，卻無法挪動任何一塊肌肉。

他該說些什麼，告訴她感覺有多美好。但他的舌頭遲鈍，嘴唇笨拙，更別說他連眼睛都快睜不開了。好聽話得等晚一點再說了，他也只是個凡人，得先讓他喘口氣。

「班尼迪特？」蘇菲低語。

他用手輕輕拍了拍她。這是他唯一能讓她知道他有聽見的方法。

「這種事一直都是像這樣嗎？」

他搖搖頭，希望她感覺到這個動作後，能理解他的意思。

她嘆口氣，似乎又更陷進椅墊了一點。「我也不這麼覺得。」

班尼迪特吻了吻她的頭側，那是他最遠可以搆到的地方。不，這種事並非一直都感覺這麼好。

他幻想過她好多次，但這次……這次……

這比幻想來得美妙太多了。

蘇菲原以為她不可能睡著，畢竟身上還壓著班尼迪特令人欣喜的重量，讓她整個人陷進沙發、呼吸稍嫌困難，但她最後一定是打了個盹，而班尼迪特一定也睡著了。

她隨他一塊醒來，被他抬起身體時突然湧進的冷空氣喚醒。

在她為赤身裸體感到不自在之前，他就把一條毛毯蓋在她身上。她脹紅著臉，但還是不禁莞爾，因為不論做什麼都無法讓她的尷尬減少半分。她並沒有心生後悔，但當一個女人在沙發上失去童貞，是不可能不感到一絲困窘的。

不過，蓋毛毯還是相當窩心的舉動。雖然她並不驚訝，畢竟班尼迪特就是為人體貼。

他顯然不像她一樣感到羞怯，因為他正毫無遮掩地在房間走來走去，收拾剛才隨手亂丟的衣物。蘇菲在他穿上長褲時不要臉地緊盯著他。他的站姿驕傲挺拔，而當他逮到她注視的目光時，便朝她投來溫暖坦率的笑容。

上帝啊，她好愛這個男人。

Chapter 17

「妳還好嗎？」他問。

「還好。」她答：「很好。」她羞澀一笑，「再好不過了。」

他撿起上衣，將一隻手伸進袖口，「我會差人去收拾妳的個人物品。」

蘇菲眨了眨眼，「這是什麼意思？」

班尼迪特：「別擔心，我會確保這人行事謹慎。我知道妳可能會覺得尷尬，畢竟現在妳都認識我的家人了。」

蘇菲抓緊毛毯拉向自己，暗自希望她的裙子不是在她搆不到的地方。因為她突然覺得羞愧無比。她打破了自己的誓言，現在班尼迪特就覺得她會當他的情婦。但他當然會這麼想，這是再自然不過的假設了。

「請不要派任何人過去。」她說，聲音很小。

他驚訝地看她一眼，「妳想要親自去？」

「我想要我的東西留在原處。」她柔聲說。

這句話比直接表示不會成為他的情婦，容易說出口得多。

如果是僅有一次的激情，她還能原諒自己，也能好好收在心裡珍藏。但要和不是她丈夫的男人共度一輩子——她知道自己做不到。

蘇菲低頭看向腹部，祈禱她之後不會誕下沒有名分的孩子。

「妳想說什麼？」他目不轉睛地看著她。

該死，他才不會讓她這麼簡單就抽身離開。

「我要說的是，」蘇菲用力吞嚥，感覺喉嚨好像突然卡了一塊石頭，「我不能當你的情婦。」

「那剛剛發生的一切又是什麼意思？」他緊繃著語氣說，手臂朝她一揮。

「那是一時的判斷失誤。」她迴避他的目光。

「喔，所以我是個錯誤嘍？」班尼迪特的語氣異常愉悅：「真棒啊。我相信我從來沒當過別人的錯誤。」

「你明知道那不是我真正的意思。」

「是嗎？」他抓住一只靴子，坐在椅子扶手猛力穿上，「老實說，親愛的，我再也搞不懂妳的意思了。」

「我不該跟你……」

他猛然轉過頭，怒火湧動的雙眼和和藹親切的微笑互相矛盾。

「所以我現在成了『不該』嘍？太好啦，比錯誤棒多了。妳不覺得『不該』聽起來更下流嗎？錯誤就只是個錯誤而已。」

「你不必說得那麼難聽。」

他的頭歪向一邊，彷彿在認真思考她說的話。「我說得很難聽嗎？我以為我正表現出最友善、最通情達理的一面呢。妳看，我沒有大吼大叫，沒有戲劇化的舉止……」

「我寧可你大吼大叫或戲劇化，也不要說這種話。」

他撈起她的連身裙，用不那麼輕柔的力道丟向她。「嗯，我們不一定總是能得償所願，對吧，貝克特小姐？這一點我倒是頗有心得。」

她抓住裙子，塞進毯子底下，希望能想出不用拿開毯子就能穿上的辦法。

「如果妳想得到辦法，那就厲害了。」他高傲地看她一眼。

她怒目而視，「我又沒有要你道歉。」

「哎呀，還真是讓我鬆了一口氣。我可想不到該怎麼道歉。」

「請你不要這麼冷嘲熱諷。」

他露出嘲弄至極的微笑，「我想妳沒什麼資格對我提出要求。」

「班尼迪特……」

他居高臨下地用淫靡無禮的眼神打量她，「當然了，除非妳要我再躺回去，我會很樂意的。」

她不發一語。

他的雙眼稍稍軟化，勸說道：「妳明不明白被推開是什麼感受？妳覺得在我放棄之前，妳還能拒絕我幾次？」

「這並非因為我想……」

「噢，別再用同一個藉口了，已經沒什麼新意。如果妳想跟我在一起，就會跟我在一起。如果妳說不，那就是因為妳真的不想。」

「你不懂。」她低聲說：「你的身分地位能讓你隨心所欲，但我們某些人沒有這種餘裕。」

「我真傻。我還以為我要給妳的就是這種餘裕。」

「成為你情婦的餘裕。」她苦澀憤怒地說。

他雙手抱胸，扭著雙唇回答：「妳又不必做任何妳還沒做過的事。」

「我一時鬼迷心竅。」蘇菲慢慢開口，試著忽視他的羞辱。那是她應得的。她都和他睡了，為什麼他不該假設她會當他的情婦？

「我犯了錯，」她繼續說：「但不代表我就要重蹈覆轍。」

「我能給妳更好的生活。」他低聲說。

她搖搖頭，「我不會當你的情婦，也不會是任何人的情婦。」

班尼迪特會意過來，震驚地張開嘴。

「蘇菲，」他不可置信地說：「妳知道我不能娶妳。」

「我當然知道。」她厲聲說：「我是個僕人，又不是白癡。」

班尼迪特試著站在她的角度思考。他知道她想要受人尊重的名分，但她必須明白他給不了她。

「這對妳也並非易事。」他柔聲說：「就算我娶了妳，妳也不會被接納。上流社會是很殘酷的。」

蘇菲發出一聲空洞響亮的乾笑。

「我知道，」她說，臉上的笑容不帶一絲幽默，「相信我，我知道。」

「那為什麼……」

「答應我一件事。」她打斷他，別過臉去，這樣就不必看著他了。「去找一個人結婚吧。找到一個能被人接受、能讓你快樂的人，然後就別管我了。」

她的話語觸動了他，讓班尼迪特驀然想起那名化裝舞會上的女士。她和他來自同一個世界，和他門當戶對。如果是她，就一定能被接納。但當他此時此刻低頭凝視著蘇菲，看著她在沙發上縮成一團、試著別開她的目光，他才領悟到，每當他想像未來、想像和妻子與子女共組生活的時候，她才是一直出現在他腦海裡的人。

過去兩年來，他總是分神留意每一道門，總是在等他的銀衣女子有一天會走進房間。他有時會覺得自己這樣很傻，甚至很笨，但他一直無法把她的身影從腦海中抹去，也抹除不了他一直懷抱的夢想——向她立下誓言，兩人幸福快樂地共度此生。

對像他這樣擁有名聲地位的男人而言，這個幻想非常可笑，過於甜美深情到病態的地步，但他仍然情不自禁。這就是成長於人丁眾多、充滿溫情的家庭所導致的後果——會想要自己擁有一模一樣的家。

但那名化裝舞會的女子最終也不過是海市蜃樓。見鬼了，他甚至不知道她的名字，而蘇菲可是活生生地在他面前。

他不能娶她，但不代表他們不能選擇彼此。他承認最需要讓步的是她，但他們就能在一起了。對他們來說，這種生活也一定比分道揚鑣來得快樂。

「蘇菲，」他開口：「我知道這個狀況並不理想……」

「別說了。」她低聲打斷他，聲音幾不可聞。

「如果妳聽我……」

「求求你，別說了。」

「但妳沒……」

「住口！」她的嗓門危險地拔高。

她緊繃地聳著肩膀，都快貼到耳朵上了，但班尼迪特還是不顧一切繼續說下去。他愛她，需要她，他得讓她講講道理。「蘇菲，我知道妳會同意的，如果……」

「我不要生下私生子！」她終於大喊出口，一邊努力抓好毯子，一邊站起身，「我不要！我愛你，但沒有愛到那種地步。沒有人可以讓我愛到那種地步。」

他的目光落到她的腹部，「可能已經太遲了，蘇菲。」

「我知道。」她安靜地說：「我已經覺得身體裡好像有什麼東西在蠶食我了。」

「後悔的感覺通常都是這樣。」

她別開雙眼，「我不後悔我們所做的一切。我真希望我覺得後悔，我也知道應該要後悔。但我做不到。」

班尼迪特愣愣地瞪著他。他想要了解她，但他就是不懂她為何會這麼堅持拒絕當他的情婦，也不要他的孩子，同時卻一點都不後悔和他做愛。她怎麼能說她愛他？這讓他的痛苦更加劇烈。

「如果我們沒生下孩子，」她嘆口氣，低聲說：「那我會覺得自己非常走運，而我也不會再次試探命運。」

「不，妳只會試探我而已。」他聽見自己的語氣充滿嘲弄，為此感到厭惡不已。

她無視他，將毛毯包得更緊，雙眼無神望著牆上的畫作。「我會擁有能珍藏一生的回憶。這可能就是我後悔不了的原因。」

「光憑回憶無法讓妳在夜晚溫暖入睡。」

「沒錯。」她悲傷地說：「但能讓我的夢不致匱乏。」

「妳這個膽小鬼。」他控訴：「不敢追求那些夢的膽小鬼。」

她轉過身，「不。」面對他憤怒的目光，她的語氣非比尋常地平穩：「我是個私生女。在你說你不在意之前，讓我說清楚：我很在意，其他人也在意。我每天都會被某種方式提醒，我的出身有多低微。」

「蘇菲……」

「如果我有了孩子，」她的聲音逐漸破碎：「你知道我會多愛她嗎？我對她的愛會勝過我的人生、我的性命、任何事物。我怎麼能用我被傷害的方式去傷害自己的孩子？我怎麼能讓她承受同樣的痛苦？」

「妳會不認自己的孩子嗎？」

「當然不會！」

「那她就不會遭受同樣的痛苦。」班尼迪特聳聳肩膀，「因為我也不會不認她。」

「你不懂。」她最後一個字化作一聲嗚咽。

他假裝沒聽見她說的話。「妳的父母不認妳，我說的對嗎？」

她的笑容緊繃而嘲弄，「不全然是。更準確的說法是忽視。」

「蘇菲，」他大步走向她，將她攬入懷裡，「妳不必重蹈父母的覆轍。」

「我知道。」她的語氣哀傷，沒有掙扎把他推開，但也沒有要回應他的擁抱。「這就是為什麼我不能當你的情婦，我不要過我母親的人生。」

「妳不會……」

「俗話說，聰明人會從過去的錯誤學習。」她打斷他，強硬地壓過他的抗議。「但真正聰明的人會從別人的錯誤學習。」她拉開距離，轉過來面對他，「我想把自己視為真正的聰明人，請不要奪走我這一點。」

她的雙眼流露一股絕望、幾乎伸手即可觸及的痛苦。

他彷彿被擊中胸口，踉蹌地後退一步。

「我想穿上衣服了。」她再次轉過身，「你該離開了。」

他愣愣注視著她的背部幾秒，接著開口：「我能讓妳改變心意。我會吻妳，然後妳就會……」

「你不會這麼做。」她一動也不動，「你不是這種人。」

「我做得到。」

「你會吻我，但過不到一秒，你就會立刻厭惡自己。」

他沒再多說任何一個字就離開了，讓門關上的聲音示意他的離去。

房間裡，蘇菲顫抖著鬆開毯子，全身無力，一股腦跌坐在沙發上，在精緻的布料上永久留下無法清除的淚痕。

Chapter 18

LADY WHISTLEDOWN´S SOCIETY PAPERS

對尋覓婚配對象的小姐和她們的母親來說，過去兩週以來的選擇並不多。今年社交季的單身漢寥寥可數。亞述伯恩公爵和馬格斯菲伯爵是一八一六年最搶手的兩位人選，但他們去年就給自己套上枷鎖了。

更糟的是，兩位未婚的柏捷頓兄弟（除了葛雷里以外，他才十六歲，還不到能向任何可憐的年輕淑女伸出援手的年紀）也極少露面、神龍不見首尾。筆者得知柯林現下不在城裡，或許是在威爾斯或蘇格蘭（雖然沒人知道他為什麼要在社交季正如火如荼的時候，跑到威爾斯或蘇格蘭）。

班尼迪特則更是令人摸不著頭緒。他顯然人在倫敦，卻婉拒了所有上流社會的社交聚會，選擇從事沒那麼體面的活動。

不過說老實話，筆者不該讓讀者以為前述的柏捷頓先生醒著的每分每秒都沉迷在聲色娛樂。如果筆者獲得的情報正確，他過去兩週幾乎都待在位於布魯頓街的家裡。

鑑於沒有傳出任何他身體抱恙的謠言，筆者只能猜測他終於斷定倫敦社交季無聊至極、不值得花時間參與。

真是聰明的男人。

《威索頓夫人的韻事報》
9 JUNE 1817

18

蘇菲整整兩星期都沒見到班尼迪特。她不知道該覺得開心、驚訝還是失望。她也不知道自己的心情究竟是開心、驚訝還是失望。

這段時間裡她什麼都搞不清楚了。有一半時間裡，她甚至覺得自己都不認識自己了。

她很確信再次拒絕班尼迪特是正確的決定。她不僅理智上知道，也打從心底確信這件事，即使她仍深深渴望她愛著的男人。私生女的身分已經讓她遭受太多磨難，她絕不會冒險讓另一個孩子受到同樣的折磨，尤其是她自己的孩子。

不，這不是實話。她已經冒過一次險了，但她就是沒辦法為此懊悔。這段記憶太過珍貴。不過，這並不表示她打算再來一次。

但如果她這麼肯定自己的選擇是對的，為什麼又會有痛徹心扉的感受？這種感覺就像她的心不斷碎裂，裂隙逐日加深。蘇菲每天都告訴自己情況不可能再壞了，她的心已經沒辦法再碎成更多塊、已經面目全非，但每晚她還是哭著入睡，渴求著班尼迪特。

每一天她都覺得比前一天還糟。

她繃緊的神經還因為不敢踏出門外一步，而更受折磨。珀希一定會留意她的身影，而蘇菲覺得最好還是別被她找到。

並不是說她覺得珀希會向艾拉敏塔通風報信，揭發她人就在倫敦。蘇菲夠了解她，知道珀希不會輕易違背承諾。當珀希以頷首回應蘇菲瘋狂的搖頭時，就絕對可以視為一種承諾。

但就算珀希內心是個信守承諾的人，很不幸地，她的嘴卻沒那麼可靠。蘇菲完全可以想像那會是什麼樣的情景——事實上她可以想像出很多種情景——珀希不小心脫口而出，說她在街上看到蘇菲。這表示只要珀希不知道她住在哪裡，就會是她很大的優勢。對珀希來說，蘇菲當時說不定只是出門散個步，也或許是在打探艾拉敏塔的近況。

老實說，這兩種可能性都比真相來得更合理——蘇菲受到威脅，被迫接下貼身女僕的工作，還恰好就住在同一條街上。

因此，蘇菲的心情一直在哀傷和緊張、心碎和恐懼之間不斷搖擺。

她設法將這一切波濤洶湧藏在心裡，但她知道自己變得心不在焉，話也變少了。她更知道這些都沒有逃過柏捷頓夫人和小姐們的注意。她們帶著擔憂的表情看著她，說話語氣也格外溫柔。

她們還一直想知道她為什麼都不來喝下午茶了。

「蘇菲！妳在這兒啊！」

蘇菲原本正行色匆匆地趕回房間，有一小堆待縫補的衣物正等著她，但柏捷頓夫人在走廊找到了她。

她停下腳步，強迫自己露出問候的笑容，屈膝行了個禮，「午安，柏捷頓夫人。」

「午安，蘇菲。我一直在找妳呢。」

蘇菲茫然地看著她。她最近常常露出這種表情，因為任何事情都很難讓她專心。

「您在找我？」

「是啊。我在想妳怎麼整個星期都沒來喝下午茶了。妳也知道如果不是正式的茶會，我們都很歡迎妳來的。」

蘇菲覺得臉上一熱。她這段時間都在刻意迴避下午茶，因為要和這些柏捷頓家的人共處一室卻不想到班尼迪特，實在比登天還難。他們的長相太過神似，而她們只要聚在一起，又是這麼幸福美好的一家人。

這讓蘇菲無可避免想起自己無緣擁有的家，也提醒她此生永遠不可能擁有的事物：建立自己的家庭。還有一個她可以愛的人，以及一個愛她的人，這些都必須受人敬重、發生在婚姻誓言的保護之下。

她相信有些女人能將禮儀成規拋在腦後，追求激情與真愛。有很大一部分的她希望自己能成為那種女人。但她不是。

愛情無法征服一切，至少對她來說不能。

「我最近很忙。」她最後對柏捷頓夫人說。

柏捷頓夫人只是朝她露出一抹帶著詢問的淺淺笑容，用沉默讓蘇菲不得不再多說一點。

「忙著補衣服。」她補充。

「真是太難為妳了。我不曉得原來我們把長襪戳出了那麼多洞。」

「噢，不是的！」蘇菲才開口，就趕快阻止自己繼續說下去。這下她的藉口沒了。

「我有自己的衣服要補。」她急中生智答道，但隨即發現這理由有多蹩腳，忍不住吞了口口水。柏捷頓夫人很清楚，蘇菲除了她給的那幾件衣服之外，沒有其他衣物，更別說那些衣服的狀態都十分完美。再者，如果蘇菲真的在白天補自己的衣服，就實在是更說不過去，因為那是她該伺候小姐們的時間。柏捷頓夫人是個通情達理的雇主，或許不會介意，但這有違蘇菲的職業道德。她獲得了一份工作——還是份很好的工作，即使會讓她每天都感到心碎——也為她的工作感到自豪。

「我懂了。」柏捷頓夫人說，臉上仍掛著神祕難解的笑容，「那妳當然可以帶著自己要補的衣服來喝下午茶。」

「噢，但我絕對不敢這麼做。」

「但我就是在說妳可以呀。」

蘇菲從她的語氣可以聽出來，她言下之意是蘇菲必須這麼做。

「好的。」蘇菲喃喃說，跟著她走到樓上的客廳。

女孩們都到齊了，各自坐在平常的位置上，臉上帶著笑容互相拌嘴，笑話滿天飛（幸好不是司康滿天飛）。柏捷頓家的長女達芙妮——如今是哈斯丁公爵夫人——也來了，懷裡還抱著她最小的女兒卡洛琳。

「蘇菲！」海辛絲露出大大的笑容，「我還以為妳最近生病了。」

「但妳今天早上也看到我啦。」蘇菲提醒她：「我還幫妳梳了頭呢。」

「對，但妳那時看起來不大對勁啊。」

蘇菲想不出合適的回答，因為她最近真的不大對勁，實在不好反駁。於是她只能不發一語坐到椅子上，在弗蘭雀絲卡問她要不要喝茶的時候點點頭。

「潘妮洛普．費瑟林頓說她今天會順道來拜訪。」蘇菲啜著第一口茶時，艾洛伊絲對她母親說。蘇菲還沒見過潘妮洛普，但常常在《韻事報》讀到她的消息，因此知道她和艾洛伊絲是閨蜜。

「有人注意到班尼迪特已經好久沒出現了嗎？」海辛絲問。

蘇菲不小心戳到了手指，但謝天謝地，她忍住沒叫出聲來。

「他最近也沒來拜訪賽門和我。」達芙妮說。

「好吧，他答應要幫我解算數題目的。」海辛絲嘟囔：「他這樣可是說話不算話啦。」

「他一定只是忘了。」柏捷頓夫人打圓場地說：「也許妳寫封信提醒他就好。」

「或是直接去敲他家的門。」弗蘭雀絲卡微微翻了個白眼，「他又沒有住很遠。」

「我是未婚女性耶，」海辛絲哼聲說：「不能一個人跑去單身漢的家。」

蘇菲咳嗽了一聲。

「妳才十四歲。」弗蘭雀絲卡不屑地回答。

「都一樣！」

「妳乾脆請賽門幫忙好了，」達芙妮說：「他的數學比班尼迪特好多了。」

「妳知道嗎，她說的對。」海辛絲瞪了弗蘭雀絲卡一眼，再看著她母親說：「班尼迪特真可憐，他現在對我已經毫無用處啦。」

大家吃吃笑了起來，她們知道海辛絲只是在開玩笑。但蘇菲完全笑不出來，她已經不知道該怎麼發出這種聲音了。

「不過，說正經的，」海辛絲繼續說：「他到底擅長什麼啊？賽門的數學好，安東尼更熟悉歷史，柯林比較幽默，而……」

「藝術。」蘇菲尖聲打斷她，對班尼迪特的家人竟然沒發覺他的長處而有點惱怒。

海辛絲驚訝地看向她，「不好意思，妳說什麼？」

「他的長項是藝術。」蘇菲再次說道：「我想比妳們任何一個人都擅長。」

這下所有人的注意力都集中到她身上了。雖然蘇菲讓她們知道自己是個冷面笑匠，平常卻總是輕聲細語，也從來不曾對她們說過一句尖牙利嘴的話。

「我甚至不知道他會畫畫。」達芙妮的聲音隱隱流露出興趣，「素描嗎？還是油畫、水彩？」

蘇菲瞥了她一眼。柏捷頓家的女人中，她對達芙妮的了解最少，卻很難不去注意到她敏銳機靈的眼神。達芙妮對哥哥隱藏的才能感到好奇，她想知道為什麼自己一無所知，也更想知道**蘇菲**是怎麼知道的。

蘇菲一秒內就從年輕的公爵夫人眼中看出她的心思，也一秒內就發現自己犯了天大的錯誤。如果班尼迪特沒向家人透露他的藝術天分，那就更輪不到她來說了。

「他會畫畫。」她最後說，希望簡潔的語氣能阻止她們問更多問題。

的確有用。眾人不發一語，但五雙眼睛仍目不轉睛地盯著她瞧。

「他會素描。」蘇菲咕噥。

Chapter 18

她看著眼前一張張臉。艾洛伊絲正快速眨著眼，柏捷頓夫人則是連眼皮都沒動一下。

「他畫得很好。」蘇菲邊咕噥，邊在心裡踢自己一下。這些柏捷頓家的人的靜默，讓她忍不住想說些什麼來填補空白。

在一段史上最漫長的沉默之後，柏捷頓夫人終於清了清喉嚨，說：「我很想看看他畫的素描呢。」她用餐巾按了按嘴唇，雖然她一口茶都還沒喝。「當然啦，也要看他想不想給我看。」

蘇菲站起身來，「我好像該走了。」

柏捷頓夫人銳利的視線釘住她，接著用柔滑又不容拒絕的語氣開口：「請妳留下來。」

蘇菲坐了下來。

艾洛伊絲一躍而起，「我好像聽見潘妮洛普的聲音了。」

「妳才沒有。」海辛絲說。

「我幹麼騙人？」

「我也不知道，但是……」

男管家出現在門口。「潘妮洛普．費瑟林頓小姐來了。」他莊重地宣布。

「**看吧**。」艾洛伊絲對海辛絲反擊。

「我來得不是時候嗎？」潘妮洛普問。

「不會。」達芙妮嘴上帶著一抹促狹的微笑回答：「只是時機有點微妙。」

「噢，好吧，我可以晚點再來。」

「當然不必。」柏捷頓夫人說：「請過來坐，喝點茶吧。」

蘇菲看著這位年輕女士在弗蘭雀絲卡旁邊坐下。潘妮洛普並非什麼國色天香的美人，卻自有一種樸實的魅力。她有一頭紅棕色的秀髮，雙頰零星散布著雀斑。她的臉色有點暗沉，但蘇菲懷疑只是因為她身上那件其貌不揚的黃色裙子。

蘇菲這才想起來，她似乎曾在威索頓夫人的專欄上讀到潘妮洛普那些可怕的衣服。可惜這可憐的女孩無法說服母親，讓她穿些藍色的服裝。

就在蘇菲不著痕跡地打量潘妮洛普時，她發現對方正在一點都不隱晦地打量著她。

「我們在哪裡見過嗎？」潘妮洛普突然開口。

蘇菲突然被一陣不祥的預感緊緊攫住，也或者是一種既視感。

「應該沒有。」她迅速答道。

潘妮洛普的視線毫不動搖，「妳確定嗎？」

「我……我想不出我們可能會在哪裡見過。」

潘妮洛普輕輕嘆了口氣，搖搖頭，彷彿正在撥掉腦海裡的蜘蛛網。「我想妳說的對。但妳有種令人非常眼熟的感覺。」

「蘇菲是我們新的貼身女僕。」海辛絲說，彷彿這樣就能解釋一切。「只有家人在的時候，她通常會和我們一起喝茶。」

蘇菲看著潘妮洛普嘟囔了一些回答，接著她靈光一現。她的確見過潘妮洛普！正是在那場化裝舞會，可能就在她見到班尼迪特大約不到十秒前。

她當時才剛進入宴會廳，那些年輕男士還正在走向她，準備將她團團包圍。潘妮洛普就站在那裡，穿著某件奇怪的綠色服裝，頭上戴了頂滑稽的帽子。不知道為什麼，她沒戴面具。蘇菲那時正盯著她，想要猜出她的裝扮究竟是什麼，接著一位年輕男士就撞到潘妮洛普，差點讓她跌倒在地。

蘇菲伸出手扶起她，正準備說出「沒事了」之類的話時，一群男士就衝了過來，將她們分開。

接著班尼迪特就出現了，而蘇菲的眼中再也容不下別人。直到這一刻，蘇菲才想起潘妮洛普，還有那些年輕紳士對待她的方式有多惡劣。

顯然那件事也一直埋藏在潘妮洛普的腦海深處。

「我一定是搞錯了。」潘妮洛普在接下弗蘭雀絲卡遞過去的茶杯時說：「我不是在說妳的長相，而是妳的舉手投足，如果這樣說得通的話。」

蘇菲決定有必要四兩撥千斤來應對，因此她換上最友善健談的笑容說：「我該當作妳在讚美我，畢竟妳認識的女士一定都親切又善良。」

話音剛落，她就發現自己表現得太浮誇了。弗蘭雀絲卡用一種好像她頭上突然冒出角來的表情看著她，柏捷頓夫人也嘴角抽動地說：「哎呀，蘇菲，我發誓這是兩星期來妳說過最長的句子。」

蘇菲將茶杯舉至嘴邊，嘟囔著說：「我最近身體不大舒服。」

「噢！」海辛絲突然說：「希望妳沒有太不舒服，因為今晚我還希望妳能幫我忙呢。」

「當然啦。」蘇菲急著想找理由不去看潘妮洛普——她還在打量著蘇菲，彷彿蘇菲是塊難解的拼圖。

「妳需要我幫什麼忙？」

「我答應今晚要陪表弟妹玩。」

「噢，對耶。」柏捷頓夫人將茶碟放到桌上，「我差點忘了。」

海辛絲點點頭，「妳能幫我嗎？他們有四個人，我一定會忙不過來。」

「沒問題。」蘇菲說：「他們幾歲？」

海辛絲不置可否地聳聳肩。

「六到十歲。」柏捷頓夫人帶著責備的表情說：「海辛絲，妳應該要知道才對。」

蘇菲對海辛絲說：「他們到的時候就叫我過去。我很愛孩子，非常樂意能幫忙。」

「太好了。」海辛絲雙手一拍，「他們又小又好動，絕對會讓我累垮。」

「海辛絲，」弗蘭雀絲卡說：「妳又沒老到哪裡去。」

「妳上次跟四個十歲以下的小孩一起玩兩小時，是什麼時候呀？」

「別吵啦。」蘇菲兩個禮拜以來第一次笑出聲，「我會幫忙的，沒人會累垮。妳也該一起來呀，弗蘭雀絲卡，一定會很開心的。」

「妳……」潘妮洛普開口說些什麼，卻又打住了，「沒什麼。」

但當蘇菲轉向她時，潘妮洛普卻還是帶著無比困惑的表情盯著她。潘妮洛普張開嘴又闔上，然後再度開口：「**我確信我認得妳。**」

「她說的是真的。」艾洛伊絲俏皮地咧嘴一笑，「潘妮洛普從來不會忘記任何人的臉。」

蘇菲臉色一白。

「妳還好嗎？」柏捷頓夫人傾身向前問道：「妳臉色不大好呢。」

「我覺得肚子有點不舒服。」蘇菲迅速扯謊，還為了加強效果而抱住肚子，彎下腰，「可能是牛奶壞掉了。」

「噢，天哪。」達芙妮擔憂地低頭看向寶寶，「我還給卡洛琳喝了一點。」

「我覺得味道很正常啊。」海辛絲說。

「也可能是今天早上吃的東西。」蘇菲說，不想讓達芙妮無故擔心，「但我還是去躺一下比較好。」她站起身，朝門口踏出一步，「如果您同意的話，柏捷頓夫人。」

「當然啦，」她答道：「希望妳快點好起來。」

「我會的。」蘇菲說。此話倒是不假，只要她離開潘妮洛普．費瑟林頓的視線範圍，就會立刻覺得好多了。

「我表弟妹來的時候就去找妳。」海辛絲喊道。

「如果到時妳已經好一點的話。」柏捷頓夫人補充。

蘇菲點點頭，衝出房間，但就在她離開的時候，她看到潘妮洛普．費瑟林頓正全神貫注看著她，讓蘇菲心頭充滿恐懼。

Chapter 18

兩星期以來，班尼迪特的心情都糟透了。

而他的壞心情即將變得更壞，他一邊腳步沉重地走向母親的房子，一邊想道。

他最近一直刻意避免造訪這裡，就是因為不想見到蘇菲。他也不想見到母親，因為她肯定會察覺他的壞心情，然後對他追根究柢。他不想見到艾洛伊絲，因為她肯定會察覺母親的興致勃勃，然後對他嚴加拷問。他不想見到……

見鬼了，他誰都不想見。考慮到近來他動不動就像瘋狗咬人一樣把家僕罵到臭頭（有時也會夢到他真的把他們的頭咬掉），就算全世界的人都沒見到他，也會過得好好的。

說來也巧，他才踏上門階，就聽到有人在叫他的名字。他轉過身，看見他的兩位成年兄弟從人行道上朝他走來。

班尼迪特呻吟出聲。沒人比安東尼和柯林更瞭解他了，而他們不可能不注意到或放過他失戀心碎這種事。

「好幾百年沒看到你了。」安東尼說：「你跑哪裡去啦？」

「只是到處走走。」班尼迪特含糊回答：「大部分時間都待在家。」他轉向柯林，「你又是跑去哪裡啦？」

「威爾斯。」

「威爾斯？為什麼？」

柯林聳聳肩，「就是想去呀，我從來沒去過那裡。」

「大多數人需要稍微再有一點說服力的理由，才會在社交季時離開。」

「我就不需要。」

班尼迪特目不轉睛地盯著他，安東尼也目不轉睛地盯著他。

「噢，好啦。」柯林嘆口氣，沉下臉說：「因為我需要逃離這裡。母親開始對我碎念天殺的婚姻大事了。」

「天殺的婚姻大事？」安東尼帶著被逗樂的笑容問：「我向你保證，和妻子第一次圓房不會像殺人那麼血腥。」

班尼迪特小心翼翼地保持面無表情。和蘇菲歡愛之後，他在沙發上找到了一小滴血跡。他拿抱枕蓋住了那滴血，暗自祈禱等僕人發現的時候，他們已經忘記班尼迪特曾經帶女人回家。

他希望當時沒人在門後偷聽或是背地裡說三道四，但蘇菲說過僕人對家裡發生的事無所不知，而他覺得她是對的。

但就算他臉紅了——他的確覺得臉頰有點熱——他的兩個兄弟都沒注意到，因為他們什麼也沒說。如果天底下有什麼事和太陽從東方升起一樣理所當然，那就是柏捷頓家的人絕對不會放過調侃另一位柏捷頓的機會。

「她一直沒完沒了地講潘妮洛普．費瑟林頓的事。」柯林臭著臉說：「我告訴你，我和那女孩打從我們還在穿短褲時就認識了。呃，至少我穿的是短褲，她穿……」他的臉變得更臭，因為兩個哥哥都開始笑他，「她穿那種小女生會穿的衣服。」

「連衣裙？」安東尼熱心地幫他想。

「襯裙？」班尼迪特也出聲。

「重點是，」柯林強硬地說：「我和她認識太久了，我向你們保證，我不可能會愛上她。」

安東尼對班尼迪特說：「他們一年內就會結婚，記住我說的話。」

柯林忿忿不平地抱起雙臂，「安東尼！」

「或許兩年吧。」班尼迪特說：「他還年輕呢。」

「對，跟你不一樣。」柯林反擊：「為什麼是我被母親圍剿啊？老天，你都已經三十一……」

「三十歲。」班尼迪特厲聲糾正。

「隨便啦，你才應該是她嘮叨的對象。」

班尼迪特皺起眉頭。最近這幾個星期，針對班尼迪特、婚姻和他該快點結婚的這些事，母親都反常地三緘其口。當然也因為這段時間他逃避母親的房子就像躲瘟疫一樣，但早在那之前她就一聲不吭了。

這實在太奇怪了。

「不論如何，」柯林還在抱怨連連：「我才不會這麼快就結婚，我也絕對不會娶潘妮洛普・費瑟林頓！」

「噢！」

那是一道女性的嗓音，班尼迪特用不著特地抬頭看，就知道他即將經歷人生最尷尬的時刻。他滿心惶恐地轉向大門，看見潘妮洛普就站在大開的門口，門框完美地框住了她的身影。她驚詫地張著嘴，雙眼充滿了心碎。

就在這一刻，班尼迪特才發現自己以前可能是太笨了（就和所有男人一樣蠢），才沒注意到潘妮洛普・費瑟林頓早就愛上了他弟弟。

柯林清了清喉嚨，「潘妮洛普。」他尖聲說，聽起來就像瞬間退化了十歲，回到了青春期。「呃……真高興見到妳。」他望向兩個哥哥，用眼神懇求他們出手相助，但他們都沒有插手。

班尼迪特瑟縮了一下。這種時候無論做什麼都無力回天了。

「我不知道妳也來了。」柯林心虛地說。

「很明顯你不知道。」潘妮洛普說，但語氣失去往常的嘲弄。

柯林痛苦地吞嚥了一下，「妳來拜訪艾洛伊絲嗎？」

她點點頭，「我受邀而來。」

「當然啦！」他忙不迭說：「妳當然有受到邀請啦。妳可是我們家非常要好的朋友。」

沉默降臨。恐怖、尷尬的靜默。

「妳不可能會沒受到邀請就跑來嘛。」柯林囁嚅著接下去。

潘妮洛普一言不發。她試著露出微笑，但很明顯根本做不到。就在班尼迪特以為她會衝過他們、逃到人行道上時，她直直望著柯林開口：「我從來沒有要你跟我結婚。」

柯林雙頰通紅到快要滴出血來了，班尼迪特之前還以為人的臉不可能呈現得出這種顏色。柯林張開嘴，但什麼聲音也發不出來。

這是班尼迪特有記憶以來第一次——可能也是唯一一次——看到自家弟弟啞口無言、不知該說什麼才好。

「我也從來沒有……」潘妮洛普繼續說，禁不住用力吞嚥了一下，語氣有點痛苦，字句也有點破碎：「我也從來沒跟任何人說我想要你對我求婚。」

「潘妮洛普。」柯林最終艱難地說：「我很抱歉。」

「沒什麼好道歉的。」她說。

「有。」柯林堅持說：「我讓妳難過了，而且……」

「你不知道我今天有來。」

「但就算是這樣……」

「你不會跟我結婚。」她空洞地說：「這件事一點錯也沒有。這就像我也不會跟你哥哥班尼迪特結婚。」

班尼迪特本來還試著迴避目光，但在被點到名時連忙集中心神。

「當我說我不會嫁給他時，他也不會覺得受傷。」她轉向班尼迪特，棕色的雙眼注視著他，

「對不對，柏捷頓先生？」

「當然不會。」班尼迪特迅速回答。

「那就沒問題啦。」潘妮洛普語氣緊繃地說：「沒人傷心難過。好了，男士們，恕我失陪，我想回家了。」

在她走下門階時，班尼迪特、安東尼和柯林像摩西過紅海的海水一樣向兩側退開。

「妳沒帶著女僕嗎？」柯林問。

她搖搖頭，「我就住在街角而已。」

「我知道，但是……」

「讓我護送妳回去。」安東尼圓滑地插嘴。

「真的不必勞煩您，閣下。」

「就當遷就我吧。」他說。

她頷首示意，兩人便沿著街道離開。

班尼迪特和柯林沉默地看著他們離去的背影，直到整整三十秒過去，班尼迪特才轉向他弟弟說：「你幹得還真不錯。」

「我不知道她也在啊！」

「當然啦。」班尼迪特慢條斯理地說。

「別這樣，我已經覺得夠內疚了。」

「你是該覺得內疚。」

「噢，難道你就沒有不小心害女人傷心過？」柯林的語氣充滿防備，足以讓班尼迪特知道他現在正覺得自己是個超級大渾蛋。

母親的到來解救了班尼迪特，讓他不用回應柯林。她站在階梯最上方，身影被門框框住的畫面和剛才潘妮洛普的樣子如出一轍。

「你哥哥到了嗎？」薇莉問。

班尼迪特朝街角揚了揚下顎，「他護送費瑟林頓小姐回家。」

「噢，好吧，他真體貼。我……你要去哪裡，柯林？」

柯林稍停了一下腳步，但沒有轉過身來，嘴上一邊嘟囔：「我需要喝一杯。」

「現在有點太早……」班尼迪特將一隻手放到她手臂上，讓她打住。

「讓他去吧。」他說。

她張嘴想抗議，接著又改變主意，只是點了點頭，「我本來叫大家來是有事要宣布。」她嘆了口氣，「但我想可以再等一下。這段時間你何不跟我一起喝個下午茶呢？」

班尼迪特瞥了眼走廊的時鐘，「現在喝茶不會有點晚嗎？」

「那就不要喝了。」她聳聳肩，「我只是想找個藉口跟你說話。」

班尼迪特努力露出微弱的笑容。他現在沒心情和母親說話。老實說，他沒心情和任何人說話，只要最近碰見班尼迪特的人都可以證實這一點。

「不是什麼嚴肅的事啦。」薇莉說：「老天，你看起來一副準備走上絞刑架的樣子。」

如果在這時明說他的感覺正是如此就太失禮了，於是他只是彎身在母親臉上吻了一下。

「哇，這真是個很棒的驚喜。」她抬頭對他露出大大的笑容。

「跟我來吧。」她繼續說，朝客廳的方向揮了揮手，「我想告訴你關於某個人的事。」

「母親！」

「聽我說就是了，她真是個可人兒……」

絞刑架還真是說對了。

Chapter 19

LADY WHISTLEDOWN´S SOCIETY PAPERS

珀希·瑞林小姐（已故潘伍德伯爵較小的繼女）並非本專欄經常談論的對象（筆者很遺憾地說，她在上流社交場合中也並不常受到關注），但在她母親星期二晚上舉辦的音樂會中，我們不禁注意到她的舉止相當奇怪。

她堅持要坐在靠窗的位置，整場表演也幾乎都在注意街上，彷彿在尋找什麼……抑或是某個人？

《威索頓夫人的韻事報》
11 JUNE 1817

19

四十五分鐘後，班尼迪特整個人目光呆滯地癱在椅子上。他不時得留心自己有沒有忘記把嘴巴閉起來。

和他母親的那場談話，就是這麼無聊。

她想討論的年輕女士其實不是只有一位，而是七位。她保證每一位都比上一位還要棒。

班尼迪特確信自己真的要抓狂了。他就要在母親的客廳理智斷線，彈出椅子跌到地上，手腳瘋狂揮舞、口吐白沫……

「班尼迪特，你到底有沒有在聽我說話？」

他抬頭眨了眨眼睛。該死，他得好好專心聽母親那一長串新娘候選人名單。這下精神錯亂變得更加吸引人了。

「我正在跟你說瑪麗．埃奇維爾的事呢。」薇莉嚴肅地說，但表情看起來更像是覺得好笑，而不是氣惱。

班尼迪特立刻起了疑心。

通常在孩子們拖拖拉拉不肯走上結婚聖壇時，她才不覺得有什麼好笑。

「哪個瑪麗？」

「埃奇……唉，算了。我看得出現在我不管說什麼，都比不上讓你煩心的事。」

「母親。」班尼迪特突然開口。

她微微將頭歪向一邊，露出興味盎然又有點驚訝的眼神，「怎麼啦？」

「您和父親相識的時候……」

「我在瞬間墜入愛河。」她輕柔地說，立刻對他想問的問題心領神會。

「所以您知道他就是您的真命天子？」

她微微一笑，眼神變得遙遠而迷濛。「噢，我當時根本不肯承認。」她說：「至少不是馬上。我自認是個很實際的人，對一見鍾情這種事嗤之以鼻。」

她停頓了一下，而班尼迪特知道她已經不在這間房裡，而是回到某場好久以前的舞會，和他父親初次相遇。

就在他以為她已經徹底把這番對話拋在腦後時，她終於抬起頭說：「但我心裡就是知道。」

「就在您第一次見到他的那一刻嗎？」

「這個嘛，至少是在我們第一次說話的時候。」她用他遞過來的手帕按了按雙眼，露出羞赧的笑容，好像在為掉淚感到不好意思。

班尼迪特覺得喉嚨彷彿冒出一個腫塊，接著別開了雙眼，不想讓她看見他自己眼中凝聚的水氣。有人會在他死了超過十年之後，還為他哭泣嗎？親眼見識真愛存在的證明令人感到謙卑，但班尼迪特突然覺得該死的嫉妒——**對自己的父母感到嫉妒**。

他們攜手找到了愛，還擁有良好的判斷力，能辨認出這份感情，並加以珍惜。有少數人就是這麼幸運。

「他的聲音有種神奇的特質，非常撫慰人心、非常溫暖。」薇莉繼續說：「他說話的時候，會讓你覺得整個房間只有你一人。」

「我還記得。」班尼迪特懷念地露出溫暖的笑容，「那真是相當了不起，竟然能在有八個孩子時做到這種事。」

他母親用力吞嚥了一下，接著語氣再次變得輕快起來：「是啊，嗯，但他沒能見到海辛絲，所以我想只能算是七個小孩。」

「話雖如此……」

她點點頭，「沒錯。」

班尼迪特拍了拍她的手。

他不知道為什麼要這麼做，也沒事先想好，但感覺起來這是正確的舉動。

「好的，嗯。」她輕輕捏了捏他的手，再把手收回自己腿上，「你是有什麼特別的原因，才想問你父親的事嗎？」

「沒有。」他撒謊道：「至少不是……這個嘛……」

她耐心地等他說出來，臉上帶著一絲期盼的神情，讓人實在狠不下心不把心裡話告訴她。

「如果，」他說，肯定和她一樣對自己突然衝口而出感到驚訝，「一個人愛上門不當戶不對的人，會發生什麼事？」

「門不當戶不對。」她重複他的話。

班尼迪特痛苦地點點頭，立刻對自己說的話後悔莫及。

他不應該對母親透露任何心事的，但是……他嘆了口氣。

母親一直都是絕佳的傾聽者。的確，儘管她一天到晚牽線做媒很煩人，但在他所有認識的人之中，卻沒人比她有資格提供關於愛情的建議。

她回話的時候，顯然先謹慎思考了用詞，「你所謂門不當戶不對是什麼意思？」

「某個……」他停頓了一下，「某個像我這樣的人不該娶的人。」

「你是指不屬於我們階級的人？」

他瞥向牆上掛的畫，「差不多。」

「我懂了。這個嘛……」薇莉眉頭輕蹙想了想，接著說：「我想這取決於這個人的階級離我們有多遠。」

「是遠的沒錯。」

「有一點遠，還是非常遠？」

班尼迪特很確定，從來沒有如他這般年紀與名望的男人，會和自己的母親有過這種對話，但他還是不顧一切回答：「非常遠。」

「我懂了。這個嘛，那我得說……」她咬著下唇，過了一會才繼續說：「那我得說。」她稍微加重語氣重複道（但如果要用絕對精準的詞彙來形容，她的語氣一點也不重）。

「那我得說，」她第三次說道：「我非常愛你，也支持你做的一切決定。」她清了清喉嚨，「如果我們現在是在討論你的話。」

看來否認也沒用了，因此班尼迪特只是點點頭。

「但是，」薇莉補充：「我會警告你要謹慎思考你想做的事。愛情當然是任何結合裡最重要的部分，但來自外界的影響會對婚姻造成壓力。假設你要娶一個……」她清清喉嚨，「娶一個僕役階層的人，你就會面對鋪天蓋地的閒言閒語，也少不了遭到其他人排擠。對像你這樣的人來說會很難承受。」

「像我這樣的人？」她的用詞激怒了他。

「你得明白我絕無侮辱之意，但你和你兄弟都過著無憂無慮的生活。你很英俊、聰明、風度翩翩。每個人都喜歡你。我無法形容那讓我有多快樂。」她露出微笑，卻是一種揉合了渴望和些許憂傷的笑，「可是當壁花女孩不是件容易的事。」

班尼迪特突然明白過來，為何他母親總是強迫他和潘妮洛普・費瑟林頓那樣的女孩跳舞。那些站在舞池邊緣，總是假裝她們其實一點都不想跳舞的女孩。

薇莉自己曾是那些壁花女孩之一。

他難以想像那是什麼情景。他母親如今廣受歡迎，臉上總是帶著從容的微笑，身邊也簇擁著成群的朋友。如果班尼迪特沒聽錯那些昔日舊聞的話，他父親當時被視為社交季最搶手的夫婿人選。

「只有你能做出這個決定。」薇莉繼續說，將班尼迪特的思緒拉了回來，「恐怕那不會是個容易的決定。」

他盯著窗外，以沉默表達他也抱有同感。

「不過，」她又接著說：「如果你決定與不屬於我們階級的人共度人生，我當然會盡我所能支持你。」

班尼迪特猛然抬起頭。很少有上流社會的女性能對自己的兒子說出同樣的話。

「你是我兒子。」她言簡意賅地說：「我會為你付出生命。」

他張開嘴想說些什麼，但驚訝地發現自己什麼聲音都發不出來。

「我當然不會因為你娶了一個門不當戶不對的人，而和你斷絕關係。」

「謝謝您。」這是他唯一說得出來的話。

薇莉發出的嘆息大得足以拉回他的全副注意力。

她看起來既疲倦又傷感，「真希望你父親在這裡。」

「您不常這樣說。」他安靜地說。

「我一直都希望你父親在這裡。」她短暫地閉上雙眼，「一直都是。」

不知怎麼，一切都變得清晰無比。他望著母親的臉龐，突然發現到——不，是理解到他父母對彼此的愛究竟有多深，而這讓他突然間看得清清楚楚。

那是愛。他愛著蘇菲。這才應該是唯一重要的事。

他以為他愛著化裝舞會上的女人。他以為他想和她結婚。但他現在明白了，那只不過是一個夢，一個對他幾乎一無所知的女人所懷抱的短暫白日夢。

但蘇菲是……

蘇菲就是蘇菲，而這就是他所需要的一切。

蘇菲並不特別相信天意或命運，但和尼可拉斯、伊莉莎白、約翰和愛麗絲·溫沃斯相處一個小時後，她開始領悟到，自己從來沒能拿到女家庭教師的工作，或許是有理由的。

她現在累得半死。

不不不，她抱著不只一點絕望想道，「累得半死」不足以形容她現在的狀態，也不足以描繪出這四個小鬼在她身上導致的瀕臨崩潰、神智失常。

「不行不行不行，那是我的娃娃。」伊莉莎白對愛麗絲說。

「那是我的！」愛麗絲回嘴。

「才不是！」

「就是！」

「讓我來處理。」十歲的尼可拉斯說，雙手扠在腰上，大搖大擺地走過去。

蘇菲呻吟出聲。她不覺得讓一個認為自己是海盜的十歲男孩去調停紛爭，是什麼好主意。

「妳們兩個等下就不會想要那個娃娃了。」他說，眼中閃過一抹狡猾淘氣的光芒，「只要我砍掉它的……」

蘇菲跳起來插嘴：「你不准砍掉它的頭，尼可拉斯·溫沃斯。」

「可是她們就不會……」

「**不准**。」蘇菲強硬地說。

他看著她，很顯然是在評估她有多大決心阻止他，接著他一邊喃喃抱怨一邊走開了。
「我想我們需要想一個新遊戲。」海辛絲對蘇菲咬耳朵。
「我知道我們需要想一個新遊戲。」蘇菲嘟囔著說。
「放開我的士兵！」約翰淒厲尖叫：「放開放開放開！」
「我絕對不要生小孩。」海辛絲宣布：「事實上，我可能永遠都不會結婚了。」
蘇菲忍住不向她指出，等到海辛絲結婚生子的時候，她一定會有一整批奶媽和保姆軍團一起幫忙照料孩子。
約翰動手拉扯愛麗絲的頭髮，讓海辛絲畏縮了一下，接著又在愛麗絲一拳打在約翰肚子上時，不舒服地吞了一口口水。
「情況越來越危急了。」她對蘇菲低語。
「鬼抓人！」蘇菲突然大叫：「大家覺得怎麼樣？要不要來玩鬼抓人啊？」
愛麗絲和約翰興奮地點頭，而伊莉莎白在仔細思考之後，不情不願地附和：「好吧。」
「你覺得呢，尼可拉斯？」蘇菲對最後一位還沒發表意見的孩子說。
「可能會很好玩呢。」他慢悠悠地說，眼中不懷好意的光芒讓蘇菲心懷恐懼。
「太好了。」她試著不要讓語氣透露出警戒。
「但妳得當鬼。」他補上一句。
蘇菲張嘴想抗議，但其他三個孩子此時開始跳上跳下、興高采烈地尖叫。海辛絲隨即露出狡猾的笑容轉向她，決定了她的命運：「噢，妳一定得當。」
蘇菲知道再怎麼反抗也沒用，只能發出一聲受盡折磨的長長歎息——她故意演得很誇張，就為了讓孩子開心——然後轉身讓海辛絲用一條披巾蒙住她的雙眼。
「妳看得到嗎？」尼可拉斯質問。

Chapter 19

「看不到。」她撒謊。

他轉向海辛絲，扮了個鬼臉，「她看得到。」

他是怎麼知道的？

「再綁一條披巾。」他說：「這條太薄了。」

「真是無禮。」蘇菲嘟囔，但還是稍稍彎下身，讓海辛絲綁上第二條披巾。

「她現在看不到啦！」約翰歡呼。

蘇菲對所有人露出甜美得令人發毛的微笑。

「好啦！」尼可拉斯顯然把自己當老大了，「妳在原地等十秒，讓我們其他人就位。」

蘇菲點點頭，在聽到房間裡傳來亂成一團的腳步聲時試著不要畏縮。

「別打破東西唷！」她大喊，好像這樣就能阻止一個興奮過頭的六歲小孩一樣。

「你們準備好了嗎？」

沒人回答。這表示他們準備好了。

「鬼來嘍！」她叫道。

「在這裡！」五個聲音齊聲回應。

蘇菲皺起眉頭，集中注意力。其中一個小女孩一定是躲在沙發後面。她小步小步走向右手邊。

「鬼來嘍！」

「在這裡！」接著傳來一陣吃吃竊笑——完全不出所料。

「鬼來……好痛！」

更多歡呼和尖聲大笑。蘇菲咕噥著搓揉瘀青的小腿。

「鬼來嘍！」她用明顯喪失大半興致的聲音叫道。

「在這裡！」

「在這裡！」

「在這裡！」

「在這裡！」

「在這裡！」

「妳逃不出我的手掌心了，愛麗絲。」她低聲喃喃自語，決定把目標鎖定在最年幼、想必也最弱小的小女孩身上，「妳無處可逃啦。」

班尼迪特差點就可以不著痕跡溜之大吉。在母親離開會客室後，他一口氣灌下一杯迫切需要的白蘭地，隨即走出房門，結果被艾洛伊絲逮個正著。她說他還不准離開，母親可是費盡千辛萬苦才把所有孩子召集到同一個地方，因為達芙妮有件重要的事情要宣布。

「她又懷孕了嗎？」班尼迪特問。

「你得假裝很驚訝。你不該知道的。」

「我才不要演戲。我要走了。」

她急切地跳向前，竟然成功抓住他的袖子，「你不准走。」

班尼迪特吐出長長一口氣，試著把她的手指撥開，但她死死抓著他的襯衫。

「我要抬起一隻腳。」他用一種厭煩的語氣慢慢說道：「然後往前踏一步。接著我會抬起另一隻腳……」

「你之前答應海辛絲要教她算數。」艾洛伊絲脫口而出：「她已經兩個禮拜連你的一根頭髮都沒見到了。」

「她又沒去學校，不用擔心被退學。」班尼迪特嘟囔。

「班尼迪特，你這樣說非常糟糕！」艾洛伊絲驚呼。

「我知道。」他呻吟出聲，希望能擋住另一波說教。

「就因為我們女性不能去伊頓或劍橋這種地方唸書，不代表我們的教育就比較不重要！」艾洛伊絲怒氣沖沖地數落，徹底忽視她哥哥有氣無力說出的「我知道」。

「況且……」她繼續叫嚷。

班尼迪特洩氣地靠在牆上。

「在我看來，我們不被允許去上學的理由，正是因為一旦我們可以上學，就會在所有科目上擊敗你們男人！」

「我確定妳說得對。」他嘆息著說。

「不准哄我。」

「相信我，艾洛伊絲，我連做夢都不敢哄妳。」

她狐疑地打量他，接著雙手抱胸說：「好吧，別讓海辛絲失望。」

「我不會的。」他疲倦地回答。

「我相信她就在育兒室裡。」

班尼迪特心不在焉地對她頷首，轉身面向樓梯。

但就在他蹣跚走上樓時，他沒看到艾洛伊絲轉向從音樂室探出頭來的母親，給了她一個大大的眨眼和笑容。

育兒室位於三樓。班尼迪特並不常爬到這麼高的樓層來，因為他大部分的手足都睡在二樓。只有葛雷里和海辛絲還住在育兒室旁邊的房間。但葛雷里整年大部分時間都住在伊頓公學的宿舍，而海辛絲通常都在房子其他地方騷擾別人，因此班尼迪特找不到什麼理由需要特別上來這裡。

但他並沒有忘記，三樓除了育兒室，也是上層僕人臥房的所在之處，包括貼身女僕。

蘇菲。

她可能在別的什麼地方忙她的縫補活去了。肯定不在育兒室，那裡是奶媽和保姆的地盤，貼身女僕沒有理由會在……

「嘻嘻嘻哈哈哈哈哈！」

班尼迪特高高挑起眉。那絕對是小孩子的聲音，卻絕無可能是從十四歲的海辛絲嘴裡發出來的笑聲。

噢，對了。溫沃斯家的表弟妹今天來拜訪他們。他母親提過這件事。好吧，這也是額外之喜。他已經好幾個月沒見到他們了，而他們是一群不錯的孩子，雖然性子有點野。

他靠近育兒室門口的時候，聽見笑聲變得越來越大，還混雜了幾聲尖叫。這些聲音讓班尼迪特不禁露出笑容，而就在他抵達打開的門，轉身面對房裡時……

他看見了她。

是她。

不是蘇菲，而是她。

但那人卻正是蘇菲。

她被蒙上了雙眼，伸手往咯咯大笑的孩子摸索搜尋。他只看得到她下半部的臉，但他正是在此刻明白過來。

這世上他只看過下半張臉的女人，就只有一位。

Chapter 19

而那張臉上的笑容如出一轍。她帶著男孩氣的尖下巴也一模一樣。全部都一模一樣。

她就是銀衣女子，那個出現在化裝舞會的女人。

一切都突然說得通了。他這輩子只在兩位女人身上感受過這種難以解釋、幾乎可說是神祕體驗的吸引力。他從前認為能找到兩位這樣的女性相當不可思議，畢竟他內心總是相信他的完美真命天女只會有一位。

他的心一直都是對的。確實只有一位。

他找她找了好多個月，他對她心懷渴望的時間甚至還要更長，但她其實一直就在他面前。

而她卻沒有告訴他。

她明不明白她讓他承受了多少折磨？他有多少個小時躺在床上無法入睡，覺得自己背叛了銀衣女子——他夢想要結婚的女人——只因為他愛上了一名女僕？

親愛的上帝啊，整件事幾乎可以用荒謬來形容。他好不容易終於下定決心要放下銀衣女子。他都已經做好準備要向蘇菲求婚，讓那些社會後果都下地獄去吧。

到頭來，她們根本就是同一個人。

一陣詭異的咆哮響徹他的腦袋，彷彿兩枚貝殼分別蓋住了他的耳朵，尖聲呼嘯、颼颼作響、嗡嗡震鳴。空氣中突然有種苦澀嗆鼻的味道，眼前的事物也染上了紅色……

班尼迪特沒辦法將視線從她身上移開。

「發生什麼事啦？」蘇菲問。所有孩子都安靜了下來，目瞪口呆地盯著班尼迪特。

「海辛絲，」他咬牙切齒地說：「能請妳帶大家出去嗎？」

「但是……」

「立刻！」他大聲咆哮。

「尼可拉斯、伊莉莎白、約翰、愛麗絲，跟我來。」海辛絲迅速說道，她的嗓音嘶啞：「廚房裡有餅乾，我也知道……」

但班尼迪特沒聽見她後面說了什麼。海辛絲飛速清空房間，她陪著孩子離開，聲音逐漸消逝在走廊外頭。

「班尼迪特？」蘇菲出聲詢問，一邊手忙腳亂試著解開綁在後腦杓的結，「班尼迪特？」

他把門關上的聲音大得讓她驚跳一下。「怎麼了？」她低語。

他什麼都沒說，不發一語地看著她拉扯著披巾。他喜歡看她無助的樣子。眼下他可是一點仁慈之心都感覺不到。

「妳有什麼事情需要告訴我嗎？」他的語氣克制，但他的雙手在不住顫抖。

她停下動作，整個人靜止到他發誓能看見熱氣從她的身軀升起。接著她清清喉嚨——一種尷尬、不自在的聲音——然後繼續嘗試解開頭上的結。她的動作讓包覆著她胸部的布料繃緊，但班尼迪特感受不到一絲情慾的火花。

他諷刺地想，這可是這輩子第一次他對這女人沒有產生任何慾望，不管是她還是她的化身。

「你能幫我解開這個嗎？」她問，但語氣遲疑。

班尼迪特動也不動。

「班尼迪特？」

「看到妳的頭上綁著一條披巾很有趣，蘇菲。」他柔聲說。

她舉在空中的雙手緩慢地垂落身側。

「就像一只半臉面具，妳說對不對？」

她分開唇瓣，從中吐出的輕柔氣息是房裡唯一能聽見的聲響。

他慢慢地、冷酷地走向她，腳步聲剛好只夠讓她知道他在悄悄靠近她。

「我已經好多年沒去化裝舞會了。」他說。

Chapter 19

她知道了。他從她的表情、她嘴角繃緊卻仍微微張開的雙唇看得出來。她知道他知道了。

他希望她現在嚇得半死。

他朝她再踏出兩步，接著突然轉向右邊，讓手臂擦過她的袖子。「妳有打算要跟我說我們曾經見過面嗎？」

她動了動嘴巴，但沒有說話。

「妳有嗎？」他問，嗓音低沉克制。

「沒有。」她語氣動搖地說。

「真的？」

她一聲不響。

「有什麼特別的理由嗎？」

「那……那似乎與此無關。」

他猛然轉身。「**與此無關**？」他厲聲說：「我兩年前就愛上了妳，但那與此無關？」

「能讓我拿掉披巾嗎？」她低聲說。

「妳可以繼續盲目下去。」

「班尼迪特，我……」

「就和我過去這個月一樣盲目。」他憤怒地說：「妳何不試試看妳對這種狀態有多享受？」

「你兩年前並沒有愛上我。」她說，一邊拉扯綁得太緊的披巾。

「妳又知道什麼了？是妳徹底消失了！」

「我必須消失！」她大喊：「我沒有別的選擇。」

「我們永遠都有選擇。」他不可一世地說：「我們稱之為自由意志。」

「你當然可以站著說話不腰疼。」她怒斥，瘋狂拽著蒙眼布，「你！這種什麼都有的人。而我必須……噢！」隨著她重重一扯，披巾鬆脫開來，滑落到她脖子上。

突如其來的光線讓蘇菲不斷眨眼，接著她便看見班尼迪特的臉，不禁倒退一步。

他的雙眼燃燒著狂怒，還有一種她幾乎無法理解的傷痛。「很高興見到妳，蘇菲。」他用低沉而危險的語調說：「如果那真是妳的名字。」

她點點頭。

「這讓我想到，」他的語氣輕鬆得有點不自然，「如果妳參加了化裝舞會，這表示妳並非來自僕役階層，對不對？」

「我沒有邀請函。」她急忙回答：「我是個騙子、冒牌貨。我沒有出現在那裡的資格。」

「妳欺騙我。這一切種種妳都在騙我。」

「我不得不這麼做。」她低語。

「噢，少來了。到底是會發生什麼恐怖的事情，讓妳需要對**我**隱瞞真實身分？」

蘇菲吞了口口水。此時此刻，在柏捷頓家的育兒室裡，加上他居高臨下站在她面前，蘇菲實在想不起來她為什麼當初會決定要對他隱瞞，自己正是化裝舞會上的女子。

也許是因為她害怕他提出要她成為情婦的要求。

但這個恐懼最終也成真了。

或者是因為，等到她發現這不會僅僅只是一場巧遇、他也無意讓女僕蘇菲離開他的人生時，就已經太遲了。她已經隱瞞他太久，也害怕面對他的怒火。

然而，這就是此時此刻正在發生的事。

一切都證明她是對的。然而，當她站在他面前，這份慰藉既冰冷又無濟於事，而她看著他的雙眼因憤怒而燃燒，同時又因厭惡而冷若冰霜。

也許真相——就算再怎麼不堪——其實是她的自尊心被刺傷了。其實她一直很失望他沒有認出她來。如果化裝舞會那一晚對他倆來說都同樣神奇，那他不是該立刻就能認出她是誰嗎？

她花了兩年不斷夢見他。兩年來的每個晚上，她都會看見他的臉。但就在看到她的臉時，她在他眼中卻是一個陌生人。

也或許，只是或許，這些都不是真正的理由。也許答案還要更加簡單。也許她只是想保護自己的心。她不知道為什麼，但當她只是一個無名小女僕時，她覺得比較安全、比較沒那麼赤裸。

如果班尼迪特知道她的真實身分——或至少知道她就是舞會上的女子——他就會毫無保留展開追求攻勢。

噢，當他以為她只是個女僕時，他也確實在追求她。但如果他知道真相，情況就會不一樣了。他不會覺得階級差異那麼關鍵，而蘇菲也會失去兩人之間最重要的界線。她的社會階級（或者說她並不屬於的社會階級）是一道能保護她的心的城牆。

老實說，她不能和他靠得太近，正是因為她無法這麼做。像班尼迪特這樣的男人——身為子爵的兒子，如今也是子爵的兄弟——絕對不會娶一個女僕。

但如果是一個伯爵的私生女，情況就複雜起來了。和僕人不一樣，身為貴族的私生子女是可以擁有夢想的。

可是就和僕人的夢想一樣，這種願望是不可能成真的，而這會讓做夢變得更加痛苦。她心知肚明——每當她想將真相脫口而出時，她都明白——一旦告訴他真相，只會換來一顆破碎的心。

蘇菲幾乎要失聲大笑。她的心不可能比現在感覺更糟了。

「我找過妳。」他低沉繃緊的嗓音穿透她的思緒。

她睜大雙眼，泛出濕意。「你找過我？」她低語。

「找了該死的六個月。」他咒罵道：「就好像妳從地表徹底消失一樣。」

「我無處可去。」她說，但不確定自己為什麼要告訴他。

「你有我啊。」

這幾個字懸在半空，黑暗又沉重。最後，一股姍姍來遲的坦率讓蘇菲開口：「我不知道你在找我。但是……但是……」她哽咽地說，此時此刻的心痛讓她緊緊閉上眼。

「但是什麼？」

她用力吞嚥。當她睜開眼睛時，沒有看著他的臉。「就算我知道你在找我，」她用雙手抱住身體，「我也不會讓你找到。」

「我就這麼讓妳嫌惡嗎？」

「不是！」她大喊，飛快將視線投向他。他的表情透露出傷痛。他藏得很好，但她太瞭解他了。那抹傷痛也出現在他的雙眼。

「不是。」她試著讓語氣保持冷靜平穩：「不是那樣的。我永遠都不可能嫌惡你。」

「那為什麼？」

「我們來自不同的世界，班尼迪特。就算在當時，我也知道我們沒有未來，那會是一場折磨。要我懷抱不可能實現的夢想，我做不到。」

「妳到底是誰？」他突然問道。

她只是愣愣地瞪著他，像是凍結般靜止不動。

「告訴我。」他咬牙切齒地說：「告訴我妳是誰，因為我很確定妳絕非什麼該死的貼身女僕。」

「我就是我說的那個人。」她說，但在看到他流露殺氣的眼神時，蘇菲又飛快補上一句：「幾乎是。」

他朝她逼近，「**妳是誰？**」

她後退一步，「蘇菲．貝克特。」

「**妳是誰？**」

Chapter 19

「我從十四歲開始就是女僕。」
「在那之前，妳是什麼人？」
她的回答突然變成喃喃低語：「一個私生女。」
「誰的私生女？」
「很重要嗎？」
他的態度變得更加好鬥，「對我來說很重要。」
蘇菲感覺到自己像是洩了氣。她不期待他會不顧對家族抱有的義務，認真想和她這種人結婚，但她確實曾希望他不會那麼在乎她的出身背景。
「妳父母是誰？」班尼迪特鍥而不捨地追問。
「你不認識的人。」
「妳父母究竟是誰？」他咆哮。
「潘伍德伯爵！」她失聲大喊。
他僵立原地，一根肌肉都沒動一下，甚至連眨眼都沒有。
「我是貴族的私生女。」她語氣暴戾地說，長年累積的憤怒和怨懟傾瀉而出，「我父親是潘伍德伯爵，而我母親是女僕。沒錯，」她看見他的臉色刷白時厲聲說：「我母親是貼身女僕，就跟我一樣。」
沉重的靜默填滿了空氣，接著蘇菲低語：「我不會重蹈母親的覆轍。」
「但如果她選了別條路，」他說：「妳就不會站在這裡告訴我這些事了。」
「那無關緊要。」
班尼迪特緊握在身側的雙拳開始不住抖動。「妳欺騙我。」他低沉地說。
「你不需要知道真相。」

「妳又他媽的有什麼資格決定？」他突然爆發，「可憐的小班尼迪特，他承受不起真相，他不能自己做決定，他……」

他猛然收聲，為自己透露哀鳴的語氣感到噁心。她讓他變成自己不認識的人，他一點都不喜歡的人。

他得離開這裡，他得……

「班尼迪特？」她用一種奇怪的眼神看著他，雙眼充滿擔憂。

「我得走了。」他喃喃說：「我現在沒辦法看著妳。」

「為什麼？」她問，而他看得出她立刻後悔問了這個問題。

「我現在非常憤怒。」他說，每個字都說得緩慢、斷續：「因為我搞不懂自己了。我……」他低頭看向雙手。它們正在顫抖。

他猛然發現自己想傷害她。不，他並不想傷害她。他永遠不會傷害她。但是……

但是……

這是他這輩子第一次覺得這麼失控。他嚇壞了。

「我得走了。」他再次說道，然後粗魯地擠過她，大步走出門口。

Chapter 20

LADY WHISTLEDOWN´S SOCIETY PAPERS

順帶一提，瑞林小姐的母親潘伍德伯爵夫人，最近的舉止同樣非比尋常。

根據僕人之間的八卦流言（我們都知道這是最可靠的消息來源），伯爵夫人昨晚大發雷霆，朝僕人們丟了至少十七隻鞋子。

有位男僕一隻眼睛被砸出瘀青，但除此之外大家都安然無恙。

《威索頓夫人的韻事報》
11 JUNE 1817

20

不到一小時，蘇菲就把行李收拾好了。

她不知道還有什麼選擇。她全身上下充滿緊張的能量，苦不堪言，讓她完全坐不住。她的雙腳不斷移動，雙手不住顫抖。每隔幾分鐘，就會不自覺地吞進一大口空氣，彷彿深呼吸能安撫她體內的風暴。

她無法想像和班尼迪特這麼難看的撕破臉之後，她還能被允許留在柏捷頓夫人的家。

柏捷頓夫人確實喜歡蘇菲，但班尼迪特可是她兒子。血濃於水這句話一點都不言過其實，特別是柏捷頓家的血脈。

這真的很令人難過，她坐到床上時想，手上繼續蹂躪已經皺成一團的手帕。儘管懷抱著對班尼迪特的種種糾結，她還是非常喜歡住在柏捷頓家的日子。以前蘇菲從未有幸和一群真正理解「家人」這個詞的人一起生活。

她會想念他們的。

她會想念班尼迪特。

她會為那種無緣擁有的生活哀悼。

她再也坐不住了，便猛然跳起來走向窗戶。

「去你的，爸爸。」她說，抬頭望向天空，「看啊，我叫你爸爸了。你從來不准我這麼叫。你從來就不想當這個角色。」

她用力喘息，手背不住擦著鼻子，「我叫了你爸爸，感覺怎麼樣啊？」

但窗外沒有突然天打雷劈，也沒有突然竄出的灰雲遮住太陽。父親永遠不會知道她有多氣他讓她身無分文、把她留在艾拉敏塔身邊。最有可能的是，他才一點都不在乎。

她覺得身心俱疲，倚著窗框抹抹眼睛。

「你讓我嘗到另一種人生的滋味。」她低語：「然後把我丟在水深火熱之中。如果我被當作僕人養大，一切不知道會簡單多少。我就不會渴望那麼多東西，一切都會容易多了。」

蘇菲轉過身，看向那只可憐兮兮的乾癟小包。她非常不願意帶走柏捷頓夫人和小姐們給的裙子，但她別無選擇，因為她的舊衣裙都拿去當成抹布了。因此她只挑了兩件，和她當初來到這裡時擁有的數量一樣——一件是她被班尼迪特發現真實身分時穿的，另一件則作為備用，塞在包包裡。其他裙子都經過精心熨燙，掛回衣櫥裡。

蘇菲嘆了口氣，短暫闔上雙眼。

是時候離開了，她不知道接下來要去哪裡，只知道不能留在這裡。

她彎腰拾起包包。她身上有一點點積蓄，不多，但如果她找到工作、省吃儉用，一年內就能存到前往美國的錢。她聽說出身低下的人在那裡比較容易討生活，社會階級的界線也不像英格蘭這麼嚴苛。

她從房間探出頭，還好整條走廊都空蕩蕩的。她知道自己是個膽小鬼，但她不想被迫和柏捷頓姊妹們道別。她可能會做出非常蠢的事，例如把持不住痛哭失聲，然後她的心情就會變得更糟。她這輩子不曾和與她年齡相近、以尊重和喜愛之情對待她的女性相處。她曾經期盼蘿莎蒙和珀希能和她成為姊妹，但那個願望從未實現。珀希雖然嘗試過，但艾拉敏塔並不允許，而珀希儘管個性親切，卻一直不夠堅強到能勇敢面對母親。

但她還是必須向柏捷頓夫人辭別。

柏捷頓夫人對她的好超乎所有預期，蘇菲絕不會用像罪犯一樣偷偷消失的方式來答謝她。如果她夠幸運，柏捷頓夫人不會那麼快就聽說她和班尼迪特的爭執。蘇菲能就這樣向她辭職，好好道別，然後離開這裡。

時間已近傍晚，已經遠遠超過下午茶時刻，因此蘇菲決定碰碰運氣，看柏捷頓夫人在不在她臥房旁邊的小書房裡。那是個溫暖舒適的小房間，有張寫字檯和幾座書架，柏捷頓夫人都會在那裡回覆信件和處理家庭帳目。

通往書房的房門半開，因此蘇菲輕輕敲了敲門，在指節敲到木板時順勢將房門稍微推開。

「請進！」柏捷頓夫人的應答從門裡傳出來。

蘇菲推開門，將頭探進房裡。

「我打擾到您了嗎？」她小聲地問。

柏捷頓夫人放下羽毛筆，「對，但歡迎之至。我一直都不喜歡結帳。」

「我可以……」蘇菲及時咬住舌頭。她原本想自告奮勇接下這個工作。算數一直都是她的拿手項目。

「妳說什麼？」柏捷頓夫人問，眼神十分溫柔。

蘇菲輕輕搖頭，「沒事。」

沉默籠罩整個房間，直到柏捷頓夫人朝蘇菲莞爾一笑，「妳來敲門是有什麼特別的事嗎？」

蘇菲深吸一口氣，想讓自己冷靜下來（但沒有成功），然後說：「是的。」

柏捷頓夫人期待地看著她，但什麼也沒說。

「恐怕我得辭去這裡的工作了。」蘇菲說。

柏捷頓夫人當真從椅子上站了起來，「為什麼？妳不快樂嗎？女孩們是不是對妳不好？」

「不不不，」蘇菲趕快向她保證：「完全不是那樣。您女兒都非常棒……不論是內心或外貌都表裡如一。我從來都……我是說，沒人這麼……」

「那是怎麼了，蘇菲？」

蘇菲緊緊抓住門框，絕望地試圖保持平衡。她的雙腿站不穩，心裡也波濤洶湧。她的眼淚隨時都會潰堤而出，但為什麼呢？因為她深愛的男人永遠不會娶她嗎？因為他覺得她騙了他而恨她嗎？因為他讓她的心碎了兩次──一次是他要她成為情婦的時候，一次是讓她愛上他的家人，隨後又迫使她不得不離開？

他或許沒有親口逼她走，但瞎子都看得出她不能留下來。

「是因為班尼迪特，對不對？」

蘇菲猛然抬起頭。

柏捷頓夫人悲傷地微笑，「很明顯你們對彼此有感覺。」她溫柔地說，回答蘇菲知道她眼中肯定流露出來的疑問。

「您為什麼不開除我？」蘇菲低語。

她不認為柏捷頓夫人對自己和班尼迪特的肌膚之親知情，但像柏捷頓夫人這種身分的人，不會希望自己的兒子迷戀區區一介女僕。

「我不知道。」柏捷頓夫人答道，露出蘇菲未曾預料過的掙扎表情，「也許我是該那麼做。」她聳聳肩，眼神帶有奇特的無助，「但我喜歡妳。」

蘇菲一直努力忍住的淚水在此時滑落臉頰，但她還是盡力保持鎮定。她沒有全身顫抖，也沒有發出任何聲音。

她只是站在原地，靜止不動，讓眼淚泉湧而出。

柏捷頓夫人再度開口的時候，她的語氣非常小心，彷彿在慎重斟酌每一個字，想要給出明確的答覆。「妳，」她的視線沒有從蘇菲臉上移開，「是我希望我兒子能找到的那種人。我們還沒認識多久，但我已經看見妳的人格，也看見妳的心胸。而我希望……」

蘇菲發出小小的哽咽聲，但她盡可能迅速嚥回嘴裡。

「我多麼希望妳是來自不同的家世。」柏捷頓夫人繼續說，向她同情地微微頷首，緩慢而悲傷地眨了眨眼，「我沒有因此責怪妳，也沒有輕視妳，但這讓事情變得非常困難。」

「變得毫無指望。」蘇菲低語。

柏捷頓夫人不發一語，蘇菲知道她內心同意自己的判斷——儘管不是完全同意，至少也有百分之九十八。

「是否有可能，」柏捷頓夫人用比先前更加小心翼翼的用詞說：「妳的身世和表面上看起來並不一樣？」

蘇菲沉默不語。

「妳身上有很多事情說不通，蘇菲。」

蘇菲知道她希望自己能回問是哪些事情，但她相當清楚柏捷頓夫人指的是什麼。

「妳的腔調無可挑剔。」柏捷頓夫人說：「我知道妳說那是因為妳和妳母親雇主的孩子一起上課，但在我看來還不足以解釋。那些課程至少要從妳六歲才會開始，但那時妳的說話方式早就固定下來了。」

蘇菲感覺到自己睜大雙眼。

她從來沒有想到會有這個漏洞，她也很吃驚直到現在才有人發現。不過話說回來，在這麼多聽過她杜撰的身世故事的人之中，柏捷頓夫人比絕大多數人都來得聰明。

「妳還懂拉丁語。」柏捷頓夫人說：「別試圖否認。有一次海辛絲在煩妳的時候，我聽到妳用拉丁語在喃喃自語。」

蘇菲目不轉睛盯著柏捷頓夫人左邊的窗戶看。她沒辦法對上她的視線。

「謝謝妳沒有否認。」柏捷頓夫人說，接著她靜靜等待蘇菲也說點什麼。

她等了好久好久，讓蘇菲最終不得不開口打破永無止盡的寂靜。

「我並不是和您兒子相配的人選。」她只說了這些。

「我懂了。」

「我真的得離開了。」她得趕快把這些話說出來，以免改變心意。

柏捷頓夫人頷首示意，「如果這是妳希望的話，我也無法阻止。妳打算去哪裡？」

「我在北方有親戚。」蘇菲說謊道。

柏捷頓夫人很顯然不相信她的說詞，但還是回答：「那妳得用我們的馬車。」

「不，我不能這麼做。」

「妳不會以為我會答應吧？妳是我的責任——至少在接下來幾天都還是——而且沒有人護送實在太危險了。女人在這世上孤身行動，可一點都不安全。」

蘇菲無法克制地露出悲傷的笑容。

雖然柏捷頓夫人的語氣截然不同，但她說的話和幾個星期前班尼迪特的發言幾乎沒什麼兩樣。看看蘇菲現在是什麼下場。

蘇菲不會說自己和柏捷頓夫人是親密好友，但蘇菲已經夠瞭解她，知道她絕不會讓步。

「好吧。」蘇菲屈服了，「謝謝您。」

她可以讓馬車放她在某個地方下車，最好是靠近港口的地方，這樣等她存夠錢就能訂一張去美國的船票，再決定往後的去處。

柏捷頓夫人向她露出難過的小小微笑，「我猜妳已經把行李全都收拾好了吧？」

蘇菲點點頭。她沒必要指出她只有一個袋子要收。

「妳都道別完了嗎？」

蘇菲搖搖頭，坦承：「我寧可不要道別。」

柏捷頓夫人點頭起身。「有時候這是最好的作法。」她附和：「妳何不到前廳等我？我會確保馬車有來接妳。」

蘇菲轉身準備走出書房，但就在靠近門口時，她停下腳步回過頭，「柏捷頓夫人，我……」

夫人眼睛一亮，彷彿期待聽到好消息，或至少不一樣的消息。

「是的？」

蘇菲吞了口口水，「我只是想向您致謝。」

柏捷頓夫人眼中的光芒黯淡了些許，「為了什麼？」

「為了留我在這裡，接納我，允許我假裝自己是您家庭的一份子。」

「別傻……」

「您大可不必讓我和您與女兒一起喝茶。」蘇菲打斷她，如果她此時此刻不把話全說出來，她的勇氣就會消失殆盡。

「大多數上流社會的淑女都不會這麼做。那非常愉快……也很新鮮……而且……」她用力吞嚥，「我會想念您們大家的。」

「妳不必離開的。」柏捷頓夫人柔聲說。

蘇菲試著露出微笑，但她的笑容顫抖，嘗起來也有眼淚的味道。

「不，」她說，幾乎哽咽得說不出話來，「我一定得走。」

柏捷頓夫人凝視著她好長一段時間，淺藍色的雙眸充滿同情，甚至還有一點恍然大悟。「我懂了。」她安靜地說。

而蘇菲害怕她真的懂了。

「我會在樓下跟妳碰面。」柏捷頓夫人說。

蘇菲點點頭，在門口側身讓柏捷頓夫人先行通過。

她在走廊停下腳步，低頭看向蘇菲飽經風霜的袋子，「那是妳所有的東西嗎？」

「我這世界上擁有的東西都在裡面。」

柏捷頓夫人不自在地嚥了口口水，雙頰染上幾乎看不見的粉紅色，幾乎像是在為自己擁有的財富感到難為情——還有蘇菲的身無分文。

「但這些東西……」蘇菲向袋子示意，「這些東西並不重要。您擁有的……」她停頓一下，也吞了口口水，掙扎著壓下哽咽，「我並不是說您有……」

「我懂妳的意思，蘇菲。」柏捷頓夫人用手指按了按雙眼，「謝謝妳。」

蘇菲的肩膀微微聳了聳，「我說的是實話。」

「在妳離開前，讓我給妳一點錢吧，蘇菲。」柏捷頓夫人脫口而出。

蘇菲搖搖頭，「我不能拿。我已經帶走兩件您給我的衣服了。我並不想這麼做，但是……」

「沒關係的。」柏捷頓夫人向她保證：「妳還有別的選擇嗎？妳帶來的衣服已經沒了。」她清了清喉嚨，「但請妳讓我給妳一點錢吧。」她看見蘇菲準備開口抗議，於是又說：「拜託妳。這會讓我好過一點。」

柏捷頓夫人有一種看著人的方式，可以讓對方真心想聽從她的要求，況且蘇菲也確實需要錢。柏捷頓夫人是位慷慨大方的淑女，她給蘇菲的錢可能還夠她買張三等船艙的船票。蘇菲發現在自己的道德開始掙扎之前，已經說出了「謝謝您」。

柏捷頓夫人對她簡潔地頷首致意，便沿著走廊離開。

蘇菲長長地吸了一口顫抖的氣，接著拿起袋子慢慢走下樓梯。她在玄關等了一下子，然後決定還是在外頭等比較好。這是個風光明媚的春日午後，蘇菲覺得曬點太陽可能會讓她覺得好過一些。嗯，就算只有一點點也好。再者，這樣也比較不容易巧遇柏捷頓家的小姐們，雖然她一定會很想念她們，她就是不想親自和她們道別。

蘇菲一手抓著袋子推開前門，走下門階。

馬車駛到前門不需要花多久時間。

最多五分鐘，或是十分鐘，或是……

「蘇菲．貝克特！」

蘇菲的胃彷彿一路墜落到她的腳踝。艾拉敏塔。她怎麼會忘了呢？

她僵在原地四處張望，抬頭看向階梯最上方，試著想出逃生路線。如果她跑回柏捷頓家，艾拉敏塔就會知道要上哪裡找她，如果她徒步跑走……

「警官！」艾拉敏塔尖聲大叫：「叫警官來！」

蘇菲丟下袋子，拔腿就跑。

「誰來攔下她！」艾拉敏塔大喊：「抓住小偷！抓住小偷！」

蘇菲繼續狂奔，即使內心知道這會讓她像真的犯了罪。她用上全身每一條肌肉向前衝，拚盡全力將氧氣吸進肺裡。

她跑啊跑、跑啊跑、跑啊跑……

直到某人從背後撲上來，碰一聲將她撲倒在地。

「我抓到她了！」某個男人大喊：「我幫妳抓住她了！」

蘇菲不斷眨眼，因疼痛不斷喘息。她的頭用力撞在地上，讓她頭暈目眩，抓住她的男人幾乎整個人坐在她的肚子上。

「終於逮到妳啦！」艾拉敏塔快步趕上來，一邊得意洋洋地高呼：「蘇菲．貝克特，妳好大的膽子！」

蘇菲怒目而視。言語根本不足以表達她心中對她的厭惡，更別提她現在痛到說不出話來。

「我一直在找妳呢。」艾拉敏塔露出邪惡的笑容，「珀希告訴我她看到妳了。」

蘇菲閉上眼睛，維持了比普通眨眼還久的時間。**唉，珀希**。

她不認為珀希有意揭發她，但她的舌頭往往動得比她的頭腦還快。

艾拉敏塔將腳踩在離蘇菲的手非常近的地方——那隻手被抓住她的人攫住，動彈不得——接著將腳踩到蘇菲手上，微微一笑，「妳不該偷我的東西。」艾拉敏塔的藍眸閃爍著光芒。

蘇菲哼了一聲，那是她唯一發得出來的聲音。

「妳瞧，」艾拉敏塔喜孜孜地繼續說：「現在我能把妳關進大牢了。之前我就能這麼做，但現在我可是握有真相。」

一個男人在此時跑過來，急停在艾拉敏塔面前。「夫人，警方的人都在路上了。我們很快就可以把小偷帶走。」

蘇菲咬住下唇，心裡有兩個念頭正不斷衝突：一個是祈禱警官別那麼快抵達，直到柏捷頓夫人從屋子裡出來，另一個則是祈禱他們能立刻來到現場，柏捷頓家的人就不必親眼看到她的醜態。

最後，她的願望實現了，而且是後面那一個。

警方不到兩分鐘就到了，隨即把她丟上馬車，載往監獄。

馬車離去的時候，蘇菲滿腦子只想著：柏捷頓家永遠不會知道她發生了什麼事，但也許這樣才是最好的結果。

Chapter 21

LADY WHISTLEDOWN´S SOCIETY PAPERS

哎呀，昨天布魯頓街上的柏捷頓府大門樓梯前，真是發生了大騷動！首先，有人看見潘妮洛普·費瑟林頓身邊不只出現一位或兩位柏捷頓家的男人，而是**三位**！對這位以當壁花出名的可憐女孩來說，以前根本不可能達成如此成就。遺憾的是（或許該說是意料之中），費瑟林頓小姐離開時挽著子爵閣下的手臂，也是三兄弟中唯一的已婚人士。

如果費瑟林頓小姐最後成功將其中一位柏捷頓兄弟押上結婚聖壇，那天肯定就是我們熟知的世界迎來終結的時候。而筆者得在此承認無法理解那種新世界的運作規則，屆時只能引退還鄉了。

如果費瑟林頓小姐的聚會還算不上八卦，那聽聽不到三小時後發生的事吧：就在三棟房子的距離外，一名女子在潘伍德伯爵夫人的連棟公寓前方被逮捕。筆者懷疑這名女性是在柏捷頓家工作，而她似乎過去也為潘伍德夫人工作過。潘伍德夫人宣稱這位不知名的女子在兩年前偷了她的東西，還立刻將這可憐的小東西押去監獄。

筆者不確定近來對偷竊會處以何種刑罰，但假若有人吃了熊心豹子膽，敢對一位伯爵夫人行竊，那可以想見懲罰絕對不會太輕。這可憐的女孩極有可能會被處以吊刑，或至少被流放國外。

相比之下，之前的女僕戰爭（本專欄在上個月報導過）現在看來還真是微不足道。

《威索頓夫人的韻事報》

13 JUNE 1817

21

隔天一早，班尼迪特起床後第一件事，就是想幫自己倒杯又醇又烈的酒，或是三杯。這麼早就喝酒可能相當丟人現眼，但經歷昨晚蘇菲．貝克特對他那番情緒上的摧殘，把自己喝到斷片聽起來非常吸引人。

緊接著他就想起，他答應柯林要在今天早上來場擊劍比賽。突然間，摧殘親弟弟聽起來是更加吸引人的選項，就算他根本和班尼迪特的壞心情一點關係都沒有。

這就是兄弟的存在目的，班尼迪特一邊穿上護具，邊想邊露出陰森的微笑。

「我只有一小時的時間。」柯林邊將安全劍頭套上練習用的鈍劍邊說：「我下午還有約。」

「無關緊要。」班尼迪特回道，往前撲刺了幾下，讓腿部肌肉鬆開來。他有一段時間沒擊劍了，武器拿在手裡的感覺很好。他收回手，劍尖戳在地面，讓劍身微微彎曲。「我不用一小時就能打敗你。」

柯林翻了翻白眼，才戴上面罩。

班尼迪特走向房間中央，「準備好了嗎？」

「還沒。」柯林也走向前。

班尼迪特再次向前撲刺。

「我說我還沒準備好！」柯林邊叫邊跳向一旁。

「你太慢了。」班尼迪特厲聲說。

柯林低聲咒罵，接著又大罵出聲：「媽的。你中邪了嗎？」

「沒有。」班尼迪特幾乎咆哮著回答：「你幹麼這麼說？」

柯林向後退，直到兩人拉開比賽的恰當距離。「噢，我也不知道。」他用明顯冷嘲熱諷的語氣說：「可能是因為你差點就要把我的頭砍下來了。」

「我有用安全劍頭。」

「但你卻把它當軍刀那樣揮。」柯林駁斥。

班尼迪特朝他露出無情的笑容，「這樣比較好玩啊。」

「對我的脖子來說一點都不好玩。」柯林輪流用兩手握劍，伸展手指。接著他停下動作，蹙起眉頭，「你確定你拿的是鈍劍？」

班尼迪特沉下臉，「看在上帝的份上，柯林，我絕不會用真的武器。」

「只是想確認一下嘛。」柯林嘟囔，輕輕摸了摸脖子，「準備好了嗎？」

班尼迪特頷首示意，曲起膝蓋。

「按照一般規則。」柯林說，擺出擊劍的低伏姿勢，「不准用砍的。」

班尼迪特簡短地點頭。

「預備！」

兩人抬起右臂，翻轉手腕直到掌心向上，鈍劍緊握在手中。

「那是新的嗎？」柯林突然發問，興致勃勃打量班尼迪特的劍柄。

班尼迪特咒罵出聲，他的集中力被打斷了。「對，是新的。」他咬牙切齒地說：「我喜歡義大利式握柄。」

柯林後退一步，完全放掉了預備姿勢，低頭打量自己沒那麼花俏的法式握柄，「我之後可以跟你借來用嗎？我想看看……」

「可以！」班尼迪特厲聲叫道，差點無法阻止自己往前攻擊，「你能趕快回到預備姿勢嗎？」

柯林朝他歪嘴一笑，班尼迪特知道他根本就是故意要用握柄的話題激怒他。

「悉聽尊便。」柯林喃喃說，再次擺出姿勢。

他靜止了一瞬間，接著柯林說：「開始！」

班尼迪特立刻進攻，向前撲刺，但柯林一直都很靈巧敏捷，他謹慎後退，技巧高超地擋下班尼迪特的攻擊。

「你今天心情特別差唷。」柯林邊說邊持劍跳向前，差一點點就擊中班尼迪特的肩膀。

班尼迪特踏向旁邊，抬劍擋下他的出招。「對，這個嘛，我過了很糟的……」他再次進攻，鈍劍直直向前突刺，「一天。」

柯林俐落地避開。「漂亮的還擊。」他用劍柄觸碰額頭，嘲弄地假裝敬了個禮。

「閉上你的嘴，快打。」班尼迪特罵道。

柯林竊笑著進攻，颼颼舞動手中的劍，逼得班尼迪特不斷後退。

「一定跟女人有關。」他說。

班尼迪特擋下攻擊，迅速開始進攻，「不關你的事。」

「還真的跟女人有關。」柯林露出洋洋得意的笑容。

班尼迪特撲向前，劍尖擊中柯林的鎖骨。「得分。」他哼聲說。

柯林簡潔地頷首致意。「打得好。」

他們走回房間中央，「準備好了？」柯林問。

班尼迪特點點頭。

「預備，開始！」

這次柯林首先出擊。

「如果你需要一點跟女人有關的建議……」他邊說，邊將班尼迪特逼至角落。

班尼迪特舉起劍格擋，力道大到讓他的弟弟踉蹌後退。「就算我需要跟女人有關的建議，」他回嘴：「我也不會問你。」

「你讓我好受傷。」柯林站穩了腳。

「才沒有。」班尼迪特慢條斯理地說：「這就是安全劍頭的用處。」

「我和女人的交往紀錄肯定比你好。」

「真的？」班尼迪特嘲諷地說。他鼻子高高朝天，維妙維肖模仿柯林的語氣：「我絕對不會娶潘妮洛普·費瑟林頓！」

柯林瑟縮了一下。

「你啊，」班尼迪特說：「最好不要給任何人建議。」

「我又不知道她也在。」

班尼迪特撲向前，差一點就擊中柯林的肩膀。「這不是藉口。你人在眾目睽睽的地方，就算她不在場，也會有別人聽見，然後這整件該死的事情就會被寫進《韻事報》。」

柯林擋下他的攻擊，用迅雷不及掩耳的速度反攻，正中班尼迪特的腹部。

「我得一分。」他咕噥。

班尼迪特朝他頷首，向他的得分致意。

「是我太愚蠢。」柯林在他們走回房間中央時說：「而你呢，則是太笨。」

「你他媽是什麼意思？」

柯林嘆著氣推開面罩，「你何不幫我們所有人一個忙，直接把那女孩娶回家？」

班尼迪特愣愣地瞪著他，握著劍柄的手一鬆。有沒有可能，柯林根本不知道他說的是誰？

班尼迪特脫下面罩，深深望進弟弟的暗綠雙眸裡，幾乎要發出哀鳴。柯林一清二楚。班尼迪特不曉得柯林是怎麼得知的，但他百分之百確定他知道。

他不該對此感到驚訝。柯林總是有辦法知道所有事。事實上，唯一比他知道更多八卦的只有艾洛伊絲，而她每次都會在獲得小道消息的幾小時內，就毫不保留將那些可疑的見解向柯林分享。

「你怎麼知道的？」班尼迪特最終問道。

柯林彎起嘴角，露出歪斜的笑容，「你說蘇菲？很顯而易見啊。」

「柯林，她是……」

「女僕？誰在乎啊。你娶了她又會怎樣？」柯林無所顧忌地聳聳肩，「被你根本不在乎的人排擠嗎？拜託，我還蠻想讓那些我被迫往來的傢伙排擠一下。」

班尼迪特也不屑一顧地聳聳肩，「我已經決定不在乎那些事了。」

「那還有他媽的什麼問題？」柯林質問。

「情況很複雜。」

「任何事情都沒我們想得那麼複雜。」

班尼迪特仔細思考這番話。他把劍尖抵在地板上，讓充滿彈性的劍身彎來扭去。「你還記得母親舉辦的化裝舞會嗎？」他問。

這個天外飛來的問題讓柯林眨了眨眼，「幾年前那場？就在她搬出柏捷頓大宅之前？」

班尼迪特點點頭，「沒錯。你還記得一位穿著銀色禮服的女人嗎？你在走廊撞見我們。」

「當然啦。你看起來對她……」柯林的雙眼陡然圓睜，「**那是蘇菲？**」

「很不可思議吧？」班尼迪特喃喃說，語氣明白表示這樣說根本就太輕描淡寫了。

「但是……怎麼會……」

「我不知道她怎麼找到方法參加的，但她才不是女僕。」

「她不是嗎？」

「這個嘛，她現在是女僕沒錯。」班尼迪特澄清：「但她也是潘伍德伯爵的私生女。」

「不是現在的……」

「不是，是幾年前去世的那位。」

「你之前就知道了嗎？」

「不。」班尼迪特說，短促的音節在舌頭上斷裂，「我不知道。」

「噢。」柯林咬住下唇，花了點時間消化哥哥簡短的回答。「我懂了。」他盯著班尼迪特，「那你打算怎麼做？」

班尼迪特的劍原本還抵在地上彎來彎去，突然猛力一彈、恢復原狀，從他手裡飛出去。他木然地看著劍滑過地板，低著頭說：「這真是個好問題。」

他還是對蘇菲的欺瞞充滿狂怒，但他自己也難辭其咎。他不該要求蘇菲當他的情婦。他確實有權利提出要求，但她也有權利拒絕。當她這麼回覆的時候，他就不該強人所難。

班尼迪特並不是作為私生子長大，如果她的成長經驗這麼痛苦，讓她不想養育私生子女的話——那他也該尊重。

假如他真的尊重她，就該尊重她的信念。

他真不該對她那麼輕佻，堅稱任何事情都有可能性，堅稱她可以依照自己的心自由做出選擇。他母親說得對：他確實過著無憂無慮的生活。他擁有財富、家人、快樂……一切都在他伸手可及之處。他這輩子唯一經歷過的悲劇就是父親的驟逝，但就算在當時，都有家人在身邊幫助他度過難關。某些傷痛對他而言難以想像，正因為他自己從未親身經歷過。

不像蘇菲，他從來就不是孤單一人。

現在該怎麼辦？他已經決定要面對社交界的排擠，和她結婚。跟不被承認的伯爵私生女結合比跟僕人來得好一點，但也只有一點點而已。如果他施加壓力，倫敦社交界可能會接納她，但他們絕不會擺出什麼好臉色。他和蘇菲很有可能得搬到鄉下，遠離幾乎勢必將迴避他們的倫敦社交界。

但他不用一秒就知道，和蘇菲共度低調的生活，遠比沒有她的公眾生活來得好。

她是不是化裝舞會上的女人，真有那麼重要嗎？雖然她對他謊報自己的身分，但他卻熟知她的靈魂。當他們親吻彼此、放聲大笑，或僅僅只是坐著聊天的時候，她都沒有半分虛假。

這個女人用一抹笑容就能撥動他的心弦，這個女人就算只是在他素描的時候坐在身邊，就能讓他心滿意足——這才是真實的蘇菲。

而他愛她。

「你看起來已經做出決定了。」柯林安靜地說。

班尼迪特若有所思地打量弟弟。

他什麼時候變得這麼敏銳了？仔細一想，他又是什麼時候長這麼大了？柯林在他眼中一直是稚嫩的小淘氣鬼，迷人又充滿魅力，但不會和責任感扯得上任何關係。

如今當他望著弟弟，他卻看到一個完全不同的人。他的肩膀變寬了一點，姿態更為穩重自持，雙眼也更加睿智。那是最巨大的變化。如果眼睛真的是靈魂之窗，那在班尼迪特沒注意到的時候，柯林的靈魂已經長大成熟了。

「我欠她幾個道歉。」班尼迪特說。

「我確定她會原諒你的。」

「她也欠我幾個道歉，而且不止幾個而已。」

班尼迪特看得出他弟弟想問：「為了什麼道歉？」但值得嘉許的是，柯林最後只有說：「那你願意原諒她嗎？」

班尼迪特點點頭。

柯林把班尼迪特的鈍劍撿起來，「我會幫你收好。」

班尼迪特傻傻盯著弟弟的手指好一段時間，接著突然回過神來：「我得走了。」他脫口而出。

Chapter 21

柯林幾乎壓不住臉上的笑容，「我想也是。」

班尼迪特凝視著弟弟，突然湧現一股難以壓抑的衝動，伸手把他拉過來，快速抱了一下，「我不常說這句話，」他的聲音在自己耳中變得粗啞：「但我愛你。」

「我也愛你，哥。」柯林總是歪向一邊的笑容變得更深，「現在快滾吧。」

班尼迪特把面罩丟向弟弟，大步流星地走出房間。

「您說她離開了是什麼意思？」

「恐怕就是那個意思。」柏捷頓夫人說，雙眼充滿哀傷和同情，「她走了。」

班尼迪特兩側太陽穴後方的壓力開始劇增，他的頭還沒應聲爆炸真是奇蹟。

「那您就這樣讓她走了？」

「強迫她留下來是違法的。」

班尼迪特幾乎要發出哀鳴。他強迫她來倫敦也是違法的，但他還是不顧一切這麼做了。

「她去哪裡了？」他質問。

他母親在椅子上似乎整個人洩了氣，「我不知道。我原本堅持要她搭我們的馬車走，部分是因為我擔心她的安全，也因為我想知道她會去哪裡。」

班尼迪特雙手重重拍在桌面上，「好，那發生什麼事了？」

「我剛才就在試著跟你說，我原本想要她搭我們的馬車，但她顯然並不願意，所以在我把馬車叫到大門之前就先行離開了。」

班尼迪特低聲咒罵。蘇菲可能還在倫敦，但倫敦很大，人也很多，幾乎不可能找到一個想要銷聲匿跡的人。

「我還在猜想，」薇莉小心翼翼地說：「你們是不是吵架了。」

班尼迪特用手扒過頭髮，接著瞥見自己的白色袖子，「噢，耶穌基督啊。」他嘟囔。他就這樣穿著擊劍服裝跑出來了。

他抬頭看向母親，翻了一個白眼，「現在別念我褻瀆上帝，拜託您。」

她的雙唇抽動了一下，「我才不敢呢。」

「我要上哪裡去找她？」

薇莉眼中的輕佻光芒消失了，「我不知道，班尼迪特，我真希望我知道。我很喜歡蘇菲。」

「她是潘伍德的女兒。」

薇莉眉頭一皺，「我也抱有類似的懷疑。我想是私生女吧？」

班尼迪特頷首。

他母親張口想說話，但他最終沒能得知她到底要說什麼，因為就在那一刻，她的書房房門突然被猛力打開，門板響亮地砸在牆上。弗蘭雀絲卡衝了進來，一副就是穿過整棟房子飛奔過來的樣子，一頭撞上母親的書桌。海辛絲就跟在後面，一頭撞上弗蘭雀絲卡。

「發生什麼事啦？」薇莉站起身問。

「是蘇菲。」弗蘭雀絲卡喘著氣說。

「我知道。」薇莉說：「她離開了。我們……」

「不對！」海辛絲插嘴，把一張報紙拍在桌上，「你們看。」

班尼迪特試圖把報紙抓過來——他立刻認出那是《韻事報》，但母親的動作比他更快。

「上面寫了什麼？」他看著她的臉變得蒼白，也感覺自己的胃陡然一沉。

她把報紙遞給他。他快速瀏覽文字，掃過亞洮伯恩公爵、馬格斯菲伯爵和潘妮洛普．費瑟林頓的消息，最後來到勢必和蘇菲有關的段落。

「監獄？」他的話只剩下氣音。

「我們必須讓她被釋放。」他母親說，像準備上戰場的將軍一樣猛力挺起肩膀。

但班尼迪特已經衝出門了。

「等等！」薇莉叫道，跟在後頭衝出去，「我也要去。」

班尼迪特在樓梯口煞住腳步。「您不准去。」他命令：「我不會讓您面對……」

「噢，少來了。」薇莉回嘴：「我才不是什麼脆弱老女人。而且我能為蘇菲的正直品行作證。」

「我也要去。」海辛絲說，和弗蘭雀絲卡一起在樓梯口滑行著停下來，她們也一起跑出來了。

「不行！」她們的母親和兄長異口同聲回答。

「但是……」

「**我說不行**。」薇莉再次尖銳地說。

弗蘭雀絲卡不高興地哼了一聲，「我想如果我堅持，也無濟於事……」

「別想把那句話說完。」班尼迪特警告她。

「好像你會讓我說完一樣。」

班尼迪特不理她，轉向母親，「如果您想去，我們要馬上離開。」

她點點頭，「去把馬車叫來，我會在大門等你。」

十分鐘後，他們就在路上了。

Chapter 22

LADY WHISTLEDOWN´S SOCIETY PAPERS

布魯頓街上真是雞飛狗跳。有人看見前任柏捷頓子爵遺孀和兒子班尼迪特．柏捷頓在週五早上急匆匆衝出家門。

柏捷頓先生幾乎是把母親丟上馬車，兩人用快摔斷脖子的速度駕車離去。弗蘭雀絲卡和海辛絲．柏捷頓站在門口，而筆者可以斬釘截鐵地說，弗蘭雀絲卡還罵了一個非常不淑女的字眼。

但柏捷頓家不是唯一發生這麼刺激騷動的地方。

潘伍德家也經歷了一連串鬧騰，最後的高潮，則是伯爵夫人和女兒珀希．瑞林小姐光天化日之下在自宅大門樓梯前大吵。

由於筆者從來沒對潘伍德夫人有過好感，因此只能說：「珀希萬歲！」

《威索頓夫人的韻事報》

16 JUNE 1817

22

這裡很冷。

真的很冷。

還有一種嚇死人的窸窸窣窣聲，八成是一種小小的四腳生物發出來的。或是更恐怖的東西：一種大大的四腳生物。或者更精準地說，是一種小小四腳生物的放大版。

老鼠。

「噢，上帝啊。」蘇菲哀號。她不常把上帝的名諱不敬地掛在嘴邊，但現在似乎是個開始這麼做的好時機。或許祂會聽見，祂可能就會對這些老鼠降下懲罰。沒錯，那就太棒了。一道巨大的閃電，巨大無比，和聖經裡的天譴一樣。它會擊中地面，釋放出小小的電流觸鬚，覆蓋整個地球，把所有老鼠都炸死。

這是場非常美妙的夢，就和變成班尼迪特．柏捷頓夫人、過著永遠幸福快樂的日子的夢一樣美妙。一道痛楚穿透蘇菲的心，讓她快速倒抽一口氣。在這兩個夢之間，恐怕老鼠大滅絕實現的可能性還比較高。

如今她只剩下自己了，徹底孑然一身。

她不知道為什麼會這麼難過。說老實話，她一直以來都是孤單一人。自從外婆將她放在潘伍德莊園門階上的那一刻開始，她身邊從來沒有任何支持她、把她的利益看得比自己還重要的人——或甚至只要把她放在跟他們自己一樣重要的位置就好。

她的肚子咕嚕作響，提醒她可以把挨餓列入不斷加長的不幸清單裡。

還有口渴。他們連一滴水都沒有給她。

她眼前已經開始出現非常奇怪的幻覺，和茶有關。

蘇菲吐出一口又長又緩慢的氣息，並試著記得要用嘴巴吸氣。這裡臭氣熏天。他們給了她一只粗製濫造的夜壺，但到目前為止她都盡可能憋住，試著減少使用它的次數。夜壺被扔進牢裡時已經事先倒空了，但並沒有清洗過。事實上，當蘇菲把它撿起來的時候，整個壺甚至還濕答答的，讓她立刻往地上一丟，噁心得全身不停發抖。

當然啦，她已經不知道替人倒過多少次夜壺，但姑且這麼說好了——她的雇主通常至少都能對準目標。更不用說，蘇菲每次都能在倒完夜壺後洗手。

如今除了寒冷和飢餓，她甚至覺得全身上下都非常不乾淨。

這是非常糟糕的感受。

「妳有訪客。」

蘇菲在聽到獄卒粗魯嘶啞的聲音時，整個人跳了起來。班尼迪特找到她了嗎？他還會想幫助她嗎？他……

「哎呀、哎呀、哎呀。」

艾拉敏塔。蘇菲的心重重一沉。

「蘇菲．貝克特。」她咂著舌說，一邊用手帕摀著鼻子，一邊走近牢房，彷彿蘇菲就是散發臭氣的源頭。「我永遠猜不到妳有那個狗膽出現在倫敦。」

蘇菲桀驁不馴地將嘴唇抿成一條細線。她知道艾拉敏塔想看到她被激怒，而蘇菲拒絕讓艾拉敏塔稱心如意。

「恐怕妳的處境非常不利。」艾拉敏塔繼續說，虛情假意地搖搖頭。她傾身向前低語：「治安官對竊盜罪可沒那麼仁慈啊。」

蘇菲抱起雙臂，固執地凝視牆壁。如果她朝艾拉敏塔看一眼，可能會無法克制自己撲過去，那關住她的金屬欄杆就會對她的臉造成嚴重傷害。

「偷鞋釦就已經夠嚴重了。」艾拉敏塔用食指點著下巴，「但在聽到我的結婚戒指被偷走後，他可是非常憤怒喔。」

「我沒有……」蘇菲在喊出更多話之前就及時打住。這就是艾拉敏塔要的反應。

「沒有嗎？」艾拉敏塔狡猾地笑著反問。她對空中晃了晃手指，「我手上什麼都沒戴喔，而眼下可是我們各執一詞。」

蘇菲張開嘴，但什麼聲音都發不出來。艾拉敏塔說得對，沒有任何法官會選擇相信她，而不是潘伍德伯爵夫人的說詞。

艾拉敏塔微微露出貓一般的笑容，「前面那個男人……我想他說他是獄卒吧……說妳不大可能會被吊死，因此妳毋須往那方面擔心。流放才是最有可能的結果。」

蘇菲幾乎要笑出來。昨天她還在考慮要移居去美國呢，如今看來她是勢必會離開了——只是目的地是澳洲，還會戴著鐐銬。

「我會代妳請求寬恕。」艾拉敏塔說：「我並不想害死妳，只是希望妳……從我眼前消失。」

「真是基督徒慈悲精神的典範。」蘇菲喃喃說：「我敢說法官一定會感動萬分。」

艾拉敏塔用手撫過額角，慵懶地把頭髮攏到腦後。

「但他會嗎？」她直直望著蘇菲，勾嘴一笑。那是個無情而空洞的表情，突然間，蘇菲非知道她的答案不可……

「妳為什麼恨我？」她輕聲說。

艾拉敏塔不發一語，只是瞪著蘇菲好一段時間，接著她低聲說：「因為他愛妳。」

蘇菲震驚得說不出話來。

艾拉敏塔的雙眼燃起難以置信的怒火，「我永遠不會原諒他這一點。」

蘇菲不可置信地搖頭，「他從來沒愛過我。」

「他供妳吃穿，」艾拉敏塔的嘴角繃緊，「他逼我和妳住在一起。」

「那不是愛。」蘇菲說：「那是罪惡感。如果他真的愛我，就不會把我留給妳。他才不笨，他一定知道妳恨我。如果他愛我，就不會忘了把我寫進遺囑。如果他愛我……」蘇菲語不成句，哽咽得說不出話來。

艾拉敏塔盤起雙臂。

「如果他愛我，」蘇菲繼續說：「他就會花時間跟我說話，他就會問我一天過得如何，或是我上課學了什麼，或是我有沒有好好享用早餐。」她用力吞嚥，轉過身去。這一刻，她很難注視著艾拉敏塔。

「他沒有愛過我，」她安靜地說：「他不知道該怎麼愛。」

兩個女人之間，有好長一段時間只有沉默，接著艾拉敏塔開口：「他是在懲罰我。」

蘇菲緩慢轉回身子。

「懲罰我沒有生兒子，給他一個繼承人。」艾拉敏塔的雙手開始顫抖，「他為此恨我。」

蘇菲不知道該說什麼。她不知道此時此刻還有什麼話好說。

過了好一會，艾拉敏塔說：「最一開始，我恨妳是因為妳的存在是對我的羞辱。沒有任何女人該庇護丈夫的私生子。」

蘇菲不發一語。

「但後來……後來……」

蘇菲大為吃驚地看到艾拉敏塔虛弱地靠在牆上，彷彿這些回憶榨乾了身上每一分力氣。

「但後來變了。」艾拉敏塔最終忿忿地說：「他怎麼能和別的婊子生下妳，而我卻沒辦法給他一個孩子？」

蘇菲對她生母的辯護在此時毫無意義。

「妳知道，我不只恨妳，」艾拉敏塔低語：「我還痛恨看到妳。」

不知怎麼的，蘇菲一點都不驚訝。

「我痛恨聽見妳的聲音，我痛恨妳擁有他的雙眼，我痛恨知道妳就在我的房子裡。」

「那也是我的房子。」蘇菲輕聲說。

「沒錯。」艾拉敏塔回答：「我知道。我也痛恨這件事。」

蘇菲猛力轉過身，直直看著艾拉敏塔的雙眼。「妳為什麼來這裡？」她問：「妳做得還不夠多嗎？妳已經確保我會被流放到澳洲了。」

艾拉敏塔聳聳肩，「看來我就是沒辦法不過來。看妳關在監獄真是美好的景象。雖然我得洗整整三個小時的澡才能去掉這些臭味，但非常值得。」

「那請恕我坐到角落假裝看書。」蘇菲咬牙切齒地說：「因為見到妳可不是什麼美好的景象。」她大步走向牢房裡唯一的家具——一只搖搖晃晃的三腳凳——坐下，試著不要把內心的悲慘表現出來。艾拉敏塔打敗她了，無庸置疑，但蘇菲的意志並沒有被擊垮，她也拒絕讓艾拉敏塔產生這種錯覺。

她抱著雙臂背對牢門，側耳傾聽艾拉敏塔離開的聲音。

但艾拉敏塔沒有離開。

在忍受這狗屁倒灶的狀況十分鐘後，蘇菲終於忍不住跳起來大叫：「**妳可以離開嗎？**」

艾拉敏塔微微歪頭，「我正在想事情。」

蘇菲很想問「想什麼」，但她其實害怕聽到答案。

「我在想澳洲是什麼光景。」艾拉敏塔若有所思地說：「我當然從來沒去過，我身邊的文明人根本連想都沒想過。但我聽說那裡熱得可怕，而妳可是擁有一身白皙的皮膚呢。妳那美好的膚色不可能熬得過炎炎日頭的摧殘。事實上……」

無論艾拉敏塔接下來想說什麼，都被轉角突然爆發的騷動打斷（謝天謝地——因為蘇菲再聽她多說一個字，恐怕就真的會嘗試動手殺了她）。

「搞什麼鬼……？」艾拉敏塔退後了幾步，伸長脖子想看清楚。

接著蘇菲聽見了一道非常耳熟的聲音。

「班尼迪特？」她喃喃說。

「妳說什麼？」艾拉敏塔厲聲質問。

但蘇菲已經跳起來，整張臉都抵在牢房的鐵欄杆上。

「我說，」班尼迪特怒吼：「**讓我們過去！**」

「班尼迪特！」蘇菲大叫。

她已經徹底忘記自己並不想讓柏捷頓家的人看見她這麼不堪的樣子。她已經徹底忘記她和他毫無未來可言。她滿腦子只想著他為她而來了，他就在這裡。

如果蘇菲能把整顆頭擠過欄杆的縫隙，她一定會這麼做。

拳肉擊中骨頭的噁心聲響大聲迴盪，緊接著是悶悶的砰一聲，極有可能是身體倒在地板的聲音。快速奔跑的腳步聲傳來，然後……

「班尼迪特！」

「蘇菲！上帝啊，妳還好嗎？」他的雙手穿過欄杆，捧住她的臉頰。他的雙唇覆上她的，但這個吻並非出自情慾，而是恐懼和安心。

「柏捷頓先生？」艾拉敏塔發出尖細的質問。

蘇菲好不容易將視線從班尼迪特臉上離開，望向艾拉敏塔驚嚇的表情。在一片混亂之中，她竟然完全忘記艾拉敏塔對她和柏捷頓家族的關係毫不知情。

這絕對是人生中最完美的時刻之一。

也許這顯示她是個膚淺的人，但蘇菲愛死了看到艾拉敏塔這種視權勢地位為一切的人，親眼目睹倫敦最搶手的單身漢親吻蘇菲。

當然啦，蘇菲也相當高興能看到班尼迪特。

班尼迪特拉開距離，雙手留戀地撫過蘇菲的臉龐，才從欄杆的縫隙抽身。他盤起雙臂，而他對艾拉敏塔投去的怒視，讓蘇菲相信地表都能變成一片焦土。

「妳對她的指控是什麼？」班尼迪特質問。

即使蘇菲對艾拉敏塔的感覺最適合被歸類於「極為討厭」，她也從來不會用「愚笨」來形容這位年長的女士。不過她現在可能要重新評估了，因為在面對眼前這種程度的怒火，任何頭腦清楚的人都會嚇得瑟瑟發抖，但艾拉敏塔竟然將手扠在腰上，高聲喊道：「偷竊！」

就在那一刻，柏捷頓夫人匆匆從轉角出現。

「我不相信蘇菲會做出那種事。」她說，一邊趕到兒子身旁。她瞇起雙眼打量艾拉敏塔，「況且，」柏捷頓夫人語氣頗為不快地說：「我從來沒喜歡過妳，潘伍德夫人。」

艾拉敏塔挺起身，深受冒犯地將一隻手放在胸口。

「這件事與我無關，」她哼一聲說：「而是跟這女孩有關……」她怒氣沖沖瞥了蘇菲一眼，「她好大的膽子，竟敢偷我的婚戒！」

「我沒有偷妳的婚戒，妳心知肚明！」蘇菲抗議：「我壓根就不想要妳的……」

「妳偷了我的鞋釦！」

蘇菲倔強地抿起唇。

「哈！看吧！」艾拉敏塔環顧四周，看看有多少人目睹這一幕，高聲道：「這是再明顯不過的認罪表現。」

「她可是妳的繼女。」班尼迪特咬牙切齒地說：「她本不該被逼到這種絕境，讓她不得不……」

艾拉敏塔整張臉扭曲起來，臉色脹紅地警告：「你不准稱她為我的繼女。她對我來說什麼都不是，什麼都不是！」

「不好意思，」柏捷頓夫人以有禮得驚人的語氣說：「如果她真的對妳來說什麼也不是，妳根本就不會出現在這個髒兮兮的監獄裡，還試圖用竊盜的罪名讓她被吊死。」

治安官在此時出現，讓艾拉敏塔免於回答。他後頭還跟著臉臭到不行、一隻眼睛腫成嚇人瘀青的獄卒。

這傢伙在把蘇菲推進牢房時打了一下她的屁股，因此看到他的遭遇，蘇菲忍不住露出笑容。

「這裡發生了什麼事？」治安官斥問。

「這個女人，」班尼迪特洪亮低沉的聲音壓過其他人的回答：「指控我的未婚妻偷東西。」

未婚妻？

蘇菲好不容易把驚愕大張的嘴巴閉上，但她還是得緊緊抓住欄杆，才不會雙腿發軟跌坐在地。

「未婚妻？」艾拉敏塔倒抽一口氣。

治安官挺起身軀，「閣下又是什麼人？」

他顯然注意到班尼迪特是個有頭有臉的人，就算還不清楚他的身分。

班尼迪特雙手抱胸，說出自己的名字。

治安官臉色一白，「呃，您和子爵大人有什麼關係嗎？」

「他是我兄長。」

「那她……」他指著蘇菲，用力吞了口口水，「……是您的未婚妻？」

蘇菲愣愣等著某種超自然力量突然出現，昭示班尼迪特是說謊的騙子，但她驚詫地發現並沒有發生這種事。柏捷頓夫人甚至不住點頭附和。

「你不能娶她。」艾拉敏塔堅稱。

班尼迪特轉向他母親，「我有任何理由，需要徵詢潘伍德夫人的意見嗎？」

「我一點理由都想不出來。」柏捷頓夫人回答。

「她什麼也不是，只是個妓女。」艾拉敏塔嘶聲說：「她母親就是個蕩婦，而蕩婦生的孩子……呃啊！」

班尼迪特一把抓住她的喉嚨，其他人甚至都還沒意識到他動了。

「別逼我出手打妳。」他警告道。

治安官輕拍班尼迪特的肩膀，「您真的應該放開她。」

「我可以摀住她的嘴嗎？」

治安官看起來內心正在激烈掙扎，但最後還是搖了搖頭。

班尼迪特極不情願地放開艾拉敏塔。

「如果你娶了她，」艾拉敏塔揉著喉嚨說：「我就會讓所有人知道她的真實身分……一個妓女的私生女。」

治安官表情嚴厲地轉向艾拉敏塔，「我想我們不用聽到這種字眼。」

「我向您保證，我平常不會用這種方式說話。」她嫌惡地吸吸鼻子，「但激烈的言辭在這種時候是必要的。」

蘇菲忍不住咬住自己的指節，一邊緊緊盯著班尼迪特——他正以散發強烈威脅的方式不斷伸展手指，顯然覺得激烈的拳頭在這種時候也是必要的。

治安官清清喉嚨，「您用一個相當嚴重的罪名指控她。」他吞了口口水，「而她即將嫁給柏捷頓家的人。」

Chapter 22

「我可是潘伍德伯爵夫人。」她尖聲叫道：「伯爵夫人！」

治安官來來回回看著每一個人。身為伯爵夫人，艾拉敏塔的地位比所有人都高，但她同時也身單力薄，必須孤身一人對上兩名柏捷頓，而後者其中一位身材高大、怒不可遏，稍早還一拳打在獄卒的眼睛上。

「她偷了我的東西！」

「不對，是妳偷了她的東西！」班尼迪特咆哮。

整個房間陷入靜默。

「妳偷走她的童年。」班尼迪特憤怒得全身顫抖。他對蘇菲人生的瞭解還有很多缺漏，但他就是知道，這女人正是蘇菲那雙深綠眼眸中諸多痛苦的源頭。而他很樂意打賭，蘇菲那位親愛的已故爸爸，肯定要為其餘的傷痛負責。

班尼迪特轉身對治安官說：「我的未婚妻是已故潘伍德伯爵的私生女，這也是為什麼伯爵夫人對她提出莫須有的指控。這是報復和憎恨之舉，就這麼簡單。」

治安官從班尼迪特看向艾拉敏塔，最後終於望向蘇菲。

「這是真的嗎？」他問她：「妳的罪行是不實指控？」

「她拿了我的鞋釦！」艾拉敏塔尖叫：「我以丈夫的墳墓起誓，是她把鞋釦拿走了！」

「噢，看在上帝的份上，母親，是我拿了鞋釦。」

蘇菲驚愕地張大嘴，「珀希？」

班尼迪特看向新冒出來的人，她是位個頭矮小、身材微胖的年輕女子，顯然正是伯爵夫人的女兒。他瞥向蘇菲，她整張臉白得像張紙。

「滾出這裡。」艾拉敏塔嘶聲說：「妳沒資格插手。」

「她當然有資格。」治安官轉向艾拉敏塔說：「如果是她拿了鞋釦，妳要對她提出指控嗎？」

「她是我女兒！」

「把我和蘇菲關在一起吧！」珀希用戲劇化的激烈語氣說，還將一手放在胸前，以表心跡：「如果她要因為竊盜被流放，那我也該有一樣的下場。」

那麼多天以來，班尼迪特發現自己第一次露出微笑。

獄卒拿出鑰匙。「長官？」他遲疑地向治安官示意。

「把鑰匙收回去。」治安官厲聲說：「我們不能把伯爵夫人的女兒關起來。」

「別收起來。」柏捷頓夫人插嘴：「我要我未來的媳婦立刻被釋放。」

獄卒無助地看向治安官。

「噢，好吧。」治安官伸出手指往蘇菲的方向一戳，「把她放出來。但在我釐清整件事之前，大家都不准走。」

艾拉敏塔憤怒地抗議，但蘇菲還是被放出了牢房。

她準備跑向班尼迪特時，治安官伸出手臂攔下了她。「沒那麼快。」他警告：「我們在感人重逢之前，得先弄清楚誰該被逮捕。」

「沒人會被逮捕。」班尼迪特低吼。

「她得去澳洲！」艾拉敏塔喊道，一邊指向蘇菲。

「把我關進牢裡！」珀希嘆著氣說，將手背抵在額心，「是我幹的！」

「珀希，妳能不能別說話？」蘇菲用氣音低聲說：「相信我，妳絕不會想被關進牢裡的，真的非常可怕。裡面還有老鼠。」

珀希開始小步小步從牢房旁退開。

「妳在這個城市再也不會收到任何社交邀請。」柏捷頓夫人對艾拉敏塔說。

「我可是伯爵夫人！」艾拉敏塔嘶聲說。

「但我更受歡迎。」柏捷頓夫人回嘴，這辛辣的發言實在太不符合她的為人，讓班尼迪特和蘇菲吃驚地張大嘴。

「夠啦！」治安官說。他轉向珀希，一邊指著艾拉敏塔說：「她是妳母親嗎？」

珀希點點頭。

「妳說妳偷了鞋釦？」

珀希再次點頭，「而且沒人偷她的婚戒。它就放在家裡的珠寶盒裡。」

沒人倒抽一口氣，因為沒人對這番話真的感到驚訝。

但艾拉敏塔還是堅稱：「才沒有！」

「妳的另外一個珠寶盒。」珀希澄清：「就在左邊第三格抽屜裡。」

艾拉敏塔臉色一白。

治安官說：「您對蘇菲．貝克特的指控看來有點站不住腳啊，潘伍德夫人。」

艾拉敏塔氣得全身顫抖，她用長長的手指指向蘇菲時，整隻手臂也抖個不停。「她偷了我的東西。」她用極為低沉的語氣說，隨即將燃燒熊熊怒火的雙眼轉向珀希，「我女兒說謊。我不知道為什麼，我也絲毫不知道她想從中得到什麼，但她在撒謊。」

蘇菲的胃開始非常不舒服地翻攪起來。珀希回家後勢必會陷入大麻煩。沒人知道艾拉敏塔在遭受這麼嚴重的公開羞辱之後，會做出什麼樣的報復。

她不能讓珀希變成代罪羔羊。她得……

「珀希沒有……」話語在她來得及思考前衝口而出，但她沒能說完，因為珀希用手肘頂了她的肚子。

而且非常用力。

「妳說了什麼嗎？」治安官質問。

蘇菲搖搖頭，完全說不出話來。珀希把她肺裡的空氣通通撞到蘇格蘭去了。

治安官筋疲力盡地嘆口氣，用手扒過稀疏的金髮。他看看珀希，再看看蘇菲，然後是艾拉敏塔，接著是班尼迪特。柏捷頓夫人清清喉嚨，讓他不得不也看向她。

「顯然，」治安官他用寧可人在任何地方，都不想待在這裡的語氣說：「整件事不止跟一個被偷走的鞋釦有關。」

「兩個！」艾拉敏塔惱怒地說：「鞋釦有兩個。」

「不管怎樣，」治安官咬牙切齒地回答：「你們顯然都痛恨彼此。在我把哪個人定罪之前，我要知道為什麼。」

有一瞬間，沒人說半個字，接著每個人同時開口。

「安靜！」治安官咆哮。

「妳，」他指著蘇菲，「妳先說。」

「呃……」當蘇菲真有了說話的權利，她又開始侷促不安起來。

治安官大聲清了清喉嚨。

「他說的是真的。」蘇菲很快說道，指向班尼迪特，「我是潘伍德伯爵之女，雖然我的身分從未受到承認。」

艾拉敏塔張嘴想說些什麼，但治安官朝她怒瞪一眼，讓她閉上了嘴。

「在她嫁給伯爵之前，我在潘伍德莊園住了七年。」她繼續說，朝艾拉敏塔比了比，「伯爵說他是我的監護人，但每個人都知道真相。」她停了下來，憶起父親的臉，她想像不出他的笑容是什麼樣子，同時覺得自己不該為此太過驚訝。「我長得非常像他。」她說。

「我認識妳父親，」柏捷頓夫人此時柔聲說道：「也認識妳姑姑。這解釋了為什麼我總是覺得妳很面熟。」

蘇菲對她露出感激的小小微笑。柏捷頓夫人的語氣非常令人安心，讓她心頭稍稍暖了起來，也感覺多了一些安全感。

「請繼續說下去。」治安官說。

蘇菲頷首，又說道：「伯爵和伯爵夫人結婚時，她並不想要我繼續住在那裡，但伯爵沒有退讓。我很少見到他，也不覺得他有把我放在心上，但他確實將我視為他的責任，也不讓她把我趕出去。可是在他過世後……」

蘇菲停下來用力吞嚥，感覺喉嚨好像突然冒出腫塊。她不曾跟任何人坦白說出自己的故事，從她嘴裡流瀉出來的話語，聽起來既陌生又奇怪。

「他過世之後，」她繼續說：「他在遺囑裡明確表示，如果潘伍德夫人讓我在二十歲之前都繼續住在家裡，她能得到三倍的生活津貼。於是她讓我留下了。但我在家裡的地位產生劇烈的變化，我成了僕人。嗯，也不盡然是個僕人。」蘇菲露出苦澀的笑容，「僕人還有薪水可拿。所以我比較像是個奴隸。」

蘇菲看向艾拉敏塔。

她抱著雙臂，高高仰起鼻頭，緊緊抿著雙唇，讓蘇菲突然想起，過去有多常看到艾拉敏塔這副表情。蘇菲連數都不敢數，但其次數已經多到足以讓蘇菲的靈魂破碎。

但是，即使蘇菲如今身無分文又髒兮兮的，她的精神和意志仍堅強不屈。

「蘇菲？」班尼迪特擔憂地望著她，「妳還好嗎？」

她緩慢地點頭，因為她在這一刻突然發現，一切確實都還好。她愛的男人才剛向她求婚（雖然是以頗為迂迴的方式），艾拉敏塔也總算準備吃下她應得的慘烈敗仗，而且還是輸在柏捷頓家手上，他們會讓她體無完膚。還有珀希……這可能是最美好的一部分。珀希一直都很想和她成為姊妹，卻也一直沒有勇氣做自己。今天她竟然挺身而出反抗母親，還一手扭轉全局。蘇菲百分之百確信，如果班尼迪特沒有現身，宣稱她是他的未婚妻，珀希的證詞就會是唯一能拯救蘇菲不被流放的東西——甚至是死刑。

蘇菲比任何人都還清楚，珀希會為她的勇氣付出慘痛代價。艾拉敏塔可能已經在計劃，要怎麼讓珀希的生活變成人間地獄。

沒錯，一切確實都很好，蘇菲赫然發現自己開口時，整個人都挺直了一點，「請允許我繼續把我的故事說完。伯爵死後，潘伍德夫人把我當作沒薪水的貼身女僕使喚。但實際上我被迫做三個女僕的工作。」

「威索頓夫人上個月才寫了一模一樣的事！」珀希興奮地說：「我跟母親說她……」

「珀希，閉嘴！」艾拉敏塔怒斥。

「我二十歲的時候，」蘇菲繼續道：「她沒有叫我離開。直到今天我都不知道為什麼。」

「我想我們都聽夠了。」艾拉敏塔說。

「我一點都不覺得我們聽夠了。」班尼迪特怒斥。

蘇菲看向治安官，等候他的指示。他頷首示意，於是蘇菲繼續接下去：「我只能推測她喜歡有人能讓她隨意使喚，或者她只是喜歡有個免費的女僕。伯爵在遺囑裡什麼都沒留給我。」

「那不是真的。」珀希脫口而出。

蘇菲震驚無比地轉向她。

「他有留錢給妳。」珀希堅持道。

蘇菲感覺到嘴巴大大張開。「不可能。我什麼都沒有。我父親確保我在二十歲之前的生活都有所保障，但在那之後……」

「在那之後，」珀希語氣激烈地說：「妳還有一筆嫁妝。」

「嫁妝？」蘇菲喃喃說。

「那不是真的！」艾拉敏塔尖叫。

「是真的。」珀希堅稱：「妳不該把犯罪證據到處亂放，母親。我去年看到了伯爵遺囑的副本。」她轉向房裡的其他人說：「就收在她放結婚戒指的珠寶盒裡。」

「妳偷了我的嫁妝？」蘇菲低聲說，幾乎只剩下氣音。

這麼多年來，她都以為父親什麼也沒留給她。她很清楚他從未愛過她，只把她當成責任，但在看到他替蘿莎蒙和珀希留了嫁妝——她們甚至和他沒有血緣關係——而她卻什麼都沒有時，還是讓她非常受傷。

她從來不覺得他是故意忽略她的，事實上，她只是覺得……被遺忘了。

這比刻意冷落還來得更令人心灰意冷。

「他留了嫁妝給我。」她恍惚地說，接著又對班尼迪特說：「我有嫁妝了。」

「我不在乎妳有沒有嫁妝。」班尼迪特答道：「我不需要。」

「但我在乎。」蘇菲說：「我以為他忘記我了。這些年來，我一直以為他在寫遺囑的時候，只是剛好把我給忘了。我曉得他不能真的把錢留給私生女，但他跟所有人說我是他的受監護人。」出於某種理由，她將視線轉向潘伍德夫人，「如果是受監護人，他就能這麼做。大家都會這麼做。」

治安官清清喉嚨，轉向艾拉敏塔，「那她的嫁妝去哪裡了？」

艾拉敏塔不發一語。

柏捷頓夫人清清喉嚨，說：「我想，侵占一名年輕女子的嫁妝，可是一點都不合法。」她悠悠露出心滿意足的笑容，「對不對呀，艾拉敏塔？」

Chapter 23

LADY WHISTLEDOWN´S SOCIETY PAPERS

看來潘伍德夫人離開倫敦了，柏捷頓夫人也是。
真是相當有意思……

《威索頓夫人的韻事報》
18 JUNE 1817

23

班尼迪特發現，自己從來沒像此時此刻這麼愛他母親。他努力不要咧嘴大笑，但目睹潘伍德夫人正像釣竿上的魚一樣喘氣，要忍笑實在難如登天。

治安官的眼珠都快掉出來了，「**您是建議我逮捕伯爵夫人嗎？**」

「不，當然不是。」薇莉回駁：「她很可能最後被無罪釋放。貴族很少需要為罪行付出代價。但是呢，」她微微歪了歪頭，非常尖刻地朝潘伍德夫人瞥了一眼，「如果你真逮捕她，那她在出庭為自己辯護時，可是會非常丟人呢。」

「妳到底想說什麼？」潘伍德夫人咬牙切齒地說。

薇莉問治安官：「能讓我和潘伍德夫人獨處一下嗎？」

「當然了，夫人。」他粗魯地點點頭，接著喝斥道：「所有人都出去！」

「不不不，」薇莉露出甜美的笑容，將疑似一鎊鈔票的東西塞進他手裡，微笑道：「我的家人可以留下來。」

治安官的臉微微一紅，然後抓著獄卒的手臂，把他拉出房間。

「好啦，」薇莉嘟囔著說：「我們說到哪裡了？」

班尼迪特滿臉堆著驕傲的笑容，看著母親昂首闊步來到潘伍德夫人面前，充滿魄力地瞪著她看。他偷偷瞥了一眼蘇菲。她正露出張口結舌的表情。

「我兒子接下來要和蘇菲結婚。」薇莉說：「而妳要告訴所有願意聽的人，蘇菲是妳已故丈夫的受監護人。」

「我絕對不會為她說謊。」潘伍德夫人回嘴。

薇莉聳聳肩，「無所謂。那我的律師團會立刻開始調查蘇菲的嫁妝去了哪裡。畢竟班尼迪特在娶了她之後，那些嫁妝就是他應得的了。」

班尼迪特用手環住蘇菲的腰，輕輕摟了摟她。

「如果有人來問我，」潘伍德夫人咬著牙說：「我會證實任何妳捏造的故事。但別想期待我會主動幫她說話。」

薇莉假裝考慮了一會兒，隨後說道：「好極了。我相信這樣就萬無一失啦。」她轉向自己的兒子，「班尼迪特？」

他迅速頷首示意。

他母親再度對潘伍德夫人開口：「蘇菲的父親叫做查爾斯・貝克特，他是伯爵的一名遠房表親，對不對？」

潘伍德夫人一臉吃到臭酸蛤蜊肉的樣子，但她還是點了點頭。

薇莉故意背對伯爵夫人，對著所有人說：「我確定某些上流社會的成員會認為蘇菲的出身不夠體面，因為顯然不會有人認識她的家族，但至少她還是能受到尊重。畢竟……」她回過身來，對艾拉敏塔大大露出笑容，「……蘇菲還和潘伍德家有關係。」

艾拉敏塔發出一陣詭異的低吼。

班尼迪特拚盡全力才沒有笑出聲來。

「噢，治安官！」薇莉喊道，在他急忙趕進來時，對他意氣風發地微笑，宣布道：「我的事情處理完了。」

他如釋重負地嘆一口氣，「那我也不必逮捕任何人了吧？」

「看來是如此。」

他整個人直接癱靠在牆壁上。

「好了，我要走了！」潘伍德夫人宣布，彷彿有人會想念她一樣。她怒火沖天的雙眼轉向她女兒，「過來，珀希。」

班尼迪特眼睜睜看著珀希的臉血色盡失。但就在他來得及插手之前，蘇菲一躍上前，在艾拉敏塔大吼「**現在！**」的同時衝口說出：「柏捷頓夫人！」

「怎麼啦，親愛的？」

蘇菲抓著薇莉的手臂將她拉近，在她耳邊小聲說了幾句話。

「說得真好。」薇莉說。

她轉向珀希，「葛寧沃斯小姐？」

「其實是瑞林小姐。」珀希指正，「伯爵從未正式領養我。」

「當然了。瑞林小姐，妳今年貴庚？」

「二十一歲，夫人。」

「哎呀，那無疑是已經可以自己做決定的年紀了。妳想不想來我們家拜訪呢？」

「噢，當然好！」

「珀希，妳不准去住柏捷頓家！」艾拉敏塔下令。

薇莉完全忽視她，繼續對珀希說：「我會在今年的社交季提早離開倫敦，妳想跟我們到肯特郡多住一段時間嗎？」

珀希快速點點頭，「感激不盡。」

「那就這麼說定啦。」

「才沒有說定。」艾拉敏塔厲聲說：「她是我女兒，而且……」

「班尼迪特，」柏捷頓夫人以一種百無聊賴的語氣說：「我律師的名字叫什麼？」

「去啊！」艾拉敏塔對珀希氣急敗壞地吼：「那妳就別想再回來玷污我的家門。」

這個下午，珀希頭一次露出有點恐懼的表情。

她母親大步走向她、貼著女兒的臉嘶聲說出的威脅，更是火上加油：「如果妳現在跟他們走，妳對我來說就等於死了。聽懂了嗎？**死了！**」

珀希驚慌地瞥了一眼薇莉，而柏捷頓夫人立刻走上前，勾住她的手臂。

「沒事的，珀希。」薇莉柔聲說：「妳想跟我們住多久都可以。」

蘇菲也踏上前，環住珀希的另一隻手臂，「我們終於能成為真正的姊妹了。」她傾身在她臉頰上吻了一下。

「噢，蘇菲。」珀希喊道，眼淚潰堤而出，「我好抱歉！我從來沒有為妳挺身而出。我應該要說些什麼，也應該做點什麼，但是……」

蘇菲搖搖頭，「妳當時年紀還小，我也是。而且我比任何人都瞭解，要公然反抗她，有多不容易。」她嚴厲地瞪了艾拉敏塔一眼。

「妳不准這樣跟我講話。」

艾拉敏塔狂怒地說，舉起一隻手，像是就要一耳光打下去。

「哎呀哎呀哎呀！」薇莉插嘴：「律師，潘伍德夫人，別忘記律師唷。」

艾拉敏塔放下手，但看起來像隨時就要炸成一根火柱。

「班尼迪特？」薇莉叫道：「我們有多快能到律師的辦公室？」

班尼迪特在心裡偷偷咧嘴而笑，若有所思地撫了撫下巴，「他們離我們沒有很遠。二十分鐘？如果路上很塞的話，大概三十分鐘吧。」

艾拉敏塔氣得全身發抖，對薇莉說道：「那就帶她走吧。她對我來說本來就只是一個失敗品。妳最好有心理準備，到死都擺脫不了她，因為沒人會想娶她。我還得賄賂男人去跟她跳舞。」

就在那一刻，一件奇怪的事發生了。

蘇菲開始渾身顫抖，她的臉色脹紅，牙關咬得死緊，接著從嘴裡爆出一陣不可思議的咆哮。在任何人來得及插手前，她已經一拳正中艾拉敏塔的左眼，把年長的女士打趴在地上。

在此之前，班尼迪特以為，沒有任何事能比他母親稍早展現的權謀手段，更讓他感到驚嚇了。但他錯了。

「這一拳，」蘇菲嘶聲說：「不是為了我被偷走的嫁妝，也不是為了妳不斷試圖在父親死前就把我趕出家門，更不是為了妳把我變成妳的私人奴隸。」

「呃，蘇菲，」班尼迪特溫馴地說：「那是為了什麼呢？」

蘇菲的雙眼不曾從艾拉敏塔的臉上移開，「這是為了妳沒有一視同仁地愛妳的兩個女兒。」

珀希開始嚎啕大哭。

「地獄特別為妳這種母親留了一席之地。」蘇菲用險惡低沉的聲音說。

「你們知道嗎，」治安官尖聲說：「我們真的需要把這間牢房清空，讓下個人進來了。」

「他說得對。」薇莉忙不迭說，一邊擋到蘇菲面前，免得她決定開始用腳踢艾拉敏塔。她轉向珀希，「妳想回去拿什麼個人物品嗎？」

珀希搖搖頭。

薇莉的雙眼流露出悲傷，輕輕捏了一下珀希的手，「我們會為妳創造新的回憶，親愛的。」

艾拉敏塔從地上爬起來，用令人膽寒的眼神瞪了珀希一眼，隨後昂首闊步走開。

「好吧。」薇莉高聲說，雙手扠在腰上，「我還在想她到底什麼時候要走呢。」

班尼迪特把手從蘇菲的腰上移開，對她喃喃說了句「一步都別動」，隨即匆匆走到母親身旁。

「我最近有沒有跟您說過，」他在她耳邊低語：「我有多愛您？」

「沒有。」她調皮一笑，「但我知道。」

「我有說過您是最棒的母親嗎？」

「沒有，但我也知道。」

「很好。」他俯身在她臉頰印下一吻，「謝謝您。能當您的兒子，是我的榮幸。」

這位一整天不屈不撓、證明自己比所有人都還冷靜機智的母親，在此時卻忽然眼淚撲簌簌地掉了下來。

「你對她說了什麼？」蘇菲質問他。

「沒事的。」薇莉用力吸了吸鼻子，「沒事……」她伸出雙臂，用力抱住班尼迪特，微笑道：「我也愛你！」

珀希轉向蘇菲說：「這一家人真好。」

蘇菲轉向珀希說：「我知道。」

一小時後，蘇菲坐在班尼迪特的客廳，就在幾星期前她失去童貞的那張沙發上。

柏捷頓夫人對蘇菲隻身一人去班尼迪特家是否明智（和得體）抱有疑慮，但在看到他的表情後，她很快就讓步，只說了一句：「讓她七點回到家就是了。」

這讓他們有一個小時的相處時間。

「對不起。」蘇菲在屁股碰到沙發的瞬間脫口而出。

出於某些理由，他們在回程馬車上沒有交換隻字片語。他們手牽著手，班尼迪特還執起她的手吻了一下，但兩人什麼也沒說。

蘇菲對此鬆了一口氣。

她還沒準備好要用言語表達。在監獄時還比較容易，當時騷動連連，又有很多人在場，但如今只剩下他們兩人……

她就不知道該說些什麼才好了。

除了這句話：「對不起。」

「不，是我對不起妳。」班尼迪特在她身旁坐下，牽起她的雙手。

「不，我……」她突然莞爾一笑，「這樣真傻。」

「我愛妳。」他說。

她的雙唇微啟。

「我想和妳結婚。」他說。

她停止呼吸。

班尼迪特：「我一點也不在乎妳的父母是誰，也不在乎我母親和潘伍德夫人之間，那個讓妳能受人敬重的協議。」

他低頭凝視著她，深色雙眸在愛意之中融化。「不管發生什麼事，我都會娶妳。」

蘇菲眨了眨眼。

她眼中積蓄的淚水變得越來越燙、越來越多，讓她暗自擔心等下是不是就要大出洋相，在他身上哭得亂七八糟。她好不容易說出他的名字，卻發現不知道該怎麼接下去。

班尼迪特捏捏她的手。「我知道，如果沒那個協議，我們也許就不能住在倫敦，但我們也不需要住在倫敦。當我思考生命中究竟真正需要什麼——不是想要，而是需要——一直不停出現在我腦海的，就是妳。」

「我……」

「讓我說完。」他的聲音可疑地沙啞起來：「我不該要妳成為我的情婦。我錯了。」

「班尼迪特，」她柔聲說：「你又有什麼別的選擇？你以為我是個僕人。在完美的世界裡，我們也許可以結婚，但這不是完美的世界。像你這樣的男人不會……」

「好啦，那我當時提出要求並不算錯。」班尼迪特試著微笑，結果露出了歪歪斜斜的笑容，「畢竟那時我若不提出要求，我就是個傻子了。我想要妳想得要命，當時我可能也已經愛上妳了，而且……」

「班尼迪特，你不必……」

「解釋？不，我必須解釋。在妳拒絕我之後，我就不該緊追著妳不放。我那樣做，對妳並不公平，尤其是我們都知道我最終一定得結婚。我死都不想跟別人分享妳，那我又怎麼可以要求妳做同樣的事呢？」

蘇菲伸手從他臉上撫去某樣東西。

耶穌基督啊，他在哭嗎？他不記得上次哭泣是什麼時候了。也許是他父親過世的時候？但就算是當時，他也沒有讓任何人看到他的眼淚。

「我有好多愛上妳的理由。」他的每一個字都經過小心翼翼的挑選。他已經贏得了她的芳心，她不會拔腿就跑。她會成為他的妻子。但他還是希望這一刻能完美無缺。男人只有一次機會能在真愛面前表白心意，他可不想徹底搞砸。

「但我最愛妳的部分，」他繼續說：「是妳對自己的瞭解。妳知道自己是誰，也知道重視的是什麼。妳很有原則，蘇菲，而且嚴格遵守。」他執起她一隻手，抵在唇上，「這實在難能可貴。」

她的雙眼滿是淚水，他唯一想做的事就是把她摟進懷中，但他知道得先把話說完。想說的話語從他心裡滿溢出來，他必須全部說出來才行。

「還有，」他的聲音突然變小：「妳花時間去看見**我**是誰、瞭解我的為人。我，班尼迪特，不是柏捷頓先生，不是『二號』，只是班尼迪特。」

她伸手觸碰他的臉頰，「你是我認識最棒的人。我喜歡你的家人，但我愛你。」

他將她用力攬進懷裡。他非得這麼做不可。他得感受她在自己的懷抱之中，確認她就在這裡，永遠不會離開。

她會待在他身邊，和他在一起，直至死亡將他們分開。這種感覺很陌生，但在一股奇怪衝動驅使下，他緊緊抱著她……就只是抱著她。

他當然渴望她，一直都是。但遠不止如此，他還想抱住她，嗅聞她的芬芳，感受她的全部。

他驀然發現，她的存在讓他感到安慰。他們毋須交談，甚至毋須觸碰彼此（雖然他現在還不打算放開她）。簡單地說，當她近在身旁，他就是個更快樂——極有可能也是更好——的男人。

他的臉埋進她的髮間，吸入她的氣味，聞到……

聞到……

他退開一些，「妳想洗個澡嗎？」

她立刻滿臉紅得發亮。

「噢不。」她呻吟，聲音被她摀嘴的手悶住而含糊不清：「監獄裡真的很髒，我也不得不睡在地上，而且……」

「不要再多說了。」他說。

「但是……」

「**拜託妳**。」如果他再多聽一點，很有可能就會對某人痛下殺手。只要沒對她造成永久傷害，他不想知道細節。

「我想，」他說，左邊嘴角微微勾起若有似無的笑意，「妳是該洗個澡。」

「對。」她點點頭站起身，「我會直接回你母親……」

「在這裡洗吧。」

Chapter 23

「這裡？」

那抹笑容擴散到他的右邊嘴角，「這裡。」

「但我們跟你母親說……」

「……妳會九點到家。」

「我想她說的是七點。」

「是嗎？有趣，我聽到的是九點。」

「班尼迪特……」

他牽起她的手，拉著她走向門口，「七這個數字聽起來很像九。」

「班尼迪特……」

「事實上，聽起來更像是十一。」

他讓她在門邊停下，「留在這裡。」

「班尼迪特！」

「不好意思？」

「一步也別動。」他用指尖點了點她的鼻子。

蘇菲無助地看著他溜到走廊，結果兩分鐘後他就回來了。

「你去哪裡了？」她問。

「叫人放洗澡水。」

「但是……」

他的眼神變得非常非常邪惡，「兩人份的洗澡水。」

她吞了口口水。

他俯身向前，「他們剛好已經在替水加熱了。」

「是嗎？」

他頷首，「只需要幾分鐘就可以把浴缸放滿水。」

她瞥了一眼大門，「快要七點了。」

「但我能讓妳留到十二點。」

「班尼迪特！」

他將她拉近，「妳也想留下。」

「我沒有這樣說。」

「妳不必說出來。如果妳真的不同意，就不會只說一句『班尼迪特！』了。」

她忍不住莞爾。他把她的語氣模仿得維妙維肖。

他的雙唇彎起惡魔般的微笑，「我說錯了嗎？」

她別開視線，但她知道自己的嘴角正不住抽動。

「我想也是。」他低語，歪了歪頭向樓梯示意，「跟我來。」

她跟了上去。

班尼迪特在蘇菲脫衣服時離開了房間，令她大為吃驚。她屏住呼吸，將裙子往上拉過頭頂。他說得沒錯，她身上臭得要命。

準備洗澡水的女僕在水裡加了芳香的油和一塊肥皂，讓水面漂浮著泡泡。蘇菲把全部衣物脫掉後，將腳趾浸入冒著熱氣的水裡，隨即全身泡進去。

老天啊，真難相信她上次洗澡不過是兩天前。在監獄待一晚就讓她彷彿已經一整年沒洗澡。

蘇菲試著清空思緒，專注在當下的極樂，但當血管內流竄的期待感不斷增長，她很難專心享受。她在決定留下時，就知道班尼迪特打算與她共浴。她大可以拒絕的。儘管他滿口甜言蜜語、循循善誘，如果她拒絕這麼做，他還是會帶她回他母親家。

但她決定留下來。從客廳門口走到樓梯底部的那一小段路上，她意識到自己想要留下來。他們花了好長時間才走到這一刻，而她還沒準備好要放開他，就算他們明明隔天早上就能再度相見，因為他勢必會到他母親家吃早餐。

他很快就會進房裡來了。到那時候……

她全身顫抖了一下。即使泡在冒著蒸氣的熱水裡，她還是忍不住顫抖。就在她往下浸得更深，讓水漫過肩膀和脖子，甚至蓋過鼻頭時，她聽見房門打開的聲音。

是班尼迪特。

他穿著墨綠色的浴袍，腰間繫著一條飾帶。他赤著雙足，膝蓋以下的部分也裸露在外。

「希望妳別介意我把這件拿去毀掉。」他低頭瞥一眼她的裙子。

她微笑著搖搖頭。這不是她預期他會說的話，但她也知道他是刻意要讓她自在一點。

「我會請人去幫妳拿件衣服來。」他說。

「謝謝你。」她在水裡動了動，挪出給他的空間，但令她吃驚的是，他反而走向她的那一端。

「身體往前傾。」他喃喃說。

她依言照做，並在他開始清洗她的背時，發出愉悅的嘆息。

「我夢想做這件事好多年了。」

「好多年？」她促狹地說。

「嗯哼。在化裝舞會之後，我做過**很多**關於妳的夢。」

蘇菲慶幸她正俯著身體、額頭靠在曲起的膝上，因為她整張臉都紅了。

「把頭髮浸濕，我就能幫妳洗了。」他下令。

蘇菲滑入水中，接著快速回到水面上。

班尼迪特用雙手摩擦肥皂，將泡沫揉進她的髮間，「妳的頭髮以前比較長。」

「我不得不剪掉。」她說：「我拿去賣給假髮工匠了。」

她無法肯定，但她似乎聽見他發出了低吼。

「之前還要更短呢。」她補充道。

「準備沖水了。」

她再次沉入水裡，左右轉動頭部，再浮上水面。

班尼迪特用雙手掬起水。

「妳的後腦杓還有一點泡沫。」他說，一邊將水淋在她的頭髮上。

蘇菲讓他重複這動作幾次，接著終於開口：「你不進來嗎？」這實在是相當不要臉的問題，她也曉得自己的臉現在肯定紅得跟覆盆莓一樣，但她就是非知道不可。

他搖搖頭，「我原本有此打算，但這太好玩了。」

「幫我洗澡？」她狐疑地問。

他的一側嘴角勾起若有似無的淺笑。「我也很期待幫妳擦乾身體。」他俯身撿起一條白色大毛巾，「起來吧。」

蘇菲猶豫不決地咬住下唇。誠然，她和他早已肌膚相親，但她還沒有老練到能赤身裸體從浴缸站起來，而不感到害臊。

班尼迪特淺淺一笑，起身將大毛巾展開。他雙手拉著毛巾，別過視線說：「我會在看見任何東西之前把妳包好。」

蘇菲深呼吸一口氣後站起身。不知怎麼，她覺得這動作彷彿開啟了她接下來的人生。

班尼迪特溫柔地將毛巾圍在她身上，然後拉著毛巾兩角，輕輕按壓殘留在她臉上的小水珠，接著俯身在她鼻頭落下一吻，「我很高興妳在這裡。」他喃喃低語。

「我也是。」

他觸碰她的下顎，視線未曾從她臉上移開，讓蘇菲幾乎覺得他也觸碰了她的雙眸。接著他用最溫柔、最輕盈的力道吻了她。

蘇菲不止覺得被他愛著，而是被他崇拜著。

「我該等到星期一的。」他說：「但我不想等了。」

「我不想要你等。」她低語。

他再度吻了她，這次多了一絲急切。「妳好美。」他喃喃說：「妳是我夢想的一切。」

他的雙唇找到她的臉頰、她的下顎、她的脖頸，每一個吻，每一下輕咬都讓她逐漸失去平衡和呼吸。她很確定在他的柔情攻勢下，她即將要雙腿發軟、全身無力。就在她覺得快要癱軟在地時，他一把將她撈起來，抱著走向床鋪。

「在我心裡，」他起誓，一邊將她放在羽毛被和枕頭上，「妳已經是我妻子了。」

蘇菲屏住呼吸。

「婚禮之後，這就會是合法的了，」他在她身邊躺下，伸展著身體，「受到上帝和國家的祝福。但現在……」他用一隻手肘撐起上半身，低頭望進她的雙眼，聲音變得嘶啞：「現在這是純粹而真實的。」

蘇菲抬手撫上他的臉。「我愛你。」她低聲說：「我一直愛著你。我想我甚至在認識你之前，就愛上你了。」

他俯身再次吻住她，但她用一聲帶著喘息的「不，等一下」阻止了他。

他停了下來，離她的雙唇只有幾公分距離。

「化裝舞會上，」她的語氣反常地顫抖：「在我見到你之前，我就感受到你了。一種期待感，一種魔力。有某種東西瀰漫在空氣中。當我轉過身，你就站在那裡，好像你在等我，而我立刻明白你就是我溜進舞會的原因。」

水滴落在她臉上。從他眼中滑落的一滴眼淚。

「你是我存在的理由，」她柔聲說：「我誕生在這世界上的理由。」

他張開嘴，有那麼一會兒，她以為他準備說點什麼，但他只發出了一種粗啞、斷續的聲音。她這才發現他已經激動到無法自持，不能言語。

她徹底淪陷。

班尼迪特再度開始吻她，試圖用行動展現言語無法表達的情感。不過五秒之前，他以為自己不能更愛她了，但當她說出……當她告訴他……

他整顆心彷彿膨脹起來，他還以為它會直接炸開。

他愛她。突然間，整個世界變得單純無比。

他愛她，這才是唯一重要的事。

他的浴袍和她的毛巾消失無蹤，他們赤裸的肌膚緊密相貼，他用嘴唇和雙手崇拜她。他想要她明白他有多需要她，也想要她瞭解同樣的慾望。

「噢，蘇菲。」他呻吟她的名字，那是他唯一說得出來的字詞：「蘇菲、蘇菲、蘇菲。」

她帶著微笑向上看著他，讓他忽然產生一股想要大笑的神奇衝動。他明白過來，原來他很快樂。該死的快樂。

這樣的感覺真好。

他整個人覆蓋在她身上，準備好要進入她，準備讓她成為他的人。這和上次截然不同，他們那時意亂情迷、為情慾所支配。

這一次，他們是選擇要這麼做。他們不止選擇了激情；他們選擇了彼此。

「妳是我的。」他說，在埋入她體內時，他一直沒有移開視線。「妳是我的。」

好一段時間後，當他們精疲力盡躺在彼此的懷抱中，他靠近她耳邊低語：「而我是妳的。」

幾小時後，蘇菲打了個哈欠，眨眨眼醒了過來，懶洋洋地想著為什麼她覺得如此美妙、如此溫暖，而且……

「班尼迪特！」她倒抽一口氣，「現在幾點？」

他毫無反應。於是蘇菲抓住他肩膀用力搖晃，「班尼迪特！班尼迪特！」

他咕噥著翻過身，「我在睡覺。」

「現在幾點了？」

他把臉埋進枕頭，「完全不曉得。」

「我應該要在七點回到你母親家的。」

「十一點。」他嘟囔。

「七點！」

他睜開一隻眼睛，看起來光做出這動作就費了他好一番工夫。「妳決定留下來洗澡的時候，就知道妳不可能在七點回到家了。」

「我知道，但我以為至少不會超過九點太多。」

班尼迪特眨了好幾下眼睛，一邊環視房間，「我不認為妳可以……」

但她已經看到壁爐上的時鐘，整個人慌亂嗆咳起來。

「妳還好嗎？」他問。

「現在是凌晨三點！」

他莞爾一笑，「那妳最好還是留下來過夜吧。」

「班尼迪特！」

「妳不會想把僕人叫起來吧？我敢說他們都睡熟了。」

「但我……」

「發發慈悲吧，女人。」他接著宣布：「我下個禮拜就要跟妳結婚。」

這句話抓住她的注意力。

「下禮拜？」她尖聲說。

他試圖擺出嚴肅的態度，「這種事最好要盡快處理。」

「為什麼？」

「為什麼？」他重複她的話。

「對，為什麼？」

「呃，啊，為了破除流言蜚語之類的。」

她張開嘴，雙目圓睜，「你覺得威索頓夫人會寫關於我的事嗎？」

「上帝啊，希望不要。」他咕噥。

她整張臉垮了下來。

「好啦，我想她可能會寫。妳到底為什麼想要被她寫進報導啊？」

「我已經追她的專欄好多年了。我一直都夢想能在上面看到我的名字。」

他搖搖頭，「妳的夢想還真奇怪。」

「班尼迪特！」

「好吧，對，我猜威索頓夫人會報導我們的婚事，就算不是在儀式前，也會是在完婚後很短的時間內。她就是那麼凶殘。」

「我真想知道她是誰。」

「妳和一半倫敦人都想知道。」

「我想我和整個倫敦都是。」她感嘆，接著用沒那麼有說服力的語氣說：「我真的該走了。你母親一定會擔心我。」

他聳聳肩，「她知道妳在哪裡啊。」

「但她會輕視我。」

「我才不信。考慮到我們三天內就會成婚，我敢說她會給妳一點空間。」

「三天？」她叫道：「我以為你是說下個禮拜。」

「三天後就是下禮拜啦。」

蘇菲皺起眉頭，「噢，你說得對。所以是星期一？」

他點點頭，看起來心滿意足。

「想想看，」她說：「我會出現在《韻事報》耶！」

他用一隻手肘撐起身體，懷疑地打量她。「妳是很期待要嫁給我，」他用一種覺得好笑的語氣說：「還是因為會被寫進《韻事報》才讓妳那麼開心？」

她開玩笑地打了他肩膀一下。

「其實，」他若有所思地說：「妳早就被寫進《韻事報》了。」

「真的嗎？什麼時候？」

「就在化裝舞會之後。威索頓夫人說我看起來對一位神秘的銀衣女子相當著迷。她努力過了，但就是查不出妳的來頭。」他露齒而笑，「這可能是倫敦唯一一個她還沒解開的祕密。」

蘇菲立刻露出嚴肅的表情，在床上挪開與他之間的距離。

「噢，班尼迪特。我必須……我想要……就是說……」她停了下來，別開視線了幾秒，又轉了回來，「對不起。」

他考慮要把她拉回自己的懷抱中，但她看起來如此認真，因此他不得不嚴肅以待。

「為什麼道歉？」

「因為我沒告訴你我是誰。我錯了。」她咬住嘴唇，「嗯，準確來說也不是錯了。」

他退開一點距離，「如果不是錯，那是什麼？」

「我不知道。我無法解釋當時為什麼那麼做，只是……」她若有所思咬著下唇。他開始覺得她可能會對自己的嘴唇造成永久性的傷害。

她嘆口氣，「很抱歉我當時沒有立刻告訴你，是因為那時看來一點意義也沒有。我非常確定我們離開卡凡德家之後，就會馬上分道揚鑣。但接著你就生病了，我得照料你，而你又沒有認出我來，然後……」

他用一根手指抵在她唇上，「那不重要了。」

她挑起雙眉，「前幾天晚上似乎這還至關重要啊。」

他不知道為什麼，但他現在不想討論嚴肅的話題。「有很多事情從那時起就產生了變化。」

「你不想知道我沒告訴你我是誰的原因嗎？」

他撫上她的臉頰，「我知道妳是誰。」

她又開始咬著嘴唇。

「妳想聽聽最好笑的部分嗎？」他繼續說：「妳知道我遲遲不肯完全把心交給妳的理由是什麼嗎？因為我把其中一部分保存下來，留給那位化裝舞會的女子，一直期待有一天能找到她。」

「噢，班尼迪特。」她嘆息著說，為他說的話感到欣喜，卻也為傷他這麼深而痛苦不已。

「決定和妳結婚，代表我得拋棄和她結婚的夢想。」他安靜地說：「很諷刺吧？」

「我很抱歉因為沒告訴你我的真實身分，而傷害了你。」她避開他的視線，「但我不確定我對選擇隱瞞這件事感到抱歉，你能明白嗎？」

他不發一語。

「我想就算重來一次，我也會做出同樣的選擇。」

他還是不發一語。蘇菲開始感到非常不自在。

「在當時我覺得這麼做是對的。」她堅持說下去：「把我去過化裝舞會的事情告訴你，沒有任何意義。」

「至少我就會知道真相。」他柔聲說。

「沒錯，那你得知真相後又會怎麼做呢？」她坐起身，將被子拉到腋下，「你只會希望你的神祕女子成為你的情婦，就像你對那名女僕提出的要求一樣。」

他什麼也沒說，只是凝視著她的臉。

「我想我要說的是，」蘇菲很快地說：「如果一開始就知道現在的結果，我當初就會說些什麼。但我那時並不知道，以為我只會讓自己面臨心碎，而且……」最後幾個字讓她哽咽了，她從他的表情著急地尋找能透露他現在感受的蛛絲馬跡，「**請你說點什麼**。」

「我愛妳。」他說。

這就是她所需要的全部。

Epilogue

LADY WHISTLEDOWN´S SOCIETY PAPERS

週日在柏捷頓大宅的慶祝派對，肯定是本次社交季的矚目焦點。整個家族都會相聚在一起，還有一百多位親近的友人，共同祝賀前任子爵遺孀的生日。

提及夫人年紀是很不禮貌的事，因此筆者不會透露柏捷頓夫人今年慶祝幾歲大壽。

但別害怕……筆者當然知道是幾歲！

《威索頓夫人的韻事報》
9 APRIL 1824

24

「住手！住手呀！」蘇菲尖叫著大笑，一邊跑下通往柏捷頓大宅後方花園的石階。在生了三個孩子和共度七年婚姻生活之後，班尼迪特還是有辦法讓她露出笑容、放聲大笑……而他還是逮到機會就把她追得在屋子裡四處竄逃。

「孩子們在哪裡？」他在石階底部抓到她時，蘇菲喘著氣問道。

「弗蘭雀絲卡在看著他們。」

「你母親呢？」

他咧嘴一笑，「我敢說弗蘭雀絲卡也在看著她。」

「隨時都可能有人在這裡撞見我們。」她左顧右盼。

他的笑容變得無比邪惡。「也許吧。」他攫住她身上的綠色天鵝絨洋裝，一把拉過去，「我們應該要改去**私人陽臺**。」

這幾個字聽起來好耳熟，只用一秒就讓她回到九年前的化裝舞會。

「你說私人陽臺？」她問，眼中閃過促狹的光芒，「請你倒是告訴我，你怎麼知道私人陽臺在哪裡？」

他的雙唇撫過她的唇，「我自有辦法。」他低語。

「而我呢，」她回嘴，露出狡猾的微笑，「自有我的祕密。」

他退開一點距離，「哦？妳要告訴我嗎？」

「我們五個人呢，」她頷首，「就快要變成六個人了。」

他望著她的臉，接著看向她的腹部，「妳確定嗎？」
「跟上次一樣確定。」
他執起她的手，舉到唇邊，「這一個會是女孩。」
「你上次也這麼說。」
「我知道，但是……」
「上上次也是。」
「這讓我更有機會在這次是對的。」
她搖搖頭，「我很慶幸你不是賭徒。」
他莞爾一笑，「我們先不要告訴任何人。」
「我想有幾個人已經起疑心了。」蘇菲承認。
「我想看那個威索頓女人會花多久時間才發現。」班尼迪特說。
「你認真的嗎？」
「那該死的女人知道妳懷了查爾斯，也知道亞歷山大，還知道威廉。」
蘇菲笑著讓他把自己拉到陰影之中。
「你有發現我已經被威索頓夫人提起兩百三十二次了嗎？」
這讓他整個人停下動作，「妳有在數？」
「兩百三十三次，如果你把化裝舞會之後那次算進去的話。」
「我不敢相信妳真的有在數。」
她沒什麼大不了地聳聳肩，「能被她提起是件很令人興奮的事呀。」
班尼迪特倒認為被提起是件該死的麻煩事，但他不會破壞她的興致，因此他只是說：「至少她總是寫妳的好話。如果她敢寫妳壞話，我就會追捕她，把她趕出這個國家。」

蘇菲忍不住露出笑容。

「噢，少來。整個上流社會都不知道她是誰，我才不覺得你能查出她的身分。」

他不可一世地挑起眉，「這聽起來一點都不像對丈夫抱有忠誠和信心的妻子會說的話。」

她假裝打量自己的手套，「你不用多花精力。她顯然對自己在做的事非常擅長。」

「這個嘛，她不會知道薇莉的事。」班尼迪特發誓：「至少在昭告天下之前不會。」

「薇莉？」蘇菲柔聲問。

「是時候有個孫輩以我母親的名字命名了，妳覺得如何？」

蘇菲靠在他身上，讓臉頰抵著他乾淨的亞麻上衣。

「我覺得薇莉是個很棒的名字。」她緊緊依偎在他的懷抱裡，低聲說：「我只希望是個女孩。因為如果是個男孩，他永遠不會原諒我們……」

當天夜裡，倫敦最高級區域的一棟連棟公寓裡，一名女子拾起羽毛筆，在紙上寫下：

《威索頓夫人的韻事報》

12 APRIL 1824

啊，高貴的讀者，筆者得知柏捷頓家的孫輩即將來到第十一位……

但就在她準備繼續寫下去時，卻只能閉上雙眼，嘆一口氣。她已經寫了好長一段時間了。真的已經過了十一年的光陰了嗎？

或許是時候往前走了。

她寫別人的事已經寫得好膩了，是時候開始過自己的生活了。

因此威索頓夫人放下她的羽毛筆，起身走到窗邊，將鼠尾草綠的窗簾推向旁邊，沉默地望進漆黑的夜裡。

「該是時候來點新東西了。」她低語：「終於來到做我自己的時候了。」

（全文完）

Extra Chapter

致讀者

您是否曾想過，在您闔上最後一頁後，您最喜歡的角色還會遇到些什麼事？是否想再多看一點您喜歡的故事？我曾這麼想過，而根據我的讀者們提出的問題看來，我並不是唯一這麼想的人。

因此，在柏捷頓的書迷提出無數要求之後，我決定嘗試一點不同的東西，我為每部小說寫了一個「番外篇」。這些是故事結束之後的故事。

起初，《柏捷頓番外篇》只放在網路上；後來，它們（連同一篇關於薇莉・柏捷頓的短篇小說）一起被收錄在一本名為《柏捷頓：幸福到永遠》（The Bridgertons: Happily Ever After）的書裡。現在，每一則番外篇史無前例地與它所屬的小說收錄在一起。

希望您會喜歡看到班尼迪特和蘇菲繼續他們的旅程。

您誠摯的，

茱莉亞・昆恩

【番外】

完美小姐

二十五歲的珀希·瑞林幾乎就要被視為老小姐了。有些人會說她已經跨越年輕小姐和毫無指望的老小姐之間的分界點——普遍認為二十三歲就是這條嚴苛的時間分隔線。

但正如同柏捷頓夫人（她的非正式監護人）常說的，珀希是個獨特的案例。以實際進入社交界的年歲來算，柏捷頓夫人堅稱珀希只有二十歲，也許快要二十一歲。

艾洛伊絲·柏捷頓，家裡年紀最大的未婚女兒，則是說得稍微直接了一點：珀希在社交界的頭幾年是白費力氣，根本不應該算數。

艾洛伊絲最小的妹妹海辛絲——絕不會讓別人在言語上贏過她——毫不修飾地表示，珀希在十七歲到二十二歲的那幾年根本「荒唐至極」。

講到這裡，柏捷頓夫人嘆了一口氣，替自己倒了杯烈酒，然後沉到一張椅子裡。和海辛絲同樣伶牙俐齒（好在還多了一些謹慎）的艾洛伊絲表示，他們最好趕快嫁掉海辛絲，免得母親變成酒鬼。

柏捷頓夫人並不欣賞這句評語，儘管她內心也暗自同意。

海辛絲就是這樣子。

不過這是關於珀希的故事。由於只要扯上海辛絲，她就會試圖接管一切……請在接下來的故事裡忘記她的存在吧。

事實是，珀希在婚姻市場的頭幾年確實荒唐至極。她的確是在恰當的十七歲於社交界初次登場。她也的確是已故潘伍德伯爵的繼女，而他在英年早逝前的好幾年，就周到地替她安排好了嫁妝。

她的外表絕對非常可人，儘管有些豐滿。她的牙齒俱全，還不止一次被人家稱讚她擁有一雙格外和藹親切的眼眸。

光看外在條件，任何人都不能理解為何這麼久以來，連一位紳士都沒跟她求婚過。

但光看外在條件的人，可能並不知道珀希的母親是艾拉敏塔．葛寧沃斯，也就是潘伍德伯爵遺孀。

艾拉敏塔的美貌光彩動人，甚至比珀希的姊姊蘿莎蒙還要耀眼——而後者可是擁有一頭金髮，玫瑰花苞般的小嘴，還有一對天藍色的眸子。

艾拉敏塔的野心也很大，更是對她本人從仕紳階級爬到貴族身分的成就無比自豪。她從溫奇爾西小姐變成瑞林太太，再搖身一變為潘伍德夫人，儘管聽她講這個故事時，都說得好像自己原本就含著金湯匙出生一樣。

但艾拉敏塔在某件事情上卻失敗了：她沒能為伯爵生下男性繼承人。這也表示儘管她有「夫人」的頭銜，卻沒什麼實際的權力。

她也無法獲取她覺得自己理當獲得的財產。

於是，她將希望都放在蘿莎蒙身上。她深信蘿莎蒙絕對能嫁入豪門。

蘿莎蒙擁有驚人的美貌，還能唱歌彈琴，就算缺乏做針線活的天份，也知道該怎麼拿針去逼迫有這種天份的珀希。由於珀希不喜歡皮膚老是被戳出針頭大的破孔，因此蘿莎蒙最後交出來的刺繡總是分外精緻。

而珀希自己的刺繡呢，則是通常都沒來得及完成。

由於艾拉敏塔的財務並不如她讓其他人相信的那樣寬裕，因此她把錢都大把大把花在蘿莎蒙的衣櫥、蘿莎蒙的課程，還有蘿莎蒙的一**切**。

她並不是想讓珀希看起來難堪又寒酸，但說真的，在她身上花更多錢也沒什麼意義。點石不能成金，朽木不可雕也，珀希自然也不可能變成蘿莎蒙。

但是（這是個大大的但是）。

艾拉敏塔後來的發展並不怎麼順利。這是個很長的故事，或許還應該為此寫一本書，但簡而言之，艾拉敏塔偷了一位年輕女孩本該獲得的遺產，那人名叫蘇菲．貝克特，而她剛好是伯爵的私生女。

她原本可以安然逃過懲罰，因為誰會在乎一個私生女的遭遇呢？沒想到蘇菲竟敢愛上班尼迪特．柏捷頓，也就是前面提到（而且人脈相當廣）的柏捷頓家的二兒子。

原本這不至於影響艾拉敏塔的命運，沒想到班尼迪特竟也決定愛上蘇菲，而且還愛得死去活來。儘管他可以不追究蘇菲的錢被侵占，他卻絕不可能讓蘇菲（因大多數莫須有的指控）被關進大牢。

親愛的蘇菲看起來前途多舛，就算有班尼迪特和他母親，也就是前面提到的柏捷頓夫人的介入也一樣。那麼除了珀希以外，還有誰能出面拯救大家呢？

珀希，這個一生大多數時候都被忽視的女孩。

珀希，這個好多年都對沒能挺身對抗母親而感到內疚的女孩。

珀希，這個身形仍然有點豐腴、永遠不可能和姊姊一樣漂亮的女孩，但她永遠都擁有一雙最和藹的雙眼。

艾拉敏塔當下立刻和她斷絕關係，但就在珀希來得及思考這是好消息還是壞消息時，柏捷頓夫人就邀請她住進她家，而且想住到什麼時候都可以。

珀希或許花了二十二年的時間忍受她姊姊又戳又刺，但她可不是傻瓜。她欣然接受柏捷頓夫人的提議，甚至連回家收拾個人物品都省了。

至於艾拉敏塔嘛，嗯，她很快就弄清楚，不要對那位即將成為蘇菲亞．柏捷頓夫人的女孩公開發表任何評論，才是對她最有利的事，除非她是想讚揚蘇菲有多討人喜歡。

她當然沒那麼做。

不過，她也沒有到處宣揚蘇菲是私生女，這些都在大家的意料之內。

以上種種解釋了（雖然是以相當迂迴的方式）柏捷頓夫人怎麼會成為珀希非正式的監護人，以及她怎麼會認為珀希是特別的案例。

在她眼裡，珀希在搬過來以前，都還不算真正踏入社交界。就算擁有潘伍德家的嫁妝，誰會對打扮難看、總是躲在角落、試著躲開母親注意的女孩多看兩眼？

如果她在二十五歲都還沒嫁出去，唔，這跟別人在二十歲還沒結婚的情況肯定是一樣的。至少柏捷頓夫人是這麼說的。

也沒人真的想跟她唱反調。

至於珀希本人，她常說她的人生是在去過監獄之後，才真正開始。

這話可能需要補充一些解釋，但珀希說的話大多數都需要額外解釋。

珀希一點也不在意。事實上，柏捷頓家的人都喜歡她的解釋。

他們都喜歡**她**。

更棒的是，她也挺喜歡自己的。

而這件事的重要性，比她所理解的還要大太多了。

蘇菲·柏捷頓覺得人生近乎十全十美。她愛她的丈夫、愛她舒適的房子，也確信她的孩子們是天底下最英俊、最聰明的小男孩，不論是跟哪個地方、哪個時代或哪個……總之比所有的「哪個」都還來得棒。

就算柏捷頓家擁有巨大的影響力，他們**還是**得住在鄉間大宅，因為蘇菲的出身不大可能被倫敦社交界某些挑剔的貴婦人接納（蘇菲用「挑剔」這個詞，但班尼迪特卻是用了完全不同的字眼）。

但這一點也不重要。並不真的重要。她和班尼迪特比較喜歡鄉間的寧靜生活，因此不覺得有什麼損失。

就算外頭總是有傳言說蘇菲的身世其實有更多內幕，官方說法仍堅稱她是已故潘伍德伯爵的遠親——而且絕對是合法婚生子女。就算艾拉敏塔向別人證實這個故事時，沒人真的相信，但她還是為此背書了。

蘇菲知道，等到她的孩子都長大成人，這些流言蜚語就會成為陳年舊事。如果他們想在倫敦社交界立足，到時也不會有人會對他們關上大門。

一切都很好、一切都很完美。

幾乎是一切。真的，她只需要替珀希找位丈夫就好，而且不是隨隨便便哪個丈夫，因為珀希值得擁有最好的。

「她不是所有人的菜。」蘇菲在前一天不得不對班尼迪特承認：「但並不表示她不是出色的人選。」

「當然不是啦。」他咕噥。他正試圖專心看報紙，那已經是三天前的新聞了，但對他來說都還算「新」聞沒錯。

她目光凌厲地看著他。

「我是說，當然是啦。」他忙不迭改口。當她沒有立刻繼續往下說，他再度修正：「我是說，不管用什麼話來表達，我的意思都是她會是個優秀的妻子。」

蘇菲嘆了口氣，「問題是，大多數人似乎根本不知道她有多好。」

班尼迪特盡忠職守地頷首。

他很清楚自己在這種場面扮演的是什麼角色。這不是真正的對話，蘇菲只是在把想法大聲說出來，而他只需要不時提供一點口頭提示和手勢就好。

「至少這是你母親說的。」蘇菲繼續說。

「嗯哼。」

「她在舞會上收到邀舞的次數，比她應得的少很多。」

「男人都是野獸。」班尼迪特附和，將報紙翻到下一頁。

「沒錯。」蘇菲的語氣變得有點激動：「但在場的這位不算，當然啦。」

「噢，當然啦。」

「大多數時候都不算。」她有點惱怒地說。

他對她揮揮手，「我不介意。」

「你有在聽我說話嗎？」她眯起雙眼。

「每個字都聽進去了。」他向她保證，還主動把報紙放低，讓他能從上方看到她。雖然他沒實際看到她不高興地瞇起眼，但他夠瞭解她，足以從語氣聽出來。

「我們需要幫珀希找個丈夫。」
他思索了一下，「也許她不想要丈夫。」
「她當然想要！」
「大家總是說，」班尼迪特發表意見：「每個女人都想要丈夫，但根據我的經驗來看，這並不完全正確。」
蘇菲只是不發一語盯著他看，而他一點也不驚訝。對一個正在看報紙的男人來說，這已經是很長的句子了。
「想想艾洛伊絲吧。」他搖搖頭，這是他在想起妹妹時的標準反應。「她至今拒絕幾個男人了？」
「至少三位。」蘇菲，「但那不是重點。」
「那重點**是**什麼？」
「**珀希**。」
「對喔。」他慢慢地說。
蘇菲傾身向前，困惑和決心在她眼中混合成奇怪的組合。「我不懂為什麼男士們都看不到她有多好。」
「因為她是那種需要後天養成的品味。」班尼迪特說，一時忘記自己不該發表內心真正的意見。
「**你說什麼**？」
「是妳自己說她不是每個人的菜啊。」
「但你不應該……」她稍稍向後癱進椅子，「算了。」
「妳原本想說什麼？」

「沒什麼。」

「**蘇菲**。」他催促她。

「我只是想說你不該贊同我說的話。」她嘟囔：「但就連我都知道這話有多荒謬。」

班尼迪特很早就發現，有個理智的妻子是多麼美妙的事。

蘇菲有好一段時間沒說話，而班尼迪特原本想繼續看他的報紙，但蘇菲的表情實在太有趣了。她若有所思地咬著嘴唇，隨後厭煩地嘆口氣，又稍微挺起身，彷彿想到了什麼好主意，接著皺起眉頭。

說真的，他可以整個下午都盯著她看。

「你能想到什麼人選嗎？」她突然發問。

「適合珀希的人選？」

她給了他一個「不然我在說誰」的眼神。

他吐了一口氣。他早該想到她會丟出這個問題，但他剛才突然想起他在畫室裡正在進行的一幅畫。那是蘇菲的肖像，也是他在結婚這三年裡畫的第四幅她的肖像。他開始覺得他沒畫好她的嘴。不是嘴唇，而是嘴角。優秀的肖像畫家需要理解人體的肌肉結構，甚至包括臉上的肌肉，而且……

「班尼迪特！」

「佛森先生怎麼樣？」他連忙說。

「那位律師？」

他點點頭。

「他看起來賊頭賊腦的。」

他仔細一想，發現她的確說得對。

「雷金納閣下呢？」

蘇菲對他露出另一個表情，顯然對他的選擇相當失望，「他很胖。」

「那不就跟……」

「她才不胖，」蘇菲插嘴：「她是豐滿得剛剛好。」

「我剛才是想說那不就跟佛森先生一樣。」班尼迪特說，覺得有必要替自己辯護：「但妳已經先說他賊頭賊腦了。」

「噢。」

他讓自己露出一抹小到不能再小的微笑。

「賊頭賊腦比過重糟糕多了。」蘇菲咕噥。

「我不能再更同意了。」班尼迪特說：「伍德森先生呢？」

「誰？」

「那位教區牧師。妳說他……」

「……有最迷人的笑容！」蘇菲興奮地幫他把話說完。

「噢，班尼迪特，太完美了！噢，我愛你我愛你我愛你！」話音剛落，她直接跳過兩人之間的矮桌，一頭撲進他的懷裡。

「好吧，我也愛妳。」他說，暗自恭賀自己剛才有先見之明，早就把客廳的門關上了。報紙被他往後扔過肩膀，隨著整個世界一起被拋在腦後。

社交季在幾星期後圓滿落幕，因此珀希決定接受蘇菲的邀請，去拜訪一段時間。夏天的倫敦空氣又熱又黏，氣味也很難聞，到鄉間小住一陣子正是再適合不過。

況且她也好幾個月沒見到她的教子了。當蘇菲寫信告訴她亞歷山大的嬰兒肥已經開始褪去時，她可是嚇壞了。

噢，他是世界上最好搓揉、最可愛的小東西。她得在他變得太瘦之前見見他。

能見到蘇菲也很好。

她在信中表示她覺得身體還是有點虛弱，因此珀希確實想去幫點忙。

幾天後，她和蘇菲正在喝茶，聊天內容開始轉到她們偶爾會提到的艾拉敏塔和蘿莎蒙身上。珀希不時還是會在倫敦撞見她們。

沉默超過一年以後，她母親終於開始承認她的存在，但她們的對話仍然非常簡短生硬。珀希覺得這樣是最好的結果。她母親或許對她沒什麼話好講，但珀希也對她母親無話可說。

這算是相當令人解脫的領悟。

「我在帽子店外面看到她。」珀希正按自己的喜好準備她的茶，不加糖，加很多牛奶。「她正好從門階上走下來，我根本迴避不了。但我隨即發現自己並不想避開她。當然不是因為我想跟她說話，」她啜了一口茶，「而是因為我不想再浪費精力躲起來了。」

蘇菲讚賞地點點頭。

「然後我們寒暄了一下，其實也沒什麼內容，不過她還是想辦法摻了幾句巧妙的羞辱在裡面。」

「我真恨她那樣。」

「我知道。但她非常在行。」

「這真是一種天賦。」蘇菲說：「不是好的那種，但還是天賦。」

「這個嘛，」珀希繼續說：「我得說我表現得滿成熟的。我讓她說完想說的話，然後向她道別。接著我就領悟到一件不可思議的事。」

「是什麼？」

珀希微微一笑，「我喜歡我自己。」

「呃，妳當然喜歡自己啦。」蘇菲困惑地眨眨眼。

「不對、不對，妳不懂。」珀希說。

真奇怪，蘇菲應該要完全理解才對。她是世界上唯一知道身為艾拉敏塔嫌棄的孩子是怎麼回事的人。但蘇菲身上一直有種陽光樂觀的特質。就算艾拉敏塔把她當作奴隸一樣使喚，蘇菲也從未被擊垮過。她擁有一種奇特的意志力，像是一簇火花。那不是出自藐視或叛逆之心，畢竟蘇菲是珀希見過最不會忤逆別人的人了，除非要把珀希自己算進去。

不是叛逆……而是一種韌性。沒錯，就是這個。

無論如何，蘇菲都應該要能理解珀希的意思才對，但她並不理解。因此珀希又說：「很長一段時間我都不怎麼喜歡自己。我又為什麼該喜歡呢？連我的母親都不喜歡我了。」

「噢，珀希。」蘇菲的雙眼開始泛淚，「妳不該……」

「別這樣、別這樣。」珀希和善地說：「別想了，我並不因此覺得困擾。」

蘇菲不發一語地望著她。

「這個嘛，至少不再困擾了。」珀希修正了一下。她打量放在兩人之間桌上的那盤餅乾。她真的不該再吃了。她已經吃了三塊，但還**想**再吃三塊，所以假如她只吃一塊，就表示實際上少吃了兩塊……

她的手指抵著腿不斷扭動。也許連一塊都不該吃，也許她應該把餅乾留給蘇菲，畢竟蘇菲才剛生完孩子，需要恢復力氣。雖然蘇菲看起來已經完全復原，而且小亞歷山大已經四個月大了……

「珀希？」

她抬起頭。

「妳還好嗎？」

珀希微微聳聳肩，「我無法決定要不要吃塊餅乾。」

蘇菲眨眨眼，「餅乾？真的？」

「我想到至少兩個不該吃的理由，而實際上應該有更多理由才對。」她停頓一下，皺起眉頭。

「妳看起來好嚴肅。」蘇菲說：「幾乎像是在思考拉丁文的詞形變化。」

「噢不，如果我在想那個，看起來會平靜很多。」珀希斷言：「理由很簡單，因為我對拉丁文一竅不通。但餅乾就會讓我想個沒完。」她嘆口氣，低頭望向自己的小腹，「對我來說可不是什麼好事。」

「別傻了，珀希。」蘇菲責備她：「妳是我認識的人裡面最可愛的女人。」

珀希微微一笑，拿起餅乾。蘇菲最了不起的地方就是她沒在說謊。

蘇菲真心認為珀希是自己認識的人裡最可愛的一位。但話說回來，蘇菲本來就是這種人。她看得到別人的良善，但其他人卻……老實說，其他人根本就懶得去看。

珀希咬了一口餅乾，細細咀嚼，斷定吃這餅乾值回票價。奶油、砂糖、麵粉。還有比這更美好的東西嗎？

「我今天收到柏捷頓夫人的來信。」蘇菲說。

珀希感興趣地抬起頭。嚴格來說，「柏捷頓夫人」這個頭銜指的是蘇菲的大嫂，亦即現任子爵的妻子，但她們兩個都知道蘇菲說的是班尼迪特的母親。對兩人來說，她永遠是柏捷頓夫人，現任子爵夫人則是凱特。

這也正好，因為凱特本人也希望在家人之間維持這種稱呼方式。

「柏捷頓夫人說菲伯利先生去拜訪了她。」珀希什麼都沒說，所以蘇菲又補充：「他是去找妳的。」

「噢，當然啦。」珀希說，決定還是吃掉第四塊餅乾。「海辛絲太年輕了，艾洛伊絲又把他嚇得半死。」

「艾洛伊絲也把我嚇得半死。」蘇菲承認：「至少她以前是。但我確定海辛絲會讓我這輩子都嚇得半死。」

「妳只要知道該怎麼應付她就好。」珀希揮揮手。

沒錯，海辛絲．柏捷頓確實非常嚇人，但她們兩位一直都處得很好。這可能是出於海辛絲毫不動搖（也有人說是頑固）的正義感。當海辛絲發現珀希的母親，從來沒有像愛蘿莎蒙一樣愛珀希時……

珀希從來不打小報告，她也不會突然從現在就開始，但就讓我們這麼說好了：艾拉敏塔再也沒碰過一口魚肉。

或是雞肉。

珀希是從僕人那裡得知這些故事的，而他們一直都是最為準確的八卦來源。

「妳剛才正要告訴我菲伯利先生的事？」蘇菲繼續小口小口喝著茶。

珀希聳聳肩，即使她剛才並沒有要談這個人。「他很無趣。」

「英俊嗎？」

珀希又聳聳肩，「我說不上來。」

「通常看一個人的臉就會知道了。」

「他的無趣讓我看不見其他東西。我想他甚至連笑都沒笑過。」

「不可能那麼糟吧。」

「噢，我跟妳保證就是有可能。」珀希伸手再拿起一塊餅乾，才意識到自己原本沒有要這麼做。好吧，她已經拿在手裡了，總不可能再放回去。她邊說邊在半空揮舞著餅乾，試著說明她的論點。「他有時候會發出一種可怕的聲音，像是『呃哼呃哼呃哼』，我想他大概以為自己在發出笑聲，但根本不是。」

蘇菲吃吃竊笑，雖然她看起來一副覺得自己不該笑的樣子。

「他甚至沒看我的胸部！」

「珀希！」

「那是我唯一的優點。」

「才不是！」蘇菲四下環顧客廳，儘管根本沒其他人在。

「真不敢相信妳會說這種話。」

珀希挫折地吐一口氣，「我不能在倫敦說『胸部』，現在連在威爾特郡都不行啦？」

「當我在等教區牧師來的時候就不行。」蘇菲說。

珀希手上的餅乾掉了一小塊在她大腿上，「什麼？」

「我沒告訴妳嗎？」

珀希懷疑地打量她。大多數人會覺得蘇菲很不會說謊，只是因為她有張天使般的臉蛋，再加上她很少這麼做，因此所有人都以為只要她說謊，一定會馬上被揭穿。

但珀希比任何人都更清楚真相。「不，」她撢了撢裙子，「妳沒告訴我。」

「真不像我啊。」蘇菲嘟囔。她拿起餅乾咬了一口。

珀希定定盯著她看，「妳知道我現在沒在做什麼嗎？」

蘇菲搖搖頭。

「我沒在翻白眼，因為我在努力表現出符合年齡的舉止和成熟度。」

「妳確實看起來非常正經。」

珀希瞪著她好一會，「我猜他還沒結婚吧。」

「呃，對。」

珀希挑起左眉，臉上的狡黠表情，大概是她從母親那裡獲得唯一有用的禮物，「這位牧師年紀多大啦？」

「我不知道。」蘇菲承認，「但他的頭髮都還在。」

「我竟然也落到這步田地。」珀希嘟囔。

「我見到他時就想到妳。」蘇菲說：「因為他會笑。」

因為他會笑？珀希開始覺得蘇菲是不是腦袋壞了。「不好意思，妳說什麼？」

「他笑口常開，笑容也很好看。」蘇菲自己也笑了，「我實在無法不想起妳。」

珀希這次真的翻了翻白眼，緊接著表示：「我決定放棄成熟的舉止。」

「請務必這麼做。」

「我會見妳的牧師。」珀希說：「但妳該知道，我已經決定要表現得怪裡怪氣。」

「那我祝妳好運。」蘇菲說，但明顯是在講反話。

「妳覺得我做不到嗎？」

「妳是我認識的所有人裡，最不怪裡怪氣的一位。」

這倒是真的，但如果珀希下半輩子都得當個老小姐，她寧可是那種頂著超大帽子的怪人，也不要當絕望又愁眉苦臉的老女人。

「他叫什麼名字？」她問。

但在蘇菲來得及回答之前，她們就聽見大門打開的聲音。男管家的唱名解答了珀希的疑問：「伍德森先生來見您了，柏捷頓太太。」

珀希把吃了一半的餅乾藏到餐巾下面，接著雙手優雅地交疊在大腿上。她有點惱怒蘇菲沒事先預告就邀請單身漢來喝茶，但也沒什麼理由不留下好印象。她期待地看著門口，在伍德森先生的腳步聲逐漸接近時耐心等候。

然後……

然後……

老實說，事後再怎麼試著回想也沒用，因為珀希對接下來發生的事幾乎毫無記憶。當她一眼見到他的時候，就彷彿她的心在過了二十五年後，終於開始跳動。

休·伍德森在學校時，並不是最常受到誇讚的學生，也不是最英俊或最擅長運動的一位。他不是最聰明的，也不是最大小眼的，甚至不是最傻的。但從小到大，他這輩子一直都是最受到大家喜愛的人。

每個人都喜歡他。他們總是會喜歡他。他想這大概是因為他幾乎也喜歡所有人。他母親發誓他誕生的時候臉上也掛著笑容。她幾乎把這件事成天掛在嘴邊，但休懷疑她只是為了讓父親能接口說出這句俏皮話：「噢，喬潔特，妳明知道那只是因為他脹氣①。」

這個玩笑總是能讓他父母開懷大笑。這證明了休對他們的愛有多深，還有他自在隨和的

注釋①：原文 gas 有多重意思，可以指「快樂的事」，也可以指「放屁」。

個性——他通常也會和他們一起大笑。

但儘管他很容易受人喜愛，他對女性來說卻似乎沒有任何吸引力。她們當然都喜歡他，也會對他傾訴她們最不堪的祕密。但這些女性總是讓他覺得，在她們眼中，他只是某種令人愉快、可靠的生物。

最糟的地方是，他認識的所有女人都百分之百確信她們認識某位適合他的完美女人，就算她們身邊沒有這個人選，也很確定這個完美女人就存在於某處。

但顯然沒有一位女性認為自己是他的完美女人。嗯，至少休就注意到了。

其他人似乎都不以為意。

不過他還是繼續過日子，不然他還能怎麼辦？儘管他總猜想女性其實是更聰明的性別，他還是抱著世上有位真命天女存在的希望。

畢竟少說也有快五十個女人跟他說過這種話了，總不可能每個人都說錯了吧？

但如今休已經快要三十歲，這位完美小姐卻還是沒有現身。休開始覺得他應該要開始主動出擊，但該如何進行，他根本毫無頭緒。再加上他才剛搬到威爾特郡的僻靜角落，教區裡似乎連一位適婚年齡的未婚女性都沒有。

很不可思議，卻千真萬確。

或許他下週日該去格羅斯特郡走一走。那裡還有個職缺，而且他們已經請他去幫忙舉行一兩場講道，直到找到新的牧師為止。那裡至少會有一位單身女子吧。整個科茲窩地區不可能一個都沒有。

但現在不是想這些事情的時候。他正準備要跟柏捷頓太太喝茶，而他對收到邀請大為感激。他還在熟悉這個地區和其中的居民，但只消一場週日禮拜，他就知道柏捷頓太太備受眾人景仰和喜愛。她看起來也十分聰明、和善。

他希望她喜歡閒聊。他亟需有人告訴他街坊鄰里之間的各種消息。如果牧羊人不知道羊群的來歷，就無法好好照料他們。

他也聽說她的廚師張羅茶會的手藝高超，尤其是茶點中的餅乾。

「伍德森先生來見您了，柏捷頓太太。」

休在男管家報上名字的時候走進客廳。他很慶幸自己忘記吃午餐，因為整間房子聞起來就像天堂一樣，而且……

然後他就想不起來任何事了。

他來這裡的原因。

他的名字和身分。

甚至連天空的顏色和草地的氣味都想不起來。

沒錯，當他佇立在通往柏捷頓家客廳的拱形門口時，便明白了一件事，而且只有這件事。那位坐在沙發上的女人——擁有一對懾人心魄的眼眸，在柏捷頓太太身邊——就是完美小姐本人。

蘇菲．柏捷頓對一見鍾情算是略知一二。很久很久以前，她就曾經被這道名聞遐邇的天雷擊中，被令人無法呼吸的激情、頭暈目眩的狂喜和竄遍全身的刺癢感給震撼得兩眼發直、目瞪口呆。

至少她記得的是如此。

她也記得，雖然她的案例證明了愛神的箭確實百發百中，她和班尼迪特卻花了不少時間，才得以展開永遠幸福快樂的日子。

因此在看見珀希和伍德森先生像一對犯相思病的小狗狗凝視彼此時，她好想歡欣地在椅子跳上跳下，但有一部分的她——極為實事求是、出身不正統、很清楚世界並非總是閃閃發亮的她——同時也在試著克制自己的興奮。

不過，蘇菲這個人啊，不管她的童年有多悲慘（有些部分還真的頗為駭人），不管她曾經面對過何種殘酷和羞辱的情境（她在這方面也運氣不好），她內心還是個無可救藥的浪漫主義者。

這讓她注意到珀希的情況。

珀希每年都會來拜訪好幾次，其中也總會有一次拜訪剛好和倫敦社交季結束的時間重疊，但蘇菲這次在提出邀請時，可能在信裡多摻了一點懇求的意味。她可能在描述孩子長多快的時候加油添醋了一些，也可能不小心撒了謊，告訴珀希她覺得身體微恙。

但在這次的情況裡，她的目的絕對足夠正當，准許讓她不擇手段。噢，珀希確實說過她不結婚也很快樂，但蘇菲壓根兒就不相信她。更準確地說，蘇菲相信的是珀希相信自己會很快樂。但只要看看珀希緊抱著小威廉和亞歷山大的模樣，就知道她天生是個當媽的料。如果珀希沒有自己的孩子，這世界絕對會變得更加黯淡。

蘇菲已經三番兩次（或是十二次）特意精心安排，將威爾特郡的未婚男士介紹給珀希認識，**但這一次……**

這次蘇菲就是知道。

這次愛情來了。

「伍德森先生。」她試著不要讓自己笑得像是個瘋女人，優雅地說道：「容我介紹我親愛的妹妹珀希．瑞林小姐，好嗎？」

伍德森先生看起來像以為自己在開口回話，但其實他還在目不轉睛盯著珀希，彷彿見到了愛神阿芙蘿黛蒂本人。

「珀希。」蘇菲繼續說：「這是伍德森先生，我們的新教區牧師。他才剛搬來這裡。我想想，是三個星期以前嗎？」

他搬來這裡已經兩個月了，蘇菲非常清楚，但她急切地想看他到底有沒有在聽，會不會糾正她。

他只是點點頭，視線不曾從珀希身上移開。

「伍德森先生，請坐。」蘇菲喃喃說。

他竟然聽懂了她的意思，坐到一張椅子上。

「喝茶嗎，伍德森先生？」蘇菲詢問他。

他點點頭。

「珀希，幫忙倒茶好嗎？」

珀希點點頭。

蘇菲等著她開始動作。好一會兒後，顯然除了對伍德森先生微笑之外，珀希沒打算要做其他事，於是蘇菲說：「**珀希**。」

珀希轉向她，但她的頭轉動的速度極為緩慢又不情願，彷彿有塊巨大的磁鐵在把她吸向另一邊。

「妳能替伍德森先生倒茶嗎？」蘇菲低語，試著讓笑意只留在眼神裡。

「噢，當然好。」珀希轉回面對牧師，傻氣的笑容又回到她臉上，「你想喝點茶嗎？」

平常情況下，蘇菲會說她已經問過伍德森先生要不要喝茶了，但這次可一點都算不上平常，因此她決定坐著看好戲就好。

「我很樂意來一點，」伍德森先生對珀希說：「勝過其他一切。」
天哪，蘇菲暗想，好像把她當空氣一樣。
「你喜歡什麼喝法？」珀希問。
「隨妳喜好。」
噢噢，這太超過了。沒有哪個男人會如此盲目墜入愛河，連自己對紅茶的喜好都不管了。這裡可是英格蘭，看在老天的份上。最重要的是，這可是茶耶。
「我們有牛奶和糖。」蘇菲忍不住說。她原本想好好坐著看熱鬧，但說真的，就連最無藥可救的浪漫主義者，都不可能在此時保持沉默。
伍德森先生根本沒聽見她說什麼。
「不論哪個都很適合加在茶裡。」蘇菲補充。
「妳有一雙最不同凡響的眼眸。」他說，語氣充滿了驚奇，彷彿不敢置信自己竟然和珀希同時出現在這間房裡。
「你的笑容，」珀希也回以讚美：「非常……迷人。」
他傾身向前，「妳喜歡玫瑰嗎，瑞林小姐？」
珀希點點頭。
「我一定要送些玫瑰給妳。」
蘇菲放棄繼續維持穩重的表象，終於讓自己露齒而笑，反正他們也沒在看她。
「我們有玫瑰喔。」她說。
沒人回應。
「就在後花園。」
同樣無人應答。

「你們兩位可以去那裡散個步。」

這句話的效果，就好像有人拿大頭針戳在他們身上。

「噢，我們走吧？」

「我很樂意。」

「請讓我……」

「挽住我的手臂。」

「我會……」

「你務必……」

珀希和伍德森先生走到門口時，蘇菲已經分不出來哪句話是誰說的了。伍德森先生的杯子仍然空空如也，一滴茶都沒有。

蘇菲等了整整一分鐘，接著爆笑出來。她用手摀住嘴巴，悶住聲音，雖然她不確定自己為什麼需要這麼做。這是出於純粹喜悅的笑聲。其中還包括驕傲與滿足，因為是她一手策劃了整件事。

「妳在笑什麼？」班尼迪特信步晃了進來，手指沾滿了顏料。「啊，餅乾。太棒了，我餓死了。我今天早上忘了吃東西。」

他拿起最後一塊餅乾，皺起眉頭，「妳大可多留一點給我。」

「是珀希啦。」蘇菲咧嘴笑著說：「還有伍德森先生。我預測他們很快就會有訂婚的好消息了。」

班尼迪特瞪大雙眼。他轉向門口，接著轉向窗戶，「他們去哪裡了？」

「在後面。我們從這裡看不到。」

他若有所思地嚼著餅乾，「但從我的畫室看得到。」

有兩秒鐘的時間，兩人一動也不動。但也只維持了兩秒。

他們拔腿衝向門口，推擠著衝進走廊，往班尼迪特的畫室跑去。畫室特意從房子後方結構凸出，讓光線從三個方向灑進室內。蘇菲第一個抵達——雖然用了不大公平的手段——然後震驚地倒抽一口氣。

「怎麼了？」班尼迪特站在門口說。

「他們在接吻！」

他大步走過來，「才沒有。」

「哦，他們有。」

他來到她身旁，接著嘴巴大大張開，「哇，真他媽絕了。」

從不罵髒話的蘇菲回答：「我懂、我懂。」

「他們才剛認識？真的？」

「你在我們認識的第一晚就吻我了。」她指出。

「那不一樣。」

蘇菲好不容易才把注意力從正在草坪上親吻的那一對身上拉回來，質問班尼迪特道：

「哪裡不一樣？」

他思考了一會，接著回答：「那是個化裝舞會。」

「噢，所以只要你不知道對方是誰，就可以親下去了嗎？」

「這樣說不公平，蘇菲。」他邊咂舌邊搖頭，「我有問妳，但妳不想告訴我啊。」

他這話說得還算有理，因此替這段對話劃下了句點，於是兩人又在那裡站了好一段時間，厚顏無恥地盯著珀希和牧師看。

他們已經沒在接吻了，而是正在聊天——看起來兩人語速都快得像連珠炮一樣。珀希說了些什麼之後，伍德森先生就熱切地點頭，然後打斷她，接著珀希又打斷他，然後他看起來像是在咯咯輕笑，接著珀希開始極為興奮地說個不停，手臂不斷在頭上揮舞。

「他們到底在說些什麼呀？」蘇菲驚嘆。

「大概是所有該在接吻前說的話吧。」班尼迪特皺起眉頭，雙手抱胸，「他們這樣子多久了？」

「你跟我是一起開始偷看的。」

「不，我是說他什麼時候來的？他們之前說過話嗎？在他們……」他朝窗戶揮揮手，示意看起來準備再次接吻的那兩個人。

「當然有啊，但是……」蘇菲停頓了一下，開始思考。稍早初次會面時，珀希和伍德森先生都顯得舌頭打結。事實上，她甚至想不出他們說過的哪個字是有實質意義的。「嗯，恐怕說得不多。」

班尼迪特緩緩點頭，「妳覺得我需要出去阻止他們嗎？」

蘇菲看向他，接著看向窗外，然後又轉回來，「你瘋了嗎？」

他聳聳肩，「她現在也是我妹妹了，而且這是我家……」

「你敢！」

「所以我不該保護她的名譽嘍？」

「那是她的初吻耶！」

他揚起眉，「但我們卻在這裡偷看。」

「這是我的權利。」蘇菲忿忿不平地說：「這是我一手策劃的。」

「噢，是嗎？我記得是我提議要找伍德森先生呢。」

「**但你又什麼都沒做。**」

「那是妳的工作啊，親愛的。」

蘇菲想要回嘴，因為他的語氣非常惱人，但他確實說得有理。她很享受替珀希物色夫婿的過程，而當她的謀劃大獲成功，她也確實非常享受。

「妳知道嗎，」班尼迪特沉吟：「我們有天可能會生個女兒。」

蘇菲轉向他。在談話時天外飛來一筆的人通常不是他。「你說什麼？」

他向草坪上的愛侶擺擺手示意，「我只是在想，這對我會是個絕佳的練習機會。我很確定我想當個保護過度、蠻橫不講理的父親。我可以衝出去把他大卸八塊。」

蘇菲瑟縮了一下。伍德森先生一點活命的機會都沒有。

「要求他跟我決鬥？」

她搖頭。

「好吧，但如果他把她放到地上，我就要插手了。」

「他才不……噢老天哪！」蘇菲靠向前，整張臉幾乎都要貼在玻璃上，驚呼：「噢我的上帝啊。」

她驚駭得甚至沒因為褻瀆上帝而摀住自己的嘴。

班尼迪特嘆口氣，接著開始伸展手指，「我真的不想讓手受傷。我還正在畫妳的肖像，而且畫得很好呢。」

蘇菲用一隻手按住他的手臂，雖然他根本還沒移動。

「不。」她說：「不用……」她倒抽一口氣，「噢，天哪。也許我們該做點什麼。」

「他們還沒躺到地上。」

「班尼迪特！」

「通常我會說去叫牧師來。」他說：「但看來牧師本人就是害我們陷入這團混亂的罪魁禍首。」

蘇菲吞了口口水，「也許你能幫他們弄來一張特別許可②？當作結婚禮物？」

他咧嘴一笑，「當然沒問題。」

那是場盡善盡美的婚禮，而且在結尾的那個吻……

珀希在九個月後生下孩子時，沒人真的感到驚訝，隨後他們每年都會迎來新生兒。她費盡心思為孩子們取名，而不論在哪個人生階段都備受喜愛的伍德森先生——他也成為深受愛戴的牧師——實在太愛珀希，從來沒對她選的名字提出異議。

首先是蘇菲亞，她的命名由來再明顯不過，接著是班尼迪特。第三個本來要取名為薇莉，但蘇菲懇求她換一個名字。蘇菲一直都希望能為自己未來的女兒取這個名字，而兩家人實在住得太近，絕對會造成混淆。因此珀希用休的母親喬潔特為孩子命名，因為她覺得她婆婆擁有世界上最棒的笑容。

接下來是約翰，取自休的父親。有好一段時間，他似乎就會是家裡的老么了。連續四年的六月都在生產之後，珀希再也沒有懷孕。她向蘇菲透露，她沒有改變作法，休的愛意也一如以往濃烈。

注釋②：特別許可（special license）：按英國國教的婚姻制度，攝政時期男女雙方在舉行婚禮前，要有結婚許可證，並且張貼結婚公告。除非擁有「特許證」，否則新人必須在其所屬教區結婚。

看起來是她的身體自行決定不想再生育了。這樣也剛好，有了兩個女孩和兩個男孩，而且都在十歲以下的年紀，讓珀希忙得不可開交。

但就在約翰五歲的時候，珀希在某天早上醒來時吐了滿地。這只能代表一件事，而就在隔年秋天，她生了一個女孩。

蘇菲在珀希分娩的時候，一如以往陪在她身邊。

「妳要替她取什麼名字？」她問。

珀希低頭望向懷裡完美的小東西，她睡得很熟。即使珀希知道新生兒不會微笑，這寶寶看起來卻真的像是在為某件事情感到愉快。

或許是為了誕生而欣喜。或許這小傢伙會帶著笑容挑戰人生，好脾氣和幽默感將會是她的武器。

她一定會成長為一個優秀的人。

「艾拉敏塔。」珀希突然說。

蘇菲震驚得差點摔倒，「**什麼**？」

「我想替她取艾拉敏塔這個名字，我很確定。」珀希撫摸寶寶的臉頰，接著溫柔地碰碰她的下巴。

蘇菲的頭搖個不停，「但妳母親……我不敢相信妳會……」

「我不是為了母親而取這個名字。」珀希溫柔地打斷她：「而是因為她，我才取這個名字。這不一樣。」

蘇菲看起來仍半信半疑，但她還是俯下身，仔細看看寶寶。

「她真的很可愛。」她喃喃說。

珀希微微一笑，視線未曾從寶寶的臉上移開，「我知道。」

「我想我會習慣的。」蘇菲說，勉強同意地點了點頭。她把手指塞進寶寶的手和身體之間，輕輕搔了搔她的手心，直到小小的手指反射性抓住她的手指。

「晚安，艾拉敏塔。」她說：「很高興見到妳。」

「敏蒂。」珀希說。

蘇菲抬起頭，「妳說什麼？」

珀希宣布：「我要叫她敏蒂。艾拉敏塔這個名字很適合寫在家庭聖經裡，但我相信她平常該叫做敏蒂。」

蘇菲抿住雙唇，試著不要露出笑容，「妳母親不會喜歡的。」

「是啊。」珀希喃喃說：「她不會的，是吧？」

「敏蒂。」蘇菲說，測試念起來是什麼感覺，「我喜歡。不，我想我愛死了。這名字很適合她。」

珀希在敏蒂的頭頂落下一吻。

「妳會成為什麼樣的女孩呢？」她低語：「甜美而溫馴嗎？」

蘇菲咯咯輕笑。她見證了十二個孩子的誕生——四個是她的、五個是珀希的，還有三個是班尼迪特的妹妹艾洛伊絲的。她從未聽過哪個孩子在來到這世間時發出像小敏蒂一樣洪亮的哭聲。

「這一個呀，」蘇菲篤定地說：「一定會讓妳在後面追得團團轉。」

她確實如此。但是，親愛的讀者，那又是另一個故事了……

（完）

i小說 079

柏捷頓家族系列III

紳士的邀約An Offer form A Gentleman

國家圖書館出版品預行編目（CIP）資料

紳士的邀約 / 茱莉亞.昆恩(Julia Quinn)著；黃亦安
譯. -- 初版. -- 臺北市：愛呦文創有限公司, 2024.04
面； 公分. -- (i小說；79)(柏捷頓家族系列；3)
譯自：An offer from a gentleman
ISBN 978-626-97498-8-1(平裝)

874.57　　　112021700

愛呦文創

作者	茱莉亞・昆恩（Julia Quinn）
譯者	黃亦安
封面繪圖	Zorya
責任編輯	高章敏
特約編輯	劉真儀
文字校對	劉綺文
版權	Yuvia Hsiang
行銷企劃	羅婷婷
發行人	高章敏
出版	愛呦文創有限公司
地址	10691台北市忠孝東路四段59號10-2樓
電話	（886）2-25287229
郵電信箱	iyao.service@gmail.com
愛呦粉絲團	https://www.facebook.com/iyao.book
總經銷	聯合發行股份有限公司
電話	（886）2-29178022
地址	231新北市新店區寶橋路235巷6弄6號2樓
美術設計	廖婉禎
內頁排版	陳佩君
印刷	沐春行銷創意有限公司
初版一刷	2024年4月
定價	420元
ISBN	978-626-97498-8-1

愛呦文創

愛呦文創